W0308203

Fantasy

Herausgegeben von Friedel Wahren

Von **Lyon Sprague de Camp** erschienen in der Reihe
HEYNE SCIENCE FICTION & FANTASY:

Die Räder der Zeit · 06/3575
Das Orakel der Fremden · 06/3584
Ein Yankee bei Aristoteles · 06/3719
Neu-Arkadien · 06/3728
Ein Dämon mit kleinen Fehlern · 06/3747

Zusammen mit Fletcher Pratt:
An den Feuern des Nordens · 06/3768
Die Kunst der Mathemagie · 06/3814
Die stählerne Festung · 06/3854
Der grüne Magier/Die Mauer der Schlangen · 06/3881
Sonderausgabe aller fünf Romane in einem Band: *Mathemagie* · 06/4532
Geschichten aus Gavagans Bar · 06/3887

Conan-Saga:
Conan · 06/3202
Conan der Rächer · 06/3283
Conan von Cimmerien · 06/3206
Conan von den Inseln · 06/3295
Conan der Pirat · 06/3210
Conan der Barbar · 06/3889
Conan der Wanderer · 06/3236
Conan der Schwertkämpfer · 06/3895
Conan der Abenteurer · 06/3245
Conan der Befreier · 06/3909
Conan der Krieger · 06/3258
Conan der Freibeuter · 06/3972
Conan der Thronräuber · 06/3263
Conan und der Spinnengott · 06/4029
Conan der Eroberer · 06/3275
Conan von Aquilonien · 06/4113

Jorian-Zyklus:
Der Schmetterlingsthron · 06/3439
Die Uhren von Iraz · 06/3484
Der ungeköpfte König · 06/4967
Sonderausgabe der drei Romane in einem Band: *Jorian* · 06/5680

Krishna-Zyklus:
Die Königin von Zamba · 06/4086
Die Suche nach Zei · 06/4087
Die Rettung von Zei · 06/4088
Die Geisel von Zir ·06/4089
Die Jungfrau von Zesh · 06/4090
Der Turm von Zanid · 06/4091
Die Gefangene von Zhamanak ·06/4092
Die Gebeine von Zora · 06/4093
Die Schwerter von Zinjaban · 06/4193
Die Kontinente-Macher · 06/4893

Sachbuch:
New York lag einst am Bosporus · 01/7001

LYON SPRAGUE
&
CATHERINE CROOK DE CAMP

DIE SCHWERTER VON ZINJABAN

Neunter Roman des Krishna-Zyklus

Deutsche Erstausgabe

WILHELM HEYNE VERLAG
MÜNCHEN

HEYNE SCIENCE FICTION & FANTASY
Band 06/4193

Titel der Originalausgabe
THE SWORDS OF ZINJABAN
Übersetzung aus dem Amerikanischen
von Joachim Pente
Das Umschlagbild malte Mark Harrison

Umwelthinweis:
Dieses Buch wurde auf
chlor- und säurefreiem Papier gedruckt.

Lektorat: F. Stanya
Copyright © 1991 by L. Sprague de Camp
and Catherine Crook de Camp
Erstausgabe bei Baen Publishing Enterprises.
Distributed by Simon & Schuster, New York
Copyright © 1997 der deutschen Ausgabe und der Übersetzung
by Wilhelm Heyne Verlag GmbH & Co. KG, München
Printed in Germany 1997
Umschlaggestaltung: Atelier Ingrid Schütz, München
Technische Betreuung: M. Spinola
Satz: Schaber Satz- und Datentechnik, Wels
Druck und Bindung: Ebner Ulm

ISBN 3-453-05407-5

Inhalt

I

FERGUS REITH

Die *Pará* senkte sich auf einer Säule aus Feuer auf das Landefeld. Fergus Reith, hoch aufgeschossen, schlank und mit rotbraunem Haarschopf, stand am Fuß der Landerampe und musterte die interstellaren Reisenden, die die Gangway herunterströmten und ihren Fuß auf den Planeten Krishna setzten. Neben ihm stand ein junger Bursche, mit Haaren, so feuerrot, wie seine eigenen es zwanzig terranische Jahre zuvor ebenfalls gewesen waren.

Eine aus zwei Männern und einer Frau bestehende Gruppe kristallisierte sich jetzt aus dem Schwarm der Neuankömmlinge heraus. Diese drei, schätzte Reith, waren mit ziemlicher Wahrscheinlichkeit seine neuen Klienten von Cosmic Productions, zu deren Empfang er eigens zum Schiff gekommen war. Doch als sie näher kamen, klappte Reith vor Schreck die Kinnlade herunter. Er hatte das Gefühl, als schwände ihm der Boden unter den Füßen, und er würde im freien Fall in einen Schlund stürzen. Denn die Frau war Dr. Alicia Dyckman, die berühmte Xenanthropologin – die über zwanzig Jahre zuvor einmal Mrs. Fergus Reith gewesen war.

Als sie näher kam, schlank und graziös, bekleidet mit einem blau und golden gemusterten, perfekt zu ihrem glatten blonden Haar und ihren saphirgrünen Augen passenden Pullover, da war ihm, als unternähme er eine Zeitreise in die Vergangenheit. Er wußte, daß er in den vergangenen zwanzig Jahren, seit sie sich das letzte Mal gesehen hatten, gealtert war. Trotz der Langlebigkeitspillen, die die normale menschliche Lebensspanne verdreifachten, waren die Jahre nicht spurlos an ihm vorübergegangen. Und hier kam Alicia und sah nicht älter aus als an dem Tag vor zwanzig Erdenjahren, als sie unter Tränen die Gangway zur *Juruá* hinaufgestiegen war, traurig und am Boden zerstört, weil Reith, ihr Ehemann, von dem sie sich nach kurzer Ehe hatte scheiden lassen und dem sie unter turbulenten Umständen wiederbegegnet war, sie nicht wieder hatte heiraten wollen. Sie sah immer noch genauso atemberaubend aus wie damals: schlank, hochgewachsen, mit goldblondem Haar, feingeschnittenen Zügen und einer unwiderstehlichen kleinen Stupsnase. Sie erweckte immer noch den Eindruck von Zerbrechlichkeit, obwohl sie, wie Reith besser als jeder andere wußte, körperlich wie seelisch stark wie ein Mann und hart wie Stahl war.

Reith wußte auch den Grund für diesen scheinbaren Altersunterschied zwischen ihm und Alicia. Zwei Jahrzehnte lang war er regelmäßig seinem Gewerbe als Reiseführer auf Krishna nachgegangen; und für ihn war die Zeit normal weitergegangen. Alicia hingegen hatte den größten Teil dieser zwanzig Jahre im Raumschiff zwischen Krishna und ihrem Heimatplaneten Erde verbracht und war mit annähernd Lichtgeschwindigkeit durch das All gerast. Folglich hatte sich für sie die Zeit auf ein Minimum verlangsamt, und die Reise von Planet zu Planet war ihr kaum länger als zwei Wochen vorgekommen. Da der Fitzgerald-Effekt die Bewegungsgeschwindigkeit ihrer Körpermoleküle entsprechend herabgesetzt hatte, war ihr Alterungsprozeß verlangsamt worden.

Das Trio hatte jetzt den Fuß der Rampe erreicht. Reith gab sich einen Ruck und trat ihnen entgegen. »Hallo, Alicia!« sagte er mit gekünstelter Beiläufigkeit, die sein heftiges Herzklopfen verbergen sollte. »Seid ihr drei meine neuen Kunden von Cosmic Productions?«

Alicias himmelblaue Augen weiteten sich. »Fergus Reith! Bist du's wirklich?«

»Ich … ich …«

»Du siehst irgendwie so verändert aus mit der Brille. Und dein Haar ist irgendwie dunkler geworden – kastanienbraun statt feuerrot.«

Ein wenig verlegen schüttelten sie sich die Hand. Mit einem bedauernden Grinsen murmelte Reith: »Tja, ich bin eben nicht jünger geworden in den letzten zwanzig Jahren – das heißt, Erdenzeit.« Um keine Verlegenheit aufkommen zu lassen, wandte er sich mit bemühter Herzlichkeit den beiden Männern zu, die hinter Alicia standen. »Willkommen auf Krishna! Ich bin Fergus Reith, Ihr künftiger Führer, Übersetzer und Anlaufstelle für Probleme und Fragen jeder Art.«

Alicia hatte sichtlich Mühe, ihre Fassung wiederzugewinnen. »Das ist Cyril Ordway, Production Manager von Cosmic, und das ist Jacob White, der Location Manager. Ich bin Cyrils Assistentin.«

Die zwei Männer murmelten die üblichen Begrüßungsfloskeln und schüttelten Reith die Hand. Ordway war ein untersetzter, etwas plump wirkender Mann mit einem sandfarbenen Schnauzbart und fleckiger Gesichtshaut. Seine dicke Stupsnase war von roten Äderchen durchzogen, die ihr einen rötlichen Schimmer verliehen. White, der insgesamt einen etwas nervösen Eindruck machte, war von schmächtigem Wuchs. Sein schütteres schwarzes Haar hatte er sorgfältig und mit kunstvoller Sorgfalt von der Seite quer über den Kopf gekämmt, um seine fortschreitende Glatze zu verdecken. Mit einem forschenden Blick von Reith auf Alicia sagte Ordway in unüberhörbarem Londoner Dialekt: »Ihr zwei kennt euch wohl schon.«

»Ja«, sagte Reith kurz angebunden. »Und das hier ist mein Sohn Alister; Doktor Dyckman, Mister Ordway, Mister White. Gehen wir weiter zur Gepäckausgabe, damit wir den Verkehr nicht aufhalten.«

Als sie zur Gepäckausgabe gingen, der Junge vornweg, gefolgt von den beiden Filmleuten, sagte Alicia leise: »Dein Sohn ist dir wie aus dem Gesicht geschnitten! Deine Frau muß stolz auf ihn sein.«

Reith schüttelte den Kopf. »Ich bin nicht verheiratet. Ich erzähl dir alles später.« Er hob die Stimme wieder: »So, da wären wir! Hier ist die Gepäckausgabe, meine Herren. Sobald ihr eure Sachen gefunden habt, bring ich euch durch den Zoll und die Sicherheitskontrolle, und danach zeig ich euch euer Quartier.« Er wandte sich seinem Sohn zu und sagte, wieder in gedämpftem Ton: »Wir sehen uns zu Hause zum Abendessen. Sag Kardir, er soll für eine Person mehr decken.«

Der junge Alister machte sich davon. Eine Stunde später strebten Reith und seine Gruppe zum Gästehaus im Wohnbereich von Novorecife, begleitet von einem dicken Krishnaner mit Handkarren, auf dem ihr Gepäck lag. Sie durchquerten eine Ansammlung massiver Betongebäude, deren graue Schmucklosigkeit durch Fassadenverzierungen im krishnanischen Stil nur wenig gemildert wurde.

Reith verstaute die drei Terraner und ihr Gepäck in den für sie vorgesehenen Zimmern, Alicia als letzte. Als der Träger gegangen und sie allein waren, sagte Reith: »Hör mal, Lish, sobald ich für das Abendessen deiner Kollegen gesorgt hab, wie wär's, wenn du dann mit zu mir nach Hause zum Essen kämst? Gegen die Küche meines krishnanischen Kochs schmeckt jedes Essen in der Cafeteria von Novo wie ein Schlangenfraß.«

Die Anrede ›Lish‹ rief bei Alicia ein leises Lächeln hervor. Reith hatte sie immer so genannt, wenn sie glücklich miteinander waren oder sich zumindest vertrugen. »Wo wohnst du?« fragte sie ihn.

»Zwei oder drei *Hoda* außerhalb von Novo. Es ist eine kleine Farm mit ein paar Hektar Land, genug, um ein paar Shaihane zu züchten.«

»Heißt das, daß du jetzt im Nebenberuf auch noch Viehzüchter bist?«

»Na ja, so ein bißchen; nicht im großen Stil, wie der alte Zainian in Zora. Erinnerst du dich noch?«

»Und ob ich mich erinnere! Für mich ist es schließlich erst ein paar Jahre her.«

»Also, kommst du nun? Wir werden uns eine Menge zu erzählen haben, und hier haben die Wände Ohren.«

»Der Gedanke an ein feines Essen ist verlockend; und ich möchte dich soviel fragen. Aber wir können schlecht den armen Cyril und Jack hier so allein hängen lassen!«

»Die werden schon versorgt werden.« Reith trat an das Sprechgerät an der Wand und sagte im Portugiesisch der Viagens Interplanetarias: *»Zero cinco … Herculeu? Favor de guiar os meus dois homens para jantar.«*

»E a dama deleitosa?« quäkte es in derselben Sprache aus dem Sprechgerät.

»Die hübsche Dame hat andere Pläne«, sagte Reith kurz und knapp.

»Bem.« Herculeu Castanhosos leises Kichern knarzte aus dem Lautsprecher. Eine Stunde vorher, als die Neuankömmlinge am Einreiseschalter ihre Formulare ausgefüllt hatten, war der Sicherheitsoffizier aufgesprungen und hatte Alicia überschwenglich willkommen geheißen. Wie jeder in der terranischen Kolonie auf Krishna kannte auch er die bittersüße Geschichte der Romanze zwischen der Sozialwissenschaftlerin und dem Fremdenführer.

Reith überhörte Castanhosos Gekicher, schaltete das Sprechgerät aus und ging wieder zu Alicia. »Alles geregelt!«

»Nun, wenn du sicher bist, daß …«

»Zieh dir was Warmes für draußen an und nimm deine Zahnbürste und sonstigen Übernachtungsutensilien mit.«

Sie blickte ihn scharf an. »Was hast du mit mir vor?«

»Fürchte dich nicht«, sagte er mit einem spitzbübischen Grinsen. »Du kriegst ein eigenes Zimmer – mit einem großen Riegel vor der Tür, und die ist so solide, daß sich sogar ein Bishtar den Schädel daran einrennen würde. Und Alister ...«

Ein Klopfen an der Tür unterbrach ihn. Es war Cyril Ordway, der nölte: »Sagen Sie mal, Reith! Wann kriegen wir endlich was zu trinken? Ich hab seit vierzehn Tagen keinen Tropfen mehr gesehen, und allmählich stolpere ich schon über meine eigene Zunge.«

»In ein paar Minuten«, antwortete Reith. »Die Nova Iorque macht erst um neun Uhr krishnanischer Zeit auf. Lish, gehst du mit einen trinken?«

»Nein danke. Geht ihr drei allein. Ich muß mich ein bißchen frischmachen. Komm zurück, wenn du fertig bist mit deinem Kram.«

In der Cocktail Lounge bestellten Reith und White einen leichten Falatwein. Ordway nahm einen kräftigen Schluck von dem Kvad, den er geordert hatte. »Nicht schlecht, dieses Gesöff«, sagte er und starrte in seinen Humpen.

»Seien Sie vorsichtig«, warnte ihn Reith. »Das Zeug ist verführerisch süffig, aber es hat zwischen zwanzig und fünfunddreißig Prozent Alkohol.«

»Keine Angst«, sagte Ordway und genehmigte sich gleich noch einen ordentlichen Schluck. Dann betrachtete er die anderen Gäste, die sich inzwischen in der Nova Iorque Bar eingefunden hatten, und besonders neugierig starrte er die Krishnaner unter ihnen an. Letztere waren für Extraterrestrier bemerkenswert humanoid in ihrer äußeren Erscheinung, bis auf ein paar kleine Einzelheiten, wie die spitz zulaufenden Ohren, die fühlerartigen, fedrigen Riechantennen und die grünliche Gesichtsfarbe, Ordway sagte: »Erzählen Sie mir mehr über diese Kanaken. Ich dachte, sie hätten keine Gesichtsbehaarung, aber die zwei Typen dort tragen Bart.«

»Das ist zur Zeit so ein Modetick unter den männlichen Krishnanern«, erklärte Reith. »Falsche Bärte als Nachahmung von Erdenmenschen.«

Ordway lachte so laut, daß sich die Blicke der Gäste auf ihn und seine Begleiter richteten, und White senkte verlegen den Blick. »Bei Gottes Vorhaut!« wieherte Ordway. »Das ist das Schärfste, was ich seit langem gehört hab! Gott sei Dank haben wir Menschen nicht den Tick, so aussehen zu wollen wie Krishnaner – noch nicht jedenfalls. Was sind diese federartigen Dinger da über ihren Augenbrauen, die so aussehen wie die Fühler von einer Motte?«

»Riechorgane«, sagte Reith. Er sprach fast im Flüsterton, in der Hoffnung, dadurch seinen polterigen Tischnachbarn dazu zu bringen, seine Sprüche etwas weniger lautstark durch die Bar zu brüllen. »Manche Krishnaner haben einen viel feineren Geruchssinn als wir – wie den von einem Hund.«

Eine halbe Krishnastunde lang beantwortete Reith alle möglichen Fragen über den Planeten und seine Bewohner. Schließlich fragte Ordway: »Sie sehen, bis auf diese Fühler, verdammt menschenähnlich aus. Sagen Sie, wie ... eh ... machen die denn die kleinen Krishnaner?«

Reith grinste. »Genauso wie wir. Aber sie sind ovipar.«

»Hä?« Ordway guckte ihn verwirrt an.

»Sie legen Eier.«

»Oh! Und wie ist das mit Krishnanern und Menschen? Ich meine, wenn man einen Mann von der einen Gattung mit einer Frau von der anderen zusammenlegt, könnten sie ... eh ...«

»Ja, sie könnten. Ihre Organe sehen ein bißchen anders aus, aber sie sind trotzdem kompatibel.«

»Etwa so wie britisches und amerikanisches Beleuchtungsanlagenzubehör?«

»Genauso. Soweit ich weiß, sind sie die einzigen Extraterrestrier, von denen man das sagen kann.«

»Und? Kommt es manchmal hier vor?«

Reith zuckte die Achseln. »Hin und wieder. Meistens männliche Terraner mit weiblichen Krishnanern. Die andere Kombination ist selten.«

»Wieso?«

»Zum einen, weil es hier mit Abstand mehr Terraner als Terranerinnen gibt, so daß die Mädchen kaum Probleme haben, einen terranischen Mann als Ehepartner zu finden. Zum anderen, weil den meisten Terranerfrauen Sex mit Krishnanern keinen Spaß macht. Sie sagen, es gehe ihnen einfach zu schnell.«

Ordways alkoholgerötetes rundes Gesicht nahm einen verschlagenen Ausdruck an. »Haben Sie schon mal eine Krishnanerin ... eh ... nun, Sie wissen schon?«

Reith fühlte, wie Ärger in ihm hochstieg. Gereizt setzte er zu einer Erwiderung an: »Das geht Sie einen ...« Doch er beherrschte sich im letzten Moment; er wollte nicht gleich am Anfang mit den beiden neuen Klienten Krach bekommen.

»Oh, Entschuldigung!« schwallte Ordway. »War nicht so gemeint. Ich bin manchmal ein bißchen neugierig.«

»Schon gut«, sagte Reith. »Aber wenn Sie's genau wissen wollen: Ich war sogar schon mal mit einer krishnanischen Prinzessin verheiratet.«

»Hey! Das wäre ja richtig Stoff für ein Drehbuch! Sie sagten, ›war‹. Heißt das, Sie sind es nicht mehr? Was ist passiert?«

»Die Ehe wurde annulliert, weil sie unter Zwang zustande gekommen war.«

»Und wer von euch beiden hat wen gezwungen?«

»Ich erzähl Ihnen die Story vielleicht ein andermal«, sagte Reith in bestimmtem Ton.

Ordway zog ein enttäuschtes Gesicht, verkniff es sich aber, weiter nachzuhaken. Er fragte statt dessen: »Und wie sieht es mit Nachwuchs aus? Ich meine, laufen hier kleine Mischlinge rum?«

»Nein. Ihre Geschlechtsorgane sind zwar mit unseren kompatibel, aber nicht ihre genetischen Systeme. Leichter könnte man einen Menschen mit einer Geranie kreuzen.«

»Ich habe sogar schon Männer gesehen, die sich mit Schwulen gekreuzt haben!« wieherte Ordway.

White, dem man ansah, daß er peinlich berührt war, warf ein: »Cyril ist ein Mann mit starken Vorurteilen.«

»Ich weiß, was normal ist und was nicht, das ist alles«, näselte Ordway. »He, wie wär's mit einer neuen Runde? Ich bin so ausgetrocknet wie euer amerikanisches Death Valley.«

Reith gab Yang einen Wink. Er und White blieben bei Falat; Ordway hingegen sprach weiter dem viel stärkeren Kvad zu. Während Ordway der Alkohol immer mehr in Stimmung brachte, schien er bei White das Gegenteil zu bewirken. Er saß da wie ein Häufchen Elend. Reith fragte: »Was ist los, Mister White? Freuen Sie sich denn nicht darauf, daß Sie bald mit den Dreharbeiten anfangen?«

White lächelte gequält. »Nennen Sie mich Jack. Ehrlich gesagt, freue ich mich nicht sonderlich. Ich wollte nicht von Terra weg, aber Stavrakos ...«

»Wer?«

»Kostis Stavrakos, mein Boß. Er bestand darauf. Er wußte, daß ich zur Zeit keine feste Beziehung oder so was habe und somit keinen Grund hatte, mich zu drükken.«

»Aber so schlimm war der Flug doch auch wieder nicht, oder?«

»Ach, das ist es nicht. Ich habe nichts gegen Reisen, zumindest nicht auf der Erde. Aber Sie müssen wissen, ich bin praktizierender Jude. Weiß der Himmel, wie ich hier die Ernährungsgebote befolgen soll oder wie ich wissen soll, wann unsere Feiertage sind.«

»Ich verstehe«, sagte Reith. »Wir haben manchmal Moslems hier, die haben immer Probleme damit, rauszufinden, in welcher Richtung Mekka liegt. Was die heiligen Tage angeht, so haben wir hier unsere eigenen Uhren und Kalender, da unsere Tage und das Jahr länger sind als auf der Erde, während der Mond – das heißt, eine Umdrehung Karrims – kürzer ist als der terranische Monat. Aber die Jungs in der Raumflugüberwachung können Ihnen immer genau sagen, was für ein Tag es gerade auf der Erde ist. Und was das Essen angeht, nun, da müssen Sie eben Vegetarier werden. Wir haben hier auf Krishna nichts, was exakt einem terranischen Wiederkäuer entsprechen würde.«

White nickte kummervoll. »Ich sehe schon, dieser Trip steht für mich unter keinem günstigen Stern. Und noch was ...«

»Ja?«

»Ich richte mich zu Hause immer nach dem Horoskop, und ...«

»Abergläubischer Schwachsinn!« knurrte Ordway. »Ich hab schon tausendmal versucht, Jack diesen Blödsinn auszureden, aber ...«

Reith fragte dazwischen: »Steht da nicht irgendwo im Alten Testament was von Astrologen, ›die da sind wie Stoppeln, die das Feuer verbrennt‹, oder so ähnlich?«

»Ja, in Jesaja siebenundvierzig«, sagte White. »Aber im Buch der Richter steht, daß die Sterne in ihrer Bahn gegen Sisera kämpften. Irgendwas muß an der Astrologie also doch dran sein.«

»Zumindest wegen dieser Sache brauchen Sie sich keine grauen Haare wachsen zu lassen«, sagte Reith. »Die offizielle Religion des Gozashtando-Reiches ist eine Art hausgemachte Astrologie. Sie ist genauso wissenschaftlich wie ihr irdisches Gegenstück. Sie werden's sehen, wenn wir dort sind.«

Mit wachsendem Unbehagen registrierte Reith, daß im Verlauf ihrer Unterhaltung Ordways Stimme immer lauter wurde. Und im gleichen Maß, wie sein Organ lauter wurde, nahmen seine Sprüche an Aggressivität zu.

»Schaut euch mal diese Witzfigur da drüben an, den Kerl da mit dem Schwert!« dröhnte Ordway. »Für wen hält diese Pappnase sich eigentlich? Für zehn Schilling rupf ich dem seinen albernen Bart aus!«

»Halten Sie die Klappe!« blaffte Reith. »Das ist Prinz Ferrian von Sotaspé, ein ziemlich hohes Tier hier. Außerdem ist er ein gefürchteter Kämpfer und ein alter Freund von mir.«

»Von mir aus kann er der Kaiser von China sein. Ich sage, eine verdammte Grünhaut hat in einer Bar, wo Weiße verkehren, nichts verloren. Ich reiß dem Kerl jetzt seinen blöden Bart ab ...«

»Das ist so ziemlich die schnellste Art, Selbstmord zu begehen, die ich kenne«, schnaubte Reith. »Jack, können Sie diesen verdammten Deppen nicht zur Räson bringen, ehe er hier noch eine Prügelei anfängt?«

Das Objekt von Ordways Pöbeleien, ein hochgewachsener Krishnaner mit einer purpurfarbenen, goldverzierten Tunika, erhob sich, musterte Ordway einen Moment lang kühl, und stolzierte aus der Bar.

White zuckte hilflos die Achseln. »Ich kann's versuchen. Aber wenn der erst einmal ein paar Drinks intus hat, dann ist er nicht mehr zu bremsen.«

»Hab ich richtig gehört?« schnarrte Ordway. »Haben Sie gerade ›Depp‹ gesagt? Ich lass mich von einem hergelaufenen Yankee nicht ...«

»Verdammt, jetzt halten Sie endlich die Klappe! Da kommt Herculeu und holt euch zum Abendessen ab. Ihr seid ihm schon beim Zoll und bei der Sicherheitskontrolle begegnet, erinnert ihr euch?«

Der eichhörnchenähnliche kleine Sicherheitsoffizier war soeben zur Tür hereingekommen. White fragte unsicher: »Kommen Sie nicht mit, Fergus?«

»Tut mir leid, aber ich habe noch eine andere Verpflichtung.«

»Oho!« quiekte Ordway. »Er hat ein Stelldichein mit der hübschen Alicia. Paß nur auf, Kumpel, mit der ist nicht gut Kirschen essen. Wenn du der den Rock hochhebst ...«

»Noch einen blöden Spruch von Ihnen«, knurrte Reith, wobei er sich erhob, »und Sie können sich Ihren Film sonstwohin stecken!«

»Cyril!« blökte White verzweifelt. »Nimm dich um Himmels willen zusammen! Helfen Sie mir, ihn hier rauszuschaffen, Fergus!«

White und Reith hievten Ordway auf die Füße und schleiften ihn, unterstützt von Castanhoso, der von hinten schob, zum Ausgang. Als sie an einem Tisch vorbeikamen, an dem ein Terraner und ein Krishnaner saßen, der letztere mit einem falschen purpurfarben schimmernden Bart, riß Ordway sich blitzartig los, langte über den Tisch und riß dem Krishnaner das Haarteil vom Kinn.

»Hishkako baghan!« schrie der Krishnaner und sprang auf. Im Nu prügelten die beiden aufeinander los, während die umstehenden Gäste hastig aus dem Weg stoben. Ein Stuhl kippte um; Glas splitterte. Yang, der Bartender, schrie: »Stop! Aufhören! *Quittez! Bú huí! Ostanovityes'!*«

Hin und her ging die Balgerei, über Tische und Bänke; mit Händen und Füßen stießen, traten, schubsten, droschen und keilten die beiden Streithähne aufeinander ein, stolperten über Glasscherben und rutschten auf Getränkepfützen aus. Wie mit Dreschflegeln traktierten sie sich, mit viel Schwung und Kraft, aber wenig Zielgenauigkeit. Schließlich erwischte einer der Tritte des Krishnaners Ordway am Bauch. Als der Engländer zusammenknickte, packten Castanhoso und der Tischgenosse des Krishnaners, ein großer blonder Mann, der Reith irgendwie bekannt vorkam, den Krishnaner bei den Armen und hielten ihn fest, während Reith und White Ordway bei den Handgelenken griffen und zurückzerrten.

Einen Moment lang standen sich die beiden Kampfhähne keuchend gegenüber und starrten sich haßerfüllt an. Dann riß plötzlich Ordway, der trotz seines mitgenommenen Aussehens über erstaunliche Kräfte verfügte, seinen Arm aus dem Griff Whites los und stieß den schmächtigen Location Manager gegen einen Tisch, der mit lautem Krach umstürzte. Laut brüllend: »Ich laß mich nicht von einem verdammten Kanakenschwein treten!« holte er zu einem Schwinger nach dem Krishnaner aus. Statt an dessen Kopf landete der Rundschlag jedoch am Kopf von dessen blondem Tischnachbarn, der daraufhin den Krishnaner losließ und auf deutsch brüllte: »Du Scheißkerl! Ich bring dich um!«

Der Deutsche holte zu einem Schwinger an Ordways Kopf aus, traf aber statt dessen den von Reith. Reith taumelte zurück und ging um ein Haar zu Boden, behielt aber Ordways Handgelenk eisern im Griff.

Jetzt kam Yang, der Bartender, nach vorn gehastet, in der Hand eine Syphonflasche. Er hielt die Düse Ordway ins Gesicht, betätigte den Abzug und spritzte dem Wüterich eine geballte Ladung Sodawasser in die Kiemen. Er hielt so lange drauf, bis Ordway gurgelnd den freien Arm zum Zeichen der Kapitulation hob. Während andere den Krishnaner zur Tür hinausbugsierten, stand Ordway prustend und japsend da wie ein begossener Pudel.

Castanhoso schaute Reith an und sagte auf portugiesisch: »Senhor Dom Fergus, wie ich sehe, haben Sie es wieder einmal mit einem von der Sorte zu tun, die uns allen die größten Scherereien bereiten können, wenn man sie frei herumlaufen läßt. Wenn Sie einen Ausweisungsantrag einreichen wollen, setze ich ihn in die *Pará* und schiebe ihn als unerwünschten Ausländer mit dem nächsten Flug wieder zur Erde ab.«

Reith zog die Stirn kraus. »Greifen wir noch nicht zu diesem letzten Mittel, Herculeu. Der Filmjob, dessentwegen er hergekommen ist, ist zu wichtig, und für mich hängt zuviel *caixa* da drin, als daß ich ihn allzu leichtfertig platzen ließe. Schaffen wir ihn erst mal aufs Klo und trocknen ihn ab.«

Gemeinsam schleiften sie Ordway in die Toilette der Bar und rieben seine Kleider trocken. Sofort bekam der Production Manager wieder Oberwasser. »Was glauben Sie eigentlich, wer Sie sind?« machte er Reith an. »Muß man sich hier als Weißer alles gefallen lassen?«

Reith packte den Betrunkenen bei den Rockaufschlägen und zog ihn ganz nahe zu sich heran. Dann zischte er: »Jetzt hör mir mal gut zu, du blödes Arschloch. Ich hätte dich ohne weiteres in die *Pará* setzen und zur Erde zurückverfrachten können, und dein Halbmilliarden-Projekt wäre sang- und klanglos den Bach runtergegangen. Noch einen Muckser von dir, und ich tu's. Kapiert?«

Ordway starrte zu Boden, ballte die Hände zu Fäusten, öffnete sie wieder, fluchte leise vor sich hin und murmelte schließlich: »Okay, Reith, ich habe mich wohl ein bißchen gehenlassen. Sie haben mich an den Eiern.«

»Und noch was«, sagte Reith. »Wenn wir draußen beim Drehen sind, und ich sehe Sie nur ein einziges Mal unter Strom, schicke ich Sie sofort nach Novo zurück. Kapiert?«

Ordway murmelte etwas, das man als Bestätigung hätte interpretieren können. »Okay dann«, sagte Reith. »Ihr zwei könnt jetzt mit Herculeu zum Essen gehen.«

Castanhoso sagte leise: »Sie sollten besser mitkommen, Fergus. Sie wissen mehr über das Projekt von diesen Clowns als ich.«

Reith grinste. »*Desculpe, mas tenho uma entrevista.*«

Castanhoso seufzte. »Bei solch einer Frau kann ich Ihnen das nicht übelnehmen. Viel Vergnügen!«

Als Reith die Nova Iorque verließ, tippte ihm jemand von hinten auf die Schulter. Es war der große blonde Deutsche. »Mister Rieß, nicht wahr?«

»Ja, der bin ich.«

»Der Schlag war unbeabsichtigt, das versichere ich Ihnen. Aber da wäre noch eine andere Sache.« Der Mann schlug die Hacken zusammen, machte eine knappe, steife Verbeugung und überreichte Reith eine Visitenkarte.

HERR ENRIQUE V. SCHLEGEL
Kultursachverständiger

Reith straffte sich. »Hallo, Schlegel. Ich hab Sie nicht wiedererkannt ohne Ihren Backenbart.«

Der Mann verbeugte sich erneut. »Wenn Sie mich bitte unterrichten wollen, wo Sie zu finden sind, werden meine Sekundanten Sie aufsuchen und einen Termin mit Ihnen vereinbaren. Es muß außerhalb von Novorecife sein, damit dem Gesetz Genüge getan ist, und es muß früh sein, da ich morgen nach Qirib abreise.«

»Was in aller Welt reden Sie da?« fragte Reith. »Wollen Sie mich allen Ernstes zum Duell herausfordern?«

»Natürlich; das gebietet die Ehre.«

»Ach, jetzt hören Sie aber auf, Schlegel, Sie spinnen ja! Abgesehen davon, daß ich derjenige war, der einen vor die Nuß gekriegt hat, könnte allenfalls ich Genugtuung fordern.«

»Es ist nicht wegen dem Schlag vorhin – für den entschuldige ich mich in aller Form. Es ist wegen dem üblen Streich, den Sie mir vor zwei Jahren in Mishé gespielt haben.«

»Meinen Sie das wirklich im Ernst?«

»Ich pflege nicht zu scherzen. Sind Sie mit Schwertern einverstanden, oder bevorzugen Sie irgendeine andere Waffe?«

»Jetzt seien Sie nicht albern! Ich trage keine Duelle aus; und wenn ja, würde ich die Brötchen aus der Cafeteria in Novo als Waffe wählen – als Wurfgeschosse, auf zehn Schritte Abstand. Wir leben doch nicht mehr im Mittelalter!«

»O doch, das tun wir! Die meisten Krishnaner befinden sich in einem Kulturstadium, das durchaus dem irdischen Mittelalter entspricht. Das ist das wahre Heldenzeitalter. Wollen Sie nun mit mir kämpfen, oder sind Sie ein dekadenter Feigling?«

»Ich duelliere mich nicht; aber wenn Sie mich angreifen, werde ich mich verteidigen. Das haben schon mehrere versucht, aber sie weilen alle nicht mehr unter uns. Gute Nacht!«

Reith marschierte davon, von einem gewissen Unbehagen erfüllt angesichts der Tatsache, daß er unbewaffnet war. Aber nichts piekte sich in seinen Rücken.

Die rote Sonne Roqir hing vor dem grünlichen Himmel in den Wipfeln der Bäume wie ein Luftballon, der sich in einem Busch verfangen hat, als Reith Alicia auf den Wagen half. »Wo ist dein Sohn?« fragte sie.

»Ich hab ihn schon mal vorausgeschickt, damit meine Leute Bescheid wissen, daß wir einen Gast haben.«

»Das klingt ja richtig nach Landadel.«

»Na ja, das wär ein bißchen übertrieben. Ich habe einen Koch und ein Hausmeisterehepaar, dazu ein paar Shaihanhirten – alles Krishnaner. Und meinen Sekretär Minyev.«

»Minyev? Das ist ein khaldonischer Name. Sag mal, ist das etwa zufällig mein altes Faktotum in den Khaldoni-Ländern?«

»Richtig; genau der.«

»Was für ein Zufall!«

»Eigentlich nicht«, sagte Reith. »Minyev ist dir zwar damals abgehauen, aber er wollte trotzdem wieder bei Terranern arbeiten. Er hat sich in den Kopf gesetzt, Diplomat zu werden.«

»Ich weiß; das war schon damals sein Traum. Ein kluger Bursche, aus dem was werden kann.«

»Tja, und so schlug sich dein Möchtegern-Talleyrand denn nach hierher durch, mit allen möglichen Jobs. Vor ein paar Jahren hörte er dann meinen Namen von jemandem, der uns beide gekannt hatte, und bewarb sich für den Job als Buchhalter, als ich jemanden dafür suchte. Und so ist er bei mir gelandet.«

»Wirklich, ein cleverer Bursche«, wiederholte Alicia.

»Das stimmt. Er kann meine Handschrift inzwischen so perfekt nachahmen, daß ich richtig nervös werde; nicht, daß er eines Tages noch einen Scheck auf meinen Namen ausstellt und damit türmt!«

Reith tippte den Aya leicht mit dem Peitschenstiel an, und das hornbewehrte sechsbeinige Tier setzte sich in Trab. Sobald sie zum Tor hinaus waren, wandte Reith das Gesicht seiner einstigen Ehegemahlin zu – einfach aus dem sinnlichen Vergnügen heraus, eine schöne Frau anzuschauen, die im rotgoldenen Licht der untergehenden Sonne lächelte.

Er sah, wie Alicias Augen sich besorgt weiteten. »Fergus! Wo hast du denn die dicke Prellung an der Wange her?«

»Dein Freund Ordway hat in besoffenem Kopf in der Nova Iorque Bar eine Keilerei angefangen, und dabei hab ich einen Schwinger abgekriegt, der eigentlich ihm gegolten hatte.«

»Ach, du liebe Güte! So was in der Art hatte ich schon befürchtet. In der *Pará* hat er nichts zu Saufen bekommen, also wollte er es wahrscheinlich gleich hier nachholen. Soll ich ein bißchen Kölnisch Wasser drauftun?«

»Danke, nicht nötig; die Haut ist nicht aufgeplatzt.«

»Wie kam es eigentlich zu der Schlägerei in der Bar?« wollte Alicia wissen.

Reith erzählte ihr von Ordways Auftritt und Schlegels anschließender Herausforderung zum Duell. »Wie alle meine Touristen brachten sie das Gespräch schnell auf das Thema A«, fügte er hinzu.

»Sex mit Krishnanern, beziehungsweise, Krishnanerinnen?«

»Richtig. Wer was mit wem macht. Ich hab mich daran gewöhnt, ihnen die Geschichte mit den Bienen und den Blumen zu erklären – als hätten wir hier Bienen und Blumen.«

»Hoffentlich erzählst du ihnen nichts von *uns.*«

»Bis jetzt hab ich's jedenfalls noch nicht erwähnt. Wieso? Wissen sie es denn nicht?«

»Nein, aber wahrscheinlich werden sie's früher oder später sowieso erfahren. Von mir aus später.«

»Was macht das schon? Schließlich haben wir ja nicht die Bank in Novo ausgeraubt.«

»Ich möchte nur nicht, daß jeder in meiner Vergangenheit herumstochert und blöde Fragen stellt und meint, nun könne er es ja auch mal bei mir versuchen… Alle Filmleute sind entweder Klatschbasen oder romantische Wichtigtuer.«

»Meine liebe Alicia, sie werden es so oder so erfahren. In ein paar Tagen, wenn die nächste *Novo News* herauskommt, wird die Story drinstehen. Du kannst Gift darauf nehmen, daß Meilung in diesem Moment dabei ist, das Zeitungsarchiv nach den Namen auf der Passagierliste zu durchstöbern…«

»Wer ist Meilung?«

»Meilung Guan – oder Guan Meilung, wenn dir das lieber ist – ist die Reporterin der *Novo News*. Sie war am Landeplatz. Ich dachte, sie wollte sich euch Filmleute vorknöpfen, aber statt dessen interviewte sie diesen Balkan-Politiker.«

»Ich kann mich gut erinnern, ein hübsches kleines Mädchen gesehen zu haben, das wie eine Chinesin aussah und eine Kamera dabei hatte; aber hauptsächlich habe ich nach dir Ausschau gehalten. Ich dachte, mich hätten mittlerweile alle längst vergessen.«

Reith lachte leise auf. »Dich zu vergessen, meine Liebe, ist ungefähr so leicht, wie das Erdbeben von Los Angeles zu vergessen. Wenn sich das erst mal rumgesprochen hat, werden jedem Terraner hier vor Neugierde die Antennen vibrieren, ob sich wohl zwischen uns wieder was angebahnt hat. Novo ist wie eine terranische Kleinstadt, wo Klatsch und Tratsch der Lieblingssport der Leute sind.«

Alicia seufzte. »Dann laß es uns wenigstens Cyril und Jack so lange nicht auf die Nase binden, wie wir es nicht unbedingt müssen.«

»Ich werde schweigen wie Dejanais Grab, so lange wie möglich. Wie heißt es so schön in Zamba? Eher fängt man einen Pfeil wieder ein, der den Bogen verlassen hat, als ein Wort, das den Mund verlassen hat.«

Eine Weile fuhren sie schweigend dahin und lauschten dem rhythmischen Sechsertakt der Ayahufe, während Roqirs letzte Strahlen einen leuchtenden Regenbogen über die Vegetation warfen. »Seltsam«, sagte Alicia nach einer Weile, »ich habe ein Gefühl, als käme ich nach Hause.«

»Hast du vor hierzubleiben, sobald du deinen Job erledigt hast, und eine Krishnanderin zu werden?«

»Was ist denn eine Krishnanderin?«

»So nennt man hier neuerdings einen Terraner, der sich auf Dauer auf Krishna niederläßt. Erzähl mal, wie sehen deine Pläne für die Zukunft aus?«

Alicia lächelte geheimnisvoll. »Ich weiß es nicht. Das hängt davon ab ...«

Vielleicht denkt sie, das hängt von mir ab, überlegte Reith und wechselte rasch das Thema. »Hier fängt mein Besitz an.«

Der Aya beschleunigte seinen Trab. Wenig später hielt der Wagen vor einem langgestreckten einstöckigen Haus in terranisch-krishnanischem Mischstil mit einer breiten hölzernen Veranda. Reith half Alicia herunter und zeigte ihr ihr Zimmer. Sein Hauswart trug ihre Tasche hinein und brachte den Aya in den Stall.

»Es ist ein schöner Abend heute«, sagte Reith. »Nehmen wir unseren Drink auf der Terrasse. Was möchtest du trinken?«

»Nur ein Gläschen leichten Falat, bitte. Wirklich, ein hübsches Domizil, was du hier hast! Ich bin erstaunt, wie schön du es eingerichtet hast. Manche von diesen krishnanischen Sachen sind wirklich wunderhübsch.«

Reith grinste. »Die Früchte der Dankbarkeit meiner Touristen. Meine Schäfchen legen oft am Ende der Tour zusammen und überreichen mir einen Scheck oder einen Geschenkgutschein. Zum Glück hat Sivird vom Ausstattungsmagazin einen guten Geschmack; er hat mir bei der Auswahl der Möbel und beim Einrichten des Hauses mitgeholfen.«

»Nennen deine Touristen dich immer noch ›Furchtloser‹?«

»Manchmal. Wenn die bloß wüßten, wieviel Schiß ich mitunter habe!«

Ein Krishnaner mit einer Küchenschürze erschien im Korridor. Reith rief auf gozashtandou: »Ach, Kardir! Bring bitte der Dame und mir einen Krug Mishdákh-Falat nach draußen auf die Veranda; und in einer halben Stunde trag bitte das Abendessen auf!«

Alicia nippte behutsam an ihrem Wein. »Ausgezeichneter Tropfen! Wie lange ich keinen Falat mehr getrunken habe …« Nach einer kurzen Pause des Schweigens fragte sie: »Sag mal, Fergus, hast du eigentlich mit mir gerechnet?«

»Absolut nicht! Du warst eine vollkommene Überraschung – ein Schock, den man auf der Richterskala hätte messen können. Du bist nicht um einen Tag älter geworden, während man mir deutlich ansieht, daß ich mich mit schnellen Schritten auf das Mittelalter zu bewege.«

»Nun übertreib mal nicht! Ich finde, du siehst wirklich blendend aus; und du wirkst so fit wie eh und je.«

Reith überging das Kompliment. »Hast du denn damit gerechnet, daß ich an der Landerampe stünde?«

»Ich hab's mir gedacht. Schließlich war ich diejenige,

die Kostis Stavrakos die Idee verkaufte, dich als Führer anzuheuern.«

»So also ist mir dieser fette Auftrag aus dem interstellaren Raum in den Schoß gefallen! Vielen Dank, Lish; ich kann die Piepen gebrauchen.«

»Wenn ich dir einen guten Rat geben darf: Laß dir mindestens die Hälfte deines Honorars vorab auszahlen. In der Filmbranche mischen viele faule Kandidaten mit.«

»Ratschlag notiert. Wer ist dieser Stav ... Wie hieß dieser Bursche doch gleich?«

»Kostis Stavrakos. Er ist der Produzent, der Mann, der das ganze Projekt unter sich hat. Du wirst ihn kennenlernen, wenn die Aufnahmecrew eintrifft.« Einen Moment lang betrachtete sie die langen Schatten, die über der Wiese lagen. Dann sagte sie: »Erzähl mal: Wie kommt es, daß du einen Sohn hast und trotzdem nicht verheiratet bist?«

Reith setzte ein leicht gequältes Lächeln auf. »Auf die Frage hab ich schon die ganze Zeit gewartet!« Wieder ernsthaft, fuhr er fort: »Ich habe eine meiner Touristinnen geheiratet, ein Mädchen namens Elizabeth. Zwei Jahre nach Alisters Geburt verließ sie mich und reichte die Scheidung ein. Und dann ist sie gestorben. Das ist alles.«

Mit mehr Taktgefühl, als es vormals ihre Art gewesen war, verkniff Alicia es sich, Reith nach Einzelheiten zu löchern. Statt dessen sagte sie: »Ich wundere mich, daß kein nettes Mädchen dich während der letzten fünfzehn Jahre eingefangen hat.«

Reith lächelte. »Schon mal versucht, einen ausgebufften alten Shaihanbullen mit einem Lasso einzufangen? Ein paar der hiesigen Damen haben mir schon mal das eine oder andere unmißverständliche Signal gesandt, aber ich bin nicht drauf eingegangen. Nach zwei Scheidungen und einer Annullierung kann ich es wohl als gesicherte Erkenntnis annehmen, daß ich nicht zum Ehemann tauge.«

»Unsinn, Fergus! Jede Frau, die nicht gerade den Verstand und die Sensibilität eines geistig zurückgebliebenen Plattwurms besitzt, würde sich nach einem Mann wie dir die Finger lecken.« Sie beugte sich herüber und drückte ihm kurz und kräftig die Hand.

Aber du warst es nicht, dachte er. Laut sagte er: »Drei Versuche – kein Ehering. Ich bin kein Spieler, und ich habe diese Art von Roulette aufgegeben. Der kommt am schnellsten vorwärts, der allein reist.«

»Mag sein; aber wenn er dann angekommen ist, hat er nichts zu tun.«

Reith lachte leise. »Daran hat der Erfinder dieses Spruchs nicht gedacht. Aber er hatte ja auch nicht deinen Röntgendurchblick.« Er stieß einen leisen Seufzer aus. »Nun ja, wenigstens habe ich Alister.«

»Du armer Kerl! Und ich bin an allem schuld.«

»Aber nicht doch. Du hast das getan, worauf du programmiert warst, und ich genauso. Also hör auf, dir Schuldgefühle einzureden.«

»Der Partner, der den anderen verlassen hat, fühlt sich normalerweise schuldig, während der, der verlassen worden ist, an Selbstwertgefühl einbüßt. Ich verliere sofort meine Schuldgefühle, wenn du dein Selbstwertgefühl wiederkriegst!«

Reith lachte leise. »Ein guter Handel; ich weiß bloß nicht, ob man so was einfach per Willensentscheid bewerkstelligen kann. Außerdem ist das ja alles längst Vergangenheit. Laß uns lieber über die Gegenwart reden. Erzähl: Wie hat die Welt dir denn so mitgespielt? Irgendwelche Abenteuer?«

Alicia zuckte die Achseln. »Viel gibt's da nicht zu erzählen. Seit ich von Krishna zurück war, hatte ich reichlich Verehrer, aber ich habe nie einen nahe an mich rankommen lassen.«

Reith grinste. »Du hast dich also wieder in den kleinen blonden Eiszapfen verwandelt, der du früher schon gewesen warst?«

»Das würde ich so nicht sagen. Aber meine Psychotherapie dauerte länger als ein Jahr, und da blieb mir weder Zeit noch Energie für irgendwelche Romanzen.«

»Wie geht so eine Moritzsche Therapie?«

»Wie ein chirurgischer Eingriff ohne Betäubung. Als sie zu Ende war, mußte ich für meinen neuen Job büffeln, und da hatte ich dann auch keine Zeit für Liebschaften.«

»Wie bist du überhaupt an den Job bei Cosmic gekommen?«

»Einer von den Oberbossen las eines meiner Bücher, und daraufhin nahmen sie mit mir Kontakt auf. Stavrakos wollte jemanden mit Krishna-Erfahrung bei den Dreharbeiten dabeihaben. Meine Verpflichtung führte zu einer Boxeinlage zwischen Stavrakos und Fodor.«

»Wer ist Fodor?«

»Der Regisseur. Er heißt Attila mit Vornamen und hält sich für eine Reinkarnation von Attila, dem Hunnenkönig. In der Branche witzelt man über ihn, er sei so tough, daß er sich die Socken mit Reißzwecken an den Waden festheftet, damit sie nicht rutschen. Außerdem glaubt er, alles Nötige über Krishna selbst zu wissen, und wehrt sich daher mit Händen und Füßen gegen jeden Rat von außen, besonders wenn er von einer Frau wie mir kommt. Wenn sie sich gegenseitig den Schädel eingeschlagen hätten, wäre das bestimmt kein Verlust für die Menschheit gewesen.«

»Wie ging der Kampf aus?«

»Unentschieden; ein paar gingen dazwischen und zerrten sie auseinander. Diese beiden wandelnden Eiterbeulen hassen sich wie die Pest, aber zusammen machen sie bessere Filme als allein. Also bleiben sie zusammen.«

»Wie Gilbert und Sullivan?«

»Genauso. Kostis glaubt von sich, er sei nicht nur ein Finanzgenie, sondern auch ein großer Künstler. Also fühlt er sich ständig bemüßigt, an den Drehbüchern herumzupfuschen und seinen Senf zu allem und jedem dazuzutun. Das wiederum bringt Fodor jedesmal auf die Palme. Tatsächlich hat Kostis soviel ästhetisches Empfindungsvermögen wie eine Wildsau. Mich bewundert er – was wohl nicht gerade für mich als Frau spricht.«

»Ach, komm, Lish!« sagte Reith. »Dir hat es doch niemals an Bewunderern gemangelt, ehrlichen wie sonstigen.«

»Oh, sicher doch; ich ziehe Bewerber an wie ein Abfallhaufen die Fliegen. Die Kerle meinen immer, eine geschiedene Frau ist zu jeder Tages- und Nachtzeit aufs Dödeln scharf.«

»Es ist die Lust, die die Welt regiert.«

»Mag sein; aber du weißt, daß mich oberflächlicher Sex nie interessiert hat. Ich wollte immer einen guten Ehemann oder gar keinen.«

»Nun, da ist Krishna genau das richtige Pflaster für dich, wegen des hohen Überschusses an terranischen Männern.« Sein angeborener Schalk verführte ihn, hinzuzufügen: »Ich habe ja versucht, ein guter Ehemann zu sein.« Er hatte es noch nicht ganz ausgesprochen, da bereute er es auch schon.

»Fergus, noch ein Wort davon, und ich fang an zu heulen. Du warst ein hervorragender Ehemann, bis ich alles kaputtgemacht habe.« Sie schneuzte sich in ihr Taschentuch.

Reith beeilte sich, das Thema zu wechseln. »Sag mal, was macht man so als Assistentin des Produktionsleiters?«

»Ach, ich bin eigentlich nur ein besserer Laufbursche, der dem Produktionsleiter den Kleinkram abnimmt, um den dieser sich nicht kümmern kann oder will.«

»Ich verstehe nicht«, sagte Reith, »wie eine Firma ihre Leute für ein Projekt rausschicken kann, dessen Resultat sie erst in frühestens zwanzig Jahren sehen kann.«

»Große Firmen können sich solche langfristigen Projekte leisten. Du kannst es vergleichen mit der kommerziellen Aufzucht von Bäumen in Baumschulen oder mit dem Bau eines großen Kernfusionskraftwerks. Man will herausfinden, ob das Filmen auf einem anderen Planeten sich trotz der langen Leerlaufzeit rentieren kann.«

»Hat dieser Stavrakos keine Angst, daß ihm jemand seinen Job wegschnappt, während er weg ist?«

Sie lächelte. »Stavrakos ist ein Geschäftsmann, der mit allen Wassern gewaschen ist. Ich bin sicher, daß er sich in diesem Punkt hundertprozentig abgesichert hat.«

»Dann will ich nur hoffen, daß wir keinen Ärger mit diesem Volltrottel Schlegel kriegen. Seine letzte Blödnummer ...«

Der Koch erschien und sagte auf gozashtandou: »Meine Herrschaften, das Abendessen ist aufgetragen.«

Als Alister Reith sich zu ihnen an den Tisch setzte, fragte Alicia den jungen Mann mit der Geschicklichkeit eines erfahrenen Talkmasters aus.

»Ich gehe in Novo zur Schule, Miss... ich meine, Doktor Dyckman. Aber am liebsten bin ich mit den Krishnanern draußen auf der Weide bei den Shaihanen.«

»Aus dem wird noch mal ein echter Shaihanzüchter«, sagte Reith mit Vaterstolz. »Darüber hinaus versuche ich, ihn langsam an das Touristikgewerbe heranzuführen; ich bin überzeugt, daß er auch auf dem Gebiet gut sein wird.«

Nach dem Abendessen setzten sie sich an den Kamin, da es draußen auf der Veranda in den Abendstunden ungemütlich kalt wurde, was mit der im Vergleich zur Erde langsameren Rotationsgeschwindigkeit Krishnas zusammenhing. Den ganzen Abend über erkundigte sich Alicia bei Reith nach dem Schicksal von Leuten, die sie auf Krishna gekannt hatte, und Reith stillte ihre Neugier mit ausführlichen, anekdotenreichen Antworten.

»Was treibt unser Freund Kenneth Strachan denn noch so?« wollte Alicia wissen.

Reith schmunzelte. »Der arme Ken! Der glühende Verfechter des One-night-stands hat sich unsterblich in eine der Sekretärinnen verliebt.«

»Und wer ist die Glückliche?«

»Juanita Rincón.«

»Die Tochter von Juana?«

»Genau die. Als letztes hörte ich, daß Ken zur Zeit in Rosid ist und künstliche Tiere, Spielautomaten oder so was für den Dasht von Ruzh bastelt. Wenn er von zu Hause weg ist, soll er, erzählt man sich...« Reith stockte, als er das neugierig gespannte Gesicht seines Sohnes sah. »Hör mal, Sohnemann! Meinst du nicht, es sei langsam Zeit, daß du dich hinter deine Bücher klemmst?«

Mit enttäuschter Miene sagte Alister gute Nacht und verschwand auf sein Zimmer. Reith sagte: »Ich habe da ein Problem mit Alister, das ich mit einigen anderen Eltern in Novo teile.«

»Was für ein Problem?«

»Höhere Schulbildung. Ich bin sicher, daß er das Zeug hat, aufs College zu gehen; aber ich will ihn nicht nach Terra schicken und ihn erst in einem Vierteljahrhundert wiedersehen, wenn überhaupt. Aber ich möchte auch nicht, daß er nach Hershíd geht, um Astrologie, Dämonologie oder die Stammbäume krishnanischer König zu studieren. Ein paar von uns tragen sich mit dem Gedanken, in Novorecife ein College zu gründen.«

»Eine glänzende Idee!« rief Alicia aus. »Vielleicht könnt ihr mich ja als Lehrerin gebrauchen.«

»Das wäre doch was! Das heißt natürlich, wenn du dich zum Bleiben entschließen solltest. Ich werde das

Thema bei der nächsten Elternausschußsitzung zur Sprache bringen.«

Die Unterhaltung verebbte. Schließlich, wie in wortloser Übereinkunft, standen beide gleichzeitig auf. Reith sagte: »Wenn du irgendwas brauchst, Lish, mein Zimmer liegt am Ende des Korridors.«

Ein paar Herzschläge lang schauten sich Reith und Alicia schweigend an, so als erwarte jeder gespannt, daß der andere etwas sagte. Reith war versucht, sie zu fragen, ob sie bei ihm schlafen wolle. Obwohl ihm nach den langen Jahren Alicia irgendwie ein bißchen fremd geworden war, hatte ihre Schönheit nicht im geringsten gelitten, und ihr Anblick brachte sein Blut in Wallung. Während ihrer Ehe und auch später, als der Zufall sie wieder zusammengeführt hatte, hatten sie in puncto Sex stets hervorragend harmoniert, auch wenn sich ihre Beziehung in vieler anderer Hinsicht als unglücklich erwiesen hatte. Er spürte, wie das Blut ihm in den Schläfen pochte.

Fergus Reith, in seinem Beruf stets ein schnell denkender, entschlußfreudiger, einfallsreicher Mann, zögerte. Zum einen war ihre Körperhaltung nicht ermutigend: sie stand ein wenig steif da, mit erhobenem Kopf, die Arme vor der Brust verschränkt. Ihre leicht hochgezogenen unteren Lider vermittelten den Eindruck von wachsamem Mißtrauen, der ihr freundliches Lächeln Lügen strafte. Ihre gesamte Haltung schien auszudrücken: Laß uns Freunde sein, aber nicht mehr! Also halt dich zurück.

Er rettete sich aus der peinlichen Situation, indem er das Thema wechselte: »Sag mal, Lish, sollte ich nicht vielleicht das Drehbuch lesen, damit ich schon mal eine ungefähre Vorstellung davon bekomme, wo ich eure Leute hinbringen soll? Ich bin ein absoluter Neuling auf diesem Gebiet und ...«

»Mein lieber Fergus, Alicia hat mal wieder an alles gedacht. Während du in der Nova Iorque Bar gesessen hast, hab ich eine Kopie vom Drehplan gemacht.« Sie huschte in ihr Zimmer und kam mit einer dicken Mappe zurück. »Bitte sehr!« Sie drückte ihm die Mappe in die Hand.

Diese Geste beendete Reiths Unschlüssigkeit. »Gute Nacht, Lish. Und wie gesagt, meine Tür steht dir jederzeit offen.«

Er zögerte noch ein wenig, um zu sehen, ob sie auf diesen Fingerzeig reagierte. Aber sie sagte bloß: »Gute Nacht, Fergus. Schlaf gut.«

Sie beugte sich rasch vor, gab ihm einen kurzen, schwesterlichen Gutenachtkuß und verschwand auf ihr Zimmer. Als Reith sich zum Gehen wandte, hörte er, wie sie den Riegel vorschob.

Reith versuchte zu schlafen; doch je mehr er sich bemühte, desto mehr Erinnerungen purzelten ihm durch den Kopf. Ihm fielen Begebenheiten ein, an die er seit Jahren nicht mehr gedacht hatte: ihre tollkühnen Fluchten, bei denen sie mehr als einmal nur knapp dem Tod entronnen waren; die Situationen, in denen er ihr oder sie ihm das Leben gerettet hatte; ihre wie im Rausch durchliebten Nächte ... Doch er erinnerte sich auch an ihre Streitigkeiten und an Alicias Wutausbrüche; daran, wie sie ihn in den 'avvalverseuchten Fluß gestoßen hatte; wie sie ihm bei ihrer letzten Auseinandersetzung vor ihrer Rückkehr zur Erde eine eiserne Bratpfanne auf den Kopf gehauen hatte ...

Fragen, Mutmaßungen und Phantasien wirbelten ihm im Kopf herum. Hatte Alicia sich verändert? Sie schien ihm weniger angriffslustig und streitsüchtig als früher; zurückhaltender, beherrschter. Was wollte er überhaupt von ihr? Wollte er sie als Ehefrau, Geliebte, Sexobjekt, platonische Freundin oder Geschäftspartnerin? Und was erwartete sie? Wollte sie es ihm womöglich heimzahlen, ihn durch raffiniertes Taktieren dazu bringen, ihr einen Antrag zu machen, um ihn dann kaltlächelnd abblitzen zu lassen, so wie er sie einst hatte abblitzen lassen, als sie ihn gleichsam angefleht hatte, es noch einmal mit ihr zu versuchen? Konnte man überhaupt über eine Zeit von mehr als zwanzig Jahren tiefe Gefühle für einen anderen bewahren, noch dazu, wenn während dieser Zeit der Kontakt völlig abgebrochen war? Konnte es sein, daß da noch immer ein Fünkchen Liebe zwischen ihnen glomm, das darauf wartete, zur lodernden Flamme angefacht zu werden? Nein, nein, das konnte nicht sein. Bestimmt hatte die Erinnerung an bittere Erlebnisse und schmerzhafte Auseinandersetzungen diese Flamme für immer erstickt …

Um die hochgehenden Wogen seiner Gefühle zu beruhigen, drehte Reith die Öllampe hoch, holte sich das Skript und begann zu lesen. Aber das, was er las, regte ihn fast genauso auf wie die Gedanken an Alicia. Die Vorstellung, daß jemand für das Verzapfen eines solch hanebüchenen Unsinns auch noch gutes Geld bekommen sollte, erregte seinen Zorn. Was die Darstellung der Charaktere und der Lebensweise der Krishnaner betraf, stimmte das Drehbuch vorn und hinten nicht. Zu allem Überfluß war es auch noch zum Gähnen langweilig. Doch bevor er an der Schlußszene angelangt war, fielen ihm die Augen zu, und er schlief bei brennender Lampe ein.

II
ALICIA DYCKMAN

Als Fergus Reith am Frühstückstisch erschien, war sein Sohn Alister bereits dabei, ein gewaltiges Erwachsenenfrühstück zu vertilgen. »Hallo, Sohnemann!« begrüßte er ihn.

»Hi, Daddy. Sag, ist diese Doktor Dyckman das Mädchen, mit dem du verheiratet warst, bevor du Mom kennengelernt hast?«

»Ja. Woher weißt du das?«

»Ich hab die Leute manchmal über sie reden hören, und sie paßt auf diese Beschreibung. Wirst du sie wieder heiraten?«

Reith verschluckte sich fast an seinem Bijar-Spiegelei. »Großer Bákh! Alister, ich bitte dich! Bis gestern hatten wir uns achtzehn Krishnajahre lang nicht mehr gesehen. Hättest du denn was dagegen?«

Alister zog die Stirn kraus. »Ich habe mich immer gefragt, wie es wohl wäre, eine Mutter zu haben. Doktor Dyckmann scheint mir ganz okay zu sein, und sie sieht wirklich toll aus. Aber ich habe Geschichten gehört, wie schlecht sie dich damals behandelt hat; ich werd jedesmal ganz sauer, wenn ich daran denke.«

»Sie soll sich auf Terra einem großen Persönlichkeitslifting unterzogen haben«, sagte Reith. »Wir werden sehen, ob es was gebracht hat.«

»Außerdem«, fuhr Alister fröhlich fort, »müßtest du mit der Eingeborenen oben am Fluß Schluß machen.«

Wieder verschluckte sich Reith um ein Haar an seinem Ei. »Du weißt von ihr?«

»Na klar. So was spricht sich schnell rum.«

»Was weißt du genau?«

»Daß sie in Rimbid wohnt. Und daß sie ›Sorry‹ oder so ähnlich heißt. Und daß du ungefähr einmal im Mond einen Abstecher zu ihr machst.«

»Sie ist bloß eine junge krishnanische Witwe, die mir leid tut, das ist alles«, sagte Reith gespreizt, in der Hoffnung, daß seine Worte überzeugend klangen. »Ich werde mir die Sache sorgfältigst durch den Kopf gehen lassen. In der Zwischenzeit gilt: Je weniger die Leute in Novo über Alicia und mich – oder Sarí und mich – tratschen, desto besser.«

Alicia kam herein, frisch wie der Frühling. Als Kardir ihr das Frühstück servierte, erkundigte sich Reith: »Na, gut geschlafen?«

»Hervorragend. Hast du *Schwerter unter drei Monden* gelesen?« Als Reith, der gerade den Mund voll hatte, nickte, fragte sie: »Und? Wie findest du's?«

»Schauderhaft.«

Sie seufzte. »Das hatte ich befürchtet. Fodor und sein Helfershelfer Motilal wollten sich ja nicht reinreden lassen.« Sie hob den Blick und starrte zum Fenster. »Was ist das für ein Geräusch da draußen, dieses *bop-bop?* Hört sich an, als würden da welche Tennis spielen.«

»Gut erkannt«, sagte Reith lächelnd. »Ich hab hinter dem Haus einen Platz angelegt, und die da spielen, sind zwei Nachbarn von mir. Die machen jeden Morgen vor dem Frühstück einen Satz.«

»Wunderbar! Sobald wir Zeit haben, müssen wir unbedingt ein Match machen.«

»Ich soll gegen eine ehemalige Collegemeisterin antreten? Du würdest mich vom Platz fegen wie Boris Becker einen Kreisklassespieler.«

»Da bin ich gar nicht mal so sicher. Mein Spiel ist dadurch, daß ich jahrelang keinen Schläger mehr angefaßt habe, auch nicht unbedingt besser geworden.«

»Nun, meins war nie besonders, und ich hab auch

erst vor kurzem wieder angefangen. Aber wir können's ja versuchen. Sogar ein paar Krishnaner haben neuerdings Gefallen am Tennisspielen gefunden.«

Alicia lachte vergnügt auf. »Meine Filmleute sollten ihre mittelalterlichen Szenen besser schnell abdrehen, bevor alle Krishnaner Golf und Tennis spielen und mit Nadelstreifenanzug und Aktenköfferchen zur Arbeit gehen.«

»Und mit Sektglas und Zigarette in der Hand auf Cocktailpartys rumstehen. Die Vorstellung ist gar nicht mehr so abwegig. Als ich das letzte Mal in Majbur war, fragten mich ein paar Händler um Rat. Und weißt du, was sie wollten? Sie wollten eine Handelskammer nach terranischem Vorbild aufbauen.«

In diesem Moment betrat ein schmächtiger kleiner Krishnaner mit außergewöhnlich langen und buschigen Antennen das Zimmer. In gutem, wenngleich nicht akzentfreiem Englisch sagte er: »Guten Morgen, Mister Riet. Wie geht es Ihnen heute mor…« Sein Blick fiel auf Alicia, und seine Augen wurden ganz groß. »M… Madam!« stammelte er. »V-verzeihen Sie mir meine Keckheit, aber sind Sie nicht die Frau Doktor Dyckman, mit die… mit der ich vor vielen, vielen Jahren durch die Khaldoni-Länder gereist bin?«

»Minyev!« rief Alicia. »Welch angenehme Überraschung, dich wiederzusehen! Fergus hat mir bereits erzählt, daß du für ihn arbeitest.«

»Oh, gnädige Frau!« rief Minyev. Er fiel vor ihr auf die Knie und berührte mit der Stirn den Fußboden. Dann verfiel er ins Khaldoni: »Ihr seid eine Göttin für mich! Ihr hättet Königin werden müssen!«

»Ach komm, Minyev!« sagte sie mit einem nachsichtigen Lächeln. »Steh wieder auf!«

Reith wandte sich seinem Sekretär zu. »Minyev, Doktor Dyckman und ich fahren gleich nach Novo. Fang schon mal damit an, meine Kartei auf den neuesten Stand zu bringen. Wenn du damit fertig sein solltest, bevor wir zurückkommen, versuch, die Bücher vom letzten Mond abzuschließen.«

Zurück in Novorecife, brachte Reith erst einmal sein Gespann in den Stall. Alicia sagte: »Meine Leute werden sowieso innerhalb der nächsten anderthalb bis zwei Stunden nicht aufstehen. Laß uns ein bißchen bummeln.« Als sie durch die Straßen spazierten, rief sie: »Meine Güte! Wie viele neue Gebäude hier stehen! Wenn ich nicht wüßte, daß wir in Novo sind, würde ich die Stadt nicht wiedererkennen! Was ist das hier für ein Gebäude?«

»Unser Sportcenter.«

»Wer sind diese komischen Typen, die da vor dem Eingang auf und ab marschieren?«

Drei Terraner patrouillierten mit Transparenten vor dem Haus. Alle drei trugen sogenannte *Transmundanes,* an Safarianzüge erinnernde Kostüme, die Terraner auf Planeten mit erdähnlichem Klima und erdähnlicher Atmosphäre am liebsten anzogen. In ihrer Kopfbedeckung unterschieden sie sich jedoch. Einer trug zu seinem Safarianzug einen Pfaffenkragen und einen schwarzen Filzhut. Auf seinem Schild stand: FORA AS INDECENCIAS – SCHLUSS MIT DER VERDERBTHEIT!

Der zweite, dunkelhäutig und mit einem schwarzen Bart, trug eine Kaffiyah, die Kopfbedeckung der Araber. Auf seinem Schild stand etwas in arabischer Schrift, und darunter war auf französisch zu lesen: A BAS L'IMPUDEUR!

Der dritte im Bund, noch dunkelhäutiger als der zweite und von einem grauen Bart geziert, trug einen Turban. Auf seinem Schild prangten die oben abgeflachten Lettern des indischen Devanagari-Alphabets, und darunter stand: DIE SCHANDE DEINER NACKTHEIT. OFFENBARUNG JOHANNIS III, 18.

»Was in aller Welt hat das zu bedeuten?« fragte Alicia.

»Sie kämpfen für die allgemeine Badeanzugpflicht im Schwimmbad des Sportcenters. Normalerweise bekriegen sich die christlichen, moslemischen und buddhistischen Missionare gegenseitig bis aufs Messer; aber in dieser Sache begruben sie das Kriegsbeil und schlossen sich zu einer Einheitsfront zusammen.« Reith senkte die Stimme, als sie sich den Demonstranten näherten. »Sie beknieten den neuen Comandante Planquette, ein entsprechendes Dekret zu erlassen, aber der lachte sie bloß aus. Und bei Richter Keshavachandra blitzten sie auch ab.«

»Ist der alte Ram Keshavachandra immer noch euer Magistrat?«

»Ja. Er und Herculeu sind die einzigen Beamten, die aus deiner Zeit noch übriggeblieben sind.«

»Ich würde mir das Sportcenter gern einmal anschauen.«

»Okay«, sagte Reith und steuerte auf die drei Demonstranten zu. »Alicia, dies sind die Hochwürden Hafiz Misri, Arjuna Ghosh und Gaspar Corvo. Meine Herren, Dr. Alicia Dyckman.«

Ghosh, der Inder, zog die Stirn kraus. »*Die* Alicia Dyckman, die hier vor vielen Jahren gearbeitet hat?«

»Ja. Laß uns reingehen, Fergus.«

»Einen Moment bitte!« sagte Ghosh. »Haben Sie die Absicht, schwimmen zu gehen?«

Alicias Augen verengten sich bedrohlich. »Das könnte durchaus sein, sollte mir danach der Sinn stehen.«

»Und Sie werden dies mit einem ordentlichen Badeanzug tun?«

»Mit einem Badeanzug, den *ich* für ordentlich erachte.«

»Dürfte ich diesen Badeanzug bitte einmal sehen?«

»Einen Teil davon sehen Sie bereits. Es ist meine Haut.«

»Das können wir nicht durchgehen lassen!« beschied ihr Misri, der Araber, in bestimmtem Ton. Die drei Missionare stellten sich vor den Eingang und schwallten alle drei gleichzeitig los: »Es ist eine Sünde wider den Herrn!« »Du sollst dich nicht entblößen ...« »... Vorbild für die Jugend ...« »... das leistet der Unmoral Vorschub ...«

»Lish!« sagte Reith. »Wenn du unbedingt schwimmen willst, laß uns woandershin gehen.«

Alicia beachtete ihn nicht. »Laßt mich durch!« herrschte sie die Gottesmänner an. Sofort blieben mehrere Passanten stehen und guckten neugierig.

Die frommen Demonstranten blieben stur. »Bitte, Sie müssen uns verstehen, wir tun lediglich unsere Pflicht ...« »... unser Gewissen gebietet es ...« »... wir tun dies nur aus Liebe ...«

»Aus dem Weg, sonst gibt es was auf die Glocke!« keifte Alicia und versetzte ihre Handtasche in kreisende Bewegung.

»Das geht nicht!« blökte Misri. »Gott läßt es nicht zu!« Er machte eine drohende Ausholbewegung mit seinem Schild.

»He!« schrie Reith. »Wenn du sie mit dem Ding haust, mach ich einen Fettfleck aus dir!«

»Gib mir Rückendeckung, Fergus«, bat Alicia. »Mit den dreien hier werd ich allein fertig.«

Reith schaute sich um. Eine kleine, junge, ostasiatische Frau bahnte sich einen Weg durch die Gaffer nach vorn und richtete das Objektiv ihrer Kamera auf die Szene. »Oh, oh!« rief Reith. »Das ist Meilung!«

»Sie soll ihre Story bekommen«, sagte Alicia. Sie wandte sich wieder den drei Missionaren zu und sagte: »Wir veranstalten jetzt mal eine Gegendemonstration für die Presse. Ich führe meine Vorstellung von einem Badeanzug vor, und die Reporterin kann dann ein Gruppenfoto von uns vieren machen.« Sie drückte Reith ihre Handtasche in die Hand, knöpfte ihr Khakihemd auf und rief: »Näher ran, Meilung!«

»*Walla!*« schrie Hafiz Misri. »Das können Sie nicht machen! Unser Ruf ...«

»Ich stelle mich zwischen zwei von euch und lege einen Arm um jeden von euch«, sagte Alicia, während sie ihre Hose herunterließ und daraus entstieg; dann nestelte sie an ihrem BH-Verschluß.

»Gott steh uns bei!« schrie Ghosh und wich zurück, als stünde er dem Leibhaftigen gegenüber. Pater Corvo stellte unter hektischem Herunterhaspeln lateinischer Verse sein Transparent ab und tauchte in der Menge unter. In Sekundenschnelle hatten sich auch die beiden anderen geistigen Würdenträger aus dem Staub gemacht. Der Großteil der Zuschauer brüllte vor Lachen, doch hörte Reith hier und da auch Mitleidsbekundungen für die drei Prediger.

Während Alicia ihr Hemd und ihre Hose wieder anzog, fragte sie Meilung: »Haben Sie ein paar gute Bilder gemacht?«

»Ich w-weiß nicht«, prustete die Reporterin. »Ich mußte so lachen, daß ich sie bestimmt verwackelt habe.«

Im Schwimmbecken hielten sich nur wenige Schwimmer auf. Reith sagte: »Später, nachmittags und abends, ist das Becken immer so voll, daß man ständig den Ellbogen oder das Knie von irgend jemandem im Auge hat. Sollen wir jetzt mal schnell?«

Alicia schaute auf die Uhr. »Zu spät, fürchte ich. Ich muß in das Ausrüstungsmagazin, um mir Sachen für diese Safari zu kaufen.«

Als sie das Gebäude verließen, sagte Reith: »Ich schwimme sowieso lieber in einem kleinen See ein paar Hoda westlich von meinem Haus. Ich werd ihn dir bei nächster Gelegenheit mal zeigen.«

»Ich komme gern auf dieses Angebot zurück. Kommst du mit mir?«

»Danke, täte ich gern, aber ich muß noch bei Herculeu vorbei, um mit ihm eine Liste der Länder zusammenzustellen, in denen wir arbeiten werden. Ich hol dich in einer Stunde im Magazin ab, okay?«

Als Reith in Castanhosos Büro kam, war der Sicherheitsoffizier gerade damit beschäftigt, Fotos von Terranern zu vergleichen, die irgendwann einmal unangenehm auf Krishna aufgefallen waren. *»Olhe!«* rief Castanhoso aus. »Hier ist dieser *trapaceiro* Schlegel. War der nicht bei der Schlägerei gestern abend mit dabei?«

»Ja«, sagte Reith. »Und danach hat er mich zum Duell gefordert.«

»Tatsächlich? Wenn ich das gehört hätte, hätte ich ihn sofort eingebuchtet. Jetzt ist er bereits abgereist, nach Qirib. Haben Sie ihm einen verpaßt?«

»Nein, aber er mir. Er ist sauer auf mich wegen einer Sache, die ein paar Jahre zurückliegt. Ich führte damals eine Gruppe von Touristen in Mishé herum, als er plötzlich aufkreuzte und anfing, auf sie einzureden. Er propagierte zu der Zeit gerade eine neue Religion – oder, genauer gesagt, eine alte, nämlich das antike römische Pantheon. Er meinte, das passe besser zu Krishna als diese neumodischen Theologien wie das Christentum oder der Hinduismus.«

»Damit hat er vielleicht gar nicht mal so unrecht gehabt«, sagte Castanhoso nachdenklich. »Es spricht gewiß eine ganze Menge dafür, die bodenständig gewachsenen krishnanischen Kulturen vor der Überfremdung durch hanebüchene Imitationen terranischer Kulturen zu bewahren.«

»Mag sein«, pflichtete Reith ihm bei, »aber die Frage ist doch, ob ausgerechnet Schlegel der richtige Mann dafür ist. In Mishé jedenfalls behauptete er, er sei eine Inkarnation von Mars – dem Gott, nicht dem Planeten. Und dazu hatte er sich so ausstaffiert, wie er sich Mars vorstellte: mit einem Helm mit einer Art Wurzelbürste als Kamm obendrauf, einem Brustpanzer aus Leder, der mit Silberbronze angestrichen war, und einem vorn geschlitzten Kilt.«

»Aber die Krishnaner haben doch ihre eigenen Kriegsgötter«, wandte der Sicherheitsoffizier ein. »Wie zum Beispiel Qondyor hier in der Gegend!«

»Natürlich. Aber von solchen unwichtigen Nebensächlichkeiten läßt sich doch ein Enrique Schlegel nicht beirren! Nachdem er eine Weile auf sie eingeschwafelt hatte, bat ich ihn höflich, aber bestimmt, die Leute in Ruhe zu lassen und zu verschwinden. Ein Wort gab das andere, bis er sich schließlich auf mich stürzte und ich mich gezwungen sah, ihm den Griff meines Dolches auf den Kopf zu hauen. Jetzt nennt er sich ›Kulturexperte‹ und setzt ein ›von‹ vor seinen Namen, um sich den Anschein von Adel zu geben. Was ist das nun wieder für eine Nummer?«

Castanhoso erklärte es ihm. »Er hat irgend so einen obskuren Verein zur Bewahrung der krishnanischen Kultur ins Leben gerufen. In Suruskand hat er eine ziemliche Gefolgschaft. Seine Anhänger ziehen in Banden durch die Straßen, und wenn sie eine Frau in Kleidern sehen, die irgendwie terranisch wirken, reißen sie sie ihr vom Leib.«

»Wow! Ich stelle mir gerade vor, wie sie über eine Gruppe meiner mittelalterlichen terranischen Touristinnen herfallen und sie mitten auf der Straße ausziehen! Was wollen Sie unternehmen?«

»Ich habe Präsident Da'mir geraten, diesen *Malvado* des Landes zu verweisen. Es ist wirklich erstaunlich, welch merkwürdige Gestalten heutzutage nach Krishna einreisen dürfen!« Er sah Reith scharf an. »Und dazu zähle ich auch diese zwei Kinotypen, die Sie mir gestern abend angedreht haben. Heute morgen habe ich meinen Stellvertreter zu ihnen aufs Zimmer geschickt und ihnen ausrichten lassen, entweder kämen sie brav und friedlich hierher und würden den Schaden bezahlen, den sie angerichtet haben, oder ich würde sie einbuchten. Sie kamen sanft wie die Lämmer und haben bezahlt. Der Dicke scheint gestern abend, nachdem ich weg war, noch irgendeinen Unfall gehabt zu haben.

Ach, übrigens, es gibt da so Gerüchte, die Nomaden von Qaath planten einen Eroberungsfeldzug. Haben Sie irgendwas davon gehört?«

Reith zuckte die Achseln. »Nein, hab ich nicht. Aber Sie wissen ja, wie das so ist mit Gerüchten. Könnte ich neue Karten von Ruz und Mikardand haben? Meine sind veraltet und vom vielen Auseinander- und Zusammenfalten schon ganz zerfleddert.«

Reith holte Alicia am Ausrüstungsmagazin ab und hastete zusammen mit ihr zum Konferenzzimmer, um pünktlich zu der Verabredung mit Ordway und White zu erscheinen. Beim Anblick Ordways rief Reith erschreckt aus: »Großer Gott, was ist denn mit Ihnen passiert? Sind Sie die Treppe runtergefallen?«

Ordway, dessen Gesicht dick verpflastert war, ächzte: »Erzähl du's ihm, Jack.«

»Es war so«, begann White, »als wir vom Frühstück zurückkamen, lief uns dieser Krishnaner mit dem falschen Bart und den feinen Kleidern von gestern abend über den Weg – dieser eine, den Sie mit Prinz Fairy oder so ähnlich angesprochen haben.«

»Ferrian von Sotaspé«, sagte Reith. »Erzählen Sie weiter.«

»Also, dieser Kerl hält Cyril an und sagt in perfektem Englisch: ›Sir, gestern abend in der Bar ließen Sie gewisse Bemerkungen fallen. Es waren noch weitere Personen zugegen, und ein Mann in meiner Position prügelt sich nicht in der Öffentlichkeit. Jetzt jedoch ist niemand hier außer Ihrem terranischen Landsmann, und ich nehme an, er wird die Klugheit besitzen, sich nicht einzumischen.‹

Ich befürchtete schon, der Bursche werde sein Schwert zücken und unseren Production Manager aufspießen, bevor wir überhaupt mit den Dreharbeiten begonnen hätten. Statt dessen nahm er bedächtig seinen Schwertgürtel ab, zog den Mantel aus, legte beides ordentlich auf einen Stuhl, und dann prügelte er Cyril windelweich. Als er ihn k.o. geschlagen hatte, wischte er sich die Hände mit einem Taschentuch ab, legte bedächtig Gürtel und Mantel wieder an und schritt von dannen, als wäre nichts geschehen.«

»Sie müssen irgendwas unternehmen, Reith«, ächzte Ordway. »Was haben wir von Ihnen, wenn Sie uns nicht einmal vor diesen blutrünstigen Eingeborenen schützen können?«

»Verdammt, jetzt reicht's aber!« brüllte Reith. »Wenn Sie Prügeleien anfangen, so wie gestern abend, dann kommen Sie in Teufels Küche, egal, ob ich mich einmische oder nicht! Sie können von Glück reden, daß Ferrian sich mit terranischen Sitten und Gebräuchen auskennt. Ein anderer Krishnaner hätte Ihnen wahrscheinlich mit seinem Piekser ein Loch in die Figur gestochen.«

»Er hat recht, Cyril«, sagte White. »Mach die Sache nicht noch schlimmer.«

»Ist ja gut, ist ja gut«, wiegelte Ordway reumütig ab. »Mir müssen wohl ein bißchen die Sicherungen durchgebrannt sein. Nun, jedenfalls, wir waren im Büro des Oberbullen und haben den Schaden und ein Bußgeld bezahlt. Und ihr zwei?« Er schaute von Reith zu Alicia mit einem anzüglichen Grinsen, das man sogar durch die Pflaster hindurch schimmern sah. »Ich wette, ihr hattet eine angenehme Nacht!«

Reith hätte ihm am liebsten eins auf die ohnehin schon demolierte Maske gegeben, aber er riß sich im letzten Moment zusammen und sagte mit einem gequälten Lächeln: »Du siehst, Lish, gequatscht wird so oder so, ob du nun brav warst oder nicht.« Er wandte sich wieder den beiden Männern zu. »Ich habe gestern abend Ihr gottserbärmliches Machwerk von Drehbuch gelesen, und ohne was vom Filmen zu verstehen, kann ich Ihnen jetzt schon sagen, daß das Ding ein totaler Flop wird. Wer auch immer diesen Mist zusammengepinselt hat, von Krishna hat er jedenfalls null Ahnung. Er hat nichts anderes getan, als ein paar Elemente aus der Artussage zusammenzuquirlen, ein paar Darstellern falsche Riechantennen und Ohrenspitzen anzukleben, ihnen die Haare und die Haut zu färben und ...«

»Hören Sie, Reith«, unterbrach ihn Ordway, »Sie mögen ja vollkommen recht haben, aber deshalb wird trotzdem nicht ein Komma an dem Drehbuch geändert. Attila sagt, so will er es haben, also wird es so gemacht.«

»Kann denn nicht jemand dem Boss Stavrakos verklickern, daß Fodor mit diesem erbärmlichen Plot unter Garantie eure ganze Rieseninvestition in den Sand setzt? Die Geschichte ist völlig unlogisch aufgebaut; sie ist nicht mal unterhaltsam. Ich bin mehrmals beim Lesen fast eingeschlafen.«

»Entschuldigen Sie, wenn ich das so sagen muß«, meldete sich White schüchtern zu Wort, »aber das brächte nicht das geringste. Selbst wenn Sie recht haben – Sie sind kein Drehbuchautor und haben sich in der Branche keinen Namen gemacht. Also hat Ihre Kritik null Gewicht.«

»Also seien Sie ein braver Junge und vergessen Sie es«, setzte Ordway noch eins drauf.

Reith war drauf und dran, eine wütende Erwiderung zu geben, aber ein Blick von Alicia brachte ihn dazu, den Mund zu halten. »Er hat recht, Fergus«, beschwichtigte sie. »Ich habe diese paranoiden Egotomanen zur Genüge kennengelernt, und Authentizität ist das letzte, worüber sie sich den Kopf zerbrechen. Stavrakos und Fodor haben sogar schon einen Historienfilm gedreht, in dem Abraham Lincoln Königin Victoria geheiratet hat.«

»Hat er das denn nicht getan?« fragte Ordway naiv.

»Teufel, nein!« rief White. »Das weiß ja sogar ich. Lincoln war der Mann, der die Juden von der Sklaverei befreit hat.«

Alicia blinzelte Reith zu. »Also, Fergus, mein Rat an dich lautet: Mach deinen Job, und wenn du fertig bist, nimm dein Geld und die Beine unter die Arme.«

Reith holte tief Luft. »Okay; ich werde dafür bezahlt, euch zu den Drehorten zu bringen und bei der Rekrutierung von Komparsen für die Schlachtszenen behilflich zu sein.« Er entfaltete eine Landkarte. »Ihr werdet eine Burg brauchen, für die Burgszenen, falls ihr euch nicht lieber eure eigene bauen wollt.«

»Wir schauen uns erst mal ein paar echte Burgen an«, erklärte Ordway.

Reith fuhr fort: »Gute Burgen gibt es in Ruz, das liegt hier.« Er tippte mit dem Finger auf die Karte. »Unseren ersten Trip unternehmen wir also am besten nach Rosid, der Hauptstadt von Ruz. Ich kenne den Dasht von Ruz; er ist ein bißchen schwierig, aber … «

»Den was von was?« fiel ihm Ordway ins Wort.

»Den Dasht von Ruz, einen Vasall des Dour – des Kaisers, wenn Ihnen das lieber ist – von Gozashtand. Sie können den Dasht ungefähr mit einem Baron oder Grafen auf Terra vergleichen. Dasht Gilan befehligt die bestausgebildete gepanzerte Kavallerietruppe weit und breit. Aber die Unterhaltung einer erstklassigen Kavallerie ist sehr kostspielig, und daher ist Gilan immer knapp bei Kasse. Deshalb halte ich es für wahrscheinlich, daß er sich dazu breitschlagen läßt, seine Lanzenmänner gegen ein gutes Entgelt zu vermieten. Wie viele werdet ihr brauchen?«

»Insgesamt ungefähr tausend«, sagte Ordway. »Fünfhundert auf jeder Seite. Zu Hause können wir uns so viele wegen der hohen Lohnforderungen der Gewerkschaften nicht leisten; aber hier brauchen wir uns ja gottlob mit denen nicht herumzuzanken. Was für ein Land ist dieses Ruz?«

»Hügelig, spärlich bewaldet, mit engen kleinen Tälern, in denen Bauernhöfe liegen. Es erinnert ein bißchen an Kentucky.«

White schüttelte den Kopf. »Das ist nicht sonderlich geeignet für unsere Schlachtszenen. Was wir brauchen, ist weites ebenes Gelände, damit wir Kameratürme aufstellen können und das Ganze in der Totale drehen können.«

Reith runzelte nachdenklich die Stirn. »Ein großer Teil von Mikardand, das sich südlich an Novorecife anschließt, ist solches flaches, offenes Land. Freilich ist das gesamte Gebiet um die Hauptstadt Mishé herum bebautes Land, und ich kann mir kaum vorstellen, daß Sie die Farmer dazu rumkriegen werden, einen Kavallerietrupp über ihre Felder galoppieren zu lassen.« Reith runzelte erneut die Stirn und dachte angestrengt nach. »Aber warten Sie mal! Es gibt ein Gebiet im westlichen Mikardand, die Provinz Zinjaban, die ist nur dünn besiedelt. Die Bauern dort, die ohnehin mit ihren kargen Äckern kaum das Salz in der Suppe verdienen, lassen euch vielleicht ihre Ernte plattrampeln, wenn ihr dafür ordentlich blecht.«

»Wie weit liegt dieses Zinjaban von hier entfernt?« fragte Ordway.

»Von Mishé aus über dreihundert Kilometer. Das sind sechs bis zehn Tagesreisen.«

»Wie kriegen wir unsere Leute dahin transportiert?« fragte Ordway. »Wir können unserer Crew wohl kaum zumuten, eine solche Strecke auf dem Rücken dieser riesenhaften sechsbeinigen Gnus zurückzulegen.«

»Aus wie vielen Leuten wird die Crew bestehen?« fragte Reith.

»Wir werden versuchen, die Crew auf eine Höchstzahl von – sagen wir – dreißig Leuten zu beschränken – inklusive Laumänner. Wenn wir Handwerker oder sonstige Hilfskräfte brauchen, können wir auf Einheimische zurückgreifen.«

»Was meinen Sie mit ›Laumännern‹?«

»Einige der Topleute haben immer irgendeinen Spezi oder zwei, den sie unbedingt mitbringen wollen. Wir versuchen, für sie immer irgendeine Pseudoplanstelle auf der Gehaltsliste zu finden, falls die Aktionäre Theater machen und eine genaue Abrechnung verlangen. So bringt Fodor zum Beispiel seine Frau und seine Geliebte mit. Und Cassie …«

»Wer?«

»Cassie Norris, unsere Hauptdarstellerin. Mit richtigem Namen heißt sie Kasimira Naruszewicz. Sie besteht immer darauf, ihren Ehemann *und* ihren jeweiligen ständigen Begleiter mitzuschleppen. Dabei haben wir diesmal noch Glück. Ihr derzeitiger ständiger Begleiter ist nämlich gleichzeitig unser Hauptdarsteller, Randal Fairweather; also wird sich wenigstens er sein Geld redlich verdienen.«

»Außerdem«, fuhr er fort, »brauchen wir Transportraum für die Ausrüstung, und zwar vom Platz und vom Gewicht her mindestens soviel wie für die Personen.«

»Ich wüßte da schon was«, sagte Reith. »Mishé hat ein Omnibus-System, das aus einer Flotte zwölfsitziger Wagen besteht. Wenn wir die mieten, kriegen wir eure Leute in dreien oder vieren von ihnen unter und brauchen dann nur noch ein paar Wagen für die Ausrüstung.«

»Klingt vernünftig«, bestätigte Ordway. »Aber wir sehen uns die Dinger erst mal an, wenn wir in Mishé sind. Wissen Sie, Reith«, fügte er mit einem Seufzer hinzu, »ich reiße mir immer den Arsch auf, um die Kosten im Rahmen des Budgets zu halten. Und dann kriegt Fodor oder Stavrakos plötzlich einen Anfall von Größenwahn und sagt: ›Warum so knausern, Cyril? Wenn wir den Job schon machen, dann wollen wir auch richtig reinklotzen, mit doppelt soviel Extras und doppelt üppiger Ausstattung!‹ Und später wundern sie sich dann, warum manche ihrer Filme Zuschußgeschäfte sind.

Wenn's nach mir gegangen wäre, hätte ich zum Beispiel die Schlachtszene ganz rausgelassen, weil sie für die Story eigentlich nicht wesentlich ist. Sie hätten die Schlacht akustisch simulieren können, und am Schluß wäre dann einer reingewankt gekommen und hätte einen glorreichen Sieg verkündet, so wie in diesen russischen Dramen, wo ein Kerl auf die Bühne kommt und verkündet, daß Onkel Iwan sich gerade in der Scheune erhängt hat. Aber nein, Attila muß seine Schlacht haben, mit fässerweise künstlichem Blut und Modellen von abgetrennten Köpfen und Gliedmaßen, fein säuberlich über das gesamte Schlachtfeld verteilt.« Er seufzte erneut herzerweichend. »Von mir aus, soll er seine Schlacht haben! Also hinein ins finstere Mittelalter!«

Reith sagte: »Ihr Jungs solltet euch eigentlich glücklich schätzen, daß ihr noch die Möglichkeit habt, das mittelalterliche Krishna zu filmen, bevor es verschwindet.«

»Wieso sollte es verschwinden?« fragte White. »Ich dachte, der Interplanetarische Rat hält moderne Technologie von hier fern, um die eigenständigen Kulturen des Planeten zu bewahren.«

»Das tut er auch«, antwortete Reith. »Aber die Technologieblockade ist durchlässig wie ein Sieb, und außerdem erfinden die Krishnaner ihre Sachen in zunehmendem Maße selbst. Sie stehen schon seit Jahren kurz vor dem Durchbruch in der Entwicklung brauchbarer Feuerwaffen. Ein paar krishnanische Armeen haben primitive Musketen, vergleichbar etwa mit irdischen Büchsen aus der Zeit der Renaissance. Sie erzeugen mehr Krach und Qualm, als daß sie Schaden anrichten – *noch* jedenfalls.«

»Nun, für unseren Film brauchen wir sowieso keine Gewehre«, erklärte Ordway. »Sie würden das romantische Ambiente zerstören, so als wenn Romeo seine Einkommensteuererklärung am PC machen würde. Gibt es in diesem Zinjaban auch Burgen?«

»Lassen Sie mich überlegen«, sagte Reith. »Mikardand ist kein Feudalstaat, in dem irgendwelche Duodezfürsten oder Feld-, Wald- und Wiesengrafen sich ihre eigenen Burgen bauen. Aber es gibt eine große Regierungsfestung auf der anderen Seite des Khoruz-Flusses. Diese Festung ist relativ neu; wenn die Ritter mitspielen, können Sie sie gut als Burg herrichten ...«

Reith warf einen Blick auf die Wanduhr. »Genug geplant für heute. Ich muß eine Kutsche für die Fahrt nach Rosid auftreiben, euch zwei zum Ausstattungsmagazin bringen und einen Termin bei Heggstad besorgen.«

»Hä?« machte White. »Wer ist denn der?«

»Ivar Heggstad ist unser Sporttrainer. Ihr müßt körperlich fit sein und braucht außerdem ein bißchen Übung im Schwertkampf, Ayareiten und anderen Fertigkeiten, die auf Krishna unerläßlich sind.«

White und Ordway stöhnten unisono auf.

Die untergehende Sonne Roqir sah Fergus Reith und Alicia Dyckman in Wattejacken gepackt und mit Fechtmasken vor dem Gesicht auf der Terrasse von Reiths Haus schweratmend einander gegenüberstehen und mit Übungswaffen aus Qongholz beharken. Als sie nach einem Treffer von Reith zum wiederholten Mal in Grundstellung gingen, schimpfte dieser: »Nein, nein, Lish! Wie oft hab ich dir schon gesagt, eine Parade *en seconde* ist Selbstmord, wenn der Gegner sofort mit einer Quart antworten kann. Du mußt mit einer Septime oder Oktave parieren!«

»Ich befürchte, mit meinen Fechtkünsten ist es nicht mehr weit her«, seufzte sie und nahm die Drahtmaske ab. »Mir reicht's für heute; ich hab schon ganz weiche Knie. Wie ich sehe, hast du dich dagegen gut in Form gehalten.«

»Man tut, was man kann; schließlich will ich am Leben bleiben. Okay, machen wir Feierabend für heute. Du darfst zuerst in die Badewanne.« Mit dem Anflug eines Schmunzelns fügte er hinzu: »Leider ist sie für zwei nicht groß genug.«

»Ihr zweideutiges Grinsen steht Ihnen außerordentlich gut, Mister Reith«, sagte sie und verschwand mit einem Lächeln.

Nach dem Abendessen, das sie zusammen mit Alister einnahmen, sagte Reith: »Ich hätte gern, wenn du dabliebst. Wir haben uns soviel zu erzählen.«

»Ich würde ja gern, Fergus, aber ich wage es nicht, Cyril und Jack alleinzulassen. Du hast ja gesehen, was dabei herauskommt. Ich hätte eigentlich schon gestern nicht mitkommen sollen; aber das war auch ein besonderer Anlaß. Schließlich begegnet man nicht jeden Tag seinem einstigen ... eh ...«

»Amorex?« fragte Reith und zog spitzbübisch grinsend eine Augenbraue hoch. ›Amorex‹ war ein Modebegriff auf Terra, der soviel bedeutete wie ›der Geliebte seiner Exfrau‹. Er spielte auf die Zeit an, als sie sich nach ihrer Scheidung zufällig wieder begegnet waren und erneut eine stürmische Liebesaffäre miteinander gehabt hatten.

»Ex-Amorex würde eigentlich besser passen, aber das hört sich an wie ein Arzneimittel.«

»Wie wär's mit ›vormaliger signifikanter Bezugsperson‹?«

»Was für ein schauriges Wortungetüm! Und dabei hast du dich immer über den Soziologenjargon lustig gemacht! Ach, bevor ich's vergesse!« Sie kramte ein Buch aus ihrer Handtasche und überreichte es Reith. »Erinnerst du dich noch, wie du mich gedrängt hast, ich solle was über meine Erlebnisse und Abenteuer auf Krishna schreiben? Das ist dabei herausgekommen.«

»Bei Bákhs Zehennägeln!« rief Reith aus. »Ein echtes terranisches Buch!« Er las den Titel: ›*Piraten, Priester, Potentaten* von Alicia Dyckman Reith.‹ »Junge, da wird's wohl heute nacht nichts mit Schlafen ... Sag mal, wenn dieses Buch schon raus ist, wissen dann

White und Ordway nicht ohnehin schon alles über ... eh ...«

Sie schüttelte den Kopf. »Es war noch nicht erschienen, als wir von Terra abreisten. Zeig es ihnen also bitte nicht, wenigstens noch nicht so bald. Deine kleine Reporterin ist zwar schon die ganze Zeit hinter mir her, aber ich habe mich geweigert, Auskunft über persönliche Dinge zu geben.«

Minyev kam mit dem Wagen um die Ecke des Hauses gekurvt und übergab Reith die Zügel. Mit einem Blick zurück über die Schulter auf das im Mondschein liegende Ranchhaus fragte Alicia: »Wann brechen wir nach Rosid auf?«

»In ein paar Tagen.« Reith schnalzte, und der Aya fiel in Trab. »Ich schicke jemanden voraus, damit der Dasht auf unser Kommen vorbereitet ist.«

Vor dem Gästehaus in Novorecife verabschiedete er sich mit dem flüchtigen Kuß von Alicia, der allmählich zu ihrem gewohnten Begrüßungs- und Verabschiedungsritual wurde.

Zurück in seinem Haus, stellte Reith eine Öllampe auf seinen Nachttisch und machte es sich für die Bettlektüre bequem. In gespannter Erwartung schlug er *Piraten, Priester, Potentaten* auf. Aber er kam nicht recht von der Stelle. Das Buch war nicht schlecht geschrieben – im Gegenteil, es war vorzüglich geschrieben, und Reith fand den Inhalt äußerst fesselnd. Doch beschwor fast jeder Satz eine solche Fülle von Erinnerungen in ihm herauf, daß er immer wieder mit dem Lesen innehalten und an die Wand starren mußte, um die Bilder an seinem inneren Auge vorüberziehen zu lassen.

Er erinnerte sich, daß Alicia, als sie damals, kurz vor ihrem Abschied am Raumhafen, davon gesprochen hatte, ein belletristisches Buch zu schreiben und nicht eine ihrer üblichen soziologischen Abhandlungen, ihn gefragt hatte, ob sie ihren Ehenamen verwenden dürfe.

Als er ihr darauf geantwortet hatte, er hätte dagegen nichts einzuwenden, hatte sie gesagt, sie würde das Buch ihm widmen. Er blätterte zum Anfang des Buches zurück, fand aber nirgends eine Widmung. Da fiel ihm auf, daß die Seite zwischen dem Deckel und der Seite mit dem Inhaltsverzeichnis fehlte. Ein etwa einen halben Zentimeter breiter Rand an der Innenseite verriet ihm, daß die Seite herausgeschnitten worden war. Er vermutete, daß auf dem fehlenden Blatt eine Widmung gestanden hatte.

Nachdenklich starrte er an die dunkle Wand seines Schlafzimmers. Hatte sie das Buch jemand anderem gewidmet und wollte nicht, daß er das erfuhr? Oder hatte sie es ihm doch gewidmet, aber eine ihr nun peinliche Empfindung hinzugefügt?

Er las weiter. Je länger er las, desto fesselnder fand er das Buch. Er war entsetzt über die Offenheit, mit der sie von ihrer wechselvollen Beziehung zu ihm erzählte. Sie nahm alle Schuld an ihrem Zerbrechen auf sich und stellte ihn weit edelmütiger und heldenhafter dar, als er es sich selbst realistischerweise zubilligte. Ohne es ausdrücklich zu sagen, war das Werk ein einziger, romanlanger Liebesbrief.

Andererseits war der Zwischenfall vom Morgen mit den drei Klerikern ein deutlicher Hinweis dafür gewesen, daß die Xanthippe in Alicia nicht tot war, sondern bloß schlummerte und ganz leicht wieder zu erwecken war. Auch wenn seine Sympathien bei dieser Konfrontation ganz klar auf ihrer Seite gelegen hatten, nahm er sich fest vor, sie fortan wie eine Schwester zu behandeln und alles, was auch nur ansatzweise auf eine intimere Beziehung hinauszulaufen drohte, strikt abzublocken.

Was ihn ebenfalls verblüffte, war die präzise, ungeschminkte, ja fast schamlose Schilderung ihrer amourösen Begegnungen mit anderen männlichen Wesen auf Krishna – zwei Einheimischen und einem Terraner –

vor und nach ihrer Ehe mit Reith. Obwohl sie bei jedem dieser Fälle mehr oder weniger gezwungen worden war, hatte die letzte dieser Intrigen eine Rolle bei ihrem endgültigen Bruch mit Reith gespielt.

Durch das gesamte Buch schimmerte immer wieder Alicia, die Sozialwissenschaftlerin, durch. Gestützt auf eigene, persönliche Erfahrungen, schilderte sie in nüchternen, naturwissenschaftlichen Termini den Ablauf und die besonderen Merkmale des Geschlechtsaktes mit einem Krishnaner. Reith war erschüttert und peinlich berührt. Er fand, daß man Ehrlichkeit auch übertreiben konnte.

Reith hatte geglaubt, daß mit den Jahren alle seine Gefühle gegenüber Alicia Dyckman, die positiven wie die negativen, verblaßt wären, daß er ihre stürmische Romanze längst überwunden, verarbeitet und ad acta gelegt habe. Doch nun mußte er zu seiner Überraschung und Bestürzung feststellen, daß es in ihm nur so brodelte von einander widerstreitenden Emotionen. Er wollte sie gleichzeitig mit wachsamer Zurückhaltung behandeln und ihr so nahe wie nur möglich sein; jeden seiner Gedanken und jedes seiner Gefühle mit ihr teilen und sich gleichzeitig in sein Schneckenhaus verkriechen; ihr mit liebevoller Wärme begegnen und gleichzeitig kühl und distanziert zu ihr sein; sie küssen und drücken und sie schütteln und ohrfeigen.

Trotz all der Dinge, die geschehen waren, und trotz der langen Jahre, die vergangen waren, hatte Alicia Dyckman nichts von ihrer Fähigkeit eingebüßt, einen Gefühlssturm in Fergus MacDonald Reith zu entfesseln. Der Himmel wurde bereits grau, als er schließlich einschlief, das Buch aufgeschlagen auf dem Schoß.

In Avord, auf halbem Wege zwischen Novorecife und Rosid, hielt Reiths Wagen vor Asteratuns Gasthof an, der durch einen Tierschädel über der Eingangstür gekennzeichnet war.

Die Kutsche, die Reith in Novorecife gemietet hatte, war ein Landauer mit zwei einander gegenüberliegenden Doppelsitzen im Kasten, einem Bock für den Kutscher und einem zusammenlegbaren Faltdach. Als Zugtiere für das Vehikel hatte Reith zwei von seinen eigenen Ayas genommen. Alicia, Ordway und White saßen im Kasten. Reith saß auf dem Bock und fuhr; in gewissen Abständen jedoch übergab er die Zügel Timásh, seinem krishnanischen Assistenten, und setzte sich entweder nach hinten zu seinen Kunden oder ritt auf einem der überzähligen Ayas. Zur Zeit ritt Timásh, der einen der breitkrempigen, schlappen Strohhüte trug, wie sie bei krishnanischen Shaihanhirten beliebt waren, auf einem der überzähligen Ayas und führte die zwei anderen am Zügel.

Auch Alicia setzte sich gelegentlich in den Sattel, um, wie sie sagte, ihre Reitmuskeln wieder in Form zu bringen. Als Reith den Vorschlag machte, daß Ordway und White es auch einmal versuchten, erntete er damit bei White nur ein gequältes Stöhnen, während Ordway, der sich jetzt wieder glattrasiert präsentierte, entsetzt hervorstieß: »Nicht für Geld und gute Worte, Reith! Ich hab von den Turnübungen, die euer verrückter Wikinger mit mir veranstaltet hat, einen solchen Muskelkater, daß ich froh bin, wenn ich überhaupt allein aus dem Wagen klettern kann.«

Reith führte sie in den Gasthof. Als der Wirt, ein dicker, runzliger Krishnaner mit ausgefransten Antennen, ihn gewahrte, schrie er auf gozashtandou: »Seid gegrüßt, Meister Rief! Euer Hirte hat mir Euer Kommen schon angekündigt. Sind jene da Eure neuesten terranischen Touristen?«

»Es sind Geschäftsleute«, erklärte Reith und stellte alle vor. Als er Alicia als ›Doktor Dyckman‹ vorstellte, musterte Asteratun ihren staubigen Reitanzug und sagte: »Entschuldigt meine Neugier, guter Meister Rief, aber diese Dame hat eine verblüffende Ähnlichkeit mit einer, die Ihr früher einmal hierherbrachtet – es muß wohl gut zwanzig Jahre her sein – und mir als Euer Eheweib vorstelltet. Könnte diese schöne blonde Jungfer die Tochter von euch zweien sein? Ich weiß nicht, wie lange es bei euch Terranern dauert, bis ihr ausgewachsen seid.«

Reith schürzte die Lippen und zog die Stirn kraus, weckte Asteratuns Frage doch in ihm unliebsame Erinnerungen an eine stürmische Vergangenheit. Alicias klassische Züge hingegen zeigten nur die Starrheit strenger Selbstbeherrschung. »Es ist eine lange Geschichte«, gab er Asteratun zur Antwort. »Ich werde sie Euch bei Gelegenheit einmal erzählen. Doch nun hätte ich gern Quartiere für meine Leute und die Tiere. Die Dame wünscht ein Einzelzimmer.«

»Es kostet Euch fünfzig Karda pro Nacht, Herr, die Ställe für die Tiere mitgerechnet.«

»Eure Preise sind gestiegen«, bemerkte Reith.

»Das war leider nicht zu umgehen. Seit Seine Erlauchtheit in Hershid dieses neue Papiergeld herausgegeben hat, haben allenthalben die Preise angezogen.«

Reith antwortete mit einem Achselzucken; schließlich war es nicht sein Geld, sondern das von Cosmic Productions, und die hatten genug davon.

Nach dem langen, anstrengenden Tag, den sie hinter sich hatten, sehnten sich alle nach ihrem Bett. Als Reith die Stiege hinauf zu seinem Zimmer stapfte, sah er im Flur Ordway und Alicia vor Alicias Tür stehen und sich in gedämpftem Ton miteinander unterhalten. Dann ging Alicia in ihr Zimmer und verriegelte demonstrativ die Tür hinter sich.

Reith vermutete, daß Ordway seine Zudringlichkeiten erneuert hatte. Er kämpfte die jäh in ihm hochsteigende Wut rasch nieder und war im Begriff, seine Tür zu öffnen, als Ordway rief: »Moment mal! Reith! Fergus!«

»Ja?«

»Hätten Sie mal 'ne Minute Zeit für mich?«

»Worum geht's?«

Ordway kam zu ihm herüber und sagte leise: »Es geht um Alicia. Ich hab euch beide von Anfang an beobachtet, und ich bin mir ziemlich sicher, daß ihr, obwohl ihr alte Bekannte seid, nichts miteinander habt. Stimmt's oder hab ich recht?«

»Bei allen Göttern Krishnas, welch eine Frage! Jetzt hören Sie mir mal gut ...«

»Ich weiß, ich weiß. Sie wollen mir jetzt sagen, daß mich das einen feuchten Dreck angeht. Aber das stimmt nicht ganz. Sie müssen nämlich wissen, alter Knabe, ich liebe sie auch.«

»Ach! Tatsächlich? Was Sie nicht sagen!«

»Sie können sich Ihre Ironie ruhig sparen. Ich bin ganz verrückt nach dem Mädel, seit ich sie das erste Mal in Montecito gesehen habe. Ich würde ihr sogar auf der Stelle einen Heiratsantrag machen, wenn da nicht möglicherweise noch irgendwo eine Ehefrau von mir rumspränge.«

»Und was«, fragte Reith mit eisiger Miene und einer Stimme, die einen Geysir zu Eis hätte erstarren lassen, »hat das mit mir zu tun?«

»Nun, sehen Sie ... eh ... ich dachte mir, daß Sie, die Sie sie ja schon lange kennen, mir vielleicht den einen oder anderen Tip geben könnten, wie ich sie rumkriegen kann. Vielleicht könnten Sie ja sogar ein gutes Wort für mich einlegen. Ich kann ihr jedenfalls eine erstklassige Nummer garantieren. Sie können alle Frauen fragen, die ich bis jetzt gestoßen habe, ob ich's ihnen nicht affenscharf besorgt habe. Außerdem könnte ich ihr zu einer Karriere in Montecito verhelfen. Also, wie kann ich sie dazu kriegen, daß sie's zumindest mal auf einen Versuch ankommen läßt?«

Reith durchbohrte ihn mit eisigem Blick. Nach einem Moment des Schweigens sagte er: »Ich kann Ihnen dazu nur eines sagen: Wenn sie nein sagt, dann meint sie auch nein. Da können Sie balzen und baggern wie ein Weltmeister; es bringt absolut nichts. Und wenn Sie es auf die grobe Tour versuchen, dann müssen Sie damit rechnen, daß sie Sie umbringt oder Sie zum Krüppel macht. Sie weiß, wie man so was anstellt.«

Ordway starrte zu Boden. »Aber verflucht noch mal, Mann, ich bin so verdammt geil, daß es mir bald aus den Ohren rausläuft!«

»Fragen Sie Asteratun; vielleicht stellt sich seine Kellnerin gegen eine kleine Gebühr zur Verfügung. Er kann ein bißchen Englisch und wird Sie schon verstehen. Gute Nacht!«

Ohne zu warten, ob Ordway seinen Rat befolgte, ging Reith in sein Zimmer und knallte die Tür hinter sich zu.

Am nächsten Tag, als die untergehende Sonne Roqir die vergoldeten Zwiebeltürme und Kuppeln von Rosid in karmesinroten Glanz tauchte, rumpelte Reiths Wagen über das Kopfsteinpflaster der verwinkelten Straßen und Gassen der Stadt. Die Fahrbahn wimmelte von Krishnanern; manche gingen zu Fuß, manche sausten auf Tretrollern dahin, andere ritten auf Ayas oder fuhren in Kutschen.

Reith mietete seine Gruppe im Gasthof eines gewissen Khenamo ein. Als er sie ins Gästebuch eintrug, sagte Ordway: »Hören Sie, Reith, nach zwei Tagen auf diesen staubigen Straßen habe ich eine solche Dreckschicht auf dem Leib, daß man Korn darauf säen könnte. Ich bin so erzogen worden, daß ich einmal die Woche ein Bad nehmen muß, ob ich es nun nötig habe oder nicht. Gibt es hier so was wie ein Schwimmbad oder eine Sauna?«

»Sobald wir unser Gepäck oben haben, gehen wir zum Badehaus«, versprach Reith.

An der Wand des Badehauses, das als solches an der Schale eines muschelähnlichen Meerestiers über der Eingangstür zu erkennen war, prangte ein großes Plakat, auf dem mehrere Wörter in verschnörkelten Lettern standen. Als sie sich in die Warteschlange einreihten, fragte White: »Welche Bedeutung hat das, was da auf dem Plakat steht?«

»›Echte Seife‹«, übersetzte Reith. »Ein Terraner in der Banjao-See stellt sie her, und zwar aus einer Art Seetang. Sie ist noch immer eine ziemliche Neuheit für die Krishnaner; deshalb auch das protzige Plakat. Seife ist eine der wenigen Errungenschaften terranischer Technologie, die der Interplanetarische Rat für Krishna freigegeben hat.«

»Der IR will durch die Blockade verhindern, daß die Krishnaner ihren Planeten in die Luft jagen, nicht wahr?« sagte White.

»Ja. Das ist die Absicht, die dahintersteckt. In der Praxis ist diese Blockade freilich durchlässig wie ein Schaumlöffel. Die Krishnaner schmuggeln das Knowhow entweder ein oder erfinden die Sachen selbst.« Als der Besitzer des Badehauses Reiths Gruppe durchwinkte, sagte Reith auf gozashtandou: »Seid gegrüßt, guter Meister Himmash! Wie gehen die Geschäfte?«

»Oh, recht gut«, antwortete der stämmige Krishnaner, der im Kassenhäuschen stand, das Eintrittsgeld kassierte und Handtücher ausgab. Er beugte sich vor und fügte mit gedämpfter Stimme hinzu: »Gäbe es da nicht diese neue Verordnung, die Seine Erlauchtheit uns aufhalsen will, könnte ich mich nicht beklagen.«

»Welche Verordnung?«

»Er hat angeordnet, daß ich mein Etablissement vermittels einer Trennwand in zwei Hälften aufteilen soll, von denen die eine nur von Männern, die andere allein von Weibern aufgesucht werden darf. Es heißt, daß diese terranischen Heiligen, die zur Zeit Seiner Erlauchtheit Hof heimsuchen, ihn dazu beschwatzt haben sollen, sich ihre törichten fremdländischen Vorstellungen von Anstand zu eigen zu machen. Wie viele *Ertsuma* bringt Ihr diesmal mit?«

»Nur diese drei.« Reith kramte eine Silbermünze aus der Tasche, drückte sie Himmash in die Hand und führte seine Gruppe in einen Umkleideraum. Dort wimmelte es von Krishnanern beiderlei Geschlechts und in allen Stadien der Entkleidung. Alle redeten auf einmal in ihrer rollenden, rhythmischen Sprache, untermalt von schnörkelreicher Gestik. Die Luft war schwanger vom beißenden Körpergeruch der Krishnaner.

Reith wandte sich an einen Wärter, der ihm vier an Schnüren befestigte Schlüssel aushändigte. Er teilte diese an seine Begleiter aus und sagte, an Ordway und White gewandt: »Ihr habt die Nummern neun und vierundzwanzig. Die Nummern eurer Schließfächer sind in die Schlüssel eingeprägt. Achtet darauf, daß ihr alle eure Sachen gut einschließt.«

Ordway, der die ganze Zeit über die Krishnaner verwirrt angeschaut hatte, begann sich geistesabwesend zu entkleiden. White, der ganz blaß im Gesicht geworden war, sagte leise zu Reith: »Fergus, ich kann das nicht! Wenn es nur Männer wären ... ich meine, männliche Angehörige beider Gattungen ... aber ...«

»Wollen Sie sauber werden oder nicht?« preßte Reith, der gerade dabei war, Alicia den zweiten Stiefel vom Fuß zu zerren, ungnädig hervor. »Es ist auf dieser Welt so üblich, daß man sich auszieht, wenn man badet.«

»Tut mir leid, aber das kann ich nicht!« sagte White. »Das ist einfach zu unanständig für jemanden, der wie ich streng jüdisch-konservativ erzogen worden ist ...«

»Was fehlt Eurem Terraner?« erkundigte sich Himmash, der gerade den Kopf zur Tür des Umkleideraums hereinsteckte und Whites Zögern mitbekommen hatte. »Leidet er an irgendeiner Ertso-Krankheit?«

»In gewisser Weise«, sagte Reith. »Seine Religion verbietet es ihm, sich in gemischter Gesellschaft zu entkleiden.«

»Dem können wir abhelfen«, erklärte der Badehausbesitzer und verschwand. Kurze Zeit später kam er mit einem tischdeckengroßen quadratischen Tuch zurück, in dessen Mitte ein Loch war.

»Es gibt einen verrückten Kult hoch oben im kalten Norden, welcher eine ähnliche Regel hat«, erklärte Himmash. »Ich halte stets ein paar von diesen Tüchern für die seltenen Gäste aus jenen Regionen bereit.« Himmash stülpte White das Tuch über, so daß nur der Kopf durch das Loch in der Mitte herauslugte. »So, nun seid Ihr auf das beste verhüllt!«

Reith und Alicia hatten mittlerweile ihre Kleider im Schließfach verstaut. Reith schaute sich mit suchendem Blick nach Ordway um. Der Production Manager saß auf einer Bank, eine vergessene Socke geistesabwesend in der Hand, und starrte mit weitaufgerissenen Augen Alicia an. Als er Reiths finsteren Berserkerblick gewahrte, schaute er rasch weg.

»Los jetzt!« sagte Reith. »Wenn ihr zwei noch länger herumtrödelt, verpassen wir unser Abendessen.«

Er bugsierte seine Terraner durch einen Flur, an dessen Seiten mehrere kleine Kammern lagen. In einer davon, offensichtlich einem Raucherzimmer, saßen vier nackte Krishnaner, drei Männer und eine Frau, um ein kleines Becken herum und unterhielten sich, während sie dicke Zigarren schmauchten. Reith schnappte im Vorbeigehen ein paar Gesprächsfetzen auf: Es ging um die steigenden Preise von *Tunest*. Im nächsten Raum stemmte ein schwitzender Krishnaner ächzend eine Kugelhantel zum Kinn. Im nächsten traktierte ein Masseur sein freiwilliges Opfer.

Der Flur mündete in eine große Halle mit einer Reihe von Becken, die mit dampfendem Seifenwasser gefüllt waren. Zwei nackte krishnanische Bademeister seiften die Badegäste von Kopf bis Fuß ein, wozu sie schwammähnliche Gebilde verwendeten, die in Wirklichkeit eine Art Pilze waren. Als alte Krishna-Hasen, die sie waren, stellten Alicia und Reith sich aufrecht hin und drehten sich langsam, damit der Bademeister mit seinem

Schwamm überall hinkam. Ordway unterwarf sich dieser Prozedur mit sichtlichem Unbehagen. White kauerte unglücklich da, in sein Laken gehüllt, bis einer der Bademeister ihm seinen Schwamm reichte, damit er sich selbst unter seinem Poncho einseifen konnte.

Von Kopf bis Fuß in Seifenschaum gehüllt, gingen die vier weiter in den nächsten Raum. In diesem befand sich ein großes Schwimmbecken, aus dem zarte Dampfwölkchen stiegen. Das Becken war voll mit Krishnanern, die teils standen, teils schwammen, teils mit dem Rücken an der Wand des Beckens lehnten und sich mit verzückt geschlossenen Augen dem Wohlgefühl des Badens hingaben.

»Autsch!« rief Ordway. »Noch ein Grad heißer, und ihr könnt mich nachher zum Abendessen servieren.« Zaghaft stieg er die Marmorstufen hinunter ins Wasser. White folgte ihm. Als er ins Wasser tauchte, bauschte sich sein Keuschheitsfähnchen durch den Auftrieb auf, und er zerrte es sich hastig über seine Blöße, wie eine zickige Jungfrau.

Reith und Alicia schwammen gemächlich zu einer Ecke des Beckens und lehnten sich mit dem Rücken an den Rand, sich mit den Füßen auf den Bodenkacheln abstützend. Der Anblick Alicias, als diese in ihrer ganzen rosigen und goldenen Pracht aus dem dampfenden Wasser auftauchte, gleichsam wie eine Göttin aus einer uralten Sage, ließ mit einem Schlag die ganze herzzerreißende Geschichte ihrer unheilvollen Romanze vor Reiths innerem Auge wiederauferstehen. Zu seiner Überraschung spürte er, wie seine Augen feucht wurden; er hoffte nur, daß, sollten ihm tatsächlich ein paar Tränen über die Wangen kullern, Alicia diese für Wassertropfen hielt. In Mythen, erinnerte er sich vage, fanden Sterbliche, die sich mit Göttinnen einließen, in der Regel ein unschönes Ende.

In diesem Moment sah er etwas Goldenes auf ihrer elfenbeinfarbenen Haut aufblitzen, das vorher unter dem

Seifenschaum nicht zu erkennen gewesen war. Es war ein schlichter, an einer dünnen Kette hängender goldener Ring, der zwischen ihren Brüsten ruhte. Als er sich vorbeugte, um ihn näher in Augenschein zu nehmen, zuckte Alicia zunächst zurück; erst nach kurzem Zögern ließ sie sich schweigend seine Inspektion gefallen.

»Was ist das für ein Ring?« fragte Reith und drehte das Schmuckstück um. »Ohne meine Brille kann ich die eingeprägten Initialen nicht entziffern: aber er sieht tatsächlich so aus wie ...«

»Er ist es auch«, sagte Alicia. »Unser alter Ehering. Ich hätte ihn besser im Tresor des Gasthofs gelassen. Doch das fiel mir erst ein, als wir schon hier waren, und den Schließfächern traue ich nicht so recht.«

»Du hast unseren Ring die ganzen Jahre über aufbewahrt?«

»Vergiß nicht, für mich waren es ja so viele nun auch nicht.«

»Aber ... eh ... warum ...«

»Ach, ich bin eben eine sentimentale Spinnerin. Wir hatten doch auch schöne Zeiten miteinander, oder nicht?« Sie wechselte abrupt das Thema. »Komm, schwimmen wir noch ein bißchen!«

Ein Krishnaner, der neben Ordwy im Wasser stand, fragte den Production Manager: »Du Erdmensch sein?«

»Ja, alter Knabe; das bin ich.«

Der Krishnaner machte ein verdutztes Gesicht. »Ich die Englisch scha-tudieren. Ich denken, ›Knabe‹ bedeuten junge Erdmann. Wie kann ›Knabe‹ sein alt?«

»Ach, das ist so eine Redeweise«, grunzte Ordway.

»›Weise‹ bedeuten ›klug‹, ja?«

»Ja, ist schon recht«, antwortete Ordway genervt und schaute sich hilfesuchend nach Reith um. Aber der stand mit Alicia auf der anderen Seite des Beckens, in angeregte Unterhaltung vertieft. Der Krishnaner aber ließ nicht locker: »Dann du sagen wollen: ›alte Knabe sein klug‹, ja?«

»Schau mal, mein Freund ...«

»Schauen wohin? Auf dich? Und du sein mein Freund?«

»Ich versuche dir klarzumachen, verdammt noch mal, daß ich deine bescheuerte Sprache nicht spreche!«

Nach ein paar Sekunden verdutzten Nachdenkens sagte der Krishnaner: »›Bescheuert‹ bedeuten, ist geputzen mit Bürste, ja? Wie kann scheuern Worte mit Bürste?«

»O Gott!« preßte Ordway gequält hervor. »Das ist auch wieder nur so eine Redensart. So, und jetzt laß mich in Ruhe und geh schön brav baden, ja? Sei so nett und tu mir den Gefallen!«

»Gefallen. ›Gefallen‹ bedeuten, bei Schlackt in Krieg tot von andere Scha-wert, ja? Wie kann ...

»Ich weiß es nicht, verflucht noch mal! Jetzt halt in Gottes Namen endlich die Klappe und verpiß dich!«

»Dein Gott nickt mein Gott sein, und nickt darf pissen in Scha-wimmbad!« Nach ein paar weiteren Sekunden des Schweigens zeigte der Krishnaner auf White. »Andere Erdmann da, in Bettuck? Warum er macken?«

»Jetzt reicht's aber! Ich laß doch nicht irgendeinen hergelaufenen Kanaken einen Kumpel von mir beleidigen! Ihr Eingeborenen glaubt wohl, ihr könntet eine dicke Lippe riskieren, nur weil ...«

»›Lippe‹ sein selbe wie Klappe, ja? Aber ›ri-ska-irn‹ nickt ver-scha-tehen. Is selbe wie ...?«

»Schnauze!« brüllte Ordway und versetzte dem Krishnaner einen Stoß gegen die Brust. Der Krishnaner fiel hintüber, und sein Kopf verschwand unter Wasser; nur die Riechantennen lugten noch heraus.

Prustend und spuckend tauchte er wieder auf. *»Hishkako baghan!«* schnaubte er. Ehe Ordway sich's versah, hatte der andere ihn an der Gurgel gepackt. Sofort bildete sich ein Kreis von Schaulustigen um sie herum. Ein paar feuerten die Kampfhähne an; andere schlossen Wetten ab. Eine Frau kreischte: »Hinaus mit diesen dreckigen Fremdweltlern! Diese widerlichen Barbaren treten die Rechte von uns wahren Menschenwesen mit Füßen!«

Die Bademeister bahnten sich hastig einen Weg durch den Ring der Schaulustigen und versuchten, die Streithähne auseinanderzuzerren. Doch gelang es ihnen erst, sie zu trennen, als Reith einen Arm um Ordways Hals schlang und ihm die Luft abdrückte.

»L-lassen Sie mich los, Reith!« gurgelte Ordway. »Ich laß mir doch von einem dreckigen Kanaken nicht sagen, ich hätte 'ne Macke, verdammt noch mal! Ich habe keine Angst vor …«

»Er meinte ›machen‹, nicht ›Macken‹, Sie Obertrottel!« fauchte Reith ihn an. »Und jetzt raus mit euch, ihr zwei! Gehen wir rüber ins große Schwimmbecken, bevor ihr hier noch mehr anstellt.« Er watete zu dem immer noch wutbebenden Krishnaner hinüber und sprach leise ein paar beschwichtigende Worte mit ihm.

»Nein«, knurrte der Krishnaner in seiner eigenen Sprache. »Ich führe keinen Rechtsstreit mit Krishnanern; ihr seid zu gerissen für solch einfache, ehrliche, arglose Menschenwesen wie wir. Nehmt Eure ungezogenen *Ertsuma* und zieht von dannen.«

Das nächste Becken war größer und nicht so voll, und im Gegensatz zum vorigen nur mit lauwarmem Wasser gefüllt. Reith und Alicia schwammen Seite an Seite ihre Bahnen. Ordway entspannte sich auf dem Rücken liegend; sein rotbehaarter Bauch wölbte sich wie eine bewachsene Kuppel aus dem Wasser. White stand im flachen Wasser am Beckenrand und schaute bedröppelt drein. Reith fragte Alicia leise: »Sag mal, unter welchem flachen Stein hast du diesen Ordway eigentlich gefunden? Wenn dieser Kotzbrocken weiter so auf Krishna rumläuft und seine blöden Sprüche losläßt und Schlägereien anzettelt, dann hat er bald ein Messer im Bauch – und wir womöglich auch.«

»Cyril ist ein komischer Mensch. In der Regel verkörpert er den Prototypen des kompetenten englischen Geschäftsmannes. Aber gib ihm ein paar Drinks, und er verwandelt sich in einen East-End-Hooligan. Alle paar Monate flippt er einmal aus.«

»Ist er auch auf andere Weise lästig geworden?« fragte Reith.

»Du meinst, ob er sich an mich herangemacht hat? Und wie! Er hat während des ganzen Flugs ständig versucht, mich anzumachen. Andauernd hat er sich an mich rangepirscht wie der Löwe an das Warzenschwein.«

Reith kicherte vergnügt. »Die schönste Frau auf Krishna – ein Warzenschwein? Madame belieben wohl zu scherzen!«

»Wer, ich? Eine abgetakelte, ausgeleierte, geschiedene Frau, die ihre besten Tage hinter sich hat? Ich hör so was natürlich gern; aber ernstnehmen kann ich solche Schmeicheleien nicht.«

»Das sind keine Schmeicheleien, sondern nüchterne, objektive Tatsachen. Du gäbst immer noch bei jedem Schönheitswettbewerb eine hervorragende Figur ab.«

»Sicher, auch ein Warzenschwein kann schön sein – in den Augen eines anderen Warzenschweins.«

»Okay, okay«, sagte Reith lachend. »Aber du kannst nicht abstreiten, daß du im Vergleich mit anderen Warzenschweinen mit Abstand das schönste bist. Ich glaube, ich nenne dich ab jetzt ›Warzenschwein‹, um dich dran zu erinnern. Aber erzähl weiter von Ordway.«

»Nachdem ich ihn schließlich mit einem Judo-Überwurf auf die Bretter gelegt hatte, behielt er von da an wenigstens seine Finger bei sich.«

Reith spürte ein kurzes Aufwallen eifersüchtiger Wut im Bauch, aber er unterdrückte das Gefühl rasch. Es war nicht seine Sache, ob seine Exfrau, die er seit achtzehn Krishnajahren nicht mehr gesehen hatte, die Annäherungsversuche eines anderen Mannes abwies oder sich gefallen ließ. Er fragte:

»Wenn Ordway so ein Arschloch ist, wie ist er dann an den Job eines Production Managers gekommen? Wie kommt eine große, reiche Firma dazu, sich solch einen widerlichen Rowdy als einen ihrer Repräsentanten zu halten? Das will mir irgendwie nicht in den Kopf.«

»Dafür gibt's mehrere Gründe. Zum einen ist er ja nicht immer so ein Trampel. Er veranstaltet solche Besäufnisse vielleicht zwei- oder dreimal im Jahr. Ansonsten ist er echt fähig in seinem Job. Er kann eine verblüffende Anzahl von Details in seinem Kopf speichern und sie im entscheidenden Moment zusammensetzen wie die einzelnen Teile eines Puzzlespiels. Und wenn du meinst, Cyril sei ein besonders widerliches Exemplar seiner Zunft, dann müßtest du erst mal ein paar andere Gestalten aus der Filmbranche sehen! Sie würden dich an das erinnern, was du siehst, wenn du einen Tropfen Sumpfwasser unter dem Mikroskop betrachtest.«

»Und White? Was ist das für einer?«

»Jacks einziges bekanntes Laster ist Spielen. Er ist ein bißchen verhuscht, aber kein schlechter Kerl. Da wir gerade von ihm sprechen: Der arme Teufel steht da und schaut ganz kläglich aus der Wäsche. Komm, wir gukken mal, ob wir ihn nicht ein bißchen aufmuntern können.«

Als sie White winkend aufforderten, sich ihnen anzuschließen, murmelte dieser verschämt: »Ich kann nicht schwimmen.«

»Ich bring's dir bei!« sagte Alicia mit aufmunternd heiterer Stimme. »Erste Lektion: auf den Rücken legen und die Arme nach hinten ausstrecken. Keine Angst, ich tauch dich schon nicht unter!«

Während Alicia den widerstrebenden White mit sanfter Gewalt von der Tragfähigkeit des Mediums Wasser überzeugte, zog Reith weiter seine Bahnen. Bei der nächsten Wende bemerkte er, daß Ordway inzwischen an den Rand des Beckens gewatet war und sich mit einer Krishnanerin unterhielt. Reith hörte, wie sie gerade balzte: »… oh, ick *lieben* die Terraner! Ick wünsche, ick könnte einen von sie naher … eh … du weiß schon, antim … intam …«

»Intim?« soufflierte Ordway mit hoffnungsfrohem Blick.

»Das ist das Wort! Intiiiehm – aiiiih!« Ihre Worte endeten in einem schrillen Jauchzen.

Ein bulliger Krishnaner kam mit drohender Miene und schaufelnden Armbewegungen durch das Wasser auf die beiden zugepflügt. Reith, der, aufgeschreckt durch den Schrei, hatte im Schwimmen innegehalten und sah, wie Ordway hastig aus dem Becken krabbelte, verfolgt von dem riesigen Krishnaner. Ordway begann um das Becken herumzurennen. Der Krishnaner rannte hinter ihm her, wilde Verwünschungen ausstoßend.

Die zwei hatten die erste Runde vollendet und bogen gerade in die Startgerade ein, als aus der benachbarten Halle eine Gruppe Krishnaner hereinkam. Ehe sie ausweichen konnten, waren Ordway und sein rasender Verfolger schon in sie hineingekracht. Füße glitschten über die nassen, seifigen Kacheln, nackte Leiber purzelten umeinander wie Bowling-Pins. Zwei Krishnaner landeten mit einem lauten *Platsch* im Schwimmbecken.

Reith, der inzwischen hastig das Becken verlassen hatte, schob sich zwischen Ordway und den bulligen Krishnaner, der brüllte: »Der *Hishkak* soll mich holen, wenn ich diesen stinkenden Haufen Kot nicht totschlage!«

»Immer mit der Ruhe«, versuchte Reith ihn zu beschwichtigen. »Was hat Meister Ordway getan?«

»Er hat mein Eheweib schwer beleidigt!«

»Wie?«

»Sie fing ein Gespräch mit ihm an, doch dies lediglich in der Absicht, ihr Englisch zu verbessern und so die freundschaftlichen Bande zwischen unseren weit auseinanderliegenden Welten zu verstärken. Und was tut dieser *Zeft?* Betatscht mit geiler Hand ihre untadelige Person!«

»Ich bin sicher, daß es sich um ein bloßes Mißverständnis handelt«, sagte Reith in besänftigendem Ton. Doch ließ sich dieser Krishnaner nicht so leicht beschwichtigen wie sein linguistisch interessierter Vorgänger. »Das interessiert mich nicht!« zeterte er. »Der Schandflecken auf meiner Ehre kann nur mit Blut weggewaschen werden! Ich fordere diesen stinkenden Fremdweltler auf, sich mit mir im Kampfe zu messen – mit Schwert, Armbrust oder sonstigen Waffen seiner Wahl!«

»Meister Ordway ist es nicht gestattet, Duelle auszufechten«, erklärte Reith. »Er wird Euch jedoch Schadenersatz für jegliche Befleckung Eurer Würde leisten.«

»Die Besudlung der Ehre läßt sich nicht mit schnöder Münze vergelten! Wieviel hat der *Dazg* denn bei sich?« Die Bezeichnung ›Dazg‹ war eine bei den Krishnanern gebräuchliche ethnische Herabsetzungsvokabel für Terraner, vergleichbar mit Begriffen wie ›Kanaker‹ und ›Japse‹ bei Terranern von der ungehobelten Sorte.

»Wir werden sehen«, antwortete Reith. »Kommt alle mit! Schluß für heute mit dem Baden!«

Im Umkleideraum hieß Reith Ordway seine Geldbörse umstülpen. Eine Handvoll Münzen kullerten heraus. »Nehmt es!« forderte Reith den Krishnaner auf.

»Alles?« jammerte Ordway kläglich. »Aber dann bin ich doch völlig blank!«

»Geschieht Ihnen recht, Trottel!« schnarrte Reith. Als der gekränkte Krishnaner verschwunden war und die Terraner sich wieder anzogen, sagte Reith: »So, Cyril, und jetzt will ich haarklein erzählt kriegen, was da los war; oder wir fahren sofort nach Novo zurück, und Sie können sich Ihren Film von der Backe putzen!«

»Also, ich lieg da so im Wasser rum, da kommt diese Schnalle auf mich zu und fängt an, ihr Englisch an mir zu erproben. Und als sie immer näher rankommt und anfängt, sich an mir zu reiben, da merk ich plötzlich, wie ich einen … nun, Sie können sich's ja denken. Und dann auch noch der Anblick von Alicia, wie sie da vor meiner Nase nackt im Wasser rumturnt … Nun, jedenfalls, ich wußte genau, was die Tussi von mir wollte. Um also die Sache ein bißchen auf Touren zu bringen, kneif ich ihr ganz sacht in den Hintern. Woher sollte ich auch wissen, daß dieser klobige Typ ihr Mann war? Sie hat jedenfalls angefangen und mich ganz klar angemacht.«

Reith seufzte. »Schon gut, schon gut; mir ist es egal, welche Ausreden Sie haben. Jedenfalls, der nächste Krawall, den Sie stiften, wird Ihr letzter sein – zumindest hier auf diesem Planeten. Kapiert?«

»M-hm.«

Ein Offizier in einem silberfarbenen Küraß geleitete Reith und seine Schutzbefohlenen in den Audienzsaal des Dashtpalastes. Wandteppiche mit Schlachtszenen schmückten die Wände, vor denen Standbilder von rasenden Recken und hinreißend schönen Frauen standen. Als sie hereinmarschierten, Reith und Alicia vornweg, White und Ordway dahinter, verrenkte sich letzterer den Hals nach den Krishnanerinnen in Marmor und murmelte mit fachkundigem Blick: »Ganz so wie unsere sind sie nicht – die Proportionen sind irgendwie anders –, aber versuchen würd ich's schon gern mal mit einer von ihnen …«

»Halten Sie die Klappe und konzentrieren Sie sich auf das Thema, dessentwegen wir hier sind«, zischelte Reith ihm über die Schulter zu.

Vier Trompeter, die in ihren mittelalterlichen Heroldsröcken aussahen wie Skatkartenbuben, setzten ihre silbernen Trompeten an den Mund und schmetterten einen Tusch, der die Fensterscheiben zum Klirren brachte. Vier Tamboure in ähnlicher Kluft erwiderten den Tusch mit einem ohrenbetäubenden Wirbel.

Der Offizier, der Reiths Gruppe in den Saal geleitet hatte, trat nach vorn, fiel vor einer auf einem Thron sitzenden Gestalt auf ein Knie, hieb sich mit der rechten Faust gegen den Brustpanzer, etwa an der Stelle, wo bei einem Menschen das Schlüsselbein saß, und intonierte:

»Eure Allerhöchste Durchlaucht! Ich habe die Ehre, Euch Besucher von der Welt vorzustellen, die da heißt Terra, nämlich: Meister Reith, Meister Ordway, Meister White und Doktor Dyckman.« Mit der Hand hinter dem Rücken gab der Offizier den vier Terranern ein Zeichen, vorzutreten und sich zu verneigen.

»Verdammt, Reith!« murmelte Ordway. »Da sagen Sie mir, ich soll mir den Schnäuzer abrasieren, und jetzt schauen Sie sich mal diesen Operettenkönig da auf seinem Prunkhocker an!«

Der solchermaßen Titulierte erhob sich von seinem ›Prunkhocker‹ und erwiderte die Verbeugungen mit einem herablassenden Nicken. Gilan der Dritte oder Gilan-bad-Jám, Dasht von Ruz, war ein großer, schlanker Krishnaner mit einer für krishnanische Verhältnisse auffallend hervorspringenden Nase. (Seine Landsleute hatten in der Regel eher platte Gesichter). Er trug glänzende schwarze Kanonenstiefel, eierschneidend enge scharlachrote Reithosen, einen silbernen, mit Medaillen und Orden schwer behangenen Brustpanzer und einen silbernen Helm, dem zwei Aqebatflügel entsprossen. Der auffälligste Blickfang an ihm jedoch war ein gewaltiger, offenkundig falscher Schnauzbart, dessen Enden schwungvoll nach oben ragten wie die Stoßzähne eines terranischen Ebers.

»Meine Erlauchtheit ist erfreut, die Besucher von einer anderen Welt begrüßen zu können«, sagte Gildan mit hoher näselnder Stimme. Sein Englisch war nahezu akzentfrei. »Mister Reith, hatten wir nicht schon einmal das Vergnügen?«

»In der Tat, Eure Durchlaucht«, bestätigte Reith. »Bereits zweimal, als ich terranischen Touristen Ihre prachtvolle Stadt zeigte, haben Sie sich wohlwollend dazu herabgelassen, uns persönlich zu begrüßen.«

»In der Tat, *mein* Gedächtnis läßt mich nimmer im Stich«, näselte der Dasht. »Aber sagen Sie, ist die Person, welche mir als ›Doktor‹ vorgestellt wurde, jene Terranerin dort?« Er wandte den Blick auf Alicia.

»Ja, Herr. Sie erforscht die Gesellschaften Ihrer Welt.«

Der Dasht wackelte mit dem Kopf. »Höchst bemerkenswert! Bei uns hielte ich es schlechterdings für unmöglich, daß ein so junger Mensch, und noch dazu ein Weib, eine solche Auszeichnung zu erlangen imstande wäre. Aber bei Ihrer Spezies scheint das wohl anders zu sein.« Er trat einen Schritt vor und streckte den Terranern die Hand zum Kusse hin.

Ordway, der ihm zufällig am nächsten stand, packte die dargebotene Hand, drückte sie herzlich und schüttelte sie mehrmals heftig, so als betätige er einen Pumpenschwengel. Als er sie wieder freigab, rieb sich der Dasht die Finger, um die Durchblutung wieder in Gang zu bringen. Der für einen winzigen Moment in seinen Augen aufblitzende Zorn wich einem belustigten Schmunzeln, und er streckte die Hand Reith hin, der sie zeremoniös küßte. Alicia und White folgten seinem Beispiel, während Ordway unbehaglich dreinschaute. Alsdann sprach der Dasht: »Meine lieben Terraner, Sie sind zu einem günstigen Zeitpunkt gekommen. Morgen beginnt, mit einer Parade und einem Konzert, der alljährlich stattfindende Jahrmarkt von Rosid. Heute abend findet ein Bankett zur Eröffnung des Jahrmarktes statt, zu welchem ich euch hiermit einlade. Später wird dann unser begabter terranischer Ingenieur, Mister Strachan, die Wunder der Wissenschaft vorführen. Alsdann, meine Herrschaften, auf Wiedersehen zur zehnten Stunde!«

III

PRINZESSIN VAZNI

Bescheuerter Kanakenhäuptling!« moserte Ordway, als sie den Palast verließen. »Hält sich wohl für den Papst!«

»Du bist doch bloß ein ethnozentrischer Eiferer«, versetzte White. »Ich finde, er hat uns freundlich behandelt. Ist schließlich nicht seine Schuld, wenn du die Etikette nicht kennst.«

»Laßt euch von seinem Auftreten nicht täuschen«, sagte Reith warnend, als sie in ihrer Kutsche zum Gasthof zurückrumpelten. »Er kann hervorragend den gütigen, freundlichen Monarchen raushängen lassen, und er spricht nach Prinz Ferrian das beste Englisch auf ganz Krishna. Er hat sicherlich auch einige gute Sachen gemacht. Aber er ist im Endstadium der Herrscherkrankheit.«

»Und was ist das?« fragte Ordway.

»Größenwahn. Sein Ehrgeiz ist grenzenlos, und er ist unberechenbar und geht über Leichen. Wenn Sie scharf darauf sind, rauszubekommen, wie es sich anfühlt, wenn man den Kopf abgeschlagen kriegt, dann brauchen Sie bloß zu versuchen, *ihm* den falschen Bart abzureißen.«

Im Gasthof angekommen, wuschen sie sich und warfen sich in ihren besten Staat. Als Alicia aus ihrem Zimmer kam, quollen Reith die Augen aus dem Kopf, White schluckte, und Ordway stieß einen Pfiff aus. Reith fragte: »Lish, hast du dieses Kleid zufällig vor achtzehn Jahren auf dem Rückweg nach Novo in Majbur gekauft? Oder hast du es dir auf der Erde nachschneidern lassen?«

»Es ist immer noch das Original«, erwiderte sie mit einem fast verlegenen Lächeln. »Ich habe es die ganze Zeit über wie meinen Augapfel gehütet. Ist es denn überhaupt noch modisch?«
Sie drehte sich einmal im Kreis herum, wie ein Model, und das aus hauchdünnem Tüll geschneiderte knöchellange Gewand, vorn mit einem atemberaubend tiefen Ausschnitt versehen, wirbelte um sie herum wie ein lilafarbener Nebelhauch.

Reith lächelte fröhlich. »Ich bin in letzter Zeit auf keiner Party gewesen, aber eine schöne Frau in einem solchen Kleid sollte Modetrends setzen und nicht ihnen folgen. Ich muß dich jedoch warnen: In einigen Regionen Krishnas haben terranische Missionare die Behörden beschwatzt, derart … eh … offenherzige Zurschaustellungen körperlicher Reize zu verbieten.«

»So eine Schande!« schimpfte Alicia lachend. »Ich finde, jede Frau muß das Recht haben, das Beste aus ihren Vorzügen zu machen. Können wir los?«

Am Palast angekommen, stellten sich Reith und seine Begleiter an das Ende einer langen Schlange von Krishnanern an, die bis hinaus in die Vorhalle reichte. Geduldig wartend standen sie an, doch als eine Viertelstunde vergangen war und die Schlange sich keinen Zentimeter vorwärtsbewegt hatte, fragte Reith den vor ihm stehenden Krishnaner nach dem Grund für diese Verzögerung.

»Die Braut Seiner Durchlaucht ist verspätet – wie üblich«, brummte der Krishnaner. Weiter vorn murrten bereits die ersten und traten von einem Fuß auf den andern. Alicia, die dicht hinter Reith stand, flüsterte: »Fergus, ich hab fast das Gefühl, die Missionare waren hier schon am Werk. Ich kann nicht eine Frau sehen, die ein solches Kleid trägt wie ich!«

Reith beugte sich zur Seite und spähte die Schlange entlang, die seit ihrem Eintreffen schon wieder um ein gutes Stück länger geworden war. »Ich bin so geblendet von deiner Schönheit, daß ich gar nicht darauf geachtet habe, was die anderen Frauen tragen. Aber du hast recht! Nicht eine Brustwarze weit und breit. Aber an der Mode allein kann's nicht liegen; in Majbur und Mishé tragen die Damen noch immer solche Kleider wie deins.«

»Ich sehe schon, ich werde mir wohl ein neues Abendkleid zulegen müssen. Hättest du eine Idee, wo ich eins finden könnte?«

»Ich kann mir nicht denken, daß man in einer kleinen Stadt wie dieser eins von der Stange kaufen kann. Du müßtest einen Schneider aufsuchen.« Mit leicht verschämtem Grinsen fügte er hinzu: »Ich weiß das daher, weil ich meine weiblichen Touristen schon oft beim Einkaufen begleiten mußte.«

Alicia unterdrückte ein Kichern. »Ausgerechnet du, der du es doch immer so gehaßt hast, einkaufen gehen zu müssen!«

Die Schlange bewegte sich, wie eine richtige Schlange, die von der Sonne gewärmt wird. Als die Terraner ein Stückchen vorangekommen waren, sah Reith, daß hinter der Tür zum Salon der Dasht an der Spitze einer Riege strahlender Offizieller stand, im Gesicht das typische Krishnanerlächeln. Er trug einen blitzenden Brustpanzer aus vergoldeten Metallschuppen und scharlachrote enge Hosen. Neben ihm stand eine schöne, reife Krishnanerin in einem smaragdgrünen Gewand, deren dunkelgrünes Haar eine juwelenbesetzte Tiara krönte. Reith hatte das unbehagliche Gefühl, sie schon einmal gesehen zu haben.

Ein Diener stellte dem Dasht jeden Gast mit Namen vor, woraufhin dieser ihm oder ihr die juwelenverzierte Hand zum Kusse hinstreckte. Die Gäste verbeugten sich vor der Begleiterin des Dasht und begrüßten die übrigen Notabeln mit dem auf Krishna üblichen Händedruck, bei dem der eine den Daumen des anderen packte und ihn schüttelte. Als schließlich die Terraner an der Reihe waren, trat ein Leuchten auf das Gesicht des Dasht. Voller Überschwang rief er auf englisch: »Liebe Freunde! Es ist lieb von Ihnen und Ihren Klienten, daß Sie unserer kleinen Versammlung trotz der kurzfristigen Ankündigung die Ehre geben! Gestatten Sie mir, Ihnen meine Verlobte vorzustellen, die Witwe Vázni bad-Dushta'en. Meine Teure, darf ich dir unsere Gäste von jenseits der nachtschwarzen Schlünde des Alls vorstellen: Mister Reith … Doktor Dyckman …«

Daß White und Ordway an ihr vorüberdefilierten, sich verneigten und ebenfalls namentlich vorgestellt wurden, nahm Gilans Braut in spe kaum wahr, denn sie und Reith starrten sich mit einem Blick dämmernden Wiedererkennens an. Alicia sah beide scharf an, und ihre azurblauen Augen weiteten sich.

»Seid Ihr wahrhaftig Sir Fergus Ries?« frug des Dashts Verlobte auf gozashtandou. »*Mein* Fergus?« Sie sprach es »Fär-goss« aus.

»Das ist in der Tat mein Name«, antwortete Reith, bemüht, seine etwas entgleisten Gesichtszüge wieder unter Kontrolle zu bringen. »Und Ihr seid …«

Das Lächeln des Dasht verflog, und seine Züge spannten sich. An seine Verlobte gewandt, fragte er: »Heißt das, daß dieser Terraner jener ist, mit dem du einstmals … Ich hatte vergessen …« Die Höflinge hinter ihm starrten verdutzt, und leises Getuschel erhob sich und breitete sich kreisförmig aus wie Wellen auf einem Teich.

»Wenn Eure Hoheit erlauben!« schaltete sich Alicia auf englisch ein. »Gestatten Sie mir, den Vorschlag zu machen, daß solche Angelegenheiten vielleicht besser privatim erörtert werden sollten.«

Mit einem Seufzer der Erleichterung straffte sich Gilan und zwang sich zu einem Lächeln. »Ihre Geistesgegenwart, teure Madame, bezeugt, daß Sie den Ehrentitel ›Doktor‹ zu Recht tragen. Ich nehme meine Bemerkung von heute nachmittag zurück; selbst *ich* kann einmal irren.« Mit dem selbstsicheren Auftreten des versierten Höflings sprach er huldvoll zu den Terranern: »Mister Ordway, Mister White! Ich habe morgen die dritte Stunde für unsere Konferenz reserviert. Sie soll auf dem Exerzierplatz stattfinden, wo später eine Parade und andere Darbietungen die Eröffnung des Jahrmarkts einläuten werden.«

Der Dasht bedeutete ihnen mit einem herablassenden Nicken, daß sie weitergehen durften, und wandte sich seinem nächsten Gast zu. Reith und Alicia setzten ihr Defilee entlang der Schar der Offiziellen fort und schüttelten sich den Daumen mit dem Schatzmeister des Dasht, dem Kommandeur der Armee, einem wettergegerbten alten Offizier namens Bobir, sowie mit diversen subalternen Beamten, die Alicia mit nur schlecht verhohlener Neugier anstarrten, verblüfft über die offensichtliche, wenngleich unerklärliche Wichtigkeit dieser fremden Frau.

Am Ende der Schlange fanden Reith und Alicia einen gutaussehenden, kräftig gebauten Erdling mit welligem braunen Haar, der einen Tartankilt mit komplettem Zubehör inklusive Felltasche trug. Als Reith ihm auf terranische Art herzlich die Hand schüttelte, rief er: »Ha, Fergus! Und darf ich meinen Augen trauen? Wenn das nicht meine gute alte Alicia Dyckman ist!« Er schnappte sich Alicia und gab ihr einen herzhaften Kuß. »Wie beim Hishkak kommst du denn hierher? Bist du vom Himmel gefallen?«

Reith stellte White und Ordway Kenneth Strachan vor, einen alten Krishna-Hasen, Berufsschotten, großen Liebhaber der Frauen beider Gattungen und zum Spielzeugbastler des Dasht mutierten Ingenieur. »Wie geht's denn so, Ken?«

Strachan antwortete mit gedämpfter Stimme: »So gut, wie es einem Mietclown gehen kann. Denn das ist es, worauf diese ganze Bastelei von mechanischen Tieren zum Vergnügen Seiner Hoheit letztlich hinausläuft.

Mann, ich darf gar nicht dran denken, was ich hier mit moderner Technik alles schaffen könnte!«

Reith geleitete seine Gruppe zum Buffet. Ordway fragte neugierig: »Sagen Sie, Reith, hab ich das da vorhin richtig mitgekriegt? War da mal irgendwas zwischen Ihnen und der Freundin von diesem Obermufti?«

»Wie es scheint«, sagte Reith, seine Worte mit der Sorgfalt eines Sprengstoffexperten wählend, der gerade eine Tausend-Pfund-Bombe entschärft, »kennen die Verlobte des Dasht und ich uns von ganz früher her. Gehen wir weiter; wir blockieren den Durchgang.«

Reith und Alicia bewaffneten sich mit einem Drink und einem Snack und fanden einen leeren Platz hinter einer Topfpflanze. Alicia kicherte. »Armer Furchtloser, gleich von zwei Exfrauen auf einmal eingekeilt! Du hättest dich vorhin sehen müssen! Zuerst hast du dreingeschaut, als hättest du eine Frau in weißem Gewand und ohne Kopf um Mitternacht über den Friedhof wandern gesehen. Und dann bist du rot geworden wie eine Tomate!«

»Kannst du mir das verargen?« fragte Reith und leerte seinen Kelch Falatwein. »Du würdest auch einen Schock kriegen, wenn zwei Ex-Ehemänner plötzlich aus einer Falltür im Boden vor dir auftauchen würden wie ein Phönix aus der Asche. Die Benimm-dich-Bücher haben diese Situation wahrscheinlich nicht vorgesehen.«

»Da ich keine zwei Exmänner habe, wüßte ich nicht, wie ich mich verhielte. Ein Ex ist schon einer zuviel.«

Reith zog die Brauen hoch. »Du meinst, du hättest mich lieber nicht in deiner Nähe?«

»Nein, nein, so meine ich das natürlich nicht! Ich finde es toll, dich bei mir zu haben. Ich bin froh, daß du hier bist. Ich meine bloß … ach, schon gut.«

Reith spähte hinüber zu Ordway, bereit, sofort einzuschreiten, falls der Production Manager sich wieder betrank und Stunk anfing. Aber Ordway, der sich gerade mit dem Dasht unterhielt, schien sich im Zaum zu halten. Reith sagte: »Ich hoffe, Gilan entschließt sich nicht, mir den Kopf abzuhacken – oder irgendein anderes wichtiges Organ –, sollte Vázni wieder meinen lüsternen Lockungen erliegen.«

»Mein armer Schatz! Sollte er das versuchen, böte ich ihm meine Tugend als Opfer dar, um dich zu retten.«

Reith schluckte seinen Gliederfüßler am Spieß hinunter und drückte Alicias Arm. »Du bist der beste Freund, den ich je gehabt habe«, sagte er, und wieder fühlte er, wie seine Augen feucht wurden.

»Und das werde ich auch immer bleiben«, sagte Alicia. »Und du bist der einzige Ex-Ehemann, den ich wahrscheinlich je haben werde, also muß ich gut auf dich aufpassen. Da kommt der Trompetentusch, der uns zum Dinner ruft!« Sie stellte ihren Falatpokal ab und hielt sich die Ohren zu.

Ein Lakai geleitete Reith zu seinem Platz an der hufeisenförmigen Tafel. Er fand sich zwischen zwei Terranern sitzend, einem Mann mittleren Alters und einer etwa gleichaltrigen Frau, beide ordentlich, aber schlicht nach terranischer Mode gekleidet. Der Dasht hatte Vázni zu seiner Linken und Alicia zu seiner Rechten plaziert, und Reith bemerkte, daß Alicia jetzt ein Seidentuch in ihr Decolleté gestopft hatte, um ihre Brüste zu verhüllen.

White und Ordway saßen inmitten von Krishnanern, mit denen sie freilich aus Mangel an gemeinsamer Sprache nur wenig kommunizieren konnten. Reith gab sich einen inneren Ruck, setzte ein maskenhaftes Lächeln und eine synthetische Verbindlichkeit auf und stellte sich seinen Tischnachbarn vor.

»Ich heiße Trask«, sagte der Mann. »Edmund Trask; oder, wenn Sie mich förmlich anreden wollen, Reverend Edmund Trask. Und dies ist meine Frau Melissa.

Es freut uns, Sie kennenzulernen, Mister Reith. Wir haben viel von Ihren Heldentaten gehört.«

»In den Erzählungen wird gern übertrieben«, sagte Reith. »Sie sind Missionare?«

»So bezeichnet man uns. Wir betrachten uns als Freunde derer, die in Not sind.«

Reith nickte. »Welcher Konfession sind Sie, wenn ich fragen darf.«

Trask machte eine wegwerfende Handbewegung. »Wir geben nicht viel auf konfessionelle Unterschiede. Wir sind letztlich allesamt Brüder in Christo. Aber wenn Sie es wirklich wissen wollen: Wir sind polyökumenische Baptisten.«

»Oh. Und welchen Erfolg haben Sie bisher in Ruz gehabt?«

»Weniger, als wir gern hätten, aber mehr, als wir haben könnten. Zum Glück beschützt uns der Dasht vor der Boshaftigkeit der Irregeleiteten.«

»Und wer sind die?«

Trask senkte die Stimme. »Die Priester von diesem törichten astrologischen Kult, wie zum Beispiel dieser Bursche da drüben.« Er deutete mit einer Kopfbewegung auf einen älteren Krishnaner, der ein purpurfarbenes, mit goldenen Symbolen besticktes Gewand trug. »Sie versuchen, die Ängste der Unwissenden gegen uns zu schüren; aber das haben wir nicht anders erwartet. Ich versichere Ihnen, Mister Reith, wir ergehen uns nicht in eitlem Schmarotzertum.«

»Haben Sie den Dasht schon bekehrt?«

Trask schmunzelte. »Nicht ganz. Er versucht, Wasser auf beiden Schultern zu tragen. Ich vermute, er will warten, bis er alt und gebrechlich ist und dann auf dem Sterbebett zu konvertieren, gerade noch rechtzeitig, um den Flammen der Hölle zu entgehen. Gewiß, der selige Konstantin – wie ihn manche nennen – tat genau das gleiche.«

»Erzählen Sie mir mehr«, forderte Reith ihn auf, und

die Trasks ergingen sich in einer wortreichen Schilderung ihrer tugendreichen Taten: wie sie Verhungernde genährt, arme Waisenkinder gerettet und andere segensreiche mildtätige Akte verrichtet hatten. Kurz, nach ihrem eigenen Dafürhalten waren sie das Salz ihres Wahlheimatplaneten.

»Wir haben den Dasht auch dazu überredet«, sagte Melissa Trask, »jene barbarische Methode abzuschaffen, Verbrecher dadurch hinzurichten, daß man sie in eine Grube wirft und einen Yeki oder ein anderes Raubtier auf sie losläßt, so wie die Römer es mit Löwen und Krishnanern – ich meine, Christen – getan haben. Jetzt hängt oder köpft er sie im Dabeisein von lediglich ein paar Zeugen. Uns wäre es natürlich lieber, wenn er die Todesstrafe ganz abschaffen würde, aber ich wage zu behaupten, daß das in dieser mittelalterlichen Welt zuviel verlangt wäre.«

Während Reith diese Information sacken ließ, verzehrte er seine kroß gebratene Unhahaut mit kleinen *Nánasha* – krishnanischen Pfannkuchen –, die mit einer süßsauren Soße gereicht wurden. Als nächstes folgte ein mit Arthropodenpaste gefüllter Pilz, und danach gab es ein Rapé von detoxifizierten *Sha'pir*-Krautwurzeln, das gereicht wurde mit Scheiben von gebratenem *Máru*, einem kleinen Verwandten des 'Avval, einem Semi-Reptil. Als er zu Ende gegessen hatte, fragte er: »Haben Sie etwas mit dem Wandel in der Damenmode zu tun? Mir fällt auf, daß die Damen gar nicht mehr diese Kleider tragen wie das meiner Begleiterin Doktor Dyckman, der blonden Terranerin neben dem Dasht – das heißt, bevor sie noch rasch die kleine Veränderung am Decolleté vornahm.«

»In der Tat haben wir etwas damit zu tun«, bestätigte Melissa Trask. »Wir haben dem Dasht gesagt, daß wir diese Oben-ohne-Mode als unschicklich und anstößig betrachten. Er hat sie nicht direkt verboten; aber er hat durchblicken lassen, daß so gekleidete Frauen in der

Burg nicht willkommen sind. Er ist eine Person von schlichtem Geschmack; Sie werden bemerken, daß er ausschließlich Fruchtsäfte trinkt, so wie Edmund und ich.«

»Aber sagen Sie, ist diese Doktor Dyckman dieselbe Dame, die sich – bevor wir hier ankamen – auf Krishna einen Namen als Sozialwissenschaftlerin gemacht hat? Ich meine mich zu erinnern, daß ihr Name ›Alice‹ oder so ähnlich war.«

»Alicia«, sagte Reith. »Ja, es ist dieselbe.«

»Ich hatte mir eine älter aussehende Person vorgestellt.«

»Sie war in der Zwischenzeit wieder auf der Erde, und Sie wissen ja, wie das Reisen im All sich auf den normalen Ablauf der Zeit auswirkt.«

»Meiner Treu, ja!« rief Melissa Trask aus. »Obwohl ich es nie verstanden habe, warum das so ist. Wir hörten, daß Dr. Dyckman ständig in irgendwelche Abenteuer oder Kontroversen verwickelt war.«

Reith lächelte. »Ihre Geschichte ist phantastischer als alles, was Sie sich vorstellen können.«

»Ach wirklich? Und dazu ist sie auch noch eine so hübsche Frau! Erzählen Sie mir die Geschichte doch einmal.«

»Ein andermal vielleicht«, sagte Reith. »Aber sagen Sie, warum finden Sie den traditionellen krishnanischen Kleidungsstil unanständig?«

»Liegt das nicht auf der Hand, Mister Reith? Der Anblick bloßer weiblicher Brüste erweckt im Manne fleischliche Gelüste. Solcherlei Gefühlsaufwallungen mögen wohl zwischen Verheirateten angebracht sein; die öffentliche Zurschaustellung von Nacktheit jedoch führt zu sündigem Verhalten mit drastischen gesellschaftlichen Folgen. Einer unserer Konvertiten erzählte uns eine schreckliche Geschichte, nämlich daß jüngst in Novo einer unserer Brüder in Christo – wenn auch von der römisch-katholischen Konfession – von einer nackten terranischen Frau verfolgt wurde, die ihn mit einem an einer Stange befestigten Schild bedrohte. Wissen Sie vielleicht etwas Näheres darüber?«

»Nein«, sagte Reith, mit schierer Willenskraft seine Gesichtszüge beherrschend. »Aber Sie wissen ja, wie sehr Gerüchte oft übertreiben.«

Mit leuchtenden Augen sich zu Reith herüberbeugend, schnappte sich der Reverend Trask die Unterhaltung und rannte mit ihr davon wie ein Fußballspieler, der einen Paß abfängt. »Zuerst, Mister Reith, sind da die sozialen Krankheiten. Jedesmal wenn die Medizin glaubt, sie hätte eine von ihnen im Griff, taucht eine neue Epidemie auf – durch Mutation, so nennen sie es, glaube ich. Die Wege der Vorsehung sind wunderbar. Und dann folgen die zahllosen Gewaltverbrechen und Familientragödien, die aus dem Ehebruch heraus entstehen. Wir wissen – und ich bin sicher, daß Dr. Dyckman uns da voll und ganz zustimmen würde –, daß es für ein Kind besser ist, mit beiden leiblichen Elternteilen aufzuwachsen, als nur mit einem, wie es so oft die Folge von sexueller Libertinage ist. Sie haben sicherlich schon von dem Zerrüttete-Familie-Syndrom gehört, mit all seinen Begleiterscheinungen wie Straffälligkeit, Sucht, Verbrechen und Selbstmord.«

Als Trask innehielt, um Atem zu schöpfen, nahm Melissa Trask den Gesprächsfaden sogleich auf. »Sie sehen also, lieber, guter Mister Reith, auch wenn Sie die Geschichte, daß Moses vom Berg Sinai herabstieg mit einer Steintafel, auf der ›Du sollst nicht ehebrechen‹ stand, nicht wortwörtlich nehmen, hatten die Altvorderen doch guten Grund, der Sexualität strenge Regeln aufzuerlegen.«

»Waren Sie und der Reverend es, die den Dasht dazu gedrängt haben, die Änderungen in den Badehäusern anzuordnen?«

Der Reverend Trask faltete die Hände und schaute heiligmäßig drein. »Der Dasht hat uns um unsere Meinung gebeten, und wir haben sie ihm gesagt. Wir zwingen niemanden zu etwas. Und wie die Dinge liegen, finden die Badehausbesitzer immer wieder neue Vorwände, um die Änderungen hinauszuzögern.«

Reiths angeborener Schalk reizte ihn, eine Philippika über die zerstörerische Wirkung, die eine unerbetene missionarische Einmischung auf Eingeborenenvölker hatte, vom Stapel zu lassen; aber seine Vernunft behielt die Oberhand. »Erzählen Sie mir mehr von Ihren guten Werken«, sagte er.

Während die Trasks arglos weiter drauflosschwafelten, arbeitete Reith sich durch den Rest des Festmahles: gekochten *Burind,* ein Tier, das einem geflügelten Affen ähnelte, gefüllt mit einem Omelette von Bijareiern; eine Scheibe Shaihanbraten, gedünstet in einer Fischsoße ... Ein Blick an dem langen Tisch entlang zeigte ihm, daß White seinen Versuch aufgegeben hatte, den jüdischen Ernährungsregeln zu folgen. Er probierte zumindest alles durch.

Als die Speisen und Getränke verzehrt waren, erhob sich der Dasht in seinem schimmernden Harnisch und erheischte mit lautem Klopfen auf den Tisch Ruhe. Das Geschnatter erstarb jählings.

»Freunde!« schrie Gilan III auf gozashtandou. »Wir haben gegessen und getrunken und uns vergnügt. Meine Hoheit hofft, daß meine Gastfreundschaft euch nicht enttäuscht hat.

Heute abend werde ich von der Verteidigung unseres Heimatlandes sprechen. Lauschet mit spitzen Ohren, denn ich irre nie! Es ist mir zu Gehör gekommen, daß einige von euch über die Steuern murren, welche vonnöten sind, um das Reich gegen seine Feinde im Innern wie im Äußern zu schützen. Eine Nation, die nicht darauf vorbereitet ist, ihre schimmernde Rüstung anzulegen und ihr funkelndes Schwert zu schärfen, lebt in ständiger Gefahr!

Wir haben nur allzu viele Beispiele von den tragischen Auswirkungen solcher Feigheit erlebt. Jo'ol war einstmals unabhängig; was ist Jo'ol heute anderes denn eine Sphäre der barbarischen Nomaden von Qaath? Doch fürchtet euch nicht, Freunde! *Ich* werde eure schimmernde Wehr sein; *ich* werde euer unbezwingbares Schwert sein ...«

Als die Rede des Monarchen sich bereits eine halbe Krishnastunde hinzog und nichts darauf hindeutete, daß sie in absehbarer Zeit enden würde, flüsterte Trask Reith zu: »Ich wünschte, wir könnten ihn dazu bewegen, den christlichen Weg zu beschreiten: ›Wenn einer dir einen Streich auf die rechte Wange gibt ...‹«

»Würde beim Kamoran von Qaath nicht funktionieren«, brummte Reith. »Er gäbe Ihnen nicht nur einen auf die linke Backe, sondern schlüge Ihnen gleich auch noch den Kopf ab.«

Als der Dasht endlich mit seinem Sermon fertig war, schwärmte die glitzernde Schar in einen großen Saal, an dessen Stirnseite eine Bühne errichtet worden war. Hier führte Strachan seine Spielwaren vor: einen mechanischen Yeki, der sich an einen wilden Unha heranpirschte und sich auf ihn stürzte; Ayas und Shomale, die über Zäune sprangen; Bijare und Aqebats, die, gehalten von dünnen Drähten, im Kreis flogen; ein Paar Puppen, das je einen qaathianischen und einen gozashtandischen Krieger darstellte, die miteinander kämpften. Die Vorstellung endete schließlich mit dem Ausbruch eines Miniaturvulkans, der eine Fontäne aus Qualm und Funken zur Decke schleuderte.

Als die Gäste sich wieder von ihren Plätzen erhoben hatten, um weiter zu plaudern, gratulierte Reith Strachan. Der Schotte schaute sich verstohlen um, bevor er auf englisch murmelte: »Du weißt, daß ich einen Scheißdreck auf diese Dinger gebe. Alle ihre Prinzipien sind den Krishnanern bereits bekannt, sonst könnte ich sie nicht verwenden. Sobald mein Vertrag abgelaufen ist und ich meine Kohle gekriegt habe, bin ich schneller von hier weg als Maibud aus Bákhs Schatzkammer, als der Gott ihn beim Klauen erwischt hatte. Wie geht's meiner kleinen Jenny und meinem kleinen Häuschen?«

»Mit Juanita war alles okay, als ich sie das letzte Mal gesehen hab«, sagte Reith. »Wo hast du diesen neuen Highlander-Aufzug aufgetrieben?«

»Hab ich mir in Majbur machen lassen. Der Sporran ist aus Burha- statt aus Dachsfell.« Strachan grinste, als er die Felltasche befingerte, die vom Bund seines Kilts hing. »Mrs. Trask, die Missionarsfrau, fragte mich, was ein Schotte in seinem Hodensack trägt. Ich versuchte, es ihr zu erklären, ohne die gute Frau in Verlegenheit zu bringen; aber ich fürchte, nicht mit vollem Erfolg.«

»Was gibt's denn so Lustiges?« fragte Alicia, als sie sah, wie Reith sich vor Lachen bog.

»Das erzähl ich dir später«, sagte er. »Wo sind Jack und Cyril?«

Zurück im Gasthof, wünschte Reith seinen Begleitern eine gute Nacht und ging in sein Zimmer. Als er gerade die Tür hinter sich zuziehen wollte, hörte er hinter sich ein scharrendes Geräusch, gefolgt von einem dumpfen Aufschlag. Er fuhr herum. Schräg gegenüber von seiner Tür saß Ordway auf dem Fußboden, und Alicia knallte ihre Tür zu.

Reith eilte zu dem Production Manager, der benommen den Kopf schüttelte. Blut rann ihm aus der Nase und über die Lippen. »Was zum Teufel ist jetzt wieder passiert?« rief Reith.

Ordway stöhnte. »Sie hatten recht, Fergus«, murmelte er, »und ich war ein Blödmann. Seien Sie so nett und helfen Sie mir auf.«

Mit Reiths Hilfe rappelte er sich schwerfällig auf. »Was war los?« blaffte Reith ihn an.

»Also, sie ging zu ihrem Zimmer, und ich ging zufällig hinter ihr her. Sie hatte dieses Halstuch, das sie sich für den Empfang geliehen hatte, wieder abgelegt, und ich hab lediglich versucht, sie von hinten freundschaftlich zu umarmen … Also, mal ehrlich, welcher normale Mann kann schon widerstehen, wenn er zwei so perfekt geformte Titten direkt vor seinen Augen auf und ab wippen …«

»Nun machen Sie schon, Mann! Was passierte dann?«

Ordway betupfte sich den geschwollenen Riechkolben mit einem Taschentuch. »Sie ist hundertprozentig genauso gefährlich, wie Sie gesagt haben. Zuerst hat sie den Kopf in den Nacken geworfen und meine arme Nase zertrümmert. Dann hat sie mir mit der Ferse vors Schienbein getreten. Als ich sie losgelassen habe, hat sie sich umgedreht und mir gegen den Hals gehauen – wie genau, weiß ich nicht –, und eh ich mich's versah, saß ich auf dem Hintern. War wahrscheinlich irgendeine von diesen hinterhältigen fernöstlichen Selbstverteidigungstechniken.«

»Cyril«, sagte Reith ganz ruhig, »ich glaube, Sie sollten eines wissen. Vor zwanzig Erdenjahren, als Alicia zum ersten Mal hier auf Krishna war, war sie mit mir verheiratet.«

»Oh-ho!« rief Ordway und schlug die Hand vor den Mund. »Sie lassen wohl auch nichts anbrennen, was?«

Reith starrte auf ihn hinunter mit den lodernden Augen eines Racheengels. »Ich werde Ihnen keine Einzelheiten erzählen, nur soviel: Wir mögen uns noch immer sehr. Also stornieren Sie Ihr Alicia-Projekt, zumindest so lange, wie Sie auf Krishna sind. Falls sie sich entschließt, auf die Erde zurückzukehren, ist eure Sache was ihr zwei dann macht. Aber für hier und jetzt … Nun, ich rate Ihnen, sie nicht noch einmal zu belästigen.«

»Und was würden Sie machen, wenn ich es trotzdem tue?« fragte Ordway kampfeslustig.

»Das würden Sie dann schon merken. So was kann

leicht tödlich enden. Ihr Kopf würde sich prächtig über meinem Kamin machen.«

Ordway ballte die Hände zu Fäusten und öffnete sie wieder, einen Fluch zwischen den Zähnen hervorknirschend. Dann schlug er sich mit der Faust in die offene Handfläche. »Ich kann Ihnen wohl nicht verübeln, daß Sie so an ihr hängen. Ich will mich deswegen nicht mit Ihnen anlegen. Mein gesunder Menschenverstand sagt mir, wenn Sie diese Giftschlange unbedingt haben wollen, dann bitte, nur zu! Ich war nie ein Freund von Prügeleien. Gute Nacht!«

Nachdem Ordway in seinem Zimmer verschwunden war, das blutdurchtränkte Taschentuch vor das Gesicht gepreßt, klopfte Reith leise an Alicias Tür. »Lish! Alles in Ordnung bei dir?«

Die Tür öffnete sich einen Spaltbreit, und Alicia steckte den Kopf heraus. »Ich hab mir bloß ein bißchen den Knöchel aufgeschlagen ... Sonst ist alles okay. Leg dich schlafen, Fergus-Schatz!« Die Tür schloß sich wieder.

Zurück auf seinem Zimmer, war Reith gerade dabei, den Inhalt seiner Hosentaschen auszupacken und auf den Tisch zu legen, als er ein zartes Klopfen an der Tür vernahm. Gleichzeitig sagte eine hohe, gedämpfte Stimme auf gozashtandou: »Fergus! Laß mich rein, sofort!«

Reiths Herz tat einen Sprung bei dem Gedanken, daß es Alicia war, doch dann wurde ihm schlagartig bewußt, daß diese ja Englisch gesprochen hätte. Als er die Tür öffnete, stand Prinzessin Vázni vor ihm, und ehe er irgend etwas sagen konnte, hatte sie sich schon an ihm vorbei ins Zimmer gedrängt. Sie trug einen schwarzen Kapuzenumhang, den sie abstreifte und aufs Bett warf. Darunter kam das smaragdgrüne Gewand zum Vorschein, das sie schon beim Bankett getragen hatte.

»Vázni!« rief Reith. »Was in aller Welt …«

»Psst! Ich mußte dich sehen.«

»Setz dich, meine Liebe.«

»O Fergus, es ist so lange her …«

»Ja, ja, aber was möchtest du? Ist es denn nicht gefährlich für dich, allein hierherzukommen?«

»Doch, aber ich konnte nicht anders. Und so habe ich mich heimlich davongestohlen. Wann gedenkst du nach Novo zurückzukehren?«

»Das hängt von den Geschäften meiner Klienten ab. In ein paar Tagen, so Bákh will.«

»Kannst du mich nicht mitnehmen? Wenn Terraner sich als Menschenwesen verkleiden können, dann kann ich auch das Umgekehrte tun. Ich werde meine Antennen verbergen …«

»Großer Gott, welch eine Idee! Warum bist du so erpicht darauf, deinem Bräutigam zu entfliehen? Magst du ihn denn nicht?«

Vázni vollführte das krishnanische Äquivalent eines Kopfschüttelns. »Gilan ist ein wenig verrückt. Als er dem Dour von Gozashtand schrieb und meinen Ehegemahl und mich einlud, zurück nach Rosid zu ziehen und dortselbst unbegrenzten Kredit zu genießen, deuchte mich, daß edle Großzügigkeit dahinterstecke; doch als ich ihn dann kennenlernte …«

»Der Dasht nannte dich eine Witwe. Was geschah?«

»Meine Ehegemahl war Aslehán bad-Khar, ein Ritter von Dur. Nachdem du mich so schmählich im Stich gelassen hattest, war er es, der mir in meinem Kummer Trost spendete. In der Hoffnung, dich nach Dur zurückzulocken, wollte der Regent nichts davon hören, daß ich meine Ehe mit dir beende, auf daß ich Aslehán freien könne. Um unserem Bunde den Anschein von Gesetzlichkeit zu verleihen, flohen wir bei Nacht und Nebel und fanden Asyl an Dour Eqrars Hof.

Doch als wir dann unseren Zweck als Feilschmasse in Eqrars Schacher mit meinem Vetter Tashian erfüllt hatten, verlor der Dour das Interesse an uns. Und so kamen wir denn nach Rosid.«

»Hattet ihr Sprößlinge?«

»Ja; wir hatten eine Tochter in Hershid ausgebrütet. Sie hat sich jüngst vermählt und ist nach dem fernen Suruskand gezogen. Letztes Jahr dann fand der arme Aslehán bei einem Turnier den Tod. Gilan war so mitfühlend, daß es meine Leber rührte, und ich nahm seinen Heiratsantrag an. Aber danach ...«

»Aber – was?« hakte Reith nach.

»Es drang ein Gerücht an meine Ohren, Gilan selbst habe das vorzeitige Ableben meines Ehegemahls bewerkstelligt. Er habe bewirkt, so ging das Gerücht, daß Asleháns Gegner eine reguläre Schlachtlanze anstelle der Turnierlanze wider meinen Gemahl ins Gefecht führe. Diese grimmige Waffe sei getarnt gewesen durch ein Schwindel-Koronal, welches mit Stacheln aus kraftlosem Papier bewehrt gewesen sei. Die Lanze durchbohrte meinen lieben Mann.

Auch gewahrte ich rasch, daß Gilans Vermählungsantrag nichts weiter war denn ein wohlberechneter Zug in seinem politischen Spiel. Er hatte bereits sein erstes Weib verstoßen, die Lady Farudi. Sie hatte daraufhin Sir Shost zu ehelichen gewünscht; doch verbat Gilan dies: Es sei unwürdig, daß ein Weib, das schon einmal in den Genuß seiner Umarmungen gekommen sei, je einem andren gehöre. Als seine Spitzel das Paar bei einem Stelldichein ertappten, ließ er Sir Shost aufgrund einer fadenscheinigen Beschuldigung enthaupten und warf Farudi in den Kerker.

Ich besuchte sie daselbst und erfuhr vieles. Der Dasht hatte sie verstoßen, weil er sich erhoffte, mich zu freien, glaubte er doch, als mein Gemahl Tashian dazu bewegen zu können, ihn zum Dour von Dur zu küren – oder, falls dies nicht gelänge, das Gesetz zu ändern und mich Douri zu nennen, selbst aber in den Genuß der Macht meines Ranges zu gelangen.«

Reith fragte: »Beabsichtigte Gilan, mit dir ein männliches Ei zu zeugen, aus dem der künftige Dour schlüpfen würde?«

»Zweifelsohne hegte er eine solche Grille. Doch wenn Farudi die Wahrheit sprach, wäre ihm das wohl nimmer gelungen. Er ist nahezu impotent.«

Reith konnte sich eines Grinsens nicht erwehren. »Gütige Götter! Trotz seiner Großtuerei und seines martialischen Gehabes?«

»Fürwahr. Sie sagte, in sechs Jahren Ehe habe er sie weniger als ein Dutzend Male bestiegen, und anläßlich dieser mageren Begattungsakte habe er auch nur sehr wenig Samen abgesondert. Jetzt weißt du, warum ich geneigt bin, aus Dur zu fliehen. Ich habe viel gelernt, seit du und ich ...«

Es klopfte an der Tür, und ehe Reith »herein« rufen konnte, öffnete sie sich auch schon. Es war Alicia. Sie trug immer noch ihr Oben-ohne-Gewand. »Ich hörte Stimmen, und da ... oh!« Auf gozashtandou fügte sie hinzu: »Seid Ihr nicht die Prinzessin Vázni?«

»Ja; und Ihr seid diese Mistress ... eh ... Dackman, nicht wahr?«

»Dyckman«, korrigierte Alicia. »Wir sind uns schon einmal begegnet, vor langer Zeit, an Regent Tashians Hof, als ich Forschungsstudien in Dur betrieb.«

»Nun, Mistress Dyckman, Sir Fergus' Freunde sind auch meine Freunde. Doch muß ich Euch sagen, Madame«, fügte Vázni mit einer Spur von Hochmut hinzu, »daß Ihr zu unziemlicher Zeit kommt. Sir Fergus und ich haben persönliche Angelegenheiten zu erörtern ... privatim.«

»Was immer Ihr ihm sagt, könnt Ihr auch mir sagen«, erwiderte Alicia mit einem gefährlichen Glimmen in den Augen. »Wir sind alte Freunde und Geschäftspartner, und es gibt keine Geheimnisse zwischen uns. Ich werde erst nach Euch gehen.«

Vázni hob die Nase noch ein Stück und sagte in eisigem Ton: »Ihr versteht mich nicht, meine gute Frau. Dies ist eine intime Angelegenheit, und ich werde nach Eurem Fortgang noch verharren. Als Sir Fergus' einstmaliges Eheweib habe ich ein Anrecht auf eine private Konversation ...«

»Ich bin ebenfalls seine ehemalige Ehefrau«, versetzte Alicia schnippisch. »Also habe ich genausoviel Recht wie Ihr auf ...«

»Ihr auch?« schrie Vázni. »Bei den göttlichen Sternen, hier ist fürwahr ein ziadischer Knoten zu entwirren! Ich hatte wohl vernommen, daß Sir Fergus sich wieder vermählt hatte, aber nicht, mit wem. Verließ er Euch auch so schmählich, wie er mich verließ?«

»Nein. Es war andersherum.«

»Welch eine Närrin Ihr wart, einen so prachtvollen Mann zu fliehen!«

»Da stimme ich Euch zu. Aber das ist noch nicht alles; Fergus heiratete noch ein weiteres Mal.«

Váznis Riechantennen richteten sich jählings auf. »Ist er dieser dritten Gemahlin noch angetraut?«

»Nein. Sie ist gestorben.«

Vázni entspannte sich. Ein leises krishnanisches Lächeln trat auf ihre Züge. »Das heißt also, er ist Freiwild für die, so ihn zu erhaschen vermag?«

»Meine Damen!« sprach Reith ein Machtwort. »Ich bin *keine* Jagdbeute. Ich bin kein Übermann. Ich bin ein fähiger Reisebegleiter und verstehe gut mit dem Schwert umzugehen. Aber als Ehemann bin ich ein glatter Versager.«

»Hört nicht darauf, was er sagt«, sagte Alicia. »Er spricht gern so von sich.«

Vázni wandte sich Reith zu. »Fergus, zwanzig Jahre lang habe ich danach geschmachtet, dich zu fragen: Warum hast du mich auf so schändliche Weise verlassen? War ich dir nicht ein gutes, liebend Eheweib?«

Reith seufzte. »Ich hatte nie die Absicht, dir weh zu tun, Vázni. Aber ich hatte auch niemals vorgehabt, dich überhaupt zu heiraten. Ich wurde dazu gezwungen, und zwar buchstäblich mit der Schwertspitze auf der Brust.«

»Ja, nachdem du mich des Kleinods der Jungfernschaft beraubt hattest!«

»Ach, komm! Von ›Rauben‹ kann doch wohl keine Rede sein! Du warst genauso bereit, willig und versessen darauf wie ich. Man kann niemandem einen Vorwurf machen außer deinem Vetter, dem Regenten. Er fädelte die ganze Sache ein, wohl wissend, daß du und ich niemals einen legitimen Erben hervorbringen konnten, der seine Position hätte bedrohen können.

So, und jetzt laßt uns zur eigentlichen Sache kommen. Entschuldige, Vázni, wenn ich mit Alicia in unserer terranischen Zunge spreche; so geht es schneller.« Er lieferte Alicia eine rasche Zusammenfassung dessen, was die Prinzessin ihm berichtet hatte.

»Sie kann unmöglich mit uns kommen«, sagte Alicia. »Nicht auszudenken, was dieser irrsinnige Baron machen würde, wenn er ihr Verschwinden entdecken würde. Wenn er uns nicht schon auf dem Weg aus der Stadt festnehmen ließe, würde er uns zumindest jede weitere Zusammenarbeit bei dem Filmprojekt verweigern.« Sie sah Vázni mit einem gequälten Lächeln an. »Meine liebe Prinzessin, Strachan wird Ruz bald verlassen. Ich bin sicher, daß Ihr ihn dazu überreden könnt, Euch hinauszuschmuggeln; leichtsinnig genug ist er ja.«

Alicia ging zur Tür mit dem festen Schritt einer geübten Interviewerin, die eine Sitzung beendet. Mit einer Hand auf dem Türknauf sagte sie fröhlich: »Es war mir eine Freude, Euch kennenzulernen, Prinzessin. Wir müssen gelegentlich einmal ...«

»Oh, ich habe nicht vor zu scheiden!« sagte Vázni und setzte sich resolut auf das Bett. »Laßt uns unsere Erinnerungen an Sir Fergus vergleichen. Als Ihr mit ihm intim wart, war da die Kraft seiner Lenden so groß wie die, derer ich mich erfreuen durfte? Er vermochte viele Male hintereinander ...«

»Vázni, bitte!« fiel Reith ihr ins Wort. »Das ist mir äußerst peinlich! Mußt du mich unbedingt so sezieren …«

»Es ist nicht mehr, als du verdienst«, sagte Vázni und wandte sich wieder Alicia zu. »Sagt an, Leidensgenossin, konnte er bei Euch auch …«

»Wirklich, Prinzessin«, sagte Alicia. »Das ist wirklich nichts, was wir hier erörtern …«

»Schluß jetzt mit dem Unsinn!« fuhr Reith dazwischen. »Es ist spät, und wir müssen morgen früh aus den Federn. Gute Nacht euch beiden!«

»Ich gehe erst, wenn auch sie geht!« beharrte Vázni, ihre Rivalin mit eisigem Blick beäugend.

»Und ich gehe erst, wenn sie geht!« konterte Alicia mit stählernem Starren.

Reith kratzte sich am Kopf. »Also, ich gehe jetzt ins Bett – sofort. Wenn ihr unbedingt einen Männerstrip sehen wollt …«

Vázni vollzog das krishnanische Äquivalent eines Achselzuckens. »Dann nur zu, wacker, Verflossener! Ich habe dich weiß Bákh oft genug nackt gesehen, und Mistress Dyckman gewißlich auch. Ich für mein Teil werde das Spektakel genießen.«

»Na schön«, sagte Reith, rot im Gesicht, aber grimmig entschlossen. »Ihr habt es so gewollt.«

Als er sein Unterzeug auszog, bemerkte Vázni: »Er ist immer noch rank wie eh und je, außer am Bauch. Dort wölbt er sich ein wenig.«

»Er ist in bewundernswerter Verfassung für einen Mann seines Alters!« Alicia brach eine Lanze für Reith. »Er hält sich durch stetige Leibesübungen in Form.«

»Gute Nacht, meine lieben Exfrauen!« sagte Reith, schlüpfte unter die Decke und zog sie sich über den Kopf.

Für eine Weile lag er so da, lauschte dem Wortgefecht seiner Besucherinnen und hoffte, daß es nicht so weit eskalieren möge, daß sie sich in den Haaren lägen. Falls es zu einer handgreiflichen Auseinandersetzung kommen sollte, tat ihm die Prinzessin jetzt schon leid: Alicia war in den martialischen Künsten bewandert genug, um Hackfleisch aus der Krishanerin zu machen.

Schließlich simulierte Reith ein leises Schnarchen. Wenig später fühlte er, wie sich die Decke über ihm um das Gewicht von Váznis Umhang erleichterte, und gleich darauf hörte er, wie seine Zimmertür geöffnet und wieder geschlossen wurde. Als er verstohlen unter seiner Decke hervorlugte, sah er, daß die beiden Frauen auf Zehenspitzen davongeschlichen waren. Mit einem Seufzer der Erleichterung löschte er die Lampe, und wenig später schlief er ein.

IV
KENNETH STRACHAN

Die dritte Stunde des darauffolgenden Tages sah Reith – mit Timásh an den Zügeln – Alicia und ihre Kollegen zum Exerzierfeld jenseits der Stadtmauern kutschieren. Der angrenzende Jahrmarkt döste noch in der Morgensonne; bunte Wimpel hingen schlaff von den Stangen der Zelte, während ein paar von den Jahrmarktsleuten schläfrig die Tiere fütterten und tränkten. Selbst die Wach-Eshuna lagen träge herum, den Kopf auf den ausgestreckten Pfoten.

Auf dem Paradeplatz hingegen herrschte reges Getriebe. Livrierte Lakaien vom Palast stellten hurtig Klappstühle in Reihen auf, auf die sogleich ein großer Run einsetzte.

Gleich darauf kündigte das Trommeln von Ayahufen die Ankunft des Dasht an. Flankiert von mehreren Knappen, kam der Dasht, der ein glänzender Reiter war, quer über das Feld herangesprengt. Einmal mehr war er prachtvoll-martialisch ausstaffiert: Über einem langen silberglänzenden Kettenhemd trug er einen wehenden Umhang aus einer Art Leinen, der dem eines mittelalterlichen terranischen Kreuzritters ähnelte, nur daß anstelle des Kreuzes astrologische Symbole in den Farben Rot, Gelb und Blau den Mantel zierten. Reith erkannte in einem der Gefolgsmänner einen von Gilans Leibwächtern wieder, in einem anderen einen niedrigen Beamten des Schatzamtes.

Während Timásh Reiths Ayas an einem Pfosten festband, geleitete Reith seine Klienten zum Rand des Exerzierplatzes. Die Reiter brachten ihre Ayas mit scharfem Ruck kurz vor ihnen zum Stehen.

»Guten Morgen!« bellte Gilan und beugte sich zu ihnen herunter. »Ich hoffe, Sie hatten eine angenehme Nacht! Sobald wir alle beritten sind, werden wir mit unserer Diskussion beginnen.«

»Beritten?« stieß Ordway entsetzt hervor. »O Gott!« rief er, als im gleichen Moment Stallknechte mit vier gesattelten Ayas aufkreuzten.

Reith und Alicia schwangen sich gekonnt in den Sattel. Die anderen hatten mehr Schwierigkeiten. Ein Stallknecht mußte dem untersetzten Ordway mit einem kräftigen Schub unterm Hinterteil nachhelfen. White indessen lehnte derartige Hilfestellung ab; Reith sah, wie er sich auf die Lippen biß und seinen ganzen Mut zusammennahm, während er noch einmal kurz die Bewegungsabläufe übte, die Heggstad, der Trainer, ihm eingebleut hatte.

Whites Aya verdrehte den langen Hals, um auf seinen zögernden Reiter in spe hinunterzustarren. Dann rollte er mit den Augen, stieß einen blökenden Schrei aus und ging auf White los, um ihn auf eines seiner Hörner zu nehmen.

»Verdammt, halt still, blödes Vieh!« schrie White mit einer Stimme, die vor Angst bebte.

»Das versteht er nicht!« rief Reith. »Sie müssen *urám* rufen!«

»*Urám!*« blökte White, worauf der Aya in seinem Veitstanz gerade so lange innehielt, daß der Location Manager den Fuß in den Steigbügel stecken und sich in den Sattel schwingen konnte.

»Auf geht's!« rief der Dasht und trieb seinen Aya zu einem flotten Schritt an. Die anderen folgten. Als sie außer Hörweite von Dienern und Zuschauern waren, sagte der Dasht: »Sehen Sie, meine Freunde, *ich* erledige die Dinge schnell, wirksam und tüchtig. Ich denke am besten, wenn ich reite; also kombiniere ich meine Staatsgeschäfte mit meinem morgendlichen Ausritt.«

»Lassen Sie uns nun auf Ihr Anliegen zu sprechen

kommen, eine meiner Burgen zu mieten und meine Ayareiter für dieses Lichtspiel zu verdingen. Um gleich über Zahlen zu sprechen: Wie viele Soldaten werden Sie benötigen, und für wie lange? Wieviel werden Sie ihnen zahlen? Manche Leute finden, es sei eines Edelmannes nicht würdig, sich mit schnöden kommerziellen Dingen zu befassen; aber *ich* bin ein moderner Edelmann, der begriffen hat, daß Geld der Blutstrom des Staates ist …«

So begann ein einstündiges Feilschen, bei dem Ordway sich als zäher und mit allen Wassern gewaschener Verhandlungspartner erwies, trotz seines körperlichen Mißbehagens. Von Zeit zu Zeit zwang der Dasht, der ein nicht minder gewiefter Feilscher war, die Tiere zu einem schnellen Trab. Während dieser Phasen waren White und Ordway so sehr damit beschäftigt, sich im Sattel zu halten, daß sie außerstande waren, auch nur ein Wort herauszubringen. Im Trab war der Aya besonders unangenehm zu reiten, weil der Sattel genau über dem mittleren Beinpaar war und der Reiter so besonders heftig durchgerüttelt wurde.

Gilan und Ordway gelangten schließlich zu einer vorläufigen Übereinkunft. Da der Dasht es ablehnte, tausend seiner Reiter vom Dienst abzustellen, einigte man sich darauf, daß fünfhundert abgezogen werden konnten, wann immer sie benötigt wurden. Ebenfalls lehnte er es ab, seinen Palast in Rosid für die Dreharbeiten zur Verfügung zu stellen; dafür bot er jedoch Burg Shaght, eine verlassene kleine Festung in den Bergen, als Ersatzdrehort an.

»Es ist Zeit zum Galopp!« rief der Dasht, nachdem die wichtigsten Fragen nun erst einmal geklärt waren. *»Ziddav!«* Sein Aya fiel in einen kurzen Galopp. Ordway und White, beide vor Angst aschfahl im Gesicht, krallten sich an ihren Sätteln fest, als die Gruppe das Feld entlang und in weitem Bogen zurück zum Ausgangspunkt sprengte.

Kurz bevor sie die Zuschauerplätze erreichten, zügelte Gilan seinen Aya und brachte ihn mit einem scharfen Ruck zum Stillstand. Alle anderen Tiere folgten gehorsam seinem Beispiel und blieben ebenfalls stehen – bis auf Whites Aya. Der fiel mit einem triumphierenden Blöken in vollen Galopp und jagte mit trommelnden Hufen zum entgegengesetzten Ende des Platzes.

»He!« rief Reith. »Wir müssen ihn einfangen!« Er spornte sein Reittier zum Galopp an; Alicia folgte ihm. Auch der Dasht schloß sich ihnen an, während er im Reiten den Stallknechten Anweisungen zubrüllte.

Als sie sich dem Ende des Exerzierplatzes näherten, rannte Timásh, der bei der Kutsche geblieben war, dem Ausreißer schreiend und seinen großen Strohhut schwenkend entgegen, und versuchte ihn abzufangen.

Doch statt stehenzubleiben, stieg Whites Aya jäh hoch und schwenkte auf den Hinterhufen herum, um zum anderen Ende des Platzes zurückzujagen. Reith erwartete, daß White durch die Zentrifugalkraft der scharfen Wende aus dem Sattel katapultiert werden würde wie ein Stein aus einer Schleuder, aber White krallte sich mit der Kraft der Verzweiflung am Sattelhorn fest und hielt sich wie durch ein Wunder auf seinem wildgewordenen Reittier.

Durch das Wendemanöver des Ausreißers konnten Reith und Alicia ein wenig Boden gutmachen; doch das Trommeln der sechs Hufpaare hinter ihm spornte ihn zu noch größerer Geschwindigkeit an. Als sie das Ende des Platzes erreichten, lagen Reith und Alicia eine Länge hinter White; eine weitere Länge dahinter folgte der Dasht.

Zwischen dem Exerzierplatz und der etwa einen Kilometer entfernten Stadtmauer erstreckte sich eine Vorstadt mit schmalen Straßen und geschäftigen Marktplätzen. »Wenn er in das Getümmel reingerät«, keuchte Reith, »bringt er am Ende noch jemanden um!«

»Kannst du einen wildgewordenen Aya zur Räson bringen?« fragte Alicia.

»Keine Ahnung – hab's noch nie versucht. Bleib du lieber zurück!«

Whites Aya galoppierte mit donnerndem Hufschlag in die Hauptstraße hinein, direkt auf einen von zwei Shaihanen gezogenen großen Karren zu.

»Jack!« brüllte Reith. »Schreien Sie *'ast!* Das ist das Kommando für ›Stop‹!«

White schrie irgend etwas, aber bei dem Getöse, das die donnernden Hufe des Ayas und das Kreischen der erschrockenen Krishnaner verursachten, die panikartig aus dem Weg stoben, konnte Reith nichts verstehen. Ein Frontalzusammenstoß mit dem Karren schien jetzt unvermeidlich. Doch Whites Aya kriegte gerade noch im letzten Moment die Kurve und schlitterte halsbrecherisch in eine enge Seitenstraße – mit der Folge, daß er gleich mehrere Marktstände wegrasierte, deren Auslagen wie bunte Liebesperlen über die Straße kullerten.

Durch gewagtes Anschneiden der Kurve konnte Reith den Vorsprung des Ausreißers wieder ein wenig verkürzen. Mit einem wilden Tritt in die Seite spornte er seinen Aya zu höchstem Tempo an, bis er Seite an Seite mit Whites Aya war. Das Problem war nur, daß ihm in der engen, von Marktständen gesäumten Straße der Platz für das Manöver fehlte, das er vorhatte. Da sah er plötzlich Alicia, die sich auf der linken Seite ebenfalls neben Whites Aya geschoben hatte. Sie lehnte sich aus dem Sattel und versuchte, das ihr zugewandte Horn von Whites Aya zu ergreifen.

»Zurück, Lish!« schrie Reith. »Du bringst dich um!«

Statt zu gehorchen, warf sich Alicia aus dem Sattel und packte Whites Aya beim Horn. Der aber dachte gar nicht ans Anhalten, sondern stürmte weiter, Alicias Stiefel durch den Dreck hinter sich her schleifend.

Eine Sekunde später lehnte sich auch Reith herüber, packte das andere Horn des wildgewordenen Reittiers und schwang sich aus dem Sattel. Sobald seine Füße Kontakt mit dem Boden hatten, ließ er sich nach hinten fallen und stemmte sich mit den Absätzen gegen die Laufrichtung des Ayas, wobei er zwei tiefe Furchen in den Straßendreck zog. Die vereinte Kraftanstrengung brachte den Aya abrupt zum Stehen. White flog wie von einem Katapult geschleudert kopfüber aus dem Sattel, schlug in der Luft einen etwas verunglückten Salto und landete mit dem Hintern in einem großen Bottich voller pflaumenartiger krishnanischer Früchte.

Von hinten brüllte Dasht Gilan aus dem Sattel Befehle. Der Leibwächter saß ab, drängte sich an Whites Aya vorbei, der noch immer von Alicia und Reith festgehalten wurde, und beugte sich über den abgeworfenen Reiter.

»Meine Hoheit bedauert Ihren Unfall zutiefst!« schrie Gilan. »Sind Sie verletzt?«

Der über und über mit purpurfarbenem *Ilá*-Saft bekleckerte White setzte sich auf und rieb sich die linke Schulter. »Jedenfalls scheint nichts gebrochen zu sein«, murmelte er.

Der Leibwächter streckte ihm die Hand hin und zog ihn auf die Beine. Da stand er nun wie ein begossener Pudel inmitten der Überreste des zerborstenen Bottichs. Die Krishnaner, die sich um den Unfallort drängelten, zeterten bereits. »Der Fremdling hat meine Ware ruiniert!« »Ich fordere Schadensersatz!« »Gerechtigkeit, Herr! Ich verlange Gerechtigkeit!«

»Später, guter Mann!« blaffte Dasht Gilan. »Wer hat einen Lappen?«

Irgend jemand brachte ein Handtuch, mit dem der Leibwächter hastig den klebrigen Fruchtsaft von Whites *Transmundane* wischte. Jetzt erschien Ordway auf dem Plan, immer noch zu Aya und begleitet von zwei Stallknechten. »Also wirklich, Jack!« krähte er. »Du siehst vielleicht aus! Wenn du dich im Spiegel sehen könntest. Was in aller Welt ist denn passiert?«

Gilan wandte sich Reith und Alicia zu. »Sind Sie wohlbehalten? Keine Schäden?«

»Nein, bis auf meine armen Stiefel – die sind hin«, erklärte Alicia.

»Selbstverständlich wird Ihnen jeder Schaden, den Sie oder Ihre Kleidung erlitten haben, von mir ersetzt.« Der Dasht wandte sich an einen der Stallknechte. »Der terranische Gentleman hat einen kräftigen Trunk nötig!«

Der Stallknecht holte eine Flasche hervor. Mit zitternden Händen setzte White sie an die Lippen, nahm einen Schluck, hustete und trank noch einen Schluck.

»So«, trompetete der Dasht fröhlich, »und jetzt zurück in den Sattel mit Ihnen! Das ist der einzige Weg, um einer möglicherweise aufkommenden Angst vor dem Reiten entgegenzuwirken.« Als White daraufhin mit einem Ausdruck blanken Entsetzens im Gesicht seinen Aya anstarrte, fügte Gilan hinzu: »Nicht dieses zänkische Biest, sondern – warten Sie –, ah, ja, *Kul*. Das ist auch der Name eines Krautes. *Kul* ist so zahm, so manierlich, die könnte glatt über rohe Eier laufen, ohne die Schale zu zerbrechen.«

Auf ein Zeichen vom Dasht stieg der Stallknecht, der auf besagtem Aya-Weibchen saß, ab und übergab das Tier an White, der mit immer noch zitternden Knien aufsaß. Sodann führte der Dasht die Gruppe im Schritttempo zurück zur Hauptstraße und von dort aus weiter zum Exerzierplatz. Der bockige Aya bildete, im Zaum gehalten von zwei kräftigen Stallknechten, den Schluß der Kavalkade.

Zurück auf dem Exerzierplatz, ließ der Dasht seine Günstlinge antreten und sprach in gestrengem Ton: »Das Reittier des Terraners kam mir eigentümlich bekannt vor. Könnte es dasjenige sein, welches wir Zanky geheißen haben?«

»Jawohl, Herr«, bestätigte einer der Stallknechte kleinlaut. »Der Stallmeister wies uns an, Zanky einem der Terraner zu geben – welchem von beiden, das sei einerlei.«

»Er sagte, er habe eine Botschaft von Eurer Hoheit erhalten«, sagte ein anderer Stallknecht mit besorgter Miene. »Wir dachten, Ihr wolltet Euch einen Scherz auf Kosten der fremden Wesen machen.«

»Dies Rätsel wird entwirrt werden«, grollte Gilan. »Wenn nötig, mit Streckbank und glühendem Zwickwerk.« Die Stallburschen erblichen unter ihrem grünlichen Teint. Gilan wandte sich den Terranern zu. »Irgendein Schuft hat versucht, Ihnen einen mehr als grausamen Streich zu spielen, meine Freunde. Wenn ich ihn finde, wird er seinen verqueren Humor bitter bereuen.«

»Ich frage mich, wer das gewesen sein könnte – und warum«, sann Reith mit nachdenklich gerunzelter Stirn.

Der Dasht vollführte die krishnanische Version eines Achselzuckens. »Vielleicht war es ein Spitzel des Kamorans von Qaath. Diese wilden Barbaren führen immer irgend etwas Übles im Schilde. Es könnte aber auch ein Gefolgsmann Ihres terranischen Landsmannes gewesen sein, dieses Kultführers: Shel … oder Shneg, oder wie immer der Kerl heißt. Ich meine den von diesem Verein zur Bewahrung der Kultur.«

»Schlegel?« fragte Reith.

»Genau der. Ich hörte, er habe sich zum Ziel gesetzt, jegliche Kommunikation zwischen meiner Welt und der Ihren zu kappen. Er ist der Ansicht, daß wir Krishnaner mit jedem Kontakt die schlimmsten Ideen und Sitten – die Unsitten – Ihrer Kultur annehmen. In diesem Punkt hat er vielleicht nicht einmal so ganz unrecht. Aber da ich weiß, daß kultureller Austausch unvermeidlich ist, halte ich es für besser, diese Entlehnungen zu kontrollieren: die, die für uns nützlich sind, zu fördern; die, die uns schaden, zu unterbinden.«

»Doch genug der Vorträge. Mister White, wenn Sie in Ihren Gasthof zurückkommen, werden meine Diener

Ihre verschmutzten Kleider zum Waschen und Flicken mitnehmen. Ich hoffe doch, Sie haben eine Ersatzgarnitur mitgenommen? Mister Ordway, sobald ich die Höhe des Verlustes, den meine Landsleute erlitten haben, genau ermittelt habe, werden Sie doch gewiß den Schaden an ihren Ständen und ihrer Ware erstatten.«

»Sicher, sicher«, murmelte Ordwy mit mißmutigem Blick.

»Und nun«, bellte Gilan, »müssen Sie bleiben und der Parade und dem Konzert beiwohnen. Erlesene Plätze sind für Sie reserviert! Leben Sie wohl!«

Mit einem freundlichen Wink zum Abschied galoppierte der Dasht von dannen, gefolgt von seinen Dienern.

Die Terraner begaben sich zu den für sie reservierten Plätzen und schauten sich mit genervtem Gesichtsausdruck die Darbietung der Kapelle an, die aus einer Abfolge von schräg heruntergeschrammelten terranischen Märschen bestand. Nachdem er sich tapfer durch die kakophonische Version von Gannes *Marche Lorraine* hindurchgelitten hatte, zischelte der fruchtsaftbeklekkerte White Reith mit gequälter Miene zu: »Ich muß hier raus! Ich fühl mich, als hätte ich einen Schleudergang in der Waschmaschine mitgemacht. Mir in diesen verklebten Klamotten auch noch eine Parade anzuschauen, gäbe mir den Rest!«

Ordway sekundierte dem ramponierten Location Manager. »Ich brauch auch ein bißchen Ruhe. Nach diesem Frühsport tun mir sämtliche Knochen im Leib weh.«

»Gehen wir doch einfach alle«, schlug Alicia vor. »Seine Pompositãt ist nirgends in Sicht, und die Einheimischen werden sich über die leeren Plätze freuen.«

Während die Kapelle den Marsch aus Victor Herberts Babes in Toyland anstimmte, machten sich die Terraner unauffällig davon.

Die Reise nach Burg Shaght am nächsten Tag mußte zu Aya absolviert werden, da der Weg für Kutschen zu eng und fast zugewachsen war. Der Dasht begleitete sie nicht, schickte ihnen aber zwanzig Diener mit, die für ihre Sicherheit und ihre Bequemlichkeit sorgen sollten. Ordway frotzelte: »Sag mal, Fergus, hast du vor, Jack und mich mit dieser ewigen Reiterei umzubringen, damit du freie Bahn bei Alicia hast?«

»Da bringst du mich auf was«, sagte Reith grinsend. »Aber keine Angst: Ich werde gut auf euch aufpassen, zumindest so lange, bis ich mein Geld ausgezahlt kriege.«

Ordway ließ den Blick von Reith zu Alicia schweifen und schüttelte den Kopf. »Ihr zwei müßt aus Stahl und Gummi sein. Euch scheint das Reiten überhaupt nichts auszumachen.«

»Reine Übungssache«, grinste Reith.

»Außerdem lieben wir unseren Job«, fügte Alicia hinzu.

Zu gegebener Zeit erreichten sie die verlassene Burg, die auf einem Bergkamm im Wald thronte. Sie war ziemlich verfallen: die Mauern zerbröckelten, und das Dach war löchrig. White und Ordway stöberten ein wenig zwischen den umgekippten Mauerresten und Steinblöcken herum und besprachen sich leise. Als sie mit ihrer Inspektion fertig waren, beschied White Reith: »Tut mir leid, aber mit diesem Trümmerhaufen können wir beim besten Willen nichts anfangen.«

»Jack hat recht«, sekundierte Ordway. »Diesen Schutthaufen auch nur einigermaßen wieder herzurichten, käme teurer als ein Neubau.« Er schaute zu den Dienern hinüber, die bereits dabei waren, Proviant und Ausrüstungsgegenstände auszupacken. »Müssen wir hier übernachten?«

»Leider ja«, sagte Reith. »Wenn wir jetzt umkehren, holt die Dunkelheit uns ein.«

Als die Nacht anbrach, stieß White plötzlich ein

schrilles Quieken aus. »Mein Gott, was ist das?« Er deutete auf zwei leuchtende Punkte dicht über dem Fußboden am Rande des Lichtkreises, den ihre Laterne warf. Unmittelbar darauf gesellten sich zwei weitere Punkte hinzu, dann noch zwei.

»Ach die! Das sind bloß ein paar von den derzeitigen Bewohnern«, beruhigte ihn Reith. »Die sind harmlos; die, die groß genug wären, um uns gefährlich zu werden, haben wir längst verscheucht.«

»Komm schon, Jack!« sagte Ordway. »Wo ist dein Mut? Die Muskeln gespannt und die Arschbacken zusammengekniffen!« Als es wenig später auch noch zu regnen begann, sagte er mit einem Seufzen: »Erinnere mich daran, daß ich Cosmic eine Gefahren- und Schmutzzulage in Rechnung stelle.«

Reith und sein ziemlich ramponiert ausschauender Trupp erreichten Rosid am späten Vormittag. Der Regen hörte auf, Roqir brach durch die Wolken und tauchte die vergoldeten Zwiebeltürme der Tempel in glänzenden Schimmer. Reith verkündete: »Wir haben bis zum Mittagessen noch genügend Zeit, um uns ein bißchen auszuruhen und frisch zu machen. Danach können wir, wenn ihr Lust habt, auf die Kirmes gehen.«

»So wie ich mich im Moment fühle, alter Knabe«, sagte Ordway, »muß ich schon meine ganze Selbstbeherrschung aufbieten, um dir nicht zu sagen, wo du dir deine verdammte Kirmes hinstecken kannst.«

Nachdem sie sich jedoch ein wenig ausgeruht hatten, fühlten sich die Filmleute schon wieder besser. Besonders Ordway sprühte geradezu vor Tatendrang. »Sag, Fergus, wann gehen wir denn nun auf die Kirmes?«

»Ich sag Timásh, er soll die Kutsche anspannen.«

Auf dem Kirmesplatz herrschte drangvolles Getriebe. Auf einer Seite der Budengasse ließen drei Jongleure ihre scharf geschliffenen Messer und Beile durch die Luft wirbeln. Auf der anderen balancierten zwei Akrobaten in weiß-rot gestreiftem Lendenschurz auf einem zwischen zwei Pfählen gespannten Seil. Der Mann sprang in die Luft, schlug einen Salto und landete mit beiden Füßen wieder auf dem Seil. Durch die Aufprallwucht schnellte die Frau in die Luft. Schwungvoll landete sie in den Armen ihres Partners. Unter dem Jubel und dem krishnanischen Äquivalent des Händeklatschens (bestehend aus lautem Knacken mit den Fingergelenken) sprangen die beiden sodann mit einer eleganten Landung auf die Erde.

Ein Stück weiter fand eine Marionettenvorführung statt. »Beim Jupiter!« rief Ordway. »Ein Kasperletheater – mit Karikaturen von uns!«

Auf der kleinen Puppenbühne zerrte soeben ein böser Erdenmensch, erkennbar an seinem blonden Haar und der riesigen Nase, ein Krishnamädchen hinter sich her und sagte dabei auf gozashtandou: »Komm mit, meine Liebe! Ich werde dich in Freuden einführen, die die Vorstellungskraft deiner degenerierten Rasse übersteigen.«

Doch da trat, gerade noch im richtigen Moment, ein wackerer krishnanischer Held auf den Plan und bearbeitete den terranischen Lustmolch tüchtig mit einer Peitsche. »Nimm dies, fremdländischer Schurke!« schrie er, und der Erdenmann winselte um Gnade.

Reith und seine Klienten schoben sich an Quacksalbern vorbei, die lautstark ihre Heilwässerchen, Salben und Tinkturen anpriesen. Sie wichen torkelnden Trunkenbolden aus und umkurvten hüftwackelnde Huren, die ihren potentiellen Kunden ihre blaugrünen Brustwarzen entgegenreckten. Alicia sagte mit gedämpfter Stimme: »Wie ich sehe, trägt man in Ruz immer noch tief ausgeschnittene Kleider, Fergus – aber wenn ich mir die Berufsgruppe von Frauen anschaue, die sie tragen, wundert es mich nicht, daß die Leute mich bei dem Bankett so angestarrt haben!«

Sie gingen weiter. Der allgegenwärtige scharfe Geruch krishnanischer Körperausdünstungen und die beißenden Schwaden von Krishnazigarren stachen ihnen in die Nase. Die Leute, die die Stände und Buden betrieben, waren meistenteils Gavehona – Angehörige eines Nomadenvolks, das die Varasto-Nationen bewanderte (manche sagten auch: heimsuchte.) Sie lebten von Handarbeiten, Kleinhandel, Wahrsagerei und anderen, weniger reputierlichen Beschäftigungen.

An der nächsten Bude rief White: »He, das ist was für mich!« Er zeigte auf das Schild eines Astrologen, unter dem ein verhutzelter alter Krishnaner mit zerfransten Antennen saß. Das Schild pries seine Dienste auf gozashtandou, portugiesisch und englisch an. Die englische Version lautete:

> ALLWISSENDER STERNGUCKER GHAMIR VON MENZAL LIEST GLÜCK IN STERN FÜR BETRÜBTE STERBLICHE. RATE SEHR GUT. KUNDEN WERDEN NACH EINKOMMEN ERLEDIGT.

»Geht ihr ruhig schon mal weiter«, sagte White. »Ich hol mir … he … Moment mal! Meint der das ernst, was da auf dem Schild steht? Haut der mir als Eintrittsgeld den Kopf ab?«

Reith lachte. »Nein, nein, der hat sich nur ein bißchen unglücklich ausgedrückt. Er will sagen, wer zuerst kommt, kommt auch zuerst dran.«

Mit beklommenem, aber entschlossenem Blick verschwand White im Zelt des Astrologen. Alicia sagte: »Fergus, ich unterhielte mich gern mal mit dem jungen Gavehon da vorn. Ich möchte ihre Kultur studieren für ein Buch, das mir vorschwebt. Geht ihr zwei schon mal weiter; wir treffen uns dann am Flaggenmast.«

Reith und Ordway schlenderten weiter. Eine Hure trat an den Briten heran und sprach ihn auf gavehonou an.

»Hä? Was?« fragte Ordway. »Sprichst du kein Englisch?«

Die Hure sagte auf Gozashtandou: »Wäre mein terranischer Herr zu vergnüglichem Treiben geneigt?« Sie unterstrich ihre Worte mit aufreizendem Hüftwackeln.

Jetzt fiel bei Ordway der Groschen. »Ja!« trompetete er frohlockend. »*Oui!* Fergus, was heißt ›ja‹ auf krishnanisch?«

»*Irrá*«, antwortete Reith grinsend. »Soll ich mitkommen und übersetzen?«

»Danke für das Angebot, aber nein danke. Sei so gut und leih mir das Geld für die Nummer. Du kriegst es garantiert zurück, wenn wir wieder in Novo sind... Tausend Dank! *Irra!*« Ordway und die Nutte entschwanden.

Als Reith zum verabredeten Treffpunkt kam, unterhielt sich Alicia noch immer mit dem jungen Gavehon. Später, als sie wieder allein waren, sagte Alicia: »Als das Eis zwischen uns gebrochen war, sprach ich ihn auf den sprichwörtlichen Hang seines Volkes zum Klauen an. Weißt du, was er darauf geantwortet hat?« Sie klopfte sich mit den Knöcheln an die eigene Brust. »›Ein Gavehon, der nicht stiehlt, ist kein richtiger Mann!‹«

Reith lächelte. Sie schlenderten zu einer rasch anwachsenden Gruppe von Krishnanern, die sich um einen Redner scharte, der sich auf einem Faß aufgepflanzt hatte.

Schon von weitem hörten sie ihn eifern: »... niemals, niemals dürft ihr diesen Fremdlingen von jenseits der schwarzen Schlünde des Alls trauen! Glaubt ihren Freundschaftsbeteuerungen nicht! Ihre eigene Geschichte straft ihre schmeichelnden Worte von Frieden und Gewaltlosigkeit Lügen! Sie trieft nur so vom scharlachroten Saft ihres fremdartigen Blutes!

Wann immer auf ihrer eigenen Welt eine Nation mit mächtigeren Maschinen auf eine andere mit schwächeren Maschinen trifft, sendet die erstere Kundschafter, Händler, Lehrer und Prediger aus, die unmerklich und hinterhältig den Glauben und die Sitten, Bräuche und Traditionen des schwächeren Volkes untergraben. Versuchen dann die Opfer, diese umstürzlerischen Kräfte aus ihrem Lande zu verjagen, schickt der stärker mechanisierte Staat Armeen mit todbringenden Waffen aus, um das Volk zu unterdrücken und zu versklaven. Und genauso wird es auch hier sein, wenn ihr nicht auf meine warnenden Worte hört …«

Reih spürte, wie Alicia sich straffte. Sie sagte: »Ich stiege gern zu dem Burschen rauf und würde gleiche Redezeit verlangen. Ich würde ihm zeigen …«

»Das läßt du schön bleiben!« versetzte Reith scharf. »Er würde den Mob auf uns hetzen …«

»Aber Fergus! Irgend jemand muß ihm doch …«

»Lish!« sagte Reith streng, ihren Arm fest in den Griff nehmend. »Du weißt, wie sprunghaft diese Leute sind, und sie sind hundertmal so viele wie wir. Ein Glück, daß noch keiner dich und mich bemerkt hat. Komm jetzt!«

Reith zerrte Alicia von dem Volksredner weg und marschierte, während er sie an der Hand hinter sich her zog, zu dem Zelt, das White verschluckt hatte. Er wappnete sich vorsichtshalber schon einmal für einen Temperamentsausbruch oder womöglich sogar einen tätlichen Angriff von der Art wie der, mit dem sie Ordway auf die Bretter gelegt hatte. In einem Kampf war sie eine einzige einssiebzig Meter lange Dynamitstange.

Doch zu seinem Erstaunen sagte sie nach ein paar tiefen Atemzügen: »Du kannst meinen Arm jetzt wieder loslassen, Fergus. Du hattest recht, und ich hatte unrecht.«

Fergus holte tief Luft. »Du hast dich aber wirklich geändert, mein allerliebstes Warzenschwein!«

»Ich versuche bloß, den gleichen Fehler nicht ein zweites Mal zu machen, das ist alles.«

»Wenn die Moritzsche Therapie das bewirkt hat …«

»Sieh doch, Gilans Leute interessieren sich für den Redner!«

Reith drehte sich um. Eine Abteilung gepanzerter Ordnungshüter mit Schlagstöcken drängte sich unter die Menge. Der Volksredner hielt jäh in seinem Sermon inne, sprang von seinem Faß und verschwand in der sich rasch auflösenden Menge. Die Ordnungshüter griffen sich nacheinander mehrere Zuschauer und bellten Fragen; aber jeder der so beim Schlafittchen Gepackten hüllte sich in einen Mantel der Arglosigkeit. Wenig später hatten auch die letzten Zuschauer sich wieder getrollt.

»Der Bursche war möglicherweise einer von Schlegels Leuten«, sagte Reith. »Obwohl – ich habe gehört, daß da noch andere antiterranische Sekten und Vereine am Werk sind ...«

In diesem Moment kam White angehastet. »Fergus!« schrie er aufgeregt. »Man hat mich ausgeraubt!«

»Wie das?« fragte der Tourleiter mit gerunzelter Stirn.

»Der Astrologe sagte, ich solle mein Glück in einer Bude weiter unten probieren, wo man Wurfpfeile auf ein kreisendes Rad wirft. Das Rad ist in Segmente mit unterschiedlichen Werten aufgeteilt. Aber egal, wie sorgfältig ich auch geworfen habe, ich habe nicht einmal eine Gewinnkombination getroffen. Das Ding muß irgendwie manipuliert sein.«

»Was regst du dich auf?« gab Reith zurück. »Du hast deinen Spaß gehabt und dafür bezahlt – wahrscheinlich weniger, als Cyril für seinen bezahlen wird.«

»Wieso? Was macht Cyril denn?«

»Frag nicht; wie befinden uns in Gegenwart einer Dame.« Reith grinste, als er sah, wie Alicia sich ein Lachen verkneifen mußte, war sie doch, was das anbetraf, mitunter alles andere als eine ›Dame‹. Sie hatte manchmal Sprüche drauf, die selbst einem Hafenarbeiter die Schamröte ins Gesicht trieben. »Ach, und übrigens, der Dasht will, daß wir uns morgen noch eine andere Burg ansehen. Seine Leute müssen ihm berichtet haben, daß ihr von Shaght nicht gerade begeistert wart.«

»Wo ist diese andere Burg?«

»Eine Tagesreise nach Norden. Sie dient nach wie vor als Festung, wird also zumindest in gutem Zustand sein.«

Als sie im Gasthof die Treppe hinaufstiegen, tippte der Bierkellner des Wirts Reiths auf die Schulter. »Ein Mann von der Burg hat mich beauftragt, Euch dieses Sendschreiben zu übergeben, Herr. Er sagte, es sei streng vertraulich.«

»Danke«, sagte Reith. In seinem Zimmer faltete er das Blatt aus Krishnapapier auseinander und las mit gerunzelter Stirn die in verschnörkelter Handschrift auf gozashtando geschriebene Botschaft:

Liebster F: Zeig Dich nicht überrascht, wenn ein fremder terranischer Jüngling sich Dir auf Deiner Rückreise anschließt.

Mit einer Hast, die einer dumpfen Ahnung entsprang, riß er die Tür auf und rief: »Lish! Komm doch mal her und schau dir dies an!«

Alicia überflog die Botschaft und sagte: »Die ist von Vázni, ganz klar. Sie scheint entschlossen, mit uns nach Novo zurückzufahren.«

»Wir müssen sie irgendwie davon abbringen!« sagte Reith.

Alicia schaute ihn mitfühlend an. »Leichter gesagt als getan. Wenn ich sie wäre, würde ich mich bis zum Augenblick der Abfahrt rar machen. Und wenn du dann versuchst, sie an den Dasht auszuliefern ...«

»Das könnte ich nicht! Er würde sie umbringen.«

»Es ist schön zu wissen, daß du so fürsorglich an deine Exfrauen denkst. Aber wenn wir versuchen, sie irgendwie davon abzuhalten, rennt sie zum Dasht und tischt ihm irgendeine wilde Vergewaltigungsstory auf. Das bekäme dir nicht gut, fürchte ich.«

»Ich habe keine Angst vor dem aufgeblasenen Depp ...«

»Sei nicht albern, Darling! Er kann auf jede Menge Bewaffnete zurückgreifen, und wir – Cyril, Jack und ich – sind Geiseln für dein Wohlverhalten.«

»Du hast ja recht, verdammt noch mal. Das ist die Eigenschaft, die mich an dir am meisten ärgert. Also, was sollen wir deiner Meinung nach tun?«

»Schau, mich brauchst du auf Burg Mikkim eigentlich nicht. Ich möchte sowieso noch hierbleiben und ein bißchen Shopping machen. Unterdessen werde ich mir überlegen, was wir in dieser anderen Sache am besten machen.«

»Hast du schon einen Plan?«

»Sagen wir mal so: Ich brüte einen aus.«

Reith seufzte. »Okay, Superfrau. Du hast mich schon einmal aus der Bredouille gerettet; wie ich dich kenne, wird dir auch diesmal eine Lösung einfallen.«

Drei Tage später kehrten Reith, White und Ordway nach Rosid zurück. Als Reith seine Kutsche durch die Straßen lenkte, hatte er plötzlich das Gefühl, daß eine merkwürdig hektische Spannung in der Luft lag. Als er vor dem Gasthof anhielt und Timásh die Zügel übergab, kam Alicia zur Tür herausgestürzt, fiel ihm um den Hals und gab ihm einen Kuß, der alles andere als geschwisterlich war.

»Wie war's?« fragte sie ihn mit einem strahlenden Lächeln.

»So la-la. Jack fand Burg Mikkim besser als Burg Shaght, aber er hofft, vielleicht noch was Besseres zu finden. Die Festung ist ziemlich abgelegen, am Arsch der Welt, könnte man sagen …«

»Das ist nicht der Haupteinwand«, sagte White, schlagartig animiert von der Diskussion über sein Spezialgebiet. »Es ist das Licht. Burg Mikkim steht am Ufer eines Flusses, mit steilen Kliffen auf beiden Seiten. Es liegt also ständig in tiefem Schatten. Da wir ja keine moderne Beleuchtungstechnik einführen dürfen, sind wir auf das Sonnenlicht angewiesen, und das fällt nur ein paar Minuten pro Tag auf die Burg.«

»Ich dachte, mit dem hyperempfindlichen Filmmaterial, das es heute gibt, könnte man sogar noch bei völliger Dunkelheit drehen«, sagte Alicia.

»Das kann man auch, aber die Licht- und Schatteneffekte, die man bei vollem Sonnenlicht erzielt, kann man einfach nicht künstlich herstellen. Und bei einigen unserer Szenen brauchen wir die nun mal. Und schlechtes Wetter mit bedecktem Himmel würde die Produktion völlig lahmlegen.«

»Ich hatte Mikkim bisher noch nicht gesehen«, sagte Reith mit der Begeisterung des Reisebegleiters. »Es hat genau die Art wilder, romantischer Schönheit, die meine Touristen anspricht. Sag mal, was ist in der Zwischenzeit hier eigentlich passiert? Ist irgendwas im Busch?«

Alicia lächelte wie eine zufriedene Katze. »Nur daß der Dasht, seine Verlobte und ein kleiner Trupp von Gefolgsmännern morgen nach Hershid aufbrechen werden.«

»Wie das?« fragte Reith erstaunt.

»Wie es aussieht, hat Tashian an König Eqrar von Gozashtand geschrieben.«

»Wer ist Tashian?« fragte White dazwischen.

»Der Regent von Dur, oben im Norden, und ein Vetter von Prinzessin Vázni. Nun, jedenfalls hat der Regent einen Brief an seinen Herrscherkollegen König Eqrar in Hershid geschickt, in dem er schreibt, daß es an der Zeit sei, sich Gedanken darüber zu machen, wer Dur künftig regieren wird. Vázni ist die einzige noch lebende eheliche Nachkomme des verstorbenen Königs Dushta'en, und die Verfassung läßt keine weibliche Thronfolge zu. In diesem Zusammenhang hofft er darauf, daß König Eqrar Vázni an seinem Hof empfangen wird, wenn sie nach Hershid kommt, um die Thronfolge mit dem Abgesandten von Dur zu diskutieren.

Kurz nachdem ihr abgereist wart, schickte Eqrars Sekretär einen Gesandten, der Prinzessin Vázni für die Zeit ihres Aufenthaltes in der Hauptstadt von Gozashtand zu einem Besuch im Palast einlud. Obwohl die Einladung ausschließlich an Vázni gerichtet war, kannst du dir natürlich denken, daß Gilan bestimmt nicht zu Hause bleiben wird, während seine Verlobte ausfliegt, um Thronerbin oder irgend so was zu werden. Er wird mit Sicherheit auch dort erscheinen und in seiner typisch bescheidenen Art seine Pläne präsentieren, daß nämlich er der wahre Herrscher von Dur werden muß.«

»Gott sei Dank werden auch wir morgen aufbrechen. Ach, übrigens, Gilan hat uns für heute abend zu einem Abschiedsbankett eingeladen. Geht euch also alle erst mal ordentlich waschen und rasieren. Ihr seht vielleicht aus!«

»Ich lasse mir einen Bart stehen«, erklärte Ordway. »Wenn die Kanaken sich falsche Bärte ankleben können, dann kann ich mir doch wohl einen echten wachsen lassen, oder?«

Als sie allein waren, sah Reith Alicia forschend an. »Wie hast du das gedeichselt?«

»Wer? Ich? Ich hab nichts damit zu tun – außer daß mein kleines Stoßgebet zu Dashmok offenbar geholfen hat.«

Reith grinste. »Wenn ich das glauben würde, würde ich auch an Prinz Bourujirds fliegenden Streitwagen glauben.«

Als sie sich für die Fahrt zum Palast einfanden, musterte Reith Alicia eingehend. »Neues Kleid, schön hochgeschlossenen, nach der Mode von Rosid?«

Alicia lächelte. »Neues Kleid, neuer Stil. Ich hab gestern den halben Tag beim Schneider zugebracht, mit Maßnehmen, Abstecken, Anpassen und dem ganzen Kram. Ich hab ausgesehen wie ein wandelndes Nadelkissen.«

Mit einem Grinsen im Gesicht sagte Reith einen Vers aus einem Gedicht auf:

> *»Let never maiden think, however fair,*
> *She is not fairer in new clothes than old!«*

»Von wem ist das?« fragte Alicia. »Von Byron oder von einem der Klassiker?«

»Tennyson. Die Stelle hab ich aus der Schulzeit behalten.«

Die Zwiebeltürme von Rosid tauchten aus dem Morgendunst auf und verschwanden dann wieder hinter einer Wegbiegung. Die vier Fahrgäste der Kutsche machten es sich für die Reise nach Novorecife bequem. Der Landauer rollte flott auf der breiten Straße nach Süden dahin, die Hufe der Ayas knirschten auf dem Kies. Timásh hielt die Zügel. Zerré, der Shaihanhirte, den Reith auf der Reise nach Rosid vorausgeschickt hatte, folgte mit dem Gepäck auf den restlichen Ayas.

Das Abschiedsbankett hatte bis in den frühen Morgen gedauert. Ordway und White gähnten unentwegt und nickten irgendwann ein. Als Reith den Eindruck hatte, daß sie fest eingeschlafen waren, bat Reith Alicia: »Komm, Lish, jetzt, nachdem wir die Stadt hinter uns haben, kannst du mir verraten, was es mit diesem Ausflug Gilans nach Hershid auf sich hat.«

Alicia lachte. »Ich hab einen Brief von König Eqrar gefälscht und den Gavehon, den ich interviewt habe – du erinnerst dich –, als Überbringer angeheuert. Ich hatte mir gedacht, daß Vázni die Chance, Königin von Dur zu werden, einer Flucht mit uns nach Novorecife vorzöge.«

»Wie bist du an König Eqrars Livree gekommen? Du konntest deinen ›Boten‹ ja wohl schlecht in seinen Gavehon-Klamotten auftreten lassen.«

»Ich hab eine angefertigt.«

»*Was?*« rief Reith so laut, daß White und Ordway aus ihrem Schlummer hochschraken.

»Ich hab dir doch gesagt, daß Nähen meine einzige hausfrauliche Fähigkeit ist«, sagte Alicia. »Ich fand ein Bilderbuch mit Uniformen und Livrees in Gilans Bibliothek. Daraufhin hab ich in Rosid die entsprechenden Stoffe gekauft, und vorletzte Nacht hab ich das Ding genäht. Es saß nicht hundertprozentig, aber keiner hat's gemerkt. Übrigens, Cyril, Cosmic schuldet mir tausend Karda an Spesen. Nein, keine Diskussionen! Den größten Teil davon habe ich gebraucht, um den Gavehon dazu zu bestechen, den Brief abzuliefern und dann unauffällig zu verschwinden.«

»Was wird passieren«, fragte Ordway, »wenn Gilan und seine Leute nach Hershid kommen und merken, daß das Ganze ein Schwindel war?«

Alicia zuckte mit den Schultern. »Es wird interessant sein, das zu erleben – aber am besten aus sicherer Entfernung.«

Reith schmunzelte und zwinkerte White und Ordway zu. »Meine Herren, ich glaube, ihr nehmt Doktor Dyckman besser wieder mit auf die Erde zurück. Wenn ihr sie hier laßt, wird sie über kurz oder lang den ganzen verdammten Planeten regieren.«

Alicia schob herausfordernd das Kinn vor. »Und dem ganzen verdammten Planeten könnte sicherlich weit Schlimmeres passieren!«

Zurück in Novorecife, erneuerten die Reisenden ihre Garderobe, unterwarfen sich wieder Heggstads schweißtreibenden Leibesübungen und Foltermassagen, studierten Karten und holten alle Informationen über die Republik Mikardand ein, die sie kriegen konnten.

»Wir wollen schließlich nicht mitten in eine Revolution hineingeraten«, sagte Reith am Ende der mehrtägigen Vorbereitungen für die nächste Reise.

»Wenn es sowieso schon eine Republik ist«, fragte

Ordway, »was haben die Leute dann noch zu mekkern?«

»Eine seltsame Republik. Die Macht liegt in den Händen einer militärischen Kaste, der Garma Qararuma oder Ritter von Qarar. Untereinander praktizieren die Ritter eine Art Kommunismus: sie teilen alles miteinander, einschließlich Sex.«

»Das muß ich sehen!« rief Ordway. »*Die* Art von Kommunismus kann ich nur begrüßen!«

Reith überging den Kommentar und fuhr fort: »Sie erheben die begabtesten Gemeinen zu Rittern, um jedweder aufkeimenden Unzufriedenheit die Spitze zu nehmen; aber manchmal werden die weniger glücklichen Mikardanduma trotzdem ungeduldig. Könnt ihr zwei euch darauf einstellen, daß wir morgen in aller Frühe aufbrechen?«

»Klar, Kumpel.«

»Okay; dann schick ich Zerré schon mal mit einem Brief an den Großmeister voraus. Die Ritter haben eben erst einen neuen gekürt, und ich weiß nicht, wie er zu Terranern steht.«

Als Reith hinaus in den sonnigen Nachmittag schlenderte, ließ ihn ein lauter Ruf herumfahren. »Hey, Fergus!«

»Ken!« rief er erfreut, als der Ingenieur ihm entgegenkam, eine kleinere Person im Schlepptau. »Wer ist denn dein neuer ... Großer Gott, das ist ja Vázni!«

»Möge die Göttin Varzai deinen Scharfblick verderben, Fergus!« sagte Vázni. »Du bist der erste, den meine Maskerade nicht genarrt hat.«

Sie war als terranischer Jüngling verkleidet. Ihre Antennen hatte sie mit Klebeband an die Schläfen gepappt, und ihr frisch gebleichtes Haar hatte sie so frisiert, daß es ihre Ohren verdeckte. Mit Hilfe von Schminke und Puder hatte sie ihren natürlichen olivgrünen Teint in ein knalliges Rosé umgefärbt. »Laßt uns in die Nova Iorque Bar gehen«, schlug Reith vor. »Seid ihr beiden gerade angekommen?«

»Ja«, sagte Strachan. »Ich habe meine Ayas in den Stall gebracht und eine Unterkunft für die Prinzessin besorgt.«

In der Bar suchte sich Strachan einen Platz an der Wand. Vázni bestand darauf, hinter ihm zu sitzen, und sie schmiegte sich ganz dicht an ihn. Reith machte sich so seine eigenen Gedanken darüber, wie die beiden sich auf dem Weg von Hershid nach Novo amüsiert hatten. »Was ist passiert?« fragte er.

»Also«, sagte Strachan, »ich wollte mit dem Dasht und der Prinzessin nach Hershid fahren, um sicherzugehen, daß ich die letzte Rate für meinen Vertrag auch kriegen würde. Ich hätte Gilan glatt zugetraut, daß er sich vom Acker macht, um Regent von Dur zu werden, und ich steh da und schau in die Röhre.«

Strachan ließ den Blick verstohlen durch den Barraum schweifen und setzte die Unterhaltung auf Duro fort, sei es aus Höflichkeit Vázni gegenüber, sei es um etwaige Lauscher zu verwirren. »Ich sagte dem Dasht also, daß ich mitfahren wollte, und er sagte: ›Aber sicher, mein Freund, komm mit.‹ Doch als wir in Hershid ankamen, sagte der Dour, er wisse von keinem solchen Brief an Vázni, und Tashians Gesandter bestritt, eine solche Botschaft vom Regenten erhalten zu haben, und der Sekretär des Dours behauptete ebenfalls, nichts von einem solchen Schreiben zu wissen. Weißt du irgend etwas von dieser Sache, Fergus?«

Reith schüttelte den Kopf, und Strachan fuhr fort: »Als ich sah, daß die Gruppe enttäuscht nach Rosid zurückkehren würde, stellte ich den Dasht wegen meines Geldes zur Rede. Aber er war rasend vor Wut und drohte, er werde denjenigen, der diesen Streich ausgeheckt habe, von einem Bishtar aus seiner Menagerie zu Mus trampeln lassen. Als ich ihn dezent daran erinnerte, daß mir das Geld schließlich vertraglich zustünde, raunzte er: ›Bist du in diesen ungezogenen Jux verwickelt, Strachan? Wenn ich rauskriege, daß du ...‹

Und er fuhr sich mit dem Zeigefinger quer über den Hals.«

»Da sagte ich mir, Kenneth, alter Junge, ich glaub, du machst dich besser aus dem Staub, bevor Seine Eingebildetheit seinem Henker befiehlt, dich aufs Rad zu flechten und mit Daumenschrauben und ähnlichen netten Spielzeugen zu traktieren. Und wie ich gerade beim Aufsitzen bin, kommt die Prinzessin zu mir, verkleidet, so wie ihr sie jetzt seht, und verlangt, daß ich sie mitnehme. Da aus der Krone, die angeblich in Baianch auf sie wartete, nun ja ganz offensichtlich nichts geworden war, hieß es, entweder fliehen, mit ihrem Schmuck in einem kleinen Beutel am Busen, oder nach Rosid zurückkehren, um Gilans glückliche Braut zu mimen. Und so sind wir also nun hier.«

Mit nachdenklicher Miene sagte Reith: »Gilan wird vermutlich schon bald Novos Recht, Asyl zu gewähren, auf die Probe stellen. Ich werde dann zu meinem Glück schon weit weg sein. Wie sind deine Pläne, Prinzessin?«

Sie schaute mit flehendem Blick vom einen Terraner zum anderen. »Ich weiß es wirklich nicht. Wie sind deine Pläne, Fergus?«

»Ich breche morgen mit meinen Leuten nach Mishé auf.«

»Und was hast du vor, Kenneth?«

Der Schotte grinste. »Ich werde eine Weile zu Hause bleiben; was ich danach mache, weiß ich noch nicht. Ich hörte, die Krishnaner haben die Eisenbahnlinie Majbur-Mishé vermasselt. Vielleicht können sie einen guten terranischen Ingenieur gebrauchen.«

Vázni seufzte. »Dann bleibt mir wohl nichts anderes übrig, als zu meiner Tochter nach Suruskand zu fahren. Sie hat mich eingeladen. Ich muß mir vertrauenswürdige Leibwächter suchen, die mich nicht unterwegs wegen meiner Juwelen ermorden.«

»Ich werde Castanhoso fragen, ob er dir helfen kann«,

versprach Reith. »Jetzt muß ich aber zurück zur Ranch. Kann ich dich mitnehmen, Ken?«

Bevor er Strachan an seinem Haus ablieferte, brachte er den Schotten auf den neuesten Informationsstand bezüglich des Filmprojektes. Strachan sagte: »Mal von den geschäftlichen Dingen abgesehen, wie steht's denn zwischen dir und deiner Ex? Habt ihr noch was miteinander? Ich konnte euch zwei immer unheimlich gut leiden, und ich möchte nur ja nicht in irgendein Fettnäpfchen treten.«

»Wir sind bloß gute alte Freunde, das ist alles.«

»Hmph!« schnaubte Strachan. »Ich weiß nicht viel von dir, Fergus; aber wenn ich ungebunden wäre, könnte ich mit so einer tollen Frau nicht bloß ›gut Freund‹ sein, jedenfalls nicht für lange. Irgendwas müßte passieren.«

Reith grinste. »Laß uns einfach ein bißchen Zeit, es rauszufinden.«

V
LADY GASHIGI

Das Faltdach gegen den Nieselregen zugeklappt, rollte der Landauer zügig die Uferstraße nach Qou entlang. Zu ihrer Linken öffnete sich die Landschaft hier und da zu bebauter Ackerfläche, um sich dann gleich wieder zu dichtem Laubwald zu schließen. Bunte Stämme von hellfarbigen Bäumen säumten die Straße und erinnerten an die Reklametafeln entlang einer vielbefahrenen terranischen Landstraße.

Timásh, der auf einem der Ayas vorausritt, hob plötzlich warnend den Arm. Reith zügelte seine beiden Zugayas und zog die Bremse an.

»Was ist?« wollte Ordwayy wissen.

»Das wirst du gleich sehen«, sagte Reith. »Seid ganz still jetzt!«

Etwa zwanzig Meter vor ihnen überquerten drei riesenhafte Tiere die Straße: ein Bishtarweibchen und zwei Junge, eines davon halb ausgewachsen, das andere ein ganz junges Kalb. Die Kuh war so groß wie ein Elefant und von ähnlichem Körperbau; der tonnenförmige Rumpf ruhte auf sechs säulenartigen Beinen. Ihre Haut war bedeckt mit einem glänzenden Fell von brauner, ins Purpur spielender Farbe und mit unregelmäßigen Haufen kleiner kremfarbener Flecken übersät, als hätte ein verrückter Maler seine Pinsel gegen das Tier geschwenkt. Der Kopf war dem eines terranischen Tapirs ähnlich, nur viel größer, mit trompetenförmigen kleinen Ohren und einer langen Schnauze, die in zwei stoppeligen meterlangen Rüsseln endete.

»Jetzt müßte man eine Elefantenbüchse dabeihaben«, flüsterte Ordway. »Auf der Erde kann man ja leider nirgendwo mehr jagen; wilde Tiere gibt's nur noch in Naturparks und Reservaten.«

»So ein Tier müssen wir unbedingt in unserem Film haben«, flüsterte White aufgeregt. »Gibt es gezähmte Tiere, die man mieten kann?«

»Der Dasht von Ruz hat eins in seinem Zoo«, antwortete Reith. »Aber ich wage zu behaupten, daß er es nie und nimmer weggäbe. Wir müßten schon rauf nach Majbur fahren, um eins zu bekommen – an der Endstation der Küstenbahn.«

»Was? Die haben hier *Bahnen?*« rief White ungläubig.

»Psst! Nicht so laut! Ja, es gibt eine, mit zahmen Bishtaren als Lokomotiven.«

»Wir müssen unbedingt eins von diesen Dingern in unseren Film einbauen!« sagte White. »Ein guter Action-Shot von dem Viech da wäre mehr wert als hundert Meter von einem animierten Modell ...«

»Mach halblang, Jack!« sagte Ordway. »Wir können nicht auf dem ganzen Planeten rumziehen, bei dem Budget, das sie mir bewilligt haben!«

»Aber Cyril, siehst du denn nicht ...«

Die beiden Filmschaffenden waren, ohne es zu merken, immer lauter geworden. »He, hört auf, so rumzubrüllen!« zischte Reith. »Ihr scheucht die Tiere noch auf!«

Timásh kam an die Seite der Kutsche geritten und murmelte nervös: »Ihr tätet besser daran, kehrtzumachen und zu flüchten, Meister Reith. Die Kuh hegt Groll wider Euch.«

Das Bishtarweibchen war in der Tat stehengeblieben und beäugte die Kutsche. Ihre kleinen Ohren zuckten, und sie schnüffelte mit nervös zitternden Rüsseln.

»Hilf mir, die Ayas zu wenden«, knirschte Reith mit zusammengebissenen Zähnen, während er gleichzeitig die Bremse löste und an den Zügeln zerrte.

Die Straße erwies sich als zu eng für ein schnelles Wendemanöver. Reith mußte zurücksetzen, so daß der

Landauer mit Heck und Hinterrädern in die Vegetation geriet. Timásh schlug mit seinem großen Strohhut gegen die Köpfe der Ayas, und es gelang ihm auch, sie ein Stück herumzudrehen; doch dann bockten sie plötzlich und rollten in ihrer Angst wild mit den Augen. Außer Kontrolle geraten, begannen sie nervös zu tänzeln und sprachen weder auf Drohungen noch auf Ermunterung an.

Alicia sprang aus der Kutsche, packte das ihr am nächsten stehende Tier bei den Hörnern und zerrte seinen Kopf mit Gewalt herum. Reith rief: »Prima, Lish! Steig auf einen der freien Ayas; da bist du sicherer.«

Timásh warf Alicia die Zügel von einem der Ayas zu. Sie fing ihn auf und schwang sich auf den Rücken des ungesattelten Tieres.

Just in diesem Moment riß die Bishtarkuh ihr riesiges Maul auf, stieß ein donnerndes Schnauben aus und trabte mit beängstigender Geschwindigkeit auf die Kutsche zu. Reith, dem es endlich gelungen war, die Tiere und die Kutsche zu wenden, ließ seine Peitsche knallen und schrie: *»Byant-hao!«*

Alle Ayas fielen in Galopp. Ordway warf einen Blick zurück von seinem Platz in dem schaukelnden Landauer und schrie entsetzt: »Mein Gott, Fergus, das verfluchte Vieh ist schneller als wir!«

Der auf seinen sechs Säulenbeinen dahinstampfende Bishtar holte in der Tat auf; nicht mehr lange, und er würde die Lücke schließen. Ordway rotes Gesicht wurde leichenblaß, und seine Hängebacken bibberten wie Wackelpudding.

»Ich glaube, wir hängen ihn ab«, sagte White mit angstkrächzender Stimme; es klang nicht sehr überzeugt. Doch noch während er sprach, verlangsamte der Bishtar tatsächlich seinen Schritt und blieb schließlich stehen, schweratmend und mit wogenden Flanken, und schüttelte den gewaltigen Kopf. Reith verlangsamte daraufhin ebenfalls die Fahrt seines Gespanns. Als der

Bishtar hinter einer leichten Kurve fast außer Sicht geriet, brachte Reith die Kutsche zum Stehen und blickte zurück. »Sie trollt sich«, murmelte er schließlich, als die Kuh in die Richtung zurücktrabte, aus der sie gekommen war. Als sie schließlich vollends aus ihrem Blickfeld verschwunden war, wendete Reith das Gespann abermals und setzte vorsichtig die Reise fort.

»Puh, also echt!« sagte Ordway und tupfte sich den Schweiß von der Stirn. »Da haben wir aber wirklich was zu erzählen. Waren wir echt in Gefahr?«

Reith zuckte die Achseln. »Wenn sie dich erwischt hätte, hätte sie dich zerquetscht wie eine Weintraube. Aber als wir erst einmal gewendet hatten, wußte ich, daß wir genug Vorsprung hatten, um sie abzuhängen – es sei denn, wir hätten ein Rad verloren oder sonst irgendeinen Defekt gehabt. Bishtare können einen ganz schönen Zahn draufkriegen, aber sie geraten schnell außer Atem. Ich bin einmal einem um einen Fußbreit entwischt.«

»Ehrlich?« fragte White.

»Du erzählst uns wirklich keinen vom Pferd?« fügte Ordway hinzu.

»Nein; es ist wirklich passiert; ich erzähl euch die Geschichte bei Gelegenheit mal. Glaubt mir, nichts könnte einen mehr zu läuferischer Höchstleistung anspornen, als von einem wütenden Bishtar gejagt zu werden. Also, wenn ich das nächste Mal ›still‹ sage, dann seid gefälligst auch still!«

Am späten Nachmittag hatten sie die Anlegestelle der Fähre nach Qou erreicht, wo sie eine Stunde lang warteten. Schließlich kam eine breite Schute, angetrieben von einem Dutzend Riemen, wie ein Wasserinsekt aus dem Regenschleier herangekrabbelt. Die Ruderer waren Krishnaner von der schwanzbewehrten Spezies, nackt und behaart, die unter den lauten Anweisungen des Fährmanns schnatternd ans Ufer schwärmten. Während Reith und Timásh ihre nervös tänzelnden Ayas an Bord brachten, schoben die Geschwänzten den Landauer auf das Deck der Schute. White bemerkte: »Cyril, ich hab eine tolle Idee! Könnten wir Attila wohl dazu bringen, eine Szene mit diesen Affenmenschen ins Drehbuch reinzuschreiben?«

Ordway zog skeptisch die Brauen hoch. »Du kennst doch die Drehbuchschreiber.«

In Qou gelandet, machten Reith und seine Schutzbefohlenen erst einmal einen Rundgang durch das schmuddelige Dorf und beäugten die geschwänzten Krishnaner. Gerade mal so eben angepaßt an das bißchen Zivilisation, das die Stadt besaß, hausten sie in einer Siedlung von runden Schilfhütten und verrichteten niedrige Dienste.

White verschwand wieder einmal im Schuppen eines Astrologen. Alicia unterhielt sich angeregt in einer Sprache, die aus Grunz- und Schnalzlauten bestand, mit einer Gruppe müßig herumhängender Geschwänzter. Verblüfft, daß es tatsächlich ein schwanzloses Wesen gab, das sich in ihrer eigenen Sprache mit ihnen unterhalten konnte, scharten sie sich schnatternd und grinsend um sie.

»Schau sich einer diese Frau an!« staunte Ordway, dessen rundes Gesicht inzwischen von einem rötlichgoldenen Stoppelbart bedeckt war. »Die kann einfach *alles*. Gegen die kommt man sich wie ein richtiger Blödmann vor. Also ehrlich, Fergus!«

»Ja?«

»Versteh mich nicht falsch; aber habt ihr beiden vor … ich meine, zieht ihr in Erwägung …«

»Verdammt noch mal, Cyril …«

»Bitte, alter Knabe, reg dich nicht auf! Du weißt, warum ich dich das frage. Ich renn mit einem solchen Dauerständer rum, da könntest du glatt einen Pelzmantel dran aufhängen, während ihr zwei ständig umeinander herumschleicht, ohne daß was passiert. Ich bin verrückt auf das Mädchen, und ihr macht mich bekloppt!«

Reith verzog keine Miene; die Erfahrung hatte ihn gelehrt, seine Gefühle nicht zu zeigen. Nach einer kurzen Pause erwiderte er kühl: »Ich fürchte, du wirst noch ein bißchen länger mit deinem Dauerständer herumlaufen müssen. Wir leben einfach von Tag zu Tag; wir genießen das Leben und versprechen nichts.« Er schaute auf die untergehende Sonne, die hier und da zwischen den Wolken hervorlugte. »Wir sollten jetzt besser zurückgehen; die Leute essen hier früh zu Abend.«

Das Abendessen, das von der Frau des Gastwirts und seiner drallen Tochter aufgetragen wurde, sah aus wie ein Garneleneintopf und schmeckte wie gewürztes Gummi. Reith unterhielt seine Begleiter mit krishnanischen Geschichten.

»Es gab mal einen französischen Abenteurer, Felix Borel, der hat den perfekten Schwindel inszeniert. Er verkaufte den Rittern von Qarar die Rechte an einem Perpetuum mobile. Er hätte mit dem Ding auch prima abgesahnt, wenn er sich nicht blöderweise mit einem Ritter wegen einer Frau in die Haare gekriegt und duelliert hätte. Da er keine Übung im Kämpfen hatte, mußte er Fersengeld geben... ja?« sagte er auf mikardandou. Der halbwüchsige Sohn des Wirts zupfte ihn am Ärmel.

»Bitte, Meister Terraner«, sagte der Junge, »habt Ihr vielleicht meinen Bozmaj gesehen?«

»Nein, mein Junge, leider nicht. Ich werde Ausschau nach ihm halten.«

»Was ist los?« wollte Ordway wissen.

»Der Junge hat sein Tier verloren, einen kleinen Verwandten des Shan. Um auf Borels traurige Geschichte zurückzukommen...«

White starrte auf Reiths Teller und gab einen erstickten Laut von sich. Als Reith auf seinen Teller guckte, sah er, wie eine der Garnelen sich torkelig auf ihre acht

Beine raffte und auf den Tellerrand zu marschierte, wobei sie eine Soßenspur hinter sich herzog. Am Tellerrand angekommen, verharrte sie, hüpfte hinunter und spazierte über den Tisch.

Ordway ächzte mit weit aufgerissenen Augen. »Großer Gott, was ist das? Ich fand die lebenden Spaghetti, die wir gegessen haben, schon eklig genug; aber wenigstens sind die nicht auf zahllosen Beinchen davonmarschiert!«

»Oh, das hat schon seine Richtigkeit«, beschwichtigte ihn Reith. »Viele der niederen krishnanischen Organismen bewegen sich noch, nachdem sie gekocht worden sind. Hat irgendwas mit ihren Proteinen zu tun.« Er spießte das flüchtige Insekt geschickt mit einem seiner Eßspieße auf und hielt es hoch. Es krümmte seinen Körper und zappelte rhythmisch mit seinen acht Beinen.

White preßte sich eine Hand vor den Mund, sprang auf und schoß zur Tür hinaus. Reith rief: »Madame Nirizi! Seid so gut und laßt meinen kleinen Freund hier noch ein Viertelstündchen kochen!«

Ordway seufzte. »Ihr zwei habt nicht nur Sehnen aus Gummi und Nerven aus Klaviersaiten, sondern anscheinend auch noch Gedärme aus Edelstahl!«

»Wir haben uns bloß mit der Zeit angepaßt«, sagte Reith. »Tatsächlich verträgt ein Terraner die meisten krishnanischen Lebensmittel. Nur ganz wenige machen ihn krank oder sind sogar lebensgefährlich; aber ich paß schon auf, daß meine Klienten die nicht zu essen kriegen.«

Alicia fügte mit sanft flötender Stimme hinzu: »Wenn also ein Besucher sich danebenbenimmt, brauchen wir ihm bloß die falschen Nahrungsmittel unterzujubeln, und schon ist das Problem erledigt.«

Ordway schauderte zusammen. »Ich versichere euch, ich laß mir Flügel wachsen! Und keiner soll jemals sagen können, daß ein schneidiger britischer Kerl beim

Anblick fremdländischer Speisen den Schwanz einzieht. Ich habe auf der guten alten Erde schon schlimmeren Gefahren ins Auge geblickt.« Tapfer machte er sich über seine Pseudo-Garnele her. Später sagte er: »Alicia, du hast die Hälfte von deinem Abendessen nicht angerührt. Hat dir diese zappelnde Garnele auch den Appetit verdorben?«

»Nein«, antwortete sie. »Ich esse nur soviel, wie mir guttut, nicht mehr.«

Ordway seufzte. »Ich wünschte, ich hätte deine Selbstdisziplin.«

»Wer schön sein will, muß leiden.«

»Als ob ich nicht selbst schon genug litte! Was meinst du, wie gern ich dir mal zeigen würde, was ich als Mann so drauf hab ...«

»Was du drauf hast beziehungsweise dran hast, hab ich im Badehaus in Avord schon zur Genüge gesehen«, erwiderte Alicia trocken. »Und das sah auch nicht anders aus als das, was andere Männer dran haben. Denk einfach an was anderes.«

Wieder seufzte Ordway. »Leichter gesagt als getan, bei deinem Body!«

Nach dem Abendessen begann Ordway eine etwas mühselige Unterhaltung mit dem Wirtstöchterlein, das ein bißchen Englisch konnte. Unterdessen spazierten Reith und Alicia auf einem Lehmpfad zum Fähranlegesteg, einer ziemlich wackligen Angelegenheit. Die Wolkendecke war mittlerweile verschwunden, und über ihnen funkelte ein sternklarer Himmel, der von allen drei Krishnamonden beherrscht wurde: dem großen Karrim, dem mittelgroßen Golnaz und dem kleinen Sheb. Ihr Licht warf pyramidische Schatten, die das schäbige Dorf in eine düstere Märchenkulisse verwandelten. Der samtene Himmel war übersät von unzähligen Sternen, deren Funkeln gleichwohl verblaßte gegen den übermächtigen Schein der drei Monde.

»Welch eine Nacht!« hauchte Alicia schwärmerisch. »Wie geschaffen für die Liebe!« Sie stand wie verzückt da, den Blick zum funkelnden Firmament gewandt.

Reith entrang sich ein leises Seufzen, gleichsam hervorgepreßt von dem inneren Aufruhr, in den ihn intime Gespräche mit Alicia immer wieder stürzten. »Der arme Cyril leidet an unerwiderter Lust. Er hat mich sogar gefragt, wann wir endlich unseren Tango beenden, damit er dir wieder nachstellen kann.«

»Sag mal, Fergus, willst du mir damit sagen, daß ich ihn ranlassen soll?«

»Um Himmels willen, nein! Ich geb nur wieder, was er mir gesagt hat.«

»Da bin ich ja erleichtert. Ich mag ihn nämlich überhaupt nicht, mußt du wissen.«

»Na, da bin ich ja froh. Das würde nämlich auch nicht gerade von deinem gutem Geschmack bei Männern zeugen.«

»Immerhin hab ich ja schon einmal ausgezeichneten Geschmack…« Sie hielt verwirrt inne. Um das peinliche Schweigen zu überbrücken, sagte Reith: »Weißt du, Lish, ich denke mit Freude an eine Tour zurück, die ich vor ungefähr fünf Jahren geleitet habe.«

»Warum?«

»Weil das meine bisher einzige Gruppe war, die mit keinerlei sexuellen Komplikationen für irgendeinen der Teilnehmer verbunden war. Keiner verliebte sich oder litt an Liebeskummer; keine Beziehungskisten, keine Ehekräche, kein Fremdgehen, keine Verstrickungen irgendwelcher Art mit Krishnanern oder Krishnanerinnen.«

Alicia ließ Reiths Arm los, den sie die ganze Zeit über gehalten hatte, und versteifte sich. »Willst du damit sagen, daß ich bloß eine sexuelle Komplikation bin?«

»Hä? Nein… natürlich… ich meine… du bist bloß einfach… ach, zum Teufel auch!« Er schnappte sie sich kurzentschlossen und gab ihr einen langen, leidenschaftlichen Kuß. Als sie sich schließlich voneinander lösten und weitergingen, erklärte Reith: »Ich dachte an eine Tour von der anderen Art, mit einem Fall von offenem Ehebruch und einem wütenden gehörnten Ehemann, der mit einem Souvenirschwert rumfuchtelte. Ich habe dem betreffenden Don Juan um den Preis einer Schnittwunde am Arm den Hals gerettet, aber für den Rest der Reise waren die Beziehungen allgemein ziemlich gespannt. Die Benimm-dich-Bücher haben derartige Situationen nicht vorgesehen.« Er unterdrückte ein Gähnen. »Wird Zeit, daß wir umkehren; wir haben morgen eine lange Fahrt vor uns.«

Alicia wandte wehmütig den Blick zu den drei Monden. »Aber es ist so idyllisch ...«

Reith betrachtete ihre klassisch geschnittenen Züge. Sie waren im Schein der drei Monde von atemberaubender Schönheit. »Hör zu, Mädel, du tust besser das, was ich sage, wenn du keine Holzsplitter im Hintern haben willst!«

»Oh!« Sie schaute nach unten, sah die groben Holzplanken des Anlegestegs und kicherte wie ein Schulmädchen. »Verstehe. Außerdem wird's jetzt wirklich kühl. Wetten, daß ich als erster am Gasthof bin?«

Alicia, die eine erstklassige Läuferin war, gewann die Wette. Als sie die Tür aufrissen und lachend in die Schankstube stolperten, rief der Wirt erschrocken: »Was ist passiert? Greifen die wilden Koloftuma an?«

Sie brauchten ein paar Minuten, um den besorgten Wirt davon zu überzeugen, daß Wettrennen nichts weiter als eine etwas närrische terranische Form von Vergnügen waren.

Vor Alicias Schlafzimmertür fielen sie sich erneut in die Arme und küßten sich lange und ausgiebig. Reith war sicher, wenn er jetzt mit in ihr Zimmer ging ...

Ein gräßlicher Schrei war zu hören, und die beiden fuhren auseinander. Den Flur herunter kam Cyril Ordway galoppiert, in Unterzeug, die Augen weit aufgerissen vor blankem Entsetzen.

»Hilfe!« kreischte er, als er auf seinen kurzen Beinen an ihnen vorbeischnürte. »Es ist hinter mir her!«

Hinter ihm her hoppelte, wild zischend, der Bozmaj, das Kuscheltier des Wirtssohns. Es war ein Schuppentier, etwa so lang, wie ein Mensch groß ist, aber fast ausschließlich aus Hals und Schwanz bestehend. Mehrere Male schnappte das eidechsenartige Maul am Ende seines Schlangenhalses nach Ordways Hintern, verfehlte ihn jedoch jedesmal um Haaresbreite.

Als das Tier an Reith vorbeihuschte, griff er blitzschnell nach ihm, bekam es hinter dem Kopf zu packen und hob es vom Boden auf. Das Biest von seinem Körper weghaltend, damit es ihn nicht mit den Krallen seiner wild zappelnden sechs Beine kratzen konnte, brüllte er: »Meister Fangchu!«

Während er dastand und das Vieh festhielt, polterte Ordway die Treppe hinunter. Reith hörte, wie er gegen die verschlossene Tür bollerte und brüllte: »Laßt mich hier raus! Ich will hier raus!«

Am Ende des Flurs, durch den Ordway gekommen war, erspähte Reith die Tochter des Wirts. Sie streckte den Kopf aus ihrer Zimmertür und starrte, als ob sie verhext wäre. Einen Moment später erschien der Sohn des Wirts auf dem obersten Treppenabsatz und schrie: »Meister Terraner, das ist mein Tier! Ich bitte Euch, gebt es mir zurück!«

»Gern«, sagte Reith und überreichte ihm mit spitzen Fingern den zappelnden Bozmaj. Der Junge umarmte das Tier, das Hals und Schwanz um ihn wand und ihm mit der langen gespaltenen Zunge das Ohr leckte.

Reith und Alicia hasteten nach unten zum Eingang, wo Ordway wie ein Rasender an der Tür rüttelte.

»Beruhige dich, Cyril!« bat Reith. »Der Bengel hat seine Eidechse wieder. Was ist denn überhaupt passiert?«

»Nun ... eh ... also, darüber möchte ich in Gegenwart von Alicia lieber nicht reden.«

Reith grinste. »Geh zu Bett, Lish; ich erzähl dir morgen alles.«

»Pah!« sagte sie. »Als ob ich das nicht längst wüßte!« Aber dann ging sie doch.

»Nun«, begann Ordway, als sie außer Sichtweite war, »ihr habt ja noch gesehen, wie ich mich mit Fangchus Tochter unterhalten habe. Nachdem ihr den Gasthof verlassen hattet, da ... eh, wie soll ich sagen? ... landeten wir irgendwie in ihrem Zimmer. Sie wollte Englisch üben, und sie machte bald deutlich, daß sie ... nun ... daß sie durchaus bereit wäre, sich etwas näher mit mir einzulassen. Wir setzten uns also auf ihr Bett, und ich führte ihr den irdischen Brauch des Küssens vor, worum sie mich gebeten hatte. Und da reckt plötzlich dieses Vieh den langen Hals unter dem Bett hervor und starrt mir direkt ins Gesicht. Ich konnte Schlangen noch nie ausstehen.«

»Der Bozmaj ist keine Schlange«, klärte ihn Reith auf. »Er hat Beine.«

»Es ist eine Kreuzung zwischen einer Schlange und einem Tausendfüßler, was noch schlimmer ist. Ich kriegte einen fürchterlichen Schreck. Ich sprang auf und warf mit einem Schuh nach dem Ding. Das war ein Fehler. Schau dir mal meinen Arm an, was es damit gemacht hat!«

Auf Ordways Arm war ein Dutzend parallel verlaufender blutiger Kratzer zu sehen. Reith sagte: »Alicia hat den Erste-Hilfe-Koffer. Komm mit nach oben.«

»So ein Mist!« knurrte Ordway. »Das verdammte Mistvieh hat mir eine echt heiße Nummer vermasselt, bevor sie überhaupt erst angefangen hat!«

Da bist du nicht der einzige, dachte Reith. »Warum«, lamentierte Ordway, »haben diese Viecher es ausgerechnet immer auf mich abgesehen, nachdem ich doch so ein netter, warmherziger Bursche bin?«

»Weil du aus der Erfahrung nicht zu lernen scheinst«, sagte Reith.

Ordway grunzte. Nach einem Moment des Schweigens sagte er: »Fergus, ich möchte ein Abkommen mit dir schließen. Ich werde sofort damit aufhören, Alicia nachzustellen, wenn du Stillschweigen über diese Eidechsen-Episode bewahrst. Es wär mir peinlich, wenn die Drehcrew davon erführe, sobald sie hier eintrifft.«

»Okay«, sagte Reith. »Abgemacht.«

Drei Tage später trampelten Reiths Ayas den mächtigen graubraunen Mauern Mishés entgegen. Schon von weitem sahen die Erdlinge die trutzig hinter der Mauer aufragende Zitadelle, eine mesaartige Akropolis, deren Seitenflächen mit massiven Steinblöcken verkleidet waren. Hinter und über der Brüstung türmten sich die oberen Stockwerke riesiger, schachtelartiger elefantengrauer Gebäude auf. Dort wohnten und regierten die Hüter, die ritterliche Herrscherkaste Mishés.

Während der Reise hatte White damit angefangen, mit Hilfe eines Touristensprachführers typische Redewendungen aus der mikardandischen Umgangssprache auswendig zu lernen. Reith brachte ihm noch ein paar zusätzliche Phrasen und Floskeln bei. Als Reith Ordway vorschlug, es seinem Kollegen gleichzutun, wies der Londoner dies mit den Worten von sich: »Ich denk ja gar nicht dran, Fergus. Sollen die verdammten Kanaken doch Englisch sprechen wie zivilisierte Menschen, wenn sie mit mir reden wollen.«

Kurz vor den Stadttoren rumpelte die Kutsche an einem Exerzierfeld vorüber, auf dem sich Ritter und gepanzerte Reiter in den martialischen Künsten übten. Zu Fuß hackten sie mit Schwertern und Äxten auf ausgestopfte Lederbälge ein; zu Pferde sprengten sie mit zum Stoß gesenkter Lanze auf einen aufgehängten Ring zu, den es im Galopp zu treffen galt.

Die Kutsche rollte an einem mit Eisendornen bestückten Gerüst vorbei, das mit den still vor sich hin gammelnden Köpfen enthaupteter Übeltäter dekoriert war, und hielt schließlich knirschend vor dem Schilderhaus vor dem Stadttor. Die Reisenden zeigten den gepanzerten Wachtposten ihre Papiere und wurden durchgewinkt. Gleich darauf ratterte ihr Vehikel über das Kopfsteinpflaster der Hauptstraße. Ordway fragte: »Bringst du uns wieder zu einem Gasthaus, Fergus?«

»Wir statten zuerst einmal dem Konsul einen Besuch ab«, erwiderte Reith. »Er ist ein reformierter Engländer namens Fallon.«

»Reformiert? Das hört sich ja geradezu so an, als wäre es ein kriminelles Vergehen, Engländer zu sein!«

»Nein, ich meinte damit bloß, daß er Engländer ist, wie du; und daß er außerdem damit aufgehört hat, sich als zielloser Trunkenbold in der Weltgeschichte herumzutreiben.«

»Hm. Ich bin immer skeptisch Leuten gegenüber, die sich vom Saulus zum Paulus gewandelt haben.«

Reith lehnte sich aus der Kutsche und blickte die Straße hinunter. Schließlich sagte er zum Kutscher: »Halt hier an, Timásh!«

Der Krishnaner brachte das Gefährt vor einem bescheidenen Gebäude zum Stehen. Links neben der Eingangstür prangte das rot-weiß-blaue Medaillon der Terranischen Weltföderation auf dem beigen Stuck der Fassade.

Die Fahrgäste stiegen aus und streckten müde die verspannten Glieder. Ein krishnanischer Diener öffnete ihnen die Tür und geleitete sie in einen langen dunklen Flur. Als sie an einem Podest mit einem aufgeschlagenen Gästebuch vorbeikamen, blieb Reith stehen und trug sich ein. »Tragt ihr euch bitte auch ein«, sagte er und reichte den Stift an Alicia weiter.

»Heda, Fergus!« kam ein freudiger Schrei vom Ende des Flurs. »Ich dachte, die Stimme kennst du doch!«

Schritte waren zu hören, und gleich darauf stand der

Mann vor ihnen. Er war ein hochaufgeschossener Terraner, der viel älter aussah als Reith, obwohl die beiden in Wirklichkeit nur wenige Lebensjahre voneinander trennten. Sein welliges Haar war ergraut, und sein einstmals hübsches Gesicht war von langen Jahren ausschweifenden Lebens gezeichnet; gleichwohl hielt sich Anthony Fallon aufrecht wie eine Kerze und bewegte sich mit dem Schwung und der Spannkraft eines weit jüngeren Mannes. Er drückte Reith fest und herzlich die Hand und ließ sich gutgelaunt die anderen vorstellen.

»Welch Unterkünfte hast du uns besorgt?« fragte Reith.

»Eine VIP-Suite in der Zitadelle. Es sieht so aus, als sollte euer Projekt reibungslos flutschen.«

»Nach meiner Erfahrung«, sagte Reith, »ist es so: Wenn es scheint, als seien die Dinge zu schön, um wahr zu sein, sind sie es in der Regel auch.«

»Wir werden sehen; wir werden sehen. Darf ich euch einen Drink anbieten?«

Als Fallon seine Gäste in das Konsulatsbüro winkte, zupfte er Reith am Ärmel und flüsterte: »Sag mal, Fergus, ist das nicht das Mädel, mit dem du mal ... eh ...«

Reith nickte stumm und trat durch die Tür. Die Reisenden nahmen Platz und schauten Fallon dabei zu, wie er vier Kelche mit leichtem Falatwein füllte. In seinen eigenen goß er Wasser aus einem bereitstehenden Krug.

»Ordway will nicht glauben, daß du die Kurve gekriegt hast, Tony«, sagte Reith. »Die Arbeit in der Filmbranche hat ihn zum Zyniker gemacht. Erzähl ihm deine Geschichte.«

»Na gut; wenn ihr sicher seid, daß sie euch nicht langweilt«, sagte Fallon. »Ich habe ein recht abwechslungsreiches Leben geführt; ich war so ziemlich alles, vom König bis zum betrunkenen Landstreicher. Zeitweilig war ich auch mal Polizist bei der Weltföderation, Flußpferdfarmer, Fotograf, Schauspieler, Cricketprofi und Spion. Ach, übrigens«, sagte er, an Reith gewandt, »da wir gerade von meiner Zeit als König reden: ich hab einen Brief von meiner Ex bekommen.«

»Und wie geht's der einstigen Königin von Zamba?«

»Die mein ich nicht; ich meine die davor, Alexandra, die, die diesen Kanadier geheiratet hat... wie hieß er doch gleich?... Hasselborg... der Bursche, der den damaligen Dasht von Ruz getötet hat. Alex sprudelte vor Freude geradezu über, weil der Genetik-Ausschuß auf Terra ihnen grünes Licht für ein drittes Kind gegeben hatte. Gott sei Dank brauchen wir hier keine Genehmigung einzuholen, wenn wir uns fortpflanzen wollen.«

»Sind die beiden glücklich?«

»Offenbar. Ich freue mich, daß es ihnen gutgeht, aber du weißt ja, wie das ist. Unglückliche Ehen sind voller gemischter Gefühle, Streitereien und Tragödien, der Stoff also, aus dem Dramen sind, und daher interessant. Dagegen die glücklichen...«

»Wie war das denn nun mit Ihrer Umkehr?« unterbrach ihn Ordway ungeduldig.

»Nun, das war vor etwa fünfzehn Jahren, nach dem Fall von Balhib, zu der Zeit, als Ishimoto Konsul in Mishé war. Ich lebte damals hier von andrer Leute Dummheit, schwelgte in nutzlosen Träumen, wie ich meinen Thron wiederbekommen könnte, und soff mich langsam aber sicher zu Tode.

Schließlich riß ich mich zusammen, kehrte zurück nach Novo und bat den Doc dort, mich nach der Methode zu therapieren, die dieser Inder entwickelt hat. Heute kann ich keinen Alkohol mehr ausstehen. Als nächstes überredete ich die Verwaltung, mich zum Konsul hier zu ernennen, als der Job sich auftat. Die Eignungstests machte ich dann später. Und jetzt bin ich also ein hochangesehener Staatsdiener, ein richtiger Bürokrat. Manchmal vermisse ich die alten, unsteten Zeiten; aber wie heißt es so schön: ›Wir leben nicht, wie wir wünschen, sondern wie wir können.‹ A propos, Fergus, kennst du einen Mann namens Enrique Schlegel?«

»Flüchtig – und nicht zu meiner Freude. Was ist mit ihm?«

»Er war vor ein paar Tagen in Mishé und hat Reklame für seinen Verein zur Bewahrung der krishnanischen Kultur gemacht. Vergangenen Halb-Mond haben seine Anhänger ein Geschäft demoliert, das Damenkleider im terranischen Stil verkaufte. Davor haben sie Randale bei einem Konzert gemacht, wo das Orchester Rozanows Zweite Symphonie spielte. Obwohl Rozanow sein Stück nicht wiedererkannt hätte, als die krishnanische Kapelle es runtergeschrammelt hatte.«

»Warum haben die Ritter ihm keinen Arschtritt gegeben? Oder noch besser, seinen Kopf auf einen Dorn gesteckt?«

»Er hat eine nicht unbeträchtliche Gefolgschaft. Großmeister Juvain war ultrakonservativ, und viele seiner Bewunderer sind immer noch hier.«

»Hatte Schlegel sich als Krishnaner verkleidet?«

»Ja. Erstklassige Schminkarbeit. Ich hab mit ihm gesprochen, so wie ich es mit allen diesen Leuten tue. Als dein Name fiel, brüllte er Flüche und Drohungen. Du hast ihm offenbar mal eins auf die Glocke gegeben.«

»Richtig; als er eine meiner Touren gesprengt hat.«

»Er sagte, er werde in Kürze nach Mikardand aufbrechen und dort Anhänger für seinen Verein zusammentrommeln, und du tätest gut daran, dein Schwert dabeizuhaben, wenn du ihm über den Weg laufen solltest. Aus Suruskand haben sie ihn ausgewiesen, und dafür gibt er dir die Schuld.«

»Das war Herculeus Idee«, sagte Reith. »Nicht daß ich sie nicht gutgeheißen hätte! Aber Herculeu schrieb Dámir, als ich weg war, während meine Klienten hier waren, und deshalb wußte ich zu der Zeit nichts davon.«

»Ich versuchte ihn zu beschwichtigen«, sagte Fallon, »aber er ist ein echter Paranoiker; er ist felsenfest davon überzeugt, daß alle Terraner auf dem Planeten hinter ihm her sind. Also paß auf dich auf.«

Als die Besucher das Büro verließen, faßte Fallon Reith beim Arm und zog ihn beiseite. »Sag mal, Fergus, was in aller Welt ist passiert, daß du wieder mit deiner Ex durch die Gegend ziehst?«

»Ich sagte doch, sie arbeitet für diese Filmleute, und sie hat mir diesen Job als Crewbegleiter verschafft.«

»Macht das die Sache nicht ein bißchen kompliziert?«

»Kein Stück«, sagte Reith, Fallons Blick ausweichend. »Wir sind Freunde, und wir sind beide unverheiratet. Wir sind wie ... wie Bruder und Schwester.«

»Gut! Dann kann ich euch ja beide zum Freund haben. Weißt du, mit beiden Hälften eines Ex-Paares befreundet zu sein, dazu gehört ungefähr soviel Fingerspitzengefühl, wie ... wie ... wie als wenn zwei Stachelschweine miteinander Liebe machen.« Fallon schüttelte den Kopf. »Habt ihr zwei irgendwelche ... eh ... Pläne?«

Mit düsterer Miene erwiderte Reith: »Du bist jetzt mittlerweile mindestens der zehnte, der mich das gefragt hat. Den nächsten lasse ich von meinem Hausyeki verspeisen.«

»Ich wußte gar nicht, daß du einen Hausyeki hast.«

»Hab ich auch nicht; aber nicht mehr lange, und ich besorge mir einen.«

Fallon runzelte die Stirn. »Das ist schon eine komische Sache mit Ex-Partnern; man kommt nie so leicht über sie hinweg, wie man denkt. Man meint, es ist lange vorbei, man ist drüber weg, hat keine tieferen Gefühle mehr, es hat seitdem andere gegeben, und eigentlich war es für beide das beste, daß man sich getrennt hat. Doch dann führt dich irgendein blöder Zufall wieder mit dem Ex-Partner zusammen. Du siehst ihn – beziehungsweise sie – oder hörst von ihr, wie durch diesen Brief von Alexandra, und bist auf einmal wieder total nervös, so als ob du noch immer ...« Er hielt inne und starrte wehmütig vor sich hin.

»Ich weiß«, sagte Reith. »Und ob ich das weiß, Alter.«

Der neue Großmeister, Sir Yazman bad-Esb, war unerwartet jung. Es war schwer, das Alter eines Krishnaners zu schätzen, aber Reith schätzte ihn auf unter vierzig, also auf ein Drittel der normalen Lebenserwartung eines Krishnaners.

Sir Yazman war eine fesche Erscheinung, bis auf die häßliche Narbe, die sich über die eine Hälfte seines Gesichts zog. Aufgrund der ständigen Duelle und Turniere waren solche Narben bei den Rittern von Qarar fast so normal wie die orange-blaue Tunika und die gleichfarbigen Kniehosen, die ihre Uniform bildeten. Zum Zeichen seines hohen Ranges war die Tunika des Großmeisters mit geheimen Symbolen aus Goldfäden bestickt.

Fallon stellte ihm die Terraner vor. Der Großmeister blickte den Konsul unsicher an, dann kam er um seinen Schreibtisch herum, streckte die Hand aus und sagte in stockendem, schwer verständlichem Portugiesisch: *»¿Possa – poderei – dar um apêrto de mao?«*

»Er möchte euch die Hand geben«, klärte Reith seine Begleiter auf. »So wie wir es machen.«

Während der Großmeister ihnen die Hand schüttelte, murmelte Ordway: »Der unterscheidet sich aber mächtig von den anderen, was?«

Der Großmeister fragte schüchtern auf mikardandou: »Sagte ich das richtig, Meister Reith? Ich versuche, die *Ertso*-Zunge zu studieren, auf daß ich mich fürderhin mit Eurer Art verständigen kann.«

Reith beugte den Kopf, um ein Schmunzeln zu verbergen. »Ich freue mich, daß Eure Superiorität ein solch lebhaftes Interesse an unseren terranischen Zungen bekundet.«

»Ich danke Euch. Meine Schatzmeisterin hat sich unterdessen der Aufgabe gewidmet, die englische Zunge zu meistern. Es wäre tunlich, wenn wir uns dafür rüsteten, Terraner in ihrer jeweiligen Zunge anzusprechen. Sagt, Meister Reith, wie viele solcher Zungen mag es wohl geben?«

»Als letztes hörte ich, daß es wohl um die dreitausend gibt, Herr.«

Der Großmeister zuckte zusammen. »Großer Bákh! Eine solch gewaltige Anzahl von Zungen werden wir niemals zu erlernen vermögen!«

»Keine Furcht, Eure Superiorität. Die meisten terranischen Zungen werden nur von kleinen Gruppen gesprochen. Wenn Ihr ein paar der führenden neben dem Portugiesischen beherrscht – sagen wir, Englisch, Französisch, Spanisch und Chinesisch –, werdet Ihr Euch mit jedem Terraner verständigen können, dem Ihr begegnet. Ihr sagtet vorhin ›meine Schatzmeister*in*‹. Was ist aus meinem Freund Sir Kubanan geworden?«

»Er hat seinen Ruhestand angetreten, im Heim für hochbetagte Ritter. Jetzt führt meine Schatzmeisterin alle Geldgeschäfte der Republik; und Ihr werdet natürlich Eure finanziellen Regelungen mit ihr treffen.« Der Großmeister winkte seinen Sekretär zu sich. »Dáest, sei so gut und hol ihre Scharfsinnigkeit.«

Nachdem der Sekretär entschwunden war, tauschte der Großmeister Artigkeiten mit den Filmleuten aus. Reith und Alicia dolmetschten. Schließlich führte der Sekretär eine hübsche Krishnanerin in frühen mittleren Jahren herein, deren brustfreies himmelblau-orangefarbenes Gewand von einem juwelenbesetzten funkelnden Gürtel gehalten wurde. Als sie Reiths ansichtig wurde, begannen ihre Antennen zu vibrieren.

»Ach, Fair-goß!« rief sie in gespielt vorwurfsvollem Ton. »Wie grausam und unartig von dir! Da reist du so oft durch Mishé und besuchst mich nicht ein einz'ges Mal! Es ist gewißlich schon zwanzig Jahre her, daß wir das letzte Mal intim miteinander verkehrten; gleichwohl brennt die Erinnerung daran noch immer in meiner Seele! Allenfalls einen kurzen Blick habe ich hier und dort auf dich erhaschen können, wenn du deine Terranergruppen in unserer Stadt herumgeführt hast, und selten einmal warfst du mir einen hastigen

Gruß zu; das war alles. Fürchtest du mich, teurer Fairgoß?«

Diesen Diskurs übersetzte Reith, der bis an die Haarwurzeln errötet war, mitnichten. Ein verstohlener Seitenblick auf Alicia zeigte ihm, daß sie mit Macht an sich halten mußte, um nicht laut loszuprusten. Ordway, dem dies nicht entging, fragte: »Was gibt's denn so Lustiges, Alicia?«

Sie schüttelte den Kopf, ohne eine Antwort zu geben. Reith, seine ganze Würde zusammenraffend, sagte: »Eure Scharfsichtigkeit, ich muß meine Mündel stets scharf im Auge behalten, sind sie doch oftmals so töricht in ihrem Betragen, wie Mikardands Gemeine es mitunter in dem ihren sind. Gestattet mir nun, Euch meine Kameraden vorzustellen …«

Als White und Ordway sich linkisch verbeugten, erwiderte Gashigi in einem Englisch, das ebenso verquer war wie das Portugiesisch des Großmeisters: »Äs ist ämir eine ägrosse Freude, die Ägäste von der Ärde äkännenzulärnen.«

»Eure Scharfsinnigkeit sprechen ein vorzügliches Englisch«, lobte Reith. »Aber für den zügigen Fortgang unserer geschäftlichen Angelegenheiten wäre es vielleicht besser, wenn jeder in seiner Mutterzunge spricht und Doktor Dyckman und ich dolmetschen.«

Gashigi vollführte das krishnanische Äquivalent eines Kopfnickens. »Dann laßt uns sogleich mit unseren geschäftlichen Verhandlungen beginnen. Wann soll die Fertigung dieses Lichtspiels beginnen?«

Fallon entschuldigte sich und verschwand. Zwei Stunden lang verhackstückten Ordway und Gashigi, feilschten um Drehzeiten, Drehorte, Extras, Entlohnungen und Logistikprobleme. Wieder einmal erwies sich Ordway als ein Meister der Kalkulation. Gashigi, die ihm in puncto Verhandlungsgeschick in nichts nachstand, führte fast die gesamten Verhandlungen auf krishnanischer Seite; dann und wann wandte sie sich zum Großmeister um und fragte: »Ihr seid doch damit einverstanden, Herr, nicht wahr?«

Und jedesmal signalisierte Sir Yazman mit einem undeutlichen Brummen seine Zustimmung. Reith bekam den Eindruck, daß die Schatzmeisterin ihn voll im Griff hatte.

Als der Sonnenuntergang nahte, hatten die beiden Parteien eine provisorische Vereinbarung getroffen. Gashigi sagte: »Ihr werdet gewiß verstehen, meine lieben *Ertsuma,* daß wir uns erst einmal mit unseren Gremien ins Benehmen setzen müssen, bevor wir unsere Übereinkunft besiegeln können. Weder seid Ihr bis jetzt gebunden, noch sind es die Ritter. Laßt uns morgen früh um die neunte Stunde wieder zusammenkommen. Inzwischen ruht Euch aus und erfreut Euch der Sehenswürdigkeiten Mishés, die Euch zu Eurer Erbauung zu zeigen und zu erläutern kaum jemand besser qualifiziert ist als Sir Fergus.«

Die Besucher verabschiedeten sich erneut auf terranische Art mit Händeschütteln. Der Großmeister sagte: »Hätten wir vorher von Eurem Kommen gewußt, dann hätten wir Euch zu Ehren ein Bankett veranstaltet. Dies muß leider jetzt bis morgen warten. Werdet Ihr dann mit uns speisen?«

Nachdem er dem Großmeister versichert hatte, daß sie alle von seiner Einladung entzückt waren, und er Gashigi eine gute Nacht gewünscht hatte, trieb Reith seine Schafe zurück zu ihrem Quartier in der Zitadelle.

Wie abgemacht trafen sich die Reisenden mit Anthony Fallon in einer Taverne in der Unterstadt. Die Taverne war ein nur spärlich erhelltes Etablissement mit niedriger Decke und rußgeschwärzten Balken. Die Luft in der Gaststube war schwanger von Küchendünsten, und der Qualm reizte White zum Husten.

Der Konsul präsentierte eine dralle Krishnanerin mittleren Alters. »Das ist Paranji, meine Frau. Sie spricht kein Wort Englisch, Ihr könnt also so reden, wie Euch der Schnabel gewachsen ist.«

Reith schaute ihn mit fragendem Blick an. Mit einem Lächeln fuhr Fallon fort: »Oh, ich wurde ganz formell nach traditionellem krishnanischem Brauch getraut, mit allen Schikanen, und ich habe zu Hause zwei krishnanische Stiefkinder. Weißt du, Fergus, wenn die Ritter hier und da mal in fremde Betten hüpfen, dann kräht kein Hahn danach; aber ich lebe bei den Gemeinen, und die haben einen Moralkodex, gegen den sich selbst ein Savonarola noch wie ein Playboy ausnähme.«

»Bei Qondyors Zehennägeln, du hast dich wirklich verändert, Tony!«

»Tun wir das nicht alle – zumindest die, die mit dem Alter Vernunft annehmen? Wie ist euer Treffen verlaufen?«

Reith gab ihm eine kurze Zusammenfassung. »Ich habe den Eindruck, daß Gashigi hier das Regiment führt.«

Fallon grinste. »Das kannst du laut sagen! Tatsache ist, daß die Garma Yazman für zu jung und unerfahren hielten. Es gab noch einige aussichtsreichere Kandidaten für das Amt; aber da jeder von ihnen ungefähr die gleiche Anzahl von Parteigängern hatte, schlossen sie einen Kompromiß und wählten Yazman zum Großmeister. Er war zu der Zeit Gashigis Liebhaber, und sie sorgte dafür, daß er sie zur Schatzmeisterin ernannte. Man kann wirklich nicht sagen, daß sie in ihrem Job nicht gut ist! So, und jetzt erzählt mir mal von diesem Filmprojekt.«

Als Ordway ihm eine Zusammenfassung vom Drehbuch gegeben hatte, verzog Fallon angewidert das Gesicht. »So was Ähnliches hätte ich mir denken können. Ritter in schimmernder Rüstung, die auf Ayas herumgaloppieren; Damen in Oben-ohne-Kleidern, die ihre Titten aus Burgfenstern hängen, und dieser ganze Feudalmist!«

»Mist?« versetzte Ordway beleidigt. »Jetzt schauen Sie mal hier ...« Er konnte nicht weiterreden, weil er erneut husten mußte.

»Ein wirklich interessantes und lohnendes Thema, das sich mal jemand vornehmen sollte«, sagte Fallon in bestimmendem Ton, »wäre das Alltagsleben des gewöhnlichen Krishnaners. Ihr Burschen habt keine Vorstellung davon, was das Fehlen moderner Technik für die armen Teufel bedeutet. Ihr verkehrt mit ein paar Potentaten und erhaltet ein vollkommen falsches Bild vom Leben auf diesem Planeten.

Für die überwältigende Mehrheit hier besteht das Leben größtenteils aus schwerer Plackerei, besonders für die Frauen. Der gemeine Krishnaner und seine Frau schuften sich vom Morgengrauen bis zum späten Abend den Arsch ab, bloß um zu überleben. Und wenn sie es tatsächlich einmal schaffen, einen kleinen Überschuß zu erwirtschaften, dann wird ihnen der sofort unter dem Hintern weggesteuert, um die prunkvolle Hofhaltung der Dours und Dashts und des Obersten Kommissars oben auf der Zitadelle zu finanzieren. Ihr wundert euch, warum die Leute hier stinken? Nun, wenn ihr euer Badewasser mühselig Eimer für Eimer aus irgendeinem Brunnen oder irgendeiner Quelle schöpfen müßtet, dann stänket ihr auch. Und sie lesen auch nicht viel, selbst wenn sie eine Schulbildung genossen haben. Warum? Habt ihr schon mal probiert, beim Licht einer Wachskerze oder einer dieser kleinen Steingut-Öllampen zu lesen – den einzigen künstlichen Lichtquellen, die sie sich leisten können? Nach einer Viertelstunde würden euch so die Augen tränen, daß an Weiterlesen nicht zu denken wäre.

Und wenn ihr meint, die Leute hier stinken, dann hättet ihr mal vor dreißig Jahren hier sein müssen, bevor der Interplanetarische Rat die Herstellung von Seife zuließ. Nachdem er jahrelang darüber verhackstückt hatte, entschied der I.R. schließlich, daß die Kenntnis von Seife und Augengläsern den Krishnanern mehr Nutzen als Schaden brächte, obwohl krishnanische Chauvinisten immer gern behaupten, die Krishnaner hätten diese Dinge selbst erfunden. Wirklich zum Besseren wenden wird sich die Lage erst dann, wenn die industrielle Revolution auf Krishna richtig losgeht.«

»Und dann«, sagte Ordway, »wird die Bevölkerung schlicht explodieren, so daß sie am Ende mit noch mehr armen und hungernden Existenzen dastehen als jetzt.«

Fallon zuckte mit den Schultern. »Vielleicht... Es sei denn, sie legen in puncto Geburtenkontrolle mehr Vernunft an den Tag, als es die Terraner in der Vergangenheit getan haben. Wie auch immer, eines ist jedenfalls sicher: Wenn sie auf ihrem gegenwärtigen Stand der Technik verharren, wird es ihnen ganz bestimmt nicht besser gehen. Wenn ich euch Kinofritzen also einen Rat geben darf, dann ...«

»Und wer in aller Welt, wenn ich fragen darf«, schnappte Ordway, »wird vor den Kinokassen Schlange stehen, um sich das Elend einer krishnanischen Hausfrau anzuschauen, die sich ihr Spülwasser vom Brunnen holen muß? Die meisten Leute gehen ins Kino, um wenigstens einmal die trostlose Realität zu vergessen. Sie lechzen nach Romantik – nach Abenteuer. Jedenfalls werden wir dafür bezahlt, daß wir ihnen genau das liefern, und bei Gottes Vorhaut, sie werden es kriegen!«

In diesem Moment kam das Essen. Reith war angenehm überrascht, daß es zwar einfach, aber ausgezeichnet war; der Shaihanbraten war genau richtig: nicht zu hart, nicht zu weit durch. Fallons krishnanische Frau fragte etwas auf mikardandou. Fallon faßte die Diskussion für sie zusammen. Als er fertig war, wandte er sich mit einem verschmitzten Lächeln wieder Ordway zu und fragte: »Sie glauben nicht, daß es im Leben gewöhnlicher Krishnaner auch Romantik gibt? Ich werd's Ihnen zeigen.« Aus einer Innentasche zog er einen Pakken bedrucktes Papier hervor, der sich beim Auseinanderfalten als eine Zeitung entpuppte, die auf zwei große Bögen Papier gedruckt war.

»Was ist das?« fragte Ordway.

»Die Mishé-*Post* für den laufenden Zehn-Tag. Dann wollen wir mal schauen: ›Leiche ohne Kopf gefunden.‹ ›Die Fleischpreise fallen.‹ ›Händler Ghanum zum Ritter geschlagen.‹ ›Neues aus dem Königshaus.‹ Ah, da haben wir's! Das hier ist Alvandis Ratgeber-Kolumne. Die Leute schreiben ihr über ihre persönlichen Probleme ...«

»Moment mal!« fiel ihm Reith ins Wort. »Hieß so nicht die letzte Königin von Qirib? Die entthront und ins Exil gejagt wurde?«

»Freilich!«

»Ist dies hier die alte Yeki-Kuh selbst oder eine andere gleichen Namens? Oder ist es ein Pseudonym?«

»Wenn ich das wüßte«, sagte Fallon. »Die sind sehr geheimniskrämerisch bei der *Post*. Wahrscheinlich hält sie sich irgendwo versteckt – in Qirib gibt es nämlich eine Bewegung, die für ihre Reinthronisierung eintritt, als Galionsfigur einer konstitutionellen Monarchie. Seit Vizman sich selbst zum König ernannt hat ...«

»Vizman ist jetzt König?« unterbrach ihn Alicia und starrte ihn mit großen Augen an.

»Nun ja. Nachdem er die versprochenen Wahlen ein dutzendmal verschoben hatte, unter den üblichen Vorwänden – die breite Masse sei noch nicht reif für demokratische Wahlen; erst müßte sich die Lage stabilisieren, etcetera, etcetera – verkündete er, er werde sich dem einmütigen Wunsch der Qiribuma beugen und sich selbst zum Dour krönen. Was er dann auch tat. Nach allem, was ich höre, schlägt er sich gar nicht mal so übel als Monarch, verglichen mit anderen; so hat er zum Beispiel die Sklaverei abgeschafft. Aber wie ich ebenfalls hörte, nörgeln viele Qiribuma hinter vorgehaltener Hand, daß es wenigstens ein legitimer Monarch sein sollte, wenn wir denn schon einen haben müssen. Daher die Initiative, Alvandi zu reinthronisieren.

Übrigens mußt du mächtig Eindruck auf ihn gemacht haben, Alicia. Als er letztes Jahr zu einem Staatsbesuch hier war, fragte er mich, ob ich vielleicht eine Möglichkeit hätte, irgendwelche Bilder von dir aufzutreiben. Anscheinend besitzt er eine Sammlung alter Fotografien, und er läßt sich ein Porträt von dir nach ihnen malen.«

»Hat er nicht schon eine Frau?«

»Nein. Er ist immer noch Junggeselle. Ich weiß aus sicherer Quelle, daß er jeden Tag eine ganze Weile damit verbringt, sich deine Fotos anzuschauen. Wenn du Königin werden möchtest …«

»Laß uns das nicht weiter vertiefen«, würgte Reith ihn schroff ab, im Bewußtsein um die schmerzvollen Erinnerungen, die die Erwähnung des einstigen Präsidenten Vizman von Qirib in Alicia wachrufen würde. Ihr One-Night-Stand mit dem krishnanischen Politiker, obgleich aus idealistischen Gründen eingegangen, hatte eine nicht unerhebliche Rolle bei Reiths Weigerung gespielt, sie wieder zu heiraten. »Lies uns doch die Fragen und Antworten in Alvandis Kolumne vor. Sie werden uns einen interessanten Einblick in die einheimische Kultur geben, und vielleicht kriegen wir ja obendrein auch noch was zu lachen.«

»Okay. Verstehen deine Klienten Mikardandou?«

»Praktisch so gut wie nichts.«

»Dann werde ich versuchen, direkt zu übersetzen.« Langsam, von Zeit zu Zeit nach dem rechten Wort fahndend, las Fallon vor: »›Liebe Alvandi! Mein Verlobter möchte, daß ich diesen ekligen, perversen und unhygienischen terranischen Brauch namens *Küssen* annehme. Er weigert sich, den Hochzeitstermin festzulegen, solange ich das nicht getan habe. Wie kann ich ihn umstimmen? Gezeichnet: die Angeekelte.‹

›Liebe Angeekelte! Wahrscheinlich wird Dir das nicht

gelingen. Entweder versuchst Du, Gefallen an dem Brauch zu finden, oder Du suchst Dir einen neuen Verehrer. Den Terranern scheint das Küssen jedenfalls bisher nicht geschadet zu haben.‹

›Liebe Alvandi! Ich mache zur Zeit eine Schneiderlehre und stehe kurz vor meiner Gesellenprüfung. Nun habe ich die Torheit begangen, mich mit gleich zwei jungen Damen auf einmal zu verloben. Beim ersten Mal war die Nacht der drei Monde daran schuld, bei der zweiten hatte ich einen Pokal zuviel getrunken. Die beiden wissen zum Glück nichts voneinander. Die Väter beider Damen besitzen scharfe Schwerter. Nun habe ich die Hochzeitstermine schon so oft hinausgeschoben, daß ein Vater damit begonnen hat, in meiner Gegenwart laut darüber nachzudenken, welche Körperteile er dem Jüngling amputieren werde, der es wagen sollte, mit der Zuneigung seines kleinen Mädchens zu spielen. Der andere Vater hingegen sitzt, wenn ich zu Besuch komme, bloß stumm da, wetzt sein Schwert und starrt mich mit lodernden Augen an. Ich weiß nicht mehr ein noch aus. Was soll ich nur tun? Unterzeichnet: der In-die-Enge-Getriebne.‹

›Lieber In-die-Enge-Getriebner! Wie ich hörte, sind fahrende Schneidergesellen zur Zeit sehr begehrt in Ghulindé, der Hauptstadt Qiribs, seit einige Qiribuma es sich zur Gewohnheit gemacht haben, anstelle der traditionellen, aus einem über die Schulter drapierten und vermittelst einer Nadel gehaltnen Umschlagtuches bestehenden Tracht geschneiderte Gewänder zu tragen. Die alternative, wiewohl ein wenig unpraktisch erscheinende Lösung wäre die, mit beiden Bräuten in die Khaldoni-Lande zu ziehen, wo Bigamie legal ist.‹«

Hier wandte Alicia ein: »Wenn er diesem letzten Vorschlag folgte, müßte er peinlichst darauf achten, daß er beide Ehefrauen absolut gleich behandelt. Die Khaldonier sind in diesem Punkt sehr pingelig. Als ich seinerzeit König Ainkhists Frauen für *Frauen in einem khaldo-*

nischen Harem interviewte, beklagten sie sich zuallererst darüber, daß er, obwohl das Alpha-Männchen der Nation, sich nicht an das Gesetz halte.«

»Wollt ihr noch mehr hören?« fragte Fallon. Nachdem er sich ihres lebhaften Interesses versichert hatte, fuhr er fort: »›Liebe Alvandi! Vor achtzig Jahren freite mich mein Ehegemahl. In jenen guten alten Zeiten vermochte er, wenn ich meine Hitze hatte, es mir fünfzehn- oder zwanzigmal in einer Nacht zu besorgen. Heute schafft er es allenfalls noch drei- oder viermal. Was kann ich tun, um seine Potenz zu stärken? Unterzeichnet: Die Alte-aber-immer-noch-von-Leidenschaft-Durchpulste.‹

›Liebe Durchpulste! In seinem Alter sind drei- oder viermal wahrhaftig phänomenal. Du solltest Bákh danken und aufhören zu murren.‹

›Liebe Alvandi! Neulich abends bei einem Festmahl saß ich zwischen meinem derzeitigen Ehegespons und meinem ehemaligen Ehegespons. Da ich letzteren seit Jahren nicht mehr gesehen hatte, war ich ungeheuer begierig zu erkunden, wie es ihm in der Zwischenzeit ergangen war. Daher bestritt ich fast meine gesamte Konversation mit meinem Ex-Ehegespons, während mein gegenwärtiger Ehegespons mit grimmigem Blick dasaß. Später war mein jetziger Ehegespons sehr erzürnt: Ich solle doch tun, was ich wolle, sprach er. Ich solle ihn doch ruhig verlassen und zu dem andren zurückgehen. Doch damit nicht genug: Noch weitere Unfreundlichkeiten warf er mir an den Kopf. Jetzt schlafen wir getrennt. Was soll ich nur tun? Ich hatte es doch nicht böse gemeint! Unterzeichnet: Die Wohlmeinende.‹

›Liebe Wohlmeinende! Sobald er aus seinem Schmollwinkel wieder herauskommt, trag fortan Sorge dafür, daß du ihm bei Zusammenkünften mindestens ebensoviel Zeit widmest wie allen anderen Männern, gleich, ob Freunde, Liebhaber oder ehemalige Ehegatten.‹«

Reith murmelte Alicia auf mikardandou zu: »Damals

in Rosid, als du und die Prinzessin mich in die Enge getrieben hattet, da hätte ich Alvandis Rat gut gebrauchen können.«

»›Liebe Alvandi!‹«, fuhr Fallon fort, »›Letztes Jahr verließ mein Ehegemahl mich wegen einer anderen, worauf ich mich von ihm scheiden ließ. Und nun steht er plötzlich wieder vor der Tür und sagt, zwischen ihm und der andren Frau sei es aus. Er führt mich aus, macht mir Komplimente und begattet mich sogar; aber er sagt nicht, ob er wünscht, daß ich ihn wieder aufnehme, oder nicht. Insgeheim liebe ich ihn ja immer noch; außerdem habe ich die Erfahrung gemacht, daß gute Ehegatten nicht leicht zu finden sind. Wie kann ich herausfinden, ob er ehrliche Absichten hat? Unterzeichnet: Die Verlaßne.‹

›Liebe Verlaßne! Warum fragst du ihn nicht einfach?‹«

Fallon hob den Blick, mit einer erneuten Lachsalve rechnend. Statt dessen sah er, daß Reith und Alicia nicht ihn, sondern sich mit betretenem Blick anstarrten. Auch wenn dieser letzte Brief seine und Alicias stürmische Ehegeschichte nicht ganz getreu widerspiegelte, kam er doch zu nahe an ihren Fall heran, als daß Reith ungerührt darüber hätte hinweggehen können; und er vermutete, daß es Alicia genauso erging wie ihm.

»Oh!« sagte Fallon, der sofort spürte, daß er da ein heikles Thema berührt hatte. »Tut mir leid, aber ich ... eh ...«

»Schon gut, Tony. War wirklich ein schöner Abend«, sagte Reith und erhob sich in entschlossener Manier von seinem Platz. »Aber wir müssen zurück in unsere Unterkunft. War ein langer und anstrengender Tag heute, und der morgige wird bestimmt nicht weniger anstrengend.«

Als Reith Alicia einen Gute-Nacht-Kuß gegeben hatte und zu seinem Zimmer in der Zitadelle ging, fand er eine Nachricht unter der Tür. Sie lautete:

Die Lady Gashigi wünscht Sir Fergus morgen um die dritte Stunde zu sehen, allein und unter vier Augen. Komm zur Zimmerflucht Zwölf im Domo-Gebäude. Vernichte diese Botschaft, sobald Du sie gelesen hast.

Nach dem Frühstück verließ Reith das Gästehaus und begab sich zu Gashigis Privatquartier. Er fand sie sinnlich hingegossen auf eine Chaiselongue, angetan mit einem hauchdünnen Balzfähnchen aus lavendelfarbener Gaze.

»Fair-goß!« schrie sie. Sie sprang auf und flog ihm mit ausgebreiteten Armen entgegen. »Komm in meine Arme, du lumpiger Fremdling, du!«

Reith fügte sich in ihre im wahrsten Sinne des Wortes atemberaubende Umarmung. Es war deutlich zu sehen und zu fühlen, daß Gashigi zugenommen hatte.

»Ach, Fair-goß!« schwallte sie überschwenglich. »Ich hatte in den vergangenen Jahren Dutzende von Liebhabern, doch vermochte keiner von ihnen die Erinnerung an unsere wundervolle gemeinsame Nacht zu tilgen. Nach einem lustvollen Terraner wie dir gebrach es allen männlichen Vertretern meiner eignen Gattung an ...«

»Deine Worte sind sehr freundlich«, unterbrach sie Reith, während er fieberhaft überlegte, wie er den Vorschlag abbiegen konnte, der, wie er fürchtete, als nächstes kommen würde. Doch er kam, mit der Unausweichlichkeit einer Lawine. »Könnten wir unsere rauschende Liebesnacht von einst nicht wiederholen-noch in dieser heutigen Nacht?«

»Du wärst enttäuscht, fürchte ich. Immerhin bin ich inzwischen zwanzig Jahre älter ...«

»Papperlapapp, mein guter Fair-goß! Zwanzig Jahre älter, das bin ich fürwahr ebenfalls, und trotzdem hat meine Leidenschaft nicht ein Quentchen nachgelassen; und es ist klar zu erkennen, daß deine Augen so strahlend und deine Schritte so flott sind wie eh und je. Ich wette, du vermagst eine Dame so großartig zu beglücken wie nur irgendeiner.«

»Es gibt da gewisse Schwierigkeiten«, murmelte er, verzweifelt nach einer Ausflucht suchend. Der Gedanke, mit Gashigi zu kopulieren, war ihm zuwider.

»Ist der Grund womöglich der, daß du und die gelbhaarige Metze ein Liebespaar seid?«

»Nein, das sind wir nicht. Aber ...«

»Was hindert dich dann? Ich kann dir den Weg zu des Großmeisters Wohlwollen glätten.«

»Ist er nicht dein derzeitiger Liebhaber?«

»Na und? Er weiß, daß ich auch anderswo Vergnügen suche, und er tut gut daran, darob nicht zu nörgeln.«

»Was ist aus Khabur geworden, dem Burschen, der mich vierteilen wollte?«

»Er ist tot. Wir trennten uns schließlich – es ist schon Jahre her –, und er knüpfte Bande zu einer anderen Dame. Er ertappte sie in flagranti mit einem anderen Ritter und stach den Wüstling zu Tode. Daraufhin forderte ein Freund des Gemetzelten Khabur zum Duell heraus und tötete ihn im Verlauf desselben.«

»Ich könnte mir denken«, sagte Reith trocken, »daß angesichts einer derart hohen Sterblichkeitsrate unter den Garma die Ritter ernsthafte Schwierigkeiten bekommen könnten, ihre Anzahl zu halten.«

»Ja, das ist wohl wahr. Aber du weichst meiner Frage aus. Ich spreche es ganz klar aus: Gib mir, was ich erheische, und deine Klienten werden für die Fertigung ihres Lichtspiels unsere Unterstützung bekommen. Versag dich mir, und Yazman wird dir auch dein simpelstes Begehren abschlagen. Begreifst du den springenden Punkt?«

»Ich habe begriffen und werde es mir durch den Kopf gehen lassen.«

»Laß es dir soviel durch den Kopf gehen, wie du willst, teurer Fair-goß, aber mein Versprechen steht. Ich erwarte dich hier innert der Stunde, welche den Abschluß des heute abend stattfindenden Gastmahles markiert. Falls du nicht jetzt sofort geneigt bist ...«

»Zu meinem unendlichen Bedauern habe ich meinen Leuten bereits versprochen, eine Besichtigungstour mit ihnen zu unternehmen. Sie warten unten schon auf mich.« Unter hastigen Verbeugungen katzbuckelte sich Reith flugs aus dem Gemach, bevor Gashigi ihn erneut packen und in eine ihrer schwitzkastenartigen Umarmungen stauchen konnte.

Ein schwergeprüfter Reiseleiter schleppte sein Trio durch das Miniaturmuseum der Zitadelle und übersetzte die Erläuterungen an den Exponaten. Sodann packte er die drei in seine Kutsche und karrte sie durch die Stadt. Ordway zeigte nur wenig Interesse für die historischen Sehenswürdigkeiten Mishés; statt dessen starrte er unverwandt Alicia an und verschlang sie geradezu mit seinen Blicken. White reckte den Hals hierhin und dorthin, wobei er von Zeit zu Zeit ausrief: »Diese Straßenszene würde einen hervorragenden Shot abgeben... Die Stelle im Skript, wo Attila den Helden und die Heldin am Gemüsestand aufeinandertreffen läßt: wäre der Markt da drüben nicht der geeignete Ort dafür? Cyril, ich rede mit dir!«

Zurück in der Zitadelle, sagte White: »Ich muß mir ein paar Notizen zu dem machen, was wir gesehen haben. Cyril, komm mit und hilf mir dabei.«

Als sie gegangen waren, klopfte Reith an Alicias Tür. »Lish, hast du mal einen Moment Zeit? Ich muß was mit dir besprechen.«

»Klar; komm rein. Was bist du denn so aufgeregt?«

Unruhig mit seinen Fingergelenken knackend, schritt Reith in Alicias Zwei-Zimmer-Suite auf und ab. »Du weißt, daß ich heute morgen eine Stunde weg war? Nun, ich mußte unserer Schatzmeisterin einen Besuch abstatten; sie hatte mich sozusagen einbestellt... Nein, sie hat mich nicht verführt; aber sie hat es versucht. Also, folgendes ist geschehen...« Reith lieferte ihr eine kurze Zusammenfassung seines Gesprächs mit Lady Gashigi.

»Warum erzählst du mir das?« fragte Alicia mit eisiger Stimme.

»Weil ich dich fragen möchte, ganz ernsthaft: wenn ich ihr das geben würde, was sie verlangt, wie würdest du darüber denken?«

Alicias himmelblaue Augen weiteten sich, und mit einem lautstarken Naserümpfen brachte sie ihr Mißvergnügen zum Ausdruck. »Du lieber Himmel, was für eine Frage! Es ist mir schnurzegal, mit welcher Krishnanerin du koitierst. Ich könnte mir denken, daß ein Mann in deiner Lage sich eine solche Chance nicht entgehen läßt. Und wenn ich mich recht erinnere, hast du es mit ihr schon einmal getrieben, damals, nachdem wir… Geh doch zu ihr und bums sie, bis sie ›Genug!‹ kreischt!«

»Lish, du hast mir meine Frage nicht beantwortet. Würde es dir – ganz tief drinnen – etwas ausmachen?«

»Fergus!« sagte sie mit einer Stimme, die vor Ärger und Entrüstung nur so bebte. »Laß uns ein paar Dinge klarstellen. Du und ich waren einmal verheiratet. Später, als wir es nicht mehr waren, blieben wir noch für eine Weile ein Liebespaar. Aber all das ist lange her und Schnee von gestern. Heute sind wir weder verheiratet noch verlobt noch ein Liebespaar. Wir sind nichts weiter als gute alte Freunde – zumindest hoffe ich das – und Geschäftspartner.

Dein Sexualleben geht mich also nichts an. Ich habe ebensowenig das Recht, Einwände dagegen zu erheben, daß du diese Gashigi flachlegst, wie du das Recht hättest, mich daran zu hindern, mit Cyril Ordway ins Bett zu steigen. Also, was willst du? Und überhaupt: laß mich doch mit diesem Kram in Ruhe!«

»Du hast mir immer noch keine klare Antwort auf meine Frage gegeben. *Würde es dir etwas ausmachen?*«

»Würde es dir denn etwas ausmachen, wenn es mir nichts ausmachte?«

Ein Teil der Spannung fiel von Reith ab, und er lachte

verschmitzt. »Jetzt hast du mich in die Enge getrieben! Sagen wir mal so: es würde mein Ego schon ein wenig ankratzen. Also: Wie lautet nun deine Antwort auf meine Frage?«

Alicia hieb so fest mit der Faust auf das Nachtschränkchen, daß der Messingleuchter hüpfte. »Verdammt! Hör auf, mich zu nerven! Geh hin und fick deine fette Krishnanerschlampe, dann siehst du ja, ob mir das was ausmacht oder nicht! Du … du Alphamännchen!«

Ihre Lippen bebten, und eine Träne kullerte über ihre Wange. Reith stammelte: »Ach, Liebling!« und nahm sie in die Arme. Nachdem er sie liebevoll getätschelt und ihr über das schimmernde Haar gestreichelt hatte, wand Alicia sich frei und wischte sich die Tränen aus dem Gesicht. »Fergus Reith!« sagte sie. »Manchmal hasse ich dich dafür, daß du der einzige Mensch in der Galaxis bist, der mich zum Weinen bringen kann. Das Ganze kommt mir vor wie eine Wiederholung meiner Affaire mit Vizman, nur mit …« Sie brach mitten im Satz ab und schlug die Hand vor den Mund.

»Mit vertauschten Rollen, wolltest du sagen? Mit dem Unterschied, daß …«

Sie packte ihn bei den Armen und schüttelte ihn. »Oh, bitte, nicht! Sprich nicht darüber! Es war dumm von mir, davon anzufangen …«

Reith nahm sie erneut in die Arme und drückte sie ein paar Sekunden lang schweigend. Dann beugte er sich zu ihr hinunter und sagte: »Lish-Darling, bitte gib mir einen ehrlichen Rat, wie ich mich gegenüber diesem weiblichen Oktopus verhalten soll. Glaub mir, ich bin ungefähr so scharf auf sie, wie ich es auf irgendein Kriechtier aus dem Großen Koloft-Sumpf wäre. Allein schon bei dem Gedanken, mich von ihr küssen zu lassen, wird mir ganz blümerant zumute.

Unter diesen Umständen bezweifle ich ohnehin, daß ich sie befriedigen könnte – selbst wenn ich es mit deinem Segen täte –, was bedeuten würde, daß ihr euch euren Film abschminken könntet. Was soll ich also machen? Augen zu und durch?«

Alicia blickte zu ihm auf. »Fergus, ich habe eine ausgezeichnete Idee!«

Er ließ sie los. »Erzähl!«

»Wenn man Cyril so reden hört, könnte man glauben, er wäre Lothario, Don Juan und Casanova in einem. Wir wissen natürlich, daß das bloße Angeberei ist; aber wie wär es, wenn du eine plötzliche Erkrankung vorschützen und ihn statt deiner zu Gashigi schicken würdest?«

»Lish, du bist ein Genie! Selbst wenn er Gashigi nicht befriedigt, wird ihn das wenigstens für eine Weile von dir ablenken. Der Kerl ist so heiß auf dich, der zieht dich ja buchstäblich mit den Blicken aus, wenn er dich anguckt!«

Am nächsten Morgen erschien Ordway nicht zum Frühstück. Erst viel später, als Reith bereits im Hof war und das Anspannen der Ayas und das Verstauen des Gepäcks beaufsichtigte, tauchte er auf. Er bewegte sich, als läge er immer noch im Halbschlaf. Als er näher kam, fragte Reith ihn leise: »Na, wie war's?«

Ordway verdrehte die Augen. »Mannomann, so was hab ich noch nicht erlebt! Die Schnalle ist echt unersättlich! Wenn mir nicht irgendwann der Saft ausgegangen wär, wären wir noch immer mit ihr zugange. Ich bin schließlich nicht dieser spanische Potenzbolzen, der angeblich Tag und Nacht durchdödeln konnte, ohne eine Pause einzulegen. Wie hieß der noch? Irgendwas mit Donald June.«

»Du meinst Don Juan?«

»Ich glaub, ja. Ich hab jedenfalls mein Bestes gegeben.« Er knuffte Reith grinsend mit dem Ellenbogen in die Rippen. »Weißt du, was sie gesagt hat? Daß sie mich dir vorziehen würde, und das nicht bloß wegen meines schönen Backenbartes. Sie hat mir befohlen, unter Androhung, mich bei lebendigem Leib häuten zu lassen, sie zu besuchen und es ihr zu besorgen, wann immer wir durch Mishé kommen.«

»Wie schön für dich!« sagte Reith. »Hast du schon fertig gepackt? Wir müssen los.«

»Ach du Scheiße, ich hab ganz vergessen, daß wir ja heute abreisen! Ich beeil mich.« Ordway verschwand im Laufschritt.

Einen Moment später erschien Fallon. »Ich wollte noch schnell vorbeikommen, um mich von euch zu verabschieden.«

»Du wachst wirklich mit Argusaugen über alle Terraner in deinem Amtsbezirk, was?«

»Ich versuch's jedenfalls. Sag mal, Alter, als Alicia Dyckman damals auf Krishna war, eilte ihr der Ruf voraus, so eine Art weiblicher Kasernenhofschleifer zu sein.«

»Wer weiß davon besser ein Lied zu singen als ich?«

»Aber gestern erschien sie mir richtig nett, fast ein wenig brav. Und daß sie nach all diesen langen Jahren immer noch Single ist – aber ich vergesse: für sie ist ja nur ein Bruchteil der Zeit vergangen, die für uns verstrichen ist. Denk an meine Worte, Fergus: sie wird nicht lange solo bleiben.«

»Schon möglich. Da kommt sie ja. Gib mir deine Tasche, Alicia.«

VI
CYRIL ORDWAY

Die zweite Nacht nach ihrer Abreise von Mishé verbrachten sie in Vasabád, der drittgrößten Stadt Mikardands. Von den drei Gasthöfen Vasabáds mußten sie erst zwei abklappern, bevor sie einen fanden, wo Alicia ein eigenes Zimmer bekommen konnte. Nachdem sich alle häuslich niedergelassen hatten, klopfte er an ihre Tür. »He, Warzenschwein! Ich möchte mit den Jungs einen kleinen Spaziergang machen. Hast du nicht Lust mitzukommen?«

»Aber klar doch!«

Obwohl schon bei weitem eindrucksvoller als Qou, war Vasabád immer noch kaum mehr als eine Kleinstadt. Seine Sehenswürdigkeiten schienen nahezu erschöpft, als sie schließlich vor dem kleinen Bákh-Tempel ankamen. »Laß uns doch mal reinschauen, Fergus«, schlug White vor. »Meinst du, das geht?«

»Ich denke schon. Sie sind zwar gerade bei der Vesper, aber ich kenne den Priester, und der hat nichts dagegen, wenn wir leise sind.«

Sie fanden die kleine Gemeinde stehend vor, denn Stühle gab es nicht. Ein betagter krishnanischer Priester rezitierte die Lektion, während eine hübsche junge Altardienerin die Rezitation veranschaulichte, indem sie mit einer Triade symbolischer Gegenstände hantierte: einem Spiegel, einem Schwert und einem Gefäß mit Wasser, die sie nacheinander vom Altar herunternahm. Mit der Grazie einer Tänzerin betrachtete sie sich als erstes in dem Spiegel, dann hieb sie mit dem Schwert durch die Luft, und schließlich sprengte sie Wasser aus der Schale in die vier Haupt-Himmelsrichtungen. Ordway flüsterte: »Sag mal, Fergus, opfern die hier auch Jungfrauen bei Neumond?«

Reith schüttelte den Kopf. »Weder wenn die Monde scheinen, noch wenn sie dunkel sind; obwohl, soviel ich weiß, gab es vor einigen Jahren mal einen Kult in Balhib, der so was machte. Ich wünsch mir manchmal, die Krishnaner wären nicht ganz so zivilisiert geworden; ich kenne da ein paar Leute, die ich ganz gerne als Opfer dargebracht sähe.« Er warf Ordway einen vielsagenden Blick zu.

»Unser Drehbuch verlangt ein Menschenopfer«, fuhr Ordway ungerührt fort. »Ich hab das immer für eine törichte Verschwendung gehalten, vor allem, wenn das Opfer eine hübsche junge Frau ist.«

Reith zog eine Braue hoch. »Was hat euer Drehbuch mit dem wirklichen Krishna zu tun? Was hat Kino überhaupt mit dem wirklichen Leben zu tun?«

Ordway seufzte. »Fergus, wenn du in dem Geschäft tätig wärst, würdest du vielleicht sogar erstklassige Dokumentarfilme machen; aber wenn's darum ginge, die Leute zu unterhalten, wärst du eine absolute Niete.«

Der Priester beendete seine Lektion, deckte die heiligen Gegenstände wieder zu, sang einen Hymnus und entließ die Gemeinde. Während die Gläubigen hinausgingen, trat Reith mit seinen Terranern nach vorn. Er und der Priester gaben sich den Daumen, und Reith stellte Hochwürden Vizram seine Begleiter vor.

»Ich seh hier nichts, was wir für unseren Film gebrauchen könnten«, murmelte White, während er sich umschaute. »Hübscher kleiner Tempel, aber kein Vergleich mit dem in Mishé.«

»Einen Augenblick bitte noch, Meister Ries«, sagte der Priester. »Wie Ihr wißt, erlangt Sifads Komet heute nacht seine höchste Leuchtkraft.«

»Das hatte ich ganz vergessen«, gab Reith zu. »Der Himmel war in der letzten Zeit immer so bedeckt, daß ich diesen Kometen überhaupt nie gesehen habe.«

»Der Himmel hat sich in dem Maße aufgeklärt, wie der Abend den Tag verhüllt. Sagt mir bitte, was für eine Meinung habt ihr gelehrten Terraner von Kometen? Die Astrologen machen großes Aufhebens darob: sie sagen, sie überbrächten Botschaften von den Göttern. Einige würden den Untergang dieser Welt voraussagen; andere tausend Jahre Frieden und Überfluß. Was denkt ihr?«

»Terranische Raumschiffe«, erwiderte Reith, »haben festgestellt, daß Kometen nichts weiter sind als Steine, Staub und gefrorenes Wasser. Wir betrachten sie als Naturphänomene, nicht als Signale von den unsichtbaren Mächten.« Er hielt inne; ihm war plötzlich ein Gedanke gekommen. »Ist nicht die Plattform auf Eurem Tempel die höchste Erhebung Vasabáds?«

»So ist es. Der Kult, der den Tempel besaß, bevor wir Diener Bákhs ihn erwarben, nutzte ihn für seine astrologischen Observationen.«

Mit einem arglosen Lächeln fragte Reith: »Hättet Ihr etwas dagegen, wenn wir nach Einbruch der Dunkelheit zurückkämen, um den Kometen von der Plattform aus zu betrachten?«

»Es wird mir eine Freude sein, die Tempelpforten für Euch aufzuschließen, Meister Ries«, sagte der betagte Priester. »Bitte findet Euch binnen einer Stunde nach Roqirs Untergang hier ein und pocht dreimal an die Pforte.«

Reith übersetzte diesen Wortwechsel nicht für seine männlichen Klienten. Er war weniger daran interessiert, den Kometen zu beobachten, als einen Augenblick mit Alicia allein zu sein, obwohl er sich noch nicht schlüssig darüber war, was er ihr eigentlich sagen wollte. Als sie zurück zum Gasthof gingen, war er so sehr darin vertieft, sich kleine Reden auszudenken und wieder zu verwerfen, daß er Ordways Fehlen erst bemerkte, als sie kurz vor dem Gasthof waren und Alicia fragte: »Wo steckt eigentlich Cyril?«

»Er ist noch einmal in den Tempel gegangen«, klärte White sie auf. »Er meinte, wir sollten ruhig schon mal weitergehen; er würde den Rückweg auch allein finden.«

»Was hat dieser Trottel jetzt schon wieder vor?« knurrte Reith, von bösen Vorahnungen beschlichen.

»Da ist er!« rief Alicia. »Jemand jagt ihn!«

Ordway kam im Schweinsgalopp um die Ecke geflitzt, verfolgt von einer Meute keulen- und messerschwingender Krishnaner, die Drohungen und Verwünschungen hinter ihm her brüllten. Ordway erreichte Reith, Alicia und White knapp vor seinen Verfolgern. Er duckte sich hinter Reith und krallte sich an dessen Rockschößen fest, ihn gleichsam als Schutzschild benutzend.

Reith legte die Hand auf den Knauf seines Schwertes, aber der gesunde Menschenverstand sagte ihm, daß er besser daran tat, es nicht zu zücken. Einen oder zwei Krishnaner konnte er vielleicht noch niederstrecken, aber gegen eine solche Übermacht stand er auf verlorenem Posten. Er setzte eine gebieterische Miene auf und hob den Arm.

»Ruhe bitte!« donnerte er. Der Mob kreischte weiter: »... unsere Jungfer zart vergewaltigt ...«

»... dreckiger *Dazg* ... schindet den Barbaren bei lebendigem Leib ...«

Als Reith erneut »Ruhe!« brüllte, abermals fruchtlos, bahnte sich der alte Bákh-Priester einen Weg durch die Meute nach vorn, mit dem Schwert durch die Luft fuchtelnd, das die Altardienerin bei dem Ritual benutzt hatte. Er versuchte, an den hinter Reith kauernden Ordway heranzukommen. White und Alicia standen unschlüssig und mit besorgter Miene am Rande der Meute, die Sticheleien und Drohungen ignorierend.

Reith beugte sich hinunter zu Hochwürden Vizrams Ohr. »Sagt ihnen, sie sollen ruhig sein, damit ich erfahren kann, was geschehen ist!«

Der Priester bemühte sich, die Meute zu beruhigen – mit ebensowenig Erfolg wie zuvor Reith. Einer plötzlichen Eingebung folgend, rief Reith: »Singt!« Und er selbst stimmte den vertrauten Hymnus an:

»Vertrauet auf Bákh, der alle Dinge geschaffen;
Haltet fest am Glauben; fürchtet euch nicht ...«

Nach der ersten Zeile schloß sich der Priester ihm an. Immer mehr aus der Meute stimmten mit ein, bis schließlich alle sangen. In der Pause am Ende der Strophe rief Reith: »Wenn ihr guten Leute jetzt alle still seid, werden wir dieser Sache auf den Grund gehen. Was ist geschehen, Vater Vizram?«

Der Priester berichtete, was passiert war: »Der fleischige Terraner näherte sich meiner jüngferlichen Tochter, welche mir als Meßgehilfin dient. Er machte ihr einen obszönen Antrag in seiner terranischen Zunge. Als sie seine Wollust fliehen wollte, ergriff er sie und hätte sie gewiß geschändet, hätte ich nicht ihre Hilferufe vernommen.«

Reith zerrte Ordway hinter seinem Rücken hervor. Der Filmer ächzte: »Was – was sagt der alte Padre?«

»Erzähl mir deine Version!«

Ordway verfiel in sein breitestes Cockney. »Als ich diese affengeile Kremschnitte mit dem Schwert rumhantieren sah, fiel mir was ein, was ich mal gelesen hatte: daß nämlich im Altertum die Tempel gleichzeitig als Puff dienten. Die Mädels verdienten sich damit ihre Aussteuer. Und scharf wie ich war, frag ich sie, wie teuer wohl ein Quickie hinter dem Altar kommen würde. Da sie kein Englisch versteht und ich diese Kanakensprache nicht spreche, versuch ich's mit Zeichensprache. Als sie weggehen will, pack ich sie beim Arm, weil ich glaube, sie hat nicht kapiert, was ich will. Und dann fängt sie plötzlich an zu kreischen wie am Spieß, und sofort kommen der Alte und noch so'n paar andere Kanaken angerannt.«

Mit mühsam beherrschtem Gesichtsausdruck sagte Reith zu dem Priester: »Mein Klient war so tief beeindruckt von Eurem Gottesdienst, daß er spontan beschloß, all sein Geld dem Tempel zu spenden. Da er und Eure Tochter keine gemeinsame Zunge sprechen, kam es zu diesem bedauerlichen Mißverständnis.« Er wandte sich zu Ordway um und sagte auf englisch: »Gib ihm dein Bargeld – alles – bis auf den letzten Arzu. Keine Widerrede – oder ich laß dich von ihnen in Stücke reißen!«

Der Priester nahm das Geld entgegen, dankte Ordway und entschuldigte sich für den unglücklichen Zwischenfall. Die Menge löste sich auf und trollte sich von dannen. Als die Terraner in den Gasthof zurückkehrten, sagte Alicia plötzlich: »Fergus, ich möchte mich bei dir entschuldigen.«

»Wofür?«

»Ich hab dich einmal – damals, als wir noch ..., als ich mit auf einer deiner Touren war –, also, da hab ich dich einmal ganz böse ausgeschimpft, weil du die Unterhaltung zwischen einem deiner Touristen und einem Krishnaner falsch übersetzt hast. Das war gemein von mir, zumal ich genau das gleiche getan hab, als der Reporter vom Mishé *Defender* uns interviewte.«

»Ach? Das ist so lange her, daß ich das schon vergessen hatte.«

»Für mich ist es noch nicht so lange her! Wie auch immer, du hattest jedenfalls recht. Wenn du Cyrils Sprüche wortgetreu übersetzt hättest, würden wir jetzt allesamt tot in unserem Blut liegen.«

»Lish, ich glaube, du hast dich in zwei Jahren mehr verändert als ich mich in zwanzig! Früher hättest du nie und nimmer zugegeben, dich in irgendeiner Sache geirrt zu haben.«

»Das ist nicht das einzige, worin ich mich geirrt habe.« Sie spähte herum. »Wir sollten uns jetzt besser an unseren Tisch setzen, bevor unser Wirt die besten Stücke den anderen serviert!«

Beim Abendessen brummte Ordway: »Hör mal, Fergus, hättest du den Alten nicht wenigstens ein bißchen runterhandeln können? Jetzt bin ich total blank, bis wir wieder in Novo sind. Ich find das nicht fair …«

Reith hieb mit der Faust so hart auf den Tisch, daß die Kelche in die Luft hüpften. »Du wandelnde Dauerlatte! Du hast wohl nur Sperma im Kopf! Verdammt noch mal, ich dachte wirklich, du hättest deine Lektion im Badehaus in Rosid gelernt, aber du gehörst wirklich zu der Sorte, die nie kapieren! Wenn du so blöd bist …«

»Jetzt mach aber mal halblang! Ich laß mich von dir doch nicht …«

»Jetzt halt endlich das Maul, du verdammter Arsch! Wenn wir keinen Vertrag hätten, würde ich mich in die Kutsche setzen und abhauen und dich hier in der Pampa allein lassen, das kannst du mir glauben! Noch einen Mucks von dir, und ich mach's! Dann kannst du deinen Film allein drehen!«

Ordway fügte sich und starrte mürrisch auf seinen Teller. Es war schließlich White, der das peinliche Schweigen brach: »Cyril, ich kann dir was leihen, bis wir wieder zu Hause sind.« Er wandte sich an Reith. »Also wirklich, Fergus, ich muß schon sagen, du hast eiserne Nerven bewiesen, als du dieser Meute gegenüberstandest.«

Reith zuckte mit den Achseln. »Alles andere wäre riskanter gewesen.«

»Waren wir in echter Gefahr?«

»Das mußt du selbst beurteilen. Vor ein paar Jahren hatten wir eine Gruppe russischer Touristen. Die Reiseleiterin, Vera Juriewa, war echt okay; aber einige ihrer Gänse waren Volltrottel. Du kennst den Tempel der Muttergöttin Varzai in Mishé? Draußen vor dem Eingang steht ein Waschbecken, in dem die Gottesdienstbesucher ihre rituelle Handwaschung vornehmen können, bevor sie den Tempel betreten. Zwei von diesen

Schwachköpfen hielten das Becken für ein öffentliches Pissoir. Die Meute hetzte sie zu der Ecke, wo Vera den anderen gerade einen Vortrag hielt. Die gaben sofort Fersengeld, als sie die Meute herannahen sahen. Vera blieb stehen und versuchte zu erklären, aber der Mob schlug sie bewußtlos und ließ nur von ihr ab, weil er glaubte, sie sei tot. Sie brauchte Monate, um wieder auf die Beine zu kommen.«

Während Ordway und White in mißmutigem Schweigen aßen, kam eine neue Gruppe von Essensgästen herein und besetzte einen Tisch in der Nähe der Tür. Fünf von ihnen waren kräftig aussehende Krishnaner mit geschlitzten Kilts und Uniformjacken von halb militärischem Aussehen, die ein Zeichen trugen, das Reith unbekannt war. Der sechste Neuankömmling war ein großer, stämmiger Erdenmensch, der sich mittels falscher Antennen und Ohrenspitzen als Krishnaner verkleidet hatte. Seine Maskerade war so gut, daß die meisten, Krishnaner wie Terraner, sie erst bei genauerer Inspektion als solche zu durchschauen vermochten. Die Kluft des Mannes glich denen der anderen fünf, nur daß seine Jacke mit glitzernden Flitterplättchen bedeckt war und goldene Epauletten besaß.

»Guck jetzt nicht so auffällig hin, Lish«, zischelte Reith, »aber ich freß einen Besen, wenn das nicht mein alter Freund und Kupferstecher Enrique Schlegel ist.«

»Der Mann, von dem Tony Fallon erzählt hat? Der, mit dem du dich mal geprügelt hast?«

»Derselbe.«

»Was sollen wir tun?«

»Er scheint mich noch nicht bemerkt zu haben. Laß uns in Ruhe weiteressen und hoffen, daß das so bleibt.« Nachdem sie zu Ende gegessen und den Speiseraum verlassen hatten, suchte Reith seine krishnanischen Gehilfen auf. »Doktor Dyckman und ich wollen nach Einbruch der Dunkelheit zum Bákh-Tempel. Wir möchten, daß ihr zwei mitkommt.«

»*Ohé!*« sagte Zerré enttäuscht. »Timásh und ich haben nach dem Abendessen eine Verabredung.«

»Wie lange wird die dauern?«

»Vielleicht eine Stunde.«

»Dann wird es noch hell sein. Amüsiert euch schön, aber seht zu, daß ihr wieder hier seid, bevor es dunkel wird. Und kommt bewaffnet!«

»Meister Fergus!« protestierte Timásh. »Ich bin kein Säbelraßler, sondern ein friedlicher Shaihanhirte!«

»Bringt die Buschmesser mit, die ihr zwei immer bei euch tragt. Die sind so gut wie Halbschwerter.« Reith wandte sich wieder zu Alicia um und sagte leise: »Unsere Jungs wollen sich ein bißchen im Puff amüsieren, aber wenn alles normal läuft, dürften sie rechtzeitig wieder hier sein.«

Ordway fragte: »Was murmelt ihr da ständig auf kanakisch rum?«

»Nichts Besonderes«, antwortete Reith. »Alicia und ich gehen heute abend aus. Wenn ihr in eurem Zimmer seid, verrammelt die Tür; es treiben sich hier ein paar üble Typen rum.«

Reith und Alicia zogen sich auf Reiths Zimmer zurück und schlossen sich ein. Die nächste Stunde verbrachte Reith damit, alle bisher angefallenen Spesen und Ausgaben zusammenzurechnen, während Alicia ihre soziologischen Aufzeichnungen ordnete. Das Schweigen hing dick und schwer in der Luft wie eine Regenwolke. Schließlich blickte Reith zum Fenster.

»Es ist dunkel draußen«, sagte er. »Unsere Puffbesucher müßten eigentlich längst zurück sein.« Er trat zur Tür, öffnete sie vorsichtig und vergewisserte sich, daß die beiden Krishnaner nicht in ihrem Quartier waren.

Eine weitere halbe Stunde verstrich, und Reith wurde unruhig. Schließlich klappte Alicia ihr Notizbuch zu. »Komm, Furchtloser, was soll's! Gehen wir halt allein! Wir können deinen Burschen ja eine Nachricht hinterlassen, daß sie nachkommen sollen, sobald sie zurück sind.«

Reith schüttelte den Kopf. »Wenn es nur um mich ginge, würde ich sagen, zum Teufel mit Schlegel, und es riskieren. Aber dir kann ich dieses Risiko nicht zumuten.«

»Sei nicht so ein Angsthase! Wir haben zusammen schon in manch einer heiklen Situation gesteckt, und es ist noch immer gutgegangen. Ich nehm die hier mit.« Sie langte in die Tiefen ihrer Reisetasche und kramte eine Armbrustpistole hervor. »Außerdem, wenn wir bloß hier rumsitzen und warten, könnten Schlegels Leute die Tür aufbrechen und uns überfallen. Und wenn wir noch lange warten, glaubt Vater Vizram womöglich, wir kommen nicht mehr, und schließt wieder ab. Entweder gehen wir jetzt, oder wir lassen uns die Rechnung machen und suchen noch heute nacht das Weite!«

»Ich hasse es, den Schwanz einzuziehen und mich aus dem Staub zu machen«, knurrte Reith.

»Dann laß uns jetzt zum Tempel gehen!« Sie nahm ihre Handtasche und die Armbrustpistole. »Sivird hat mir dieses hübsche kleine Spielzeug verkauft.«

»Okay«, sagte Reith. Er hatte das unbehagliche Gefühl, daß Alicia, auch wenn sie ihre frühere gebieterische Art abgelegt hatte, es trotzdem immer noch irgendwie schaffte, ihren Kopf durchzusetzen. Sie gingen leise die Treppe hinunter und sagten dem Gastwirt, er solle Timásh und Zerré zum Tempel schicken, sobald sie zurückkämen. Von Schlegel und seiner Korona war nichts zu sehen.

Die Aussichtsplattform auf dem Tempel des Bákh war eine rechteckige Terrasse von zirka zwei mal acht Metern – mit Fliesen ausgelegt und von einem hüfthohen Geländer umgeben. Zu erreichen war sie über eine Leiter und eine Falltür. Sie war zu beiden Schmalseiten flankiert von einem mit Ornamenten verzierten Turm, der sich auf dem Schieferdach erhob und die Plattform noch um mehrere Meter überragte. Von den Rändern der Terrasse aus fiel das Dach zu allen Seiten hin ab. Schweratmend vom Aufstieg, erreichten Reith und Alicia die Plattform. Der letzte Schimmer der Dämmerung verglomm, und die Nacht hielt Einzug. Vom Firmament herab erhellte die bootsförmige Sichel des riesigen Karrim die Landschaft mit dem silbernen Glast von Terras Vollmond. Golnaz, der zweite Mond, war nicht zu sehen; der kleine weiße Sheb, der fernste von allen, erschien nur unwesentlich größer als die Venus – in einer klaren Nacht von der Erde aus betrachtet. Hoch oben am nördlichen Himmel hing der lange, bleiche Schweif von Sifads Komet, so genannt zu Ehren des gozashtandischen Astrologen, der ihn als erster aufgezeichnet hatte.

Reith und Alicia spähten schweigend zum Himmel. Schließlich sagte Reith: »Karrim geht in einer Stunde unter. Wir sollten noch warten: Der Komet wird ohne den Konkurrenten viel heller erscheinen.«

Sie setzten sich auf eine flache Steinbank und lehnten sich mit dem Rücken an das Mauerwerk eines der Türme. Während der folgenden Minuten begnügten sie sich damit, den Anblick des himmlischen Schauspiels zweier Monde, eines Kometen und der funkelnden Sterne zu genießen. Dann und wann schwirrte ein nächtlicher Aqebat auf der Jagd nach Beute über sie hinweg.

Als Karrim sich dem Horizont näherte, legte Reith den Arm um Alicia und küßte sie. Sie erwiderte seinen Kuß warm und zärtlich. Er räusperte sich und sagte stockend: »Lish … eh … ich habe nachgedacht.«

»Ja? Und?«

»Nun … eh … ich würde gern mehr über deine Zukunftspläne erfah …«

»Was war das?« fragte Alicia und fuhr plötzlich hoch. Jemand kam die Leiter heraufgeklettert.

»Vielleicht sind's die Jungs«, sagte Reith.

»Vielleicht aber auch nicht!« Sie sprang auf. »Wir halten den Deckel lieber zu, bis wir ganz sicher sind!«

Alicia ging zu der Falltür, Reith folgte ihr im Abstand von einem Schritt. Bevor sie sie jedoch erreichten, flog sie auf, und Enrique Schlegel tauchte auf, sein Schwert in der Hand. Vier bewaffnete Krishnaner folgten ihm.

»Sie sind doch Reith, nicht wahr?« knurrte Schlegel. Sein Englisch hatte einen harten Akzent.

Reith hatte inzwischen sein eigenes Schwert gezückt. »So heiße ich. Und?«

»Stimmt das, was ich höre, nämlich, daß Sie ein führender Repräsentant einer terranischen Filmgesellschaft sind, die auf dieser Welt ein Lichtspiel drehen will?«

»Ja, das stimmt. Und?«

»Das kann ich nicht zulassen.«

»Und wer zum Teufel ...«

»Ich bin der Hüter der ursprünglichen Kultur der krishnanischen Eingeborenen! Ich kenne euch Kinoleute! Ihr werdet eine schändliche Posse aus dem Leben auf Krishna machen – und die Krishnaner zum Gespött der Terraner. Wenn der gemeine Hieb, den Sie mir in Mishé versetzt haben, nicht schon Grund genug wäre ...«

Schlegel stürmte vorwärts und bellte auf mikardandou: »Ergreift ihr die Metze! Ich werde mir den Barbaren vornehmen!«

Er holte zu einem wütenden Streich gegen Reith aus, während die vier Krishnaner auf Alicia losstürmten. Ihre Armbrustpistole machte *twang*, und der vorderste Krishnaner ging mit einem Jaulen zu Boden.

Reith parierte Schlegels Hieb und konterte mit einem blitzschnellen Stoß auf Schlegels breite Brust. Ein Kettenhemd unter der Jacke des Kulturhüters ließ den Stoß wirkungslos abprallen.

Schlegels restliche drei Spießgesellen stürzten sich

auf Alicia. Da sie keine Zeit mehr hatte, die Armbrustpistole neu zu spannen, eine Aufgabe, die erhebliche Muskelkraft erforderte, empfing sie den ersten Angreifer mit einem wuchtigen Handtaschenschwinger. Die Tasche erwischte den Krishnaner voll in seinem platten Gesicht, verbunden mit einem satten *klatsch!* Krishnanerblut, schwarz glänzend im Mondenschein, spritzte auf, während der Getroffene, von der Wucht des Schlages zurückgeworfen, gegen das Geländer krachte. Seine Beine hingen noch einen Moment wild zappelnd in der Luft, dann war er von der Bildfläche verschwunden. Ein ratterndes Schaben war zu hören, als er das Schieferdach hinunterrutschte, dann ein entsetztes Kreischen, und kurz darauf ein dumpfer Aufschlag.

Die zwei übriggebliebenen Angreifer griffen mit ihren Händen nach Alicia, noch bevor sie die Handtasche erneut kreisen lassen konnte. Sie entwanden ihr die Tasche und die Pistole und versuchten sie zu bändigen, aber sie trat und kratzte und keilte wie eine Wilde.

Unterdessen lieferten sich Reith und Schlegel ein verbissenes Gefecht. Angriff und Parade, Gegenangriff und Gegenparade, Streich und Gegenstreich, Stoß und Gegenstoß – der Kampf wogte wild hin und her, keiner von beiden gab auch nur einen Fußbreit nach. Reith hatte schnell erkannt, daß sein Gegner weniger versiert im Schwertkampf war als er selbst, aber dieses Handikap machte er mit seiner immensen Körperkraft und seinem leichten Panzer wieder wett.

Die Schwerter wirbelten und kreisten, blitzten im Mondlicht, schlugen funkensprühend und mit hartem, häßlichem Klirren gegeneinander. Das furiose Tempo, mit dem der Kampf geführt wurde, ließ erst ein wenig nach, als die Kräfte beider Kontrahenten zu erlahmen begannen.

Einer der Krishnaner schrie: »Meister! Erteilet uns die Erlaubnis, diese Teufelin zu töten! Sie hat mir ins Gemächte getreten!«

»Ihr sollt sie nur festhalten!« keuchte Schlegel, der seit seinem beschwerlichen Aufstieg zur Plattform nicht mehr zu Atem gekommen war.

»Die *Kargán* hat mich ins Auge gestochen!« kreischte der andere Krishnaner. »Mich deucht, ich bin halb geblendet!«

»Haltet sie fest, bis ich mit diesem Terraner fertig bin!« schnarrte Schlegel. »Dann soll sie ihre gerechte Strafe zahlen!«

Einen kurzen Augenblick lang standen sich Reith und Schlegel regungslos gegenüber, mit gekreuzten, aber auf Abstand gehaltenen Klingen hielten sie einander in Schach. Beide rangen nach Atem. Schweißperlen standen auf Schlegels Stirn, und Reith vermutete, daß es bei ihm nicht anders aussah.

»Da kommt jemand!« schrie einer der Krishnaner.

Hinter Schlegel sah Reith eine Bewegung im Halbdunkel, aber er hatte keine Zeit, genauer hinzuschauen. Schlegel stürzte sich ihm wieder in einer wütenden Attacke entgegen und versuchte, Reiths Deckung durch die schiere Wucht seines Angriffs zu durchbrechen. Reith ließ den Stoß mit einer geschmeidigen Körperdrehung ins Leere laufen und zielte seinerseits auf Schlegels Gesicht, da der Oberkörper des Wüterichs durch das Kettenhemd weitgehend geschützt war. Nach zwei, drei erfolglosen Versuchen stieß er schließlich durch und schlitzte ihm die Wange auf.

»Du Schurke!« ächzte Schlegel auf deutsch; Blut quoll aus der Wunde, und im Nu war seine ganze linke Gesichtshälfte verschmiert. Im Hintergrund hörte Reith die Stimmen von Alicia, Timásh und Zerré, begleitet von dem kernigen Geräusch, das Messer machen, wenn sie in Fleisch dringen. Dann vernahm er Schreie, Ächzlaute und das dumpfe Geräusch von Körpern, die auf Stein klatschen. Gleichzeitig erscholl ein markiges *Dong!*. Schlegel torkelte zur Seite, ließ sein Schwert fallen und kippte über das Geländer wie schon der erste Krishnaner.

Alicia stand völlig zerzaust im Mondlicht, ihre Handtasche beim Tragegurt haltend. Hinter ihr beugten sich Timásh und Zerré über die drei Krishnaner und gaben dem einen, den Alicia mit einem Pfeil aus ihrer Armbrustpistole verwundet hatte, den Rest.

Wie Reith mit einem kurzen Blick erkannt hatte, als seine Hirten aus der Falltür aufgetaucht waren, hatten die beiden Krishnaner, die Alicia festgehalten hatten, versucht, sich zu verteidigen, ohne Alicia dabei loszulassen. Dadurch hatten Timásh und Zerré natürlich leichtes Spiel mit ihnen gehabt. Alicia hatte sich sofort von ihnen losgerissen, ihre Handtasche geschnappt und sie Schlegel von hinten seitlich gegen den Kopf geknallt.

Nachdem Reith sich vergewissert hatte, daß die Angreifer tot waren, wischte er seine Schwertklinge an der Kleidung eines von ihnen ab, steckte sein Schwert zurück in die Scheide und nahm Alicia in die Arme. Schließlich starrte er seine krishnanischen Bediensteten mit strengem Blick an.

»Und wo wart ihr, meine feinen Burschen, als wir in höchster Bedrängnis steckten?«

Timásh und Zerré senkten den Kopf und scharrten verlegen mit den Füßen. Zerré sagte schließlich kleinlaut: »Wir bitten tausendmal um Vergebung, Sir Fergus. Es war falsch von uns, ich weiß. Wir hatten erwartet, von zwei Damen bedient zu werden, doch weh! Als wir ankamen, fanden wir lediglich eine vor. Also ... eh ...«

»Wechseltet ihr euch ab«, vollendete Reith. »So, und jetzt macht euch an die Arbeit. Dieser Strolche hier haben wir uns zwar entledigt, aber es waren noch andere dabei. Doktor Dyckman hat zwei vom Dach gehauen.«

»Terranerinnen müssen mörderische Geschöpfe sein«, murmelte Timásh.

»Die, von denen Ihr sprecht, sahen wir nicht«, sagte Zerré. »Aber wir fanden einen, der an der Tempeltür Wacht hielt. Als er uns den Zutritt verwehren wollte, erlegten wir ihn wie einen Unha für die Schmorpfanne.«

Reith durchsuchte die toten Krishnaner. »Werft die hier über das Geländer, auf daß sie hinunter auf die Straße fallen. Nehmt ihnen ihre Waffen ab und folgt mir. Ich werde hinuntersteigen, um zu schauen, was aus denen geworden ist, die wir vom Dach geklopft haben.«

Im Tempelgarten fanden sie den fehlenden Krishnaner stöhnend und mit verdrehten Beinen im Gesträuch liegen. Der Priester und seine Tochter liefen hilflos und händeringend herum.

»Sir Fergus!« schrie Hochwürden Vizram. »Was ist geschehen? Welch grausiges Blutbad hat meinen heiligen Tempel entweiht?«

Reith berichtete, was er wußte. Vizram sagte: »Ich flehe Euch inständig an, tötet diesen armen Wicht mitnichten, und mag er noch so ein Schurke sein! Es ist des Gemetzels schon wahrlich genug!«

»Ich werde ihn nicht töten«, sagte Reith. »Schon allein deshalb, weil wir ihn morgen als Zeugen brauchen werden, der für uns aussagt, sollten wir eines Verbrechens bezichtigt werden. Helft uns, ihn hineinzutragen; ich verstehe genug von Erster Hilfe, um zumindest seine Beine wieder zu richten. Danach schicke ich meine Männer aus, den Wachtposten zu finden und die Leichen einzusammeln. Wo ist der *Ertsu*, der sie angeführt hat? Auch er ist vom Dach gestürzt.«

Eine rasche Durchsuchung des Geländes förderte keinen Schlegel zutage, sondern lediglich einen plattgewalzten Strauch, in dem der Terraner sein mußte. »Dupulán läßt die Seinen nicht im Stich«, grunzte Reith mürrisch. »Ich wette, der Kerl hat sich nicht mal den Fuß verknackst.«

Als Reith und Alicia im Gasthof die Treppe hinaufstiegen, erschienen White und Ordway. Als sie den Reiseleiter im Licht der Lampe betrachteten, rief White erschrocken: »Fergus, deine Hände sind ja ganz voller Blut! Was ist passiert?«

Und Ordway rief mit Blick auf Alicia: »Mein Gott, was habt ihr zwei denn bloß angestellt? Hat Fergus dich verprügelt, Alicia? Ich bin wahrlich kein Held, aber ich werde nicht tatenlos mitansehen, wie jemand eine weiße Frau mißhandelt...«

»Wir hatten lediglich eine kleine Auseinandersetzung«, fiel ihm Reith ins Wort. »Wir mußten ein paar Leute töten, das ist alles. Alicia hat sich bei dem Kampf ein paar blaue Flecken eingehandelt, aber gebrochen ist nichts.«

White und Ordway tauschten entsetzte Blicke aus. »Ihr mußtet ›ein paar Leute töten‹, einfach mal eben so!« ächzte Ordway. »Menschen oder Krishnaner?«

»Sowohl als auch; aber der Terraner ist mit dem Leben davongekommen. Die Toten sind vier Krishnaner; ein weiterer ist schwer verletzt. Für die Typen werd ich nicht mal eine Kerbe in meinen Schwertgriff ritzen.«

»Cyril«, sagte White, »ich glaube, wir sollten ab sofort unsere Worte ganz sorgfältig wählen, wenn wir mit Mister Reith sprechen. Und was passiert jetzt, Fergus?«

»Kann sein, daß wir jetzt zwei oder drei Tage später nach Novo zurückkommen als geplant«, antwortete Reith. »Ich muß morgen zum Gericht und den Richter davon überzeugen, daß es Notwehr war.«

»Könnte es passieren«, fragte White, »daß wir hier festsitzen, während du im Knast rumhängst und auf den Kerl mit der schwarzen Maske und der Axt wartest?«

Reith zuckte mit den Schultern. »Ganz sicher kann man da nie sein, aber es ist nicht sehr wahrscheinlich. Die Krishnaner sehen Mord und Totschlag unter Terranern ziemlich locker. Sie stehen auf dem Standpunkt: wenn Erdlinge andere Erdlinge um die Ecke bringen, dann ist das ihr Bier. Und jetzt entschuldigt uns; wir müssen uns waschen.«

Auf ihrem Zimmer angekommen, ließ Alicia ihre Handtasche mit einem schweren, dumpfen *Plop!* auf den Boden fallen, zog ihr Hemd aus und begutachtete mit kummervollem Blick ihr Gesicht und ihren Körper im Spiegel. »Oje!« seufzte sie. »Da hab ich mir aber ein paar schöne Prellungen zugezogen! Das blaue Auge kann ich mit Make-up ja noch einigermaßen kaschieren, aber die aufgeplatzte Lippe krieg ich beim besten Willen nicht weggeschminkt!«

»Bis wir wieder in Novo sind, ist das alles längst verheilt«, tröstete sie Reith. Er hob Alicias Handtasche vom Boden auf und wog sie prüfend in der Hand. »Was hast du denn da drin, Lish? Ein Bügeleisen?«

Sie öffnete die Handtasche und zog einen dicken, prall gefüllten Lederbeutel heraus. Reith befühlte ihn. »Münzen?«

Sie nickte. »Kann einem bei aufgeblasenen Männchen manchmal gut zustatten kommen.«

»Kein Wunder, daß du die Kerle damit vom Dach gekloppt hast! Ich glaub, ich sag besser Gute Nacht, bevor du am Ende noch auf die Idee kommst, das Ding an mir auszuprobieren!«

Das gemächliche Tempo des krishnanischen Gerichtswesens brachte sie um zwei Tage in Verzug. Die Folge war, daß sie das Dorf Zinjaban in der im Westen gelegenen gleichnamigen Provinz eine Woche nach ihrer Abreise aus Mishé erreichten. Da es in dieser Region weniger regnete als in den mittleren und östlichen Landesteilen Mikardands, war die Landschaft recht kahl, nur spärlich bewachsen mit den typischen vielfarbigen Kräutern und Gräsern Krishnas. Bäume, wie überall auf Krishna mit knallig bunten Stämmen, wuchsen lediglich an Bachläufen, und hier und da kauerten Dornenbüsche in dichten Gruppen auf dem kahlen braunen Boden. Je weiter sie nach Westen kamen, desto mehr verblaßten die grellen Farben der wasserreichen östlichen Provinzen zu fahlen Grau- und Grüntönen.

Das Dorf besaß einen einzigen winzigen Gasthof. Reith meldete seine Gruppe an und mußte dann entdecken, daß der erste Stock lediglich drei Schlafzimmer aufwies: ein großes, das vom Wirt und seiner Familie belegt war, sowie zwei kleine Gästezimmer, jedes mit einem Doppelbett ausgestattet.

Bis dato hatte Reith für Alicia stets ein Einzelzimmer bekommen können. Timásh und Zerré richteten sich unten im Schankraum ein, und Ordway und White verzogen sich mit ihren Koffern in eines der beiden zur Verfügung stehenden Schlafzimmer.

Reith und Alicia blieben vor der Tür des letzten freien Zimmers stehen. Sie warf einen Blick ins Innere, dann schaute sie ihn mit einem rätselhaften Ausdruck in ihren klassischen Zügen an. Reith glaubte wahrzunehmen, daß sie ein wenig blaß unter ihrem Make-up geworden war, aber er vermochte nicht zu sagen, ob ihr Gesichtsausdruck Angst oder Freude, Hoffnung oder Furcht widerspiegelte.

Einen Augenblick lang fühlte er sich wie auf eines Messers Schneide, hin und her gerissen zwischen widerstreitenden Gefühlen. Das Männertier in ihm drängte ihn in die eine Richtung, während seine angeborene Vorsicht und der Verdacht, daß noch nicht alle von Alicias Fangzähnen gezogen waren, ihn in die andere Richtung trieben. Sein neopuritanisches Gewissen warnte ihn, daß in dem Augenblick, da sie zusammen ins Bett gehen würden, die Bruder-Schwester-Beziehung, die er so sorgfältig kultiviert hatte, weniger Überlebenschancen als ein Schneeball im Hishkak haben würde.

In dem Moment lugte Ordway aus seiner Tür, ein schmierig-geiles Grinsen im Gesicht. Alicia warf dem Produktionsleiter einen angewiderten Blick zu und sagte dann kühl: »Fergus, wir müssen was klarstellen ...«

»Mir ist es schon klar«, sagte Reith; er glaubte, aus ihrer Stimme eine der seinen ähnliche Unschlüssigkeit herauszuhören. »Mach dir wegen mir keine Gedanken. He, Zerré!«

»Ja, Herr?« Der Krishnaner spähte von unten die Treppe herauf.

»Sei bitte so gut und reich mir meinen Schlafsack hoch.«

Reith trat in das Schlafzimmer von Ordway und White und warf seinen Schlafsack auf den Fußboden. »Was ist los, Mann?« fragte Ordway überrascht. »Pennst du etwa bei *uns?*«

»Ja.«

Ordway schüttelte den Kopf. »Entweder hast du einen an der Waffel, Kumpel, oder du bist ein verklemmter Neo-Puritaner.«

»Nenn es eine Mischung aus beidem«, sagte Reith, während er ein vielbeiniges Krabbeltier zertrat, das quer durch den Raum trippelte.

Schon jetzt hätte er sich dafür ohrfeigen können, daß er diese günstige Chance vergeben hatte, die sonderbare Beziehung zu seiner einstigen Ehefrau zu klären, nach der sein Verlangen mit jedem Tag wuchs. Aber er war zu stur, um seine Blitzentscheidung zurückzunehmen, und viel zu sehr auf seine Würde bedacht, um Ordway irgendwelche Munition für anzügliche Witze und Sticheleien zu liefern. Hinzu kam, daß er es haßte, Wichtigtuern wie Strachan und Fallon, für die die romantische Wiedervereinigung zwischen ihm und Alicia schon längst beschlossene Sache war, Wasser auf ihre Mühlen zu gießen.

Am nächsten Morgen begaben sich Reith und White auf die Suche nach geeigneten Drehorten. Alicia sagte, sie sei müde und wolle ein paar Kleidungsstücke flicken. Ordway ließ sich ebenfalls entschuldigen, mit der Begründung, er würde es niemals lernen, auf einem sechsbeinigen Gnu zu reiten. Reith befahl seinen krishnanischen Helfern, drei Ayas zu satteln, so daß Timásh mitkommen könne, sollte unterwegs irgend etwas Unvorhergesehenes passieren.

Die drei folgten dem Lauf des Khoruz ein Stück stromabwärts und prüften verschiedene Landschaften auf ihre Brauchbarkeit als Drehort. Am Nachmittag arbeiteten sie sich vom Dorf aus in die andere Richtung, stromaufwärts, vor.

Der Location Manager, der sich häufig Notizen machte und Fotos mit seiner Hayashi-Ringkamera schoß, hatte sich inzwischen zu einem ganz passablen Aya-Reiter gemausert. Die Krishnasonne hatte seine blasse Haut kräftig gebräunt, und er konnte sogar schon auf mikardandou grüßen.

Als sie in den Gasthof zurückkehrten, verkündete White, er habe mehrere gute Drehorte gefunden. Am nächsten Tag sagte Alicia zu Reith: »Ich komme heute mit, Fergus. Ich habe keine Lust, noch einmal einen ganzen Tag mit unserem Haus-Erotomanen allein zu verbringen.«

»Was? Hat der Drecksack ...«

»Nein, nein, er hat mich nicht angerührt. Aber er glotzt mich ständig mit seinem lüsternen Blick an und sagt Sachen wie: ›Wenn dein dürrer Ex keine Eier hat – es gibt andere, die haben welche!‹ Oder: ›Wenn das alles ist, was er drauf hat, dann wundert mich nicht, daß du ihm den Laufpaß gegeben hast!‹«

Reith ballte die Fäuste und knirschte: »Dem schlag ich seine blöde Fresse ein, diesem verdammten geilen Bock! Und dann spring ich auf ihm rum, bis er Mus ist, mit meinen Bergsteigerstiefeln, die mit den Hufnägeln! Und wenn ich damit fertig bin, dreh ich ihn durch ...«

»Nein, nicht doch! Er meint es ja nicht wirklich böse. Er ist halt einfach nichts weiter als ein ordinärer, aufdringlicher kleiner Großkotz, der sich für Bákhs Geschenk an die Frauen hält und findet, sie hätten das Erlebnis ihres Lebens verpaßt, wenn sie sich von ihm nicht fi – 'tschuldigung – besteigen lassen. Also zieht er das Thema bei jeder Gelegenheit an den Haaren herbei, notfalls an den Schamhaaren. Ich habe keine Angst vor ihm, aber er geht mir fürchterlich auf den Zeiger. Also, wenn du ihn unbedingt verhauen willst, warte wenigstens noch solange damit, bis der Film fertiggedreht ist und du dein volles Honorar gekriegt hast.«

»Okay; aber ich finde trotzdem, ausgestopft würde er sich besser machen. Und ich wäre liebend gerne der Präparator.«

Sie überquerten den Khoruz an der Furt in der Nähe des Dorfes und folgten der Straße nach Balhib, die sich durch den zerklüfteten Qe'bas schlängelte, bis sie Burg Kandakh sichteten. Sie thronte eindrucksvoll auf ihrer elefantengrauen Felsspitze; blau-orangefarbene Wimpel flatterten auf ihren Zinnen, und die Zugbrücke war heruntergelassen. Eine Trompete schmetterte einen Tusch, als die Reiter in den Innenhof geritten kamen. Reith begrüßte den Kommandanten, einen gewissen Sir Litáhn, mit steifer Förmlichkeit und überreichte ihm das Empfehlungsschreiben des Großmeisters.

Sir Litáhn rief einen Ritter mit falschem giftgrünen Bart zu sich und trug ihm auf, mit den Neuankömmlingen einen Rundgang durch die Burg zu machen. Als White die Schießscharten und die anderen Verteidigungsanlagen sah, geriet er vor lauter Aufregung richtig ins Schwärmen. »Besser könnten wir's gar nicht antreffen!« jubelte er. »Absolut fotogen, das Ganze! Der Traum jedes Kameramanns! Sag mal, Fergus, bei den langen Tagen, die sie hier haben, ist der Vormittag doch noch nicht mal zur Hälfte um. Ob es hier wohl noch irgendwas anderes gibt, das wir sehen sollten?«

Reith dachte nach. »Ein paar Hoda westlich von hier wohnt ein krishnanischer Freund von mir. Reiten wir doch zu ihm rüber und sagen guten Tag.«

Unter den gleißenden Strahlen der gelben Sonne ritten sie in gemächlichem Trab auf der Trans-Qe'ba-

Straße Richtung Westen. Als sie schließlich in Schritt übergingen, um den Ayas die Möglichkeit zum Verschnaufen zu geben, erklärte Reith: »Yekar bad-Sehr ist ein Vetter von dem Rancher Sainian, dessen Land südöstlich von hier liegt. Auf seiner Ranch habe ich seinerzeit dabei geholfen, das Fossil eines Reptils zu entdecken, von dem es heißt, es sei ein bedeutendes Bindeglied in der Evolutionskette. Erinnerst du dich noch daran, Lish?«

»Wie könnte ich das je vergessen! Was macht dieser Yekar?«

»Führt eine Shaihanranch, wie die von Sainian, nur kleiner. Ich hab mir mal überlegt, ob er und ich nicht vielleicht zusammen eine Ferien-Ranch aufmachen sollten. Könnte ein interessantes Erlebnis für reiche terranische Städter sein. Yekars Land liegt auf einstigem Balhibo-Territorium. Aber als die Qaathianer Balhib eroberten, riß sich der verstorbene Großmeister den Qe'ba-Gebirgszug unter den Nagel. Und so kam es, daß Yekar eines schönen Abends als Balhibo ins Bett ging und am nächsten Morgen als Mikardandu aufwachte.«

Westlich der Qe'bas trug die wellige Ebene einen schmutzig-dunklen Mantel aus karger Vegetation in matten Grün-, Braun- und Grautönen. Yekar, der, wie sich herausstellte, ein jüngerer Vetter von Sainians Frau war, begrüßte die Ankömmlinge herzlich, und seine Frau tischte ihnen ein Mittagessen auf, das für einen hungrigen Yeki ausgereicht hätte. Als Reith ihn fragte, was es an Neuigkeiten zu berichten gäbe, erwiderte der Rancher: »Bei den Qaathianern braut sich irgendwas zusammen. An klaren, windstillen Tagen sehen wir hinter der Grenze manchmal ferne Staubwolken. Ich schätze, sie halten Kavalleriemanöver ab.«

»Weißt du irgendwas Genaueres?«

»Nein. Seit einem Jahr halten sie die Grenze dicht abgeschottet, bis auf ein paar scharf bewachte Übergangsstellen. Und die neuen Zäune, die sie errichtet haben, sind bishtar-stark, shomal-hoch und burha-fest. Ihre Patrouillen reiten diese Zäune Tag und Nacht ab. Deshalb dringen nur wenige Nachrichten zu uns durch.«

Zurück in Zinjaban, wurden sie von Ordway gleich nach dem Absitzen mit den Worten in Empfang genommen: »Ich wette, ihr habt euch alle einen Wolf geritten. Und? Wie war's, Jack? Fündig geworden?«

»Und wie!« sagte White. »Die Burg ist Spitzenklasse – genau das, was wir brauchen. Sehr eindrucksvoll – was die Optik betrifft.«

»Meinst du, wir sind hier fertig?«

»Ich denke schon.«

»In dieser lausigen kleinen Kaschemme können wir die Crew natürlich nicht vollständig unterbringen«, fuhr Ordway fort. »Wir müssen also Zelte auftreiben, Campingklos und dergleichen. Sag mal, Fergus, kommen wir auf dem Rückweg durch Mishé?«

»Nein. Es ist schneller, wenn wir erst den Khoruz stromabwärts bis zum Zusammenfluß mit dem Pichidé reiten und dann dem Pichidé bis Novo folgen. Es bringt uns nichts, wenn wir den Umweg durch Mikardand machen – ebensowenig natürlich auf dem Rückweg hierher mit der Crew.«

»Schade! Ich hätte so gerne noch einmal mein Glück bei der Schatzkanzlerin versucht, der hübschen Gashigi.«

»Du wirst deine Chancen noch bekommen«, sagte Reith trocken.

»Wie sollen sich unsere Leute in Zinjaban sauber halten? Manshu hat in seinem versifften Gasthof ja nicht mal 'ne Badewanne.«

»Sie werden sich halt mit dem Fluß begnügen müssen, wie es die Einheimischen auch tun.«

»Aber tummeln sich in dem Fluß nicht diese menschenfressenden Seeschlangen – oder sollte ich besser sagen: Flußschlangen? Wie heißen die Viecher noch? Abfall oder Arschwal oder so ähnlich.«

»Ach, du meinst die Avvale! Das sind eigentlich eher so eine Art Riesenaale. Keine Angst, so weit flußaufwärts kommen die nicht; sie ziehen tiefere Gewässer vor.«

Ordway seufzte. »O je, das kann ja heiter werden! Baden im Fluß! Ich hab seit Vasabád nicht mehr gebadet und hab das Gefühl, ich stink wie ein Iltis. Ich bestehe ja nicht drauf, jeden Tag ein Bad zu nehmen, wie ihr Amerikaner, aber ich glaube, wir könnten mittlerweile alle eins brauchen.«

»Gute Idee«, sagte Reith. »Ich sag Manshu, er soll mit dem Abendessen noch warten, und wir treffen uns dann in einer Viertelstunde an der Furt, mit Seife und Handtüchern.«

Ordway sah Alicia scharf an, und seine Pupillen weiteten sich. »Du meinst – sie auch?«

»Ich bin eine alte Krishna-Häsin, Cyril«, sagte Alicia streng. »Wir machen uns nichts daraus, und das Gleiche erwarte ich von dir.«

Die untergehende Roqir tauchte das Wasser in rötliches Licht, als die Reisenden sich an der Furt versammelten, in Ermangelung von Bademänteln in Regenmäntel gehüllt. White sagte beunruhigt: »Sollten die Männer und Alicia nicht besser getrennt baden, aus Gründen der Schicklichkeit?«

Reith blaffte: »Alicia und ich haben schon öfter zusammen gebadet, als ich zählen kann. Aber wenn's dich glücklich macht, dann wasch dich unterhalb der Furt, und Alicia und ich waschen uns oberhalb.«

»Und ich?« fragte Ordway. »Wo soll ich baden?«

»Wo du willst.«

»Das Wasser sieht ziemlich schmutzig aus«, mäkelte White.

»Sie hatten erst kürzlich heftige Regenfälle hier; deshalb ist der Fluß so hoch. Aber wir werden trotzdem sauberer rauskommen, als wir reingegangen sind.« Reith und Alicia zogen ihre Mäntel aus und stapften entschlossen in die Furt und wateten dann ein Stück stromaufwärts in tieferes Wasser. Hinter sich hörten sie White und Ordway leise über das kalte Wasser nölen.

Während er sich einseifte, merkte Reith plötzlich, daß Ordway ihn auffällig begaffte. Mit einem schelmischen Grinsen sagte der Engländer: »Wie ich sehe, hast du doch welche.«

»Hab ich *was?*«

»Na, du weißt schon! Ich dachte nämlich, du hättest keine mehr ...«

Reith preßte wütend die Lippen zusammen. Nachdem er seinem wachsenden Verlangen nach Alicia bisher so mannhaft widerstanden hatte, brauchte er solche Sticheleien nun wahrhaftig nicht auch noch.

Doch Ordway, einmal in Fahrt, schwallte, boshaft wie er war, munter weiter: »Das Problem bei dir ist, alter Junge, du läßt deinen natürlichen Instinkten keine Chance – immer vorausgesetzt, du hast überhaupt natürliche In – *aaaaaiiih!*«

Mit einem gellenden Schrei schoß Ordway fast aus dem Wasser und stapfte panikartig unter wildem Planschen Richtung Ufer. »Ein Arschwal hat mich gebissen!« kreischte er. »Mich hat's erwischt!«

Ein blonder Kopf tauchte in diesem Moment aus dem Wasser auf, einer Rheinjungfer gleich, die aus den Tiefen des Stromes emporsteigt, den Diebstahl des Rheingoldes zu beklagen. Alicia stand auf, spie prustend Wasser aus und hielt sich an Reiths Schultern fest, um nicht umzukippen – so heftig schüttelte sie sich vor Lachen.

»Sag mal, hast du dem alten Priapus ins Bein gebissen?«

»Da kannst du aber einen drauf lassen! Soweit kommt das noch, daß dieser ... dieser Mikroorganismus sich über deine Männlichkeit lustig macht! *Darüber* könnte ich ihm ein paar Takte erzählen! Ich hab mir gedacht, daß er mich in diesem trüben Wasser nicht sehen kann, wenn ich mich von unten an ihn ranpirsche.«

»Darling!« sagte Reith und schloß sie in die Arme. »So was wie dich gibt's nur einmal auf zwei Planeten!« Nach einem herzhaften Kuß löste er sich wieder von ihr. »Aber wir sollten uns jetzt besser weiter waschen und rausgehen!«

Ordway war verschwunden, aber seine Schreie waren immer noch zu hören. Gleich darauf tauchten, angelockt von dem Tumult, ein Dutzend Krishnaner an der Furt auf, mit Jagdspeeren, Äxten und anderen Mordwerkzeugen bewaffnet. Ordway hüpfte schreiend und mit dem Finger Richtung Fluß fuchtelnd zwischen ihnen herum, so wild, daß seine Wampe auf und ab schwappte. Er hörte erst auf mit seinem Getobe, als Reith und Alicia Hand in Hand aus dem Wasser gewatet kamen und zu dem Rettungskommando traten.

»Er ... er hat euch nicht g-gebissen?« stammelte er.

»Da war gar keiner«, sagte Reith. »Es war bloß dein schlechtes Gewissen.« Mit ein paar Worten auf mikardandou erklärte er den Krishnanern, was passiert war, worauf diese in ihr kollerndes Krishnalachen ausbrachen und sich kopfschüttelnd trollten.

Vier Tage nach der Abreise aus Zinjaban erreichte die Gruppe Rimbid am Nordufer des Pichidé. Reith spähte verstohlen umher, ob womöglich Sári irgendwo in der Nähe war, sein hiesiges Bedarfs-Herzblatt. Zu seiner großen Erleichterung kreuzte sie jedoch nicht auf. Noch so eine Begegnung wie die bereits überstandenen mit Vázni und Gashigi wären einfach mehr, als er vertragen konnte.

Als sie eingekehrt waren, sagte Alicia mit einem Seufzen: »Na, wenigstens brauchst du heute nacht nicht auf dem Fußboden zu schlafen.«

»Nein«, sagte Reith, und seine Lippen kräuselten sich zu einem heimlichen Schmunzeln. »Die Jungs und ich haben das große Zimmer, mit vier Betten. Das einzige Problem ist, daß sie schnarchen wie ein ganzes Sägewerk.«

»Nun, wenn wir je ...« Sie verstummte.

»Wenn wir je was?« fragte Reith mit schlecht verhohlener Neugier.

»Schon gut. Vielleicht sag ich's dir irgendwann mal.« Als Reith den Mund öffnete, um das Gespräch fortzuführen, gab ihm Alicia rasch einen Kuß und schob ihn zur Schlafzimmertür hinaus.

Warum in aller Welt, fragte sich Reith, während er zu dem großen Schlafzimmer schlenderte, *können wir nicht einfach klipp und klar sagen, was wir wollen? Weil, mein lieber Fergus, du in der Tiefe deines Herzens nämlich ein feiger Hund bist. Du kriegst einen Heidenschiß bei dem Gedanken, sie könnte dich vielleicht auf eine verächtliche, demütigende Weise abblitzen lassen, aus Rache dafür, daß du sie damals abgewiesen hast. Wenn sie tatsächlich nur auf eine Chance lauert, dich abzubürsten, dann würden ihre Worte einem Rhinozerus glatt die Haut wegätzen.*

Aber wenn du noch lange rumhampelst, dann fliegt sie entweder zurück nach Terra und geht wieder auf irgendeine naturwissenschaftliche Safari, oder sie fängt an, sich in der Männerwelt umzuschauen. Es gibt eine Menge unbeweibter Krishnander, die über eine solche Chance entzückt wären. Wenn sie mir wirklich richtig eins auswischen wollte, könnte sie womöglich sogar noch Cyril ranlassen ...

Eine halbe Stunde später klopfte Reith wild entschlossen an Alicias Tür. »Ja?« fragte sie und öffnete sie einen Spaltbreit.

»Lish? Ich bin's, Fergus. Wir haben noch ein paar Stunden Zeit bis zum Abendessen. Wie wär's mit einem kleinen Spaziergang?«

»Gute Idee! Ich habe Rimbid noch nie gesehen. Gib mir ein paar Minuten Zeit; ich zieh mir noch schnell was an.«

»Okay. Ich habe etwas Ernstes mit dir zu besprechen.«

Eine Viertelstunde später schlenderten sie Arm in Arm über Rimbids Hauptstraße. Nachdem sie sich die Auslagen einiger Geschäfte angeschaut hatten, kamen sie zu einem kleinen Park, in dem eine Horde krishanischer Kinder herumtollte und Fangen spielte. Reith sagte: »Lish, ich möchte dich etwas fragen.«

»Das trifft sich gut«, sagte sie; »ich möchte dich nämlich auch etwas fragen.«

»Ach!« Reith spürte, wie die Spannung in ihm wuchs. »Schieß los.«

»Nein; du hast angefangen. Also fragst du zuerst.«

»Aber nein! Bei meiner Ehre als männliches Chauvinistenschwein: Ladies first, heißt mein eherner Grundsatz.«

»Na schön. Also, ich möchte, daß du mir die ganze Geschichte von dir und Elizabeth erzählst. Glaub nur nicht, daß ich nicht gemerkt hab, wie du versucht hast, die Sache mit ein paar knappen Worten abzutun! Meilung deutete an, daß die Geschichte hochdramatisch war.«

»Hmm.« Reith schaute sich um. »Na schön; irgendwann hättest du's sowieso mal erfahren. Es ist eine lange Geschichte; wie wär's, wenn wir uns hinsetzen würden?« Er deutete auf eine steinerne Bank im Park. Als sie Platz genommen hatten, begann er: »Also, dann fang ich mal ganz von vorn an. Es kommt immer mal wieder vor, daß junge Touristinnen im heiratsfähigen Alter sich in ihren Reiseleiter verlieben. Das ist nun mal eines unserer Berufsrisiken. Ein cleverer Mann hält sie sich geschickt vom Hals; aber diese eine legte sich eines Nachts heimlich zu mir ins Bett, und ... nun, sie hat mich gereizt, und da hab ich sie halt gedödelt.

Wie es der Teufel will, wird sie schwanger. Ihr alter Herr, der mit auf der Tour war, war einer der Direktoren von MAGIC CARPET-Reisen, und er hätte mir den Teppich unter den Füßen weggezogen, wenn ich sie nicht…« Reith schnitt eine Grimasse. »Und eh ich mich's versah, fand ich mich mit einer Braut im Teeniealter wieder.«

»Wann war das? Wie lange, nachdem ich – nachdem wir…«

»Ungefähr drei Jahre, nachdem du zur Erde zurückgekehrt warst. Zu der Zeit hatte ich den Trennungsschmerz einigermaßen überwunden.«

»Ach, lieber Fergus… Aber erzähl doch weiter.«

»Wir kamen ganz gut miteinander klar, bis Alister im Kleinkindalter war. Dann fing Elizabeth an, über meinen Beruf zu meckern und darüber, daß ich ständig abwesend war. Sie dachte, ich würde allen weiblichen Touristen die Sonderbehandlung zukommen lassen, die ich ihr gegeben hatte, aber das war natürlich Quatsch. Sie fing an, über die Möglichkeit einer Kommune zu reden… du weißt schon, Paare, die Partnertausch miteinander machen.«

»Das haben einige auf Terra versucht«, sagte Alicia kritisch. »Das Experiment endet fast immer mit Scheidung.«

Reith sagte: »Hier haben es zwei Paare probiert, und es endete mit Mord. Ich bin sicher, einige meiner Touristen haben solche Spielchen auch gespielt, aber normalerweise sprechen sie über so etwas nicht.«

»Und wie ging es weiter mit dir und Elizabeth?«

»Als ich eines Tages mal wieder von einer Tour nach Hause kam, war sie abgehauen – mit einem fetten fiesen Sack von Drogenschmuggler, einem Terraner aus dem Hamda'. Elizabeth bekam ihre Scheidung; aber als sie das Sorgerecht für Alister beantragte, schmetterte Richter Keshavachandra ihren Antrag mit ein paar ätzenden Kommentaren ab. Später erzählte sie einem Freund, sie hätte mich verlassen, weil ich zu nüchtern und rational und berechenbar wäre – mit einem Wort: langweilig.«

»Eine Frau, die dich langweilig findet«, sagte Alicia,

»sollte sich den Puls fühlen, um festzustellen, ob sie noch am Leben ist.«

»Danke für die Blumen. Nun, wie auch immer, Elizabeth war eine von denen, die noch nie ein wirkliches Abenteuer gehabt haben und sich deshalb ausmalen, daß es was ganz Tolles ist. Sie mögen vielleicht toll sein, wenn man später davon erzählt; aber wann immer ich in einem gesteckt habe ... nun, wie sagt man so schön? Im großen und ganzen wäre ich lieber in Philadelphia.«

»Ich weiß«, sagte Alicia.

»Nachdem ich den Sorgerechtsprozeß gewonnen hatte, schickte Elizabeths Lover uns ein paar Krishnaner auf den Hals, die Alister kidnappen sollten.«

»Das arme Kind! Wohntest du zu der Zeit in eurem Haus?«

»Wir waren gerade eingezogen. Aus reinem Zufall kam ich in dem Augenblick von draußen rein, als die beiden Halunken dabei waren, mein schreiendes Kind rauszuschleppen. Dem einen habe ich das Sägemehl rausgelassen, und der andere hat das Kind fallenlassen und Fersengeld gegeben.

Später kreuzte dann Elizabeth auf und bettelte, ich solle sie wieder aufnehmen. Ich ließ sie abblitzen.«

»Das hätte ich ihr vorher sagen können«, sagte Alicia. »Aber erzähl weiter.«

»Das nächste, was ich dann hörte, war, daß sie sich im Hamda' das Leben genommen hatte. Ich bekam für eine ganze Zeit schwere Schuldgefühle. Warum war ich bloß als Ehemann so ein absoluter Versager?«

»Du bist ein *ausgezeichneter* Ehemann«, sagte Alicia. »Es ist nur so, daß manche Frauen deine Tugenden und Vorzüge erst schätzen lernen, wenn es zu spät ist. So, und jetzt bist du mit Fragen dran.«

Reith zögerte. Der Augenblick der Wahrheit war nun endlich gekommen. »Nun ... eh ... ich weiß nicht so recht, wie ich es ausdrücken soll. Du weißt, wir haben eine Menge miteinander durchgemacht.«

»Ja? Und?« Ihr Gesicht war ausdruckslos geworden.

Krampfhaft bemüht, seine Stimme nicht allzu sehr zittern zu lassen, fuhr Reith fort: »Wir haben unsere Probleme und Schwierigkeiten gehabt, aber vielleicht liegen die ja jetzt hinter uns…

Was ich sagen will«, stammelte Reith weiter, »ist, ich meine, wir sollten einmal ernsthaft darüber nachdenken, ob wir nicht…«

»För-gaß!« kreischte eine hohe krishnanische Frauenstimme und fuhr auf gozashtandou fort: »Ich wußte nicht, daß du in der Stadt bist! Warum hast du mich nicht benachrichtigt?«

Reith und Alicia blickten auf. Vor ihnen stand eine hübsche junge Krishnanerin. Sie trug ein Oben-ohne-Kleid aus einem hauchdünnen, glänzenden Material, durch das man die wohlgerundeten Konturen ihres knackigen, geschmeidigen Körpers sehen konnte.

»Und wer ist die terranische Lady?« fuhr die junge Eingeborene fort. »Ich sehe sehr wohl, daß sie eine hübsche Dame ist, selbst nach unseren menschlichen Maßstäben.«

Reith preßte auf englisch hervor: »Ihr Götter Krishnas, nicht schon wieder! Es muß irgendein böser Fluch sein!« Auf gozashtandou sagte er: »Mistress Sáribab-Khahir, ich habe die Ehre, Euch Doktor Alicia Dyckman vorstellen zu dürfen, eine gelehrte Lady, die für eine terranische Firma arbeitet. Ich zeige ihr das Land.«

»Es ist mir eine Ehre, die gelehrte terranische Dame kennenzulernen«, sagte Sári mit einem tiefen Knicks.

»Ich bin gleichermaßen angetan von der bezaubernden Mistress Sári«, entgegnete Alicia mit einem Nikken.

»Ach!« rief Sári. »Ihr sprecht unsere Zunge? Ihr müßt lange Zeit auf dieser Welt verbracht haben, daß Ihr sie so rein sprecht.«

»Ich habe vor Jahren auf diesem Planeten gelebt«, erklärte Alicia.

»Und kanntet Ihr damals SirFör-gaß? Kanntet Ihr ihn gut?«

»Ziemlich gut.« Alicia zog ihre delikaten Augenbrauen hoch. »Und Ihr?«

Sári klatschte in die Hände. »Ah, Worte vermögen mein Glück, einen so wunderbaren Freund unter den Terranern zu besitzen, nicht angemessen auszudrükken! War er es doch, der mir dieses wunderschöne Kleid schenkte!« Sie drehte eine elegante Pirouette.

»Wirklich, Lish«, sagte Reith auf englisch. »Ich möchte nicht noch eine Diskussion meiner persönlichen Gepflogenheiten zwischen zwei ... eh ...«

»Wie gut kanntet Ihr ihn?« beharrte Alicia, Reiths Klage ignorierend.

Sári verdrehte die Augen himmelwärts. »Ah, Frau Doktor, wie sehr ich doch in der Gunst der Götter stehe, die Liebe eines so strahlenden terranischen Herrn zu besitzen! Wie tapfer er ist! Wie edel und gut! Und was für ein phantastischer Liebhaber er erst ist! Verglichen mit ...«

»*Bitte,* Lish«, sagte Reith. »Ich flehe dich an ...«

»Beruhige dich, Fergus«, sagte Alicia. »Dies ist ein überaus wertvolles soziologisches Streiflicht, und ich habe vor, soviel Nutzen wie möglich daraus zu ziehen.«

Sára plapperte fröhlich weiter. »Ich habe nur zwei Kümmernisse. Das eine ist, daß er mich nicht mehr denn einmal pro Mond aufsucht; das andere, daß er mich nicht freien will. Doch verstehe ich seine Gründe – könnte er doch nimmer ein Ei mit mir zeugen ...«

Reith stand auf. »Wenn ihr glaubt, ich sitz hier tatenlos rum und drehe Däumchen, während ihr zwei mein Sexualleben analysiert ...«

Alicia lächelte. »Sagt, teure Sári, warum habt Ihr diesen *Dezd* nicht gezwungen, Euch zu freien, bevor Ihr Euch ihm hingabt? Hätte das Euren gesellschaftlichen Stand nicht erhöht?«

»Du findest mich in einer oder zwei Stunden im Gasthof«, bellte Reith. Er wandte sich jäh ab und stapfte davon. Hinter sich hörte er Sáris hohe, schrille Stimme.

»Ach, ein paar altmodische alte Spießer schätzen die Mätressen von Terranern immer noch gering, aber ...«

Kräftig, ja geradezu furios ausschreitend, wanderte sich Reith seine Wut aus dem Leib. Er stapfte mit einer solch grimmigen Miene durch die Straßen, daß die Krishnaner, die ihm begegneten, selbst wenn sie mit der Mimik von Terranern nicht vertraut waren, ehrfurchtsvoll zur Seite wichen.

Als er schließlich am Gasthof ankam, war sein Zorn einigermaßen verraucht, und er sah dieses jüngste Mißgeschick mit etwas nachsichtigeren Augen. Er wußte, daß Sári ein geschwätziges, überspanntes junges Ding war. Er hätte diese Begegnung voraussehen müssen und sogar wenn er sich wirklich davor fürchtete, den Reiseplan ändern müssen, um den Aufenthalt in Rimbid zu vermeiden. Und er hätte wissen müssen, daß Alicia, wann immer sie irgendeine neue Erkenntnis auf ihrem Fachgebiet, der Xenanthropologie, witterte, darauf losstürzen und sich darin verbeißen würde wie ein Terrier in eine Ratte.

Als sie beim Abendessen mit Ordway und White zusammensaßen, war das Klima zwischen Reith und Alicia merklich abgekühlt. Sie waren höflich und freundlich; aber ihre Unterhaltung schien nüchterner, unpersönlicher, mehr geschwisterlich. Der leise mitschwingende, erotische Unterton, der ihren Gesprächen zuletzt stets eine prickelnde Würze verliehen hatte, war wieder völlig verstummt. Nach dem Abendessen wünschten sie sich förmlich eine gute Nacht und trennten sich ohne Kuß.

Die kühle Atmosphäre begleitete sie den ganzen nächsten Tag auf der langen Rückfahrt nach Novorecife. Reith verbrachte den größten Teil des Tages damit, die Kutsche zu lenken oder auf einem der Reserveayas zu reiten, so daß ohnehin kaum Zeit für Gespräche war. In Novorecife angekommen, setzte er alle drei Passagiere am Gästehaus ab, trug Alicia die Reisetasche hinein und sagte: »Schlaf gut! Wir sehen uns dann morgen früh.«

Ohne ein weiteres Wort zu verlieren, ging er zurück zu seiner Kutsche. Er wendete sie schwungvoll, ließ die Zügel knallen und nahm Kurs auf seine Ranch.

VII

ATTILA FODOR

Als er klingelte, öffnete ihm Kardir, der Koch, die Tür. »Wo ist Alister?« fragte Reith.

»Er ist zu Besuch bei einem Freund, Herr. Ich glaube, er hat Euch eine Nachricht hinterlassen. Dort drüben liegt sie.« Der Koch deutete zum Kaminsims, auf dem ein zusammengefaltetes Blatt Papier lag. Reith las:

Lieber Dad,
Ich bin rüber zu den Jemadaris, Egbert besuchen. Wann entscheidet Ihr zwei Euch endlich? Die Ungewißheit macht mich ganz verrückt. Weißt Du, was ich mir zu Weihnachten wünsche? Eine Mutter!

Alister

Reith lächelte, während er den Zettel nachdenklich wieder zusammenfaltete und in seine Brieftasche steckte. Er fragte Kardir: »Wo ist Minyev?«

»Er sagte, Ihr schuldetet ihm noch ein paar freie Tage, Herr. Er ist bald nach Eurer Abreise ebenfalls aufgebrochen.«

»Das ist merkwürdig. Hat er auch eine schriftliche Botschaft hinterlassen?«

»Nein, Herr. Zwei Männer – von unserer Art – kamen eines Tages geritten und fragten nach Euch. Nachdem ich ihnen Eure Abwesenheit gemeldet hatte, wollten Sie mit Eurem Sekretär sprechen. Minyev kam hervor, und sie gingen zu dritt zum Aya-Corral, um sich, von meinen lauschenden Ohren ungestört, zu unterhalten. Nachdem sie dies eine Weile getan hatten, kam Minyev zurück und sagte, er würde alljetzt seine

Freizeit antreten. Wenig später trug er seine Habe in einem großen Sack aus dem Hause und ritt zusammen mit den zwei andren auf seinem eigenen Aya von hinnen. Seitdem habe ich nichts mehr von ihm gesehen.«

Verdacht begann sich in Reith zu regen, wie eine Schlange, die sich langsam entrollt. Nur mit halbem Ohr hörte er den Koch fragen: »Werdet Ihr zum Abendmahl Gesellschaft haben, Herr?«

»Hmm … morgen vielleicht. Was kannst du mir über die Personen erzählen, die Minyev abgeholt haben?«

Der Koch zuckte die Achseln. »Sie trugen gewöhnliche Shaihanhirtenkluft und sprachen Mikardandou.«

»Das könnte bedeuten, sie kamen aus Mikardand, Qirib, Suruskand oder der Stadt Majbur. Vielleicht war es aber auch gar nicht ihre Mutterzunge. Konntest du irgendeinen Akzent wahrnehmen?«

»Nein, Herr. Wie könnte ich – ich, der ich solcherlei Dinge nie studiert habe.«

Reith verbrachte den Abend in seinem Büro. Er machte seine Spesenabrechnung und ordnete Akten, die Minyev überraschenderweise in beträchtlicher Unordnung zurückgelassen hatte. Den folgenden Morgen verbrachte er mit verschiedenem Verwaltungskram für seine bescheidene Ranch; danach fuhr er mit seinem Einspänner nach Novorecife. Er holte seine Post ab, las die neueste Ausgabe der *Novo News*, schaute sich im Raumhafen den Flugplan an und besprach mit Castanhoso die Gerüchte über Kriege und Umwälzungen in den benachbarten krishnanischen Staaten. Schließlich fragte er den Sicherheitsoffizier, was er von Minyevs plötzlicher Abreise hielt.

»Mir fällt kein Grund ein, warum er so plötzlich abgehauen sein könnte«, sagte Reith nachdenklich.

»Fehlt irgendwas? Silber oder Gemälde oder dergleichen?«

»Nicht daß ich wüßte, außer daß meine persönlichen Papiere in ziemlicher Unordnung waren. Könnte es vielleicht irgend etwas mit diesen Gerüchten über eine qaathianische Invasion zu tun haben?«

Castanhoso zuckte die Achseln. »*Nao sei.* Fallon erzählt mir, der Kamoran hätte Spione ausgesandt; aber ich habe nichts gehört, was irgendwie mit deinem Sekretär in Verbindung stehen könnte.«

Reith suchte gleich danach das Zimmer auf, in dem White und Ordway wohnten, und sagte: »Die *Sao Paolo* mit eurem Drehteam trifft erst in ein paar Tagen ein. Was soll ich in der Zwischenzeit machen?«

Ordway blickte von seinem mit Papieren übersäten Schreibtisch auf. »Ehrlich gesagt, alter Knabe, Jack und ich werden so sehr damit beschäftigt sein, Zeiten, Kosten und Entfernungen zu berechnen, daß wir für dich eigentlich gar nichts zu tun haben.«

»Habt ihr irgendwas dagegen, wenn Alicia und ich draußen auf meiner Ranch bleiben, bis das Schiff kommt?«

»Von mir aus gerne. Vielleicht könntest du ja die Zeit dafür nutzen, dir endlich mal darüber klar zu werden, was du eigentlich willst. Du kommst mir vor wie einer von diesen Pröcks.«

»Häh? Was ist das denn?«

»Na, einer von diesen Kavalieren, von diesen mittelalterlichen Rittern, die in einer Rüstung, die aussieht, als hätte sie jemand aus einem Ofenrohr gebastelt, durch die Gegend galoppieren und schöne Jungfern aus den Klauen von Drachen und Zauberern befreien, so wie in der alten Kinoschmonzette *Drei Herzen und drei Löwen*.«

Reith lachte und vergaß die scharfe Erwiderung, die er Ordway auf seine nur allzu zutreffende Stichelei hatte geben wollen. »Ach, du meinst *preux*. Das ist Französisch für ›galant‹ oder ›tapfer‹.«

»Ach ja? Ich will damit sagen, daß du mich an eines dieser alten Stücke von diesem Russen – Checkout oder so ähnlich – erinnerst. In seinen Drehbüchern kommt immer irgendein Kerl vor, der ganz wild darauf ist, seine Schnalle endlich ins Bett zu kriegen. Aber immer, wenn er kurz davor ist, kneift er den Schwanz ein.«

Reith grinste. »Da ist was dran. Aber keiner von Tschechows Helden war je in der gleichen Lage wie wir.«

»Und warum in aller Welt nennst du das Mädchen ›Warzenschwein‹? Wenn es irgend etwas gibt, das sie nicht ist, dann – häßlich.«

»Das ist nur ein ganz persönlicher Joke zwischen uns; so nennt sie mich zum Beispiel ›Furchtloser‹.«

Ordway seufzte. »Wenn ein Liebespaar damit anfängt, sich gegenseitig mit Tiernamen zu benennen, dann bedeutet das meistens, daß die Luft langsam rausgeht. Macht weiter mit eurem Paarungstanz und versucht, nicht so zu sein wie die Helden in den Stücken von diesem Checkout. Tschüs!«

»Bis dann! Wenn ihr uns braucht, schickt uns jemanden rüber.«

Über Ordways absonderliche Aufmunterungsworte grübelnd, überquerte Reith das Gelände und fand Alicia in ihrem Zimmer vor. »He, Warzenschwein! Ordway und White brauchen uns die nächsten Tage nicht; wir müssen erst wieder aufkreuzen, wenn die Sao Paolo mit ihrer Ladung namenloser Kriechtiere eintrifft.«

»Du meinst das Cosmic-Team? Ach, eigentlich sind einige von ihnen ganz menschlich. Und?«

»Wie wär's, wenn du mit raus zu mir kämst?«

»Nun ... ja ... ich könnte hier gebraucht werden ...«

»Ach, komm schon! Laß mich dein Gewissen sein. Wenn tatsächlich irgendwas passieren sollte, kannst du's ja auf mich schieben. Wir können schwimmen, Tennis spielen und fechten; und du hast unseren Nachrichtendrachen Meilung nicht auf der Pelle, die versucht, dir eine Story über die von einem Unstern verfolgten Reiths aus der Nase zu ziehen.«

»Meilung wird sich alle Schlußfolgerungen, die sie

braucht, aus meiner Abwesenheit ziehen«, erwiderte Alicia spröde.

»Na und? Die wird sie so oder so ziehen. Unter ihrer harten Schale schlummert in Wahrheit ein romantisches Seelchen. Außerdem bist du auf der Ranch für ein Weilchen von den ständigen Nachstellungen unseres eigenen namenlosen Kriechtiers befreit.«

Alicia schnaubte. »Dieser Pickel im Gesicht der Menschheit hat noch eine ganze Reihe subtilerer kleiner sexueller Anspielungen in petto …«

»Vielleicht sollte ich Unterricht bei ihm nehmen …«

»Den würdest du nicht brauchen … Okay, ich komm mit, aber nur, wenn die gleichen Abmachungen gelten wie bisher.«

»Ganz wie du willst.«

Am darauffolgenden Morgen, als Reith sich bückte, um Tennisbälle aufzuheben, sagte Alicia: »Dein Ballgefühl kommt schnell wieder. Du brauchst einfach noch ein bißchen Übung.«

»Hmm! Daß ich den einen Satz gewonnen hab, war mehr Glück als Können. Das Problem ist, wenn ich nur mit dir spiele, dann verbesserst du dich genauso schnell wie ich, und der Abstand zwischen uns bleibt immer der gleiche.«

Alicia lachte. »Heute nachmittag beim Fechten kannst du dann ja wieder gleichziehen.« Sie blies einen Schwall Luft gegen den goldenen Pony, der ihr in die verschwitzte Stirn hing. »Bákh! So heiß und schwül hab ich's noch nie erlebt. Ich ertrinke in Schweiß!«

»Meine liebe Lish«, sagte Reith, »Männer schwitzen, Damen glühen. Du glühst wie ein leuchtender krishnanischer Arthropode. Weißt du was? Ich sag Kardir, er soll uns was Leckeres zu essen einpacken, und dann reiten wir raus aufs Land.«

»Ausgezeichnete Idee! Vielleicht können wir zu dem Badesee reiten, von dem du …«

Der Klang von Hufen ließ sie verstummen. Ein Krishnaner kam auf seinem Aya die Zufahrt heraufgetrabt, zügelte sein Tier vor der Eingangstür und sprang aus dem Sattel. Er trug einen geschlitzten Kilt und um den Oberkörper ein schlichtes Tuch, das er über eine Schulter und unter dem anderen Arm hindurch geschlungen hatte. Beide Kleidungsstücke waren schachbrettartig in den Farben Smaragdgrün und Purpur gemustert. Reith sagte: »Das ist – beim Bákh! Das ist König Vizmans Livree! Was will er wohl…«

Der Krishnaner trat auf sie zu, verbeugte sich und sagte auf mikardandou im Qiribo-Dialekt: »Habe ich die Ehre, mit Doktor Alicia Dyckman zu sprechen?«

»Ja«, sagte Alicia.

»Ich überbringe eine Epistel von meinem Herrn, dem großen Dour von Balhib, an die edle Mistress Dyckman.« Er zog einen Brief hervor und überreichte ihn ihr.

Alicia drehte den Umschlag um. »Vielen Dank, guter Mann.« Als der Bote keine Anstalten machte, wegzureiten, fragte sie: »Ist sonst noch etwas?«

»Mein Herr hat mir befohlen, auf Eure Antwort zu warten.«

Alicia hielt den Brief mit spitzen Fingern, als könne er jeden Moment explodieren. »Fergus, leihst du mir mal dein Messer?«

Sie kratzte das Siegel ab und las den Brief. Gespannt fragte Reith: »Und? Was steht drin?«

»Er hat gehört, daß ich zurück auf Krishna bin, und bittet mich, ihn zu besuchen. Er legt mir praktisch alle drei Monde zu Füßen, damit ich komme. Er sagt, er habe sein Versprechen bezüglich der Sklaven gehalten.«

»Stimmt; das hat er«, bestätigte Reith. »Aber was wirst du ihm antworten?«

Alicia schaute drein wie ein Tier, das in der Falle sitzt. »Ich muß es mir durch den Kopf gehen lassen…« An den Boten gewandt, sagte sie: »Sprecht Ihr Englisch, guter Mann?«

»Nein, teure Dame; von den terranischen Zungen spreche ich nur ein wenig Portugiesisch.«

Sie wandte sich wieder Reith zu. »Wenigstens können wir die Sache unbefangen vor ihm besprechen. Ich möchte Vizman nicht schreiben, ohne mir den Inhalt zuvor genauestens überlegt zu haben. Und das kann ich ganz bestimmt nicht, während der Bursche hier steht und unruhig von einem Bein aufs andere tritt und auf meine Antwort wartet ...« Sie wandte sich wieder dem Boten zu. »Richtet Eurem Herrn aus ...«

»Einen Augenblick, meine Dame«, sagte der Kurier. Aus seiner Gürteltasche zog er ein Notizbuch hervor, das aus gewachsten, pappdeckeldünnen, von zwei Riemen zusammengehaltenen Holzplättchen gefertigt war. »Bitte sprecht langsam, damit ich es niederritzen kann.«

»Richtet Eurem Herrn aus, daß ich, so dankbar ich ihm auch für seine Einladung bin, in einem Vertrag stehe, der für mindestens die nächsten zwei Monde meine gesamte Zeit beanspruchen wird. Bittet Ihn, danach erneut mit mir in Kontakt zu treten.« Der Kurier kritzelte die Botschaft mit einem Griffel auf seine Holzplättchen.

»Alicia!« sagte Reith. »Du wirst dich doch, wenn der Film fertiggedreht ist, nicht ernsthaft freiwillig in den Machtbereich dieses Typen begeben wollen?«

Sie reckte das Kinn hoch und schaute ihn herausfordernd an. »Das weiß ich noch nicht. Bis dahin bin ich entweder schon wieder auf der Rückreise nach Terra, oder vielleicht suche ich mir auch hier einen Job. Und falls sich nichts Besseres finden sollte, bin ich sicher, daß Vizman eine Arbeit für mich hätte. Ich könnte ja auch ...«

»Aber ... aber ...«, stotterte Reith.

Der Bote verneigte sich erneut. Ich danke Euch, edle Dame. Guten Tag, mein guter Herr.« Er steckte sein Notizbuch wieder ein, saß auf und trabte davon. Am Tor fiel er in einen leichten Galopp.

Reith kaute auf seiner Lippe. Sie setzt mir eine Galgenfrist, dachte er. *Wenn ich nicht bald Nägel mit Köpfen mache, sucht sie nach anderen Möglichkeiten.* Mit gespielter Gelassenheit sagte er: »Was ist denn nun mit unserem Picknick- und Schwimmausflug? Noch Lust?« Diesmal, nahm er sich fest vor, würden sie die Sache ein für allemal klären.

»Aber sicher. Laß uns ...«

Ein dumpfes Grollen brachte den Boden unter ihren Füßen zum Erzittern. Reith schaute verwirrt nach oben. Alicia sagte: »Jetzt sag bloß nicht, es gibt ein Gewitter! An einem so schönen heißen Tag!«

»Gewitter? Von wegen Gewitter! Das ist die *Sao Paolo*, die ein paar Tage zu früh kommt! Und wir müssen da sein, wenn sie landet. He, Simkash! Hol den Einspänner, *byant-hao!*«

Sie fanden White und Ordway inmitten einer Menge von Krishnandern, die im Wartezimmer des Zoll- und Sicherheitsgebäudes herumstanden. Die *Sao Paolo* hatte ihre Passagiere bereits gelöscht, aber bis jetzt war noch keiner aus der Tür der Gepäck- und Ausweiskontrolle gekommen. Ordway sagte mit einem fetten Grinsen: »Dieser Kastanioso oder wie der Bursche heißt, du weißt schon, der Oberbulle, hat gesagt, er würde sie besonders scharf kontrollieren, weil jeder wisse, daß Kalifornier verrückt sind, und daß unter Filmleuten besonders viele Drogenschmuggler und andere Ganoven sind.«

In diesem Augenblick ging die Tür auf, und die Passagiere begannen herauszukommen. Die meisten waren Angehörige von Cosmic Productions, und Ordway begrüßte sie lauthals: »He, Attila! Hier sind wir, Kostis! Hi, Cassie!«

Ordway versammelte seine neunundzwanzig Kolleginnen und Kollegen um sich und stellte sie Reith streng nach Rang geordnet vor. Reith versuchte sich jeden Namen und das dazugehörige Gesicht einzuprägen. Als ersten stellte Ordway Kostis Stavrakos vor, den Produzenten, ein kleines, dickes Individuum vorgerückten Alters.

Als nächstes kam Attila Fodor, der Drehbuchautor und Regisseur, ein riesenhafter Mann, einen halben Kopf größer als der lang aufgeschossene Reith, und von ausladender Statur. Sein zerklüftetes Gesicht war von einem mächtigen Schnauzbart beherrscht, dessen Enden zu beiden Seiten bis zum Kinn hinunterhingen. In einem Zeitalter, in dem ein Mann das Haarwachstum an jeder beliebigen Stelle seines Körpers fördern konnte, zog Fodor es vor, eine spiegelblanke Glatze zu tragen. Er hatte einen Händedruck wie ein Schraubstock und sprach mit einem ausgeprägten ungarischen Akzent.

Cassie Norris, die Hauptdarstellerin, war eine vollbusige Wasserstoffblondine mit vollen Lippen und knackigem Hinterteil. Sie trug ein hochmodisches scharlachrotes Kostüm, das besser auf die Champs-Elysées gepaßt hätte als in das streng funktionelle Abfertigungsgebäude des Raumhafens von Novorecife auf dem Planeten Krishna.

Randal Fairweather, der Hauptdarsteller, war groß und umwerfend, ja geradezu unglaublich schön, mit eingebautem Verführercharme. Seine ersten Worte an Alicia waren: »Meine Liebe, du kannst dir gar nicht vorstellen, wie sehr ich mich darauf gefreut habe, dich wiederzusehen! Du siehst einfach toll aus!«

Er beugte sich zu ihr herab, um sie zu küssen. Sie wich ihm nicht gänzlich aus, sondern hielt ihm die Wange hin. Cassie Norris, bemerkte Reith, beobachtete die Szene mit Argusaugen. Auch Reith spürte, wie eine Woge von Eifersucht in ihm aufstieg.

Der Chefrequisiteur, Ernesto Valdez, war klein, dunkelhaarig und überspannt. Bennett Ames, sein Assistent, wurde Reith als Cassies Ehemann vorgestellt. Er war groß und kräftig, und sein derbes Gesicht trug einen leicht verwirrten Ausdruck.

Hari Motilal, der Drehbuch- und Regieassistent, war von schokoladenbrauner Hautfarbe und zierlichem Körperbau; er trug ein scheinbar fest eingewachsenes spöttisches Lächeln auf seinem adlerartigen Hindi-Gesicht. Er musterte Reith mit einem kühlen, herzlosen Blick und sagte: »Sie sind also Mister Reith, der erfahrene Krishnaveteran, von dem Doktor Dyckman uns soviel erzählt hat! Ihren Erzählungen nach zu urteilen müssen Sie ja geradezu ein Supermann sein.«

»Das müssen Sie selbst beurteilen«, sagte Reith. Danach begannen die Namen und Gesichter zu verschwimmen. Alle schienen gleichzeitig zu reden; keiner hörte den anderen zu.

»Entschuldigen Sie mich bitte!« sagte Reith. Er trieb ein paar krishnanische Gepäckträger mit Handkarren auf und organisierte die Verladung des Gepäcks der Neuankömmlinge.

Stavrakos sagte: »Mister Reith, der Sicherheitsbeamte sagt, er will unsere Ausrüstung bis morgen hier behalten, um nachprüfen zu können, ob sie den Bestimmungen entspricht. Können Sie die Sache nicht ein bißchen beschleunigen?«

»Nein«, sagte Reith. »In solchen Dingen gilt das, was Castanhoso sagt.«

»Würde ein bißchen ...« Der Produzent rieb Daumen und Zeigefinger gegeneinander und machte eine vielsagende Miene. »... helfen, die Sache zu beschleunigen?«

»Das wäre das Schlimmste, was Sie tun könnten. Sie werden es vielleicht nicht glauben, aber Herculeu Castanhoso ist absolut unbestechlich.«

»Scheiß-Planet«, murmelte Stavrakos und wandte sich ab. »Wenn man jemanden nicht mal auf ehrliche Weise schmieren kann.«

Reith hob den Arm und rief: »Wenn die Herrschaften von Cosmic Productions mir nun bitte folgen wollen.«

Die nächste Stunde verbrachte er damit, die Filmcrew zum Gästehaus zu bringen, ihnen die Zimmer zuzuteilen, das Handgepäck zu sortieren und die Öffnungszeiten der Cafeteria und der Nova Iorque Bar zu verkünden.

Als Reith mit seiner Einweisung fertig war, trat ihm Alicia auf dem Flur entgegen. »Fergus«, sagte sie, »ich bitte dich ja nicht gern darum, aber wärst du so nett und würdest zur Ranch zurückfahren und meine Sachen holen?«

»Warum kommst du nicht selbst mit und ziehst dich dort um?«

»O Darling, du glaubst gar nicht, wie sehr ich mir wünsche, ich könnte das! Aber ab sofort belegen mich Kostis und die anderen voll mit Beschlag und halten mich mit Besprechungen und tausend anderen Dingen jede Minute auf Trab, bis wir zum Drehort aufbrechen. Sie wollen, daß du auch an der einen oder anderen Besprechung teilnimmst.«

»Wie soll ich wissen …«

»Ich stecke dir eine Nachricht in den Briefkasten.«

Sie bewegte sich einen Schritt auf ihn zu, und er glaubte, sie wolle ihn küssen. Doch dann spähte sie den Flur hinunter, wo mehrere Cosmic-Leute zusammenstanden und plauderten, und überlegte es sich anders.

»Nun gut«, sagte er. »Ich würde das für keine andere Frau tun. *Até logo!*«

Ein paar Stunden später kam Reith nach Novorecife zurück. Neben ihm auf dem Sitz seines Einspänners lag eine Reisetasche mit Alicias Sachen. Sie war nicht auf ihrem Zimmer; aber in seinem Briefkasten lag eine Nachricht, er solle doch bitte zu einer Besprechung in Stavrakos' Suite kommen. Beginn zur zwölften Stunde.

Die nächsten Tage verschwammen in seiner Erinnerung zu einem blinden Fleck. Eine Besprechung jagte die andere, und Alicia war immer mittendrin, so daß er keine Gelegenheit hatte, sie mal allein zu sprechen. Bei vielen dieser Besprechungen war seine Teilnahme gefragt, hauptsächlich zur Unterstützung Alicias, wenn Fragen zur Politik, zur Topographie, zum Klima und zu anderen Themen auftauchten, bei denen sein Wissen ihres überstieg.

Nach diesen Besprechungen, die sich oft bis tief in die Nacht hinzogen, war Reith jedesmal froh, wenn er sich endlich in seinen Einspänner setzen, nach Hause fahren, seine Sachen in die Ecke werfen und todmüde ins Bett taumeln konnte.

Zum Zeitverteib für die Cosmic-Mitarbeiter, die nicht an den Arbeitsbesprechungen teilnahmen, arrangierte er Bootsausflüge unter der Führung Timáshs hinauf nach Rimbid und flußabwärts nach Qou. Er hoffte, daß sie, sollten sie jemals lange genug aufhören zu plappern und sich selbst zu beweihräuchern, vielleicht etwas über Krishna und seine Bewohner lernen würden.

Während der ersten Konferenzen versuchte Reith, die Diskussion auf Punkte im Drehbuch zu bringen, die er für falsch hielt, und Verbesserungsvorschläge zu machen. Aber Stavrakos, Fodor und Motilal wischten alle seine Einwände beiseite.

Motilal sagte: »Mister Reith, vielleicht ist Ihnen, da Sie nicht aus unserer Branche sind, noch nicht aufgefallen, daß wir keinen Dokumentarfilm drehen. Das haben bereits andere Filmer vor uns gemacht. Was wir machen, ist pure Unterhaltung. Ist Ihnen der Unterschied klar?«

»Natürlich, aber …«

»Dann seien Sie so nett und überlassen die Dinge, von denen wir etwas verstehn, uns, so wie wir uns ganz auf Sie verlassen bei den Informationen, die uns fehlen. Sie verstehen?«

»Ich bin ja nicht blöd, Mister Motilal. Ich verstehe sehr wohl.« *Du kleiner Kotzbrocken,* fügte er in Gedanken hinzu. *Welchen Grund sollte ich eigentlich haben, Leuten kostenlos Ratschläge zu geben, die sie nicht wollen? Ab jetzt, wenn sie denn welche wollen, können sie sie extra bezahlen.*

Reiths Abneigung gegen Motilal wurde etwas gemildert, als der Regieassistent, der sehr pingelig war, wenn es um Detailtreue ging, sich bei Auseinandersetzungen über die Glaubwürdigkeit des Films auf seine Seite schlug. Bei einer dieser Debatten ging es um die Farbe des Kunstbluts, das bei Gewaltszenen fließen sollte. Stavrakos bestand darauf, daß es rot war, da, so sein Argument, für terranisches Publikum Blut immer nur rot sei. Daß krishnanisches Blut blaugrün war, da es auf Hämocyanin statt auf Hämoglobin basierte, interessierte ihn nicht. Aber Fodor, Motilal, Alicia und Reith protestierten so vehement, daß Stavrakos schließlich nachgab.

Vier Tage nach der Ankunft der *Sao Paolo* erschien ein Zug von Fahrzeugen auf der Straße von Qou: drei von Mishés Omnibussen und vier Wagons, jeder von zwei Ayas gezogen. Jeder Omnibus trug als Aufbau auf der Karrosserie ein hölzernes Rahmengestell, über das bei Bedarf ein Baldachin gegen den Regen oder die sengende Sonne gespannt werden konnte.

Die gesamte Cosmic-Crew ging nach draußen, um die Vehikel zu inspizieren, als sie auf das Gelände gerattert kamen. Reith vernahm Murren, und Fodor sagte: »Ist das das Beste, was Sie auftreiben konnten, Fergus? Die Leute werden mit Sicherheit über die harten Sitze meckern. Das wird ja eine schöne Fahrt geben; da werden einem hinterher alle Knochen im Leib weh tun.« (Tatsächlich sagte er: »Is das das Bäste … Die Leite wärden mit Sicherhäit iber die charten Sitze mäckern; das wird ja eine schene Fahrt wärden …«)

»Was Besseres haben wir hier nun mal nicht«, sagte Reith. »Sagen Sie Ihren Leuten, daß Sivird im Magazin ihnen Sitzkissen verkaufen wird. Notfalls wird er welche anfertigen lassen.«

Später lief Reith einem grinsenden Kenneth Strachan über den Weg, der sagte: »Ich arbeite auch für Cosmic.«

»Wirklich? Als was denn?«

»Als Set-Designer. Der Produktionsdesigner dachte, er könnte einen Ingenieur gebrauchen, der sich mit den hiesigen Materialien auskennt – Druck- und Zugstärke und so weiter –, und da hat er halt mich angeheuert. Er meint, ich könne ja gleichzeitig auch noch als Dolmetscher arbeiten. Du mußt mich im Auge behalten und mich sofort wegzerren, wenn ich anfange, den Weibern lüsterne Blicke hinterherzuwerfen.«

Reith seufzte. *Als wäre meine Liste von Problemen nicht schon lang genug,* dachte er.

Die Abschlußbesprechung endete am späten Nachmittag. Man einigte sich darauf, daß alle Beteiligten Novorecife früh am nächsten Morgen verlassen sollten, sobald die Fahrzeuge beladen werden konnten. Reith würde mit seinem Einspänner nach Rosid fahren, um den Dasht von Ruz zu bitten, seine fünfhundert Krieger zusammenzustellen, und ihm die vom Großmeister der Ritter von Qarar unterzeichnete Erlaubnis auszuhändigen, daß dieser bewaffnete Trupp von Ausländern in die Republik Mikardand einreisen durfte. Sobald dies erledigt sein würde, sollte Reith auf dem gleichen Weg wieder zurückkehren und in Mishé zur Aufnahmecrew stoßen.

Unterdessen würde sich die Cosmic-Crew auf den Weg nach Mishé machen, mit Alicia und Strachan als Reiseleitern und Dolmetschern. In Mishé würden sie die Stadtszenen drehen und die Ausrüstung kaufen, die sie zum Kampieren draußen in Zinjaban benötigen würden.

Der Gedanke, nach Rosid fahren zu müssen, behagte Reith ganz und gar nicht. Da es ihm peinlich war, hinauszuposaunen, daß der Gedanke, von Alicia getrennt zu sein, besonders wenn so gutaussehende Weiberhelden wie Fairweather um sie herumscharwenzelten, ihm gegen den Strich ging, erfand er Gründe, wieso es besser sei, wenn er beim Drehteam bleiben würde. So fürchte er zum Beispiel, trug er vor, daß Dasht Gilan ihn der Komplizenschaft im Zusammenhang mit dem Verschwinden Prinzessin Váznis verdächtigen und ihn einsperren oder womöglich sogar einen Kopf kürzer machen könnte.

Stavrakos aber ließ sich nicht erweichen. Er hielt ihm ungerührt den Vertrag unter die Nase und drohte damit, ihm sein Honorar zu verweigern. Da niemand anderes verfügbar war, der die Aufgabe, die Reith zugeteilt worden war, hätte erledigen können, und da er selbst sich damit gebrüstet hatte, daß er seine Verpflichtungen stets peinlich erfüllte, blieb ihm schließlich nichts anderes übrig, als in den sauren Apfel zu beißen und seinen Widerstand aufzugeben.

Als er aufstand, um das Konferenzzimmer zu verlassen, dröhnte Fodor mit seiner Stentorstimme: »He, Fergus! Komm doch mal einen Moment her!«

Obwohl der laute Fodor nicht nach Reiths Geschmack war, ging er zu ihm. Der Regisseur donnerte: »Da wir mit dem geschäftlichen Teil soweit fertig sind, gebe ich heute abend in meiner Suite eine Party. Du bist eingeladen. Bring dein Geld mit!«

»Was für eine Party soll das denn werden?«

»Ach, wie üblich: paar scharfe Sachen und ein paar Runden Poker. Beginn ist um halb neun, Erdzeit, was immer das hier wäre. Wär schön, wenn du kommen würdest. Es wird eine erlesene kleine Gesellschaft sein. Ich lade nämlich nur meine guten Freunde ein.«

Reith dachte, *wer Attila Fodor zum Freund hat, was braucht der noch einen Feind?* Während er noch zögerte, fügte Fodor mit einem listigen Grinsen hinzu: »Übrigens, deine kleine goldhaarige Alicia kommt auch.«

Reith war überrascht: Er hatte mit einer reinen Männergesellschaft gerechnet. Auch war er besorgt; Alicia betonte zwar immer gern, daß sie auf sich selbst aufpassen konnte, aber es war ja nicht auszuschließen, daß sie in irgendeine Situation geriet, in der sie den Schutz ihres Exmannes brauchte. Nach einem kurzen Augenblick des Überlegens antwortete er: »Okay, vielen Dank. Ich werde da sein.«

Zur verabredeten Stunde fand Reith Cyril Ordway und zwei hübsche junge Frauen, beide dunkelhaarig und zierlich, in Fodors Suite im Gästehaus vor. Die Luft war dick vom Qualm riesiger krishnanischer Zigarren. Als Reith eintrat, erhob sich Fodor mit einem fröhlichen Brüllen.

»Komm rein, Fergus! Trink dir einen. Meine Frau Michelle ...« – er nickte in Richtung einer der Frauen – »und meine Geliebte, Nancy Boyce ...« – er nickte in Richtung der anderen –, »hast du ja schon kennengelernt. Der Rest kommt gleich. Jack White kommt auch. Der arme Jack verliert immer, aber er kann's halt nicht lassen. Deinen Freund Strachan habe ich auch eingeladen, aber er sagt, er könne sich's nicht leisten. Ich schätze, er ist wie die Schotten in den Geschichten – kniepig bis zum Gehtnichtmehr.« Er schob Reith eine Kiste Zigarren zu, aber der lehnte dankend ab.

Ordway blieb sitzen, das Glas in der Hand, und starrte Reith aus blutunterlaufenen Augen an, während Fodor weiterdröhnte.

»Du hast doch nichts dagegen, mit Krishnanern zu spielen?«

»Natürlich nicht«, sagte Reith. »Ich leb schließlich unter ihnen.«

»Gut. Wir erwarten einen. Cyril stellt sich in diesen Dingen ein bißchen an; aber ich hab ihm gesagt, ›entweder bist du ein braver Junge, Cyril, oder du kannst dich zum Teufel scheren‹. Da kommt der Bursche ja!«

Der hochaufgeschossene Sivird vom Ausstattungsgeschäft duckte sich unter dem Türbalken durch und sagte: »Ich freue mich, Sie zu sehen, Mister Ries.«

»Der Grund, warum ich ihn eingeladen hab«, sagte Fodor, »ist, daß er das mit den Kissen so gut hingekriegt hat. Er hat die ganzen Huren aus dem – wie heißt das Ding noch gleich? –, aus dem Hamda', richtig, zum Nähen und Füllen eingespannt. Ah, da kommen ja auch schon die andern. Hallo, Jack; hallo, Alicia! Kommt rein, setzt euch und trinkt was. Ich hol euch was.«

White und Alicia, letztere in ihrem Oben-ohne-Kleid, nahmen das von Fodor dargebotene Glas Kvad entgegen und nippten vorsichtig daran, während Fodor und Ordway Alicia mit lüsternen Blicken angafften. White schaute verlegen auf sein Glas; doch, wie Reith mit einem inneren Schmunzeln bemerkte, streichelte er rhythmisch die bauchige Wölbung seines Glases.

»Ich hatte, bevor ihr reinkamt, gerade gesagt«, fuhr ihr Gast fort, »daß der Grund, warum die Leute in hellen Scharen in diesen Film strömen werden, der ist, daß sie die Nase von der Zivilisation voll haben. Sie wollen mal wieder einen Hauch von sauberem, männlichem Barbarentum, was letztlich ja der Naturzustand des Menschen ist. Die Erde haben sie inzwischen so verdammt zivilisiert, daß man bald nicht mal mehr pissen kann, ohne ein Formular auszufüllen. Wenn du noch was wirklich Urtümliches, Naturwüchsiges erleben willst, mußt du nach Krishna kommen.«

Sivird zeigte die krishnanische Version eines Stirnrunzelns. »Mister Fodor, ich möchte Ihnen ja nicht zu nahe treten, aber wir Gozashtanduma betrachten uns nicht als Barbaren. Im Gegenteil, wir sind hochzivilisiert.«

»Im Vergleich zu den Krishnanern mit Schwänzen seid ihr das wohl«, sagte Fodor. »Aber im Vergleich zu uns dekadenten Erdenbürgern seid ihr edle Wilde –

was ja nur gut ist. Barbarei ist der natürliche Zustand vernunftbegabter Wesen, und der Mensch kehrt immer wieder sofort zu diesem Zustand zurück, sobald die Hemmungen fallen. Dann werden wir *echte Menschen!*« Fodor schlug sich mit der Faust gegen die Brust. »Die, die das nicht können, gehen unter.«

Alicia starrte ihn an. »Du meinst, du würdest lieber wie diese verlausten Nomaden in Qaath leben, die tagtäglich ums Überleben kämpfen?«

Fodor nickte. »Wenn ich als Barbar geboren wäre, dann wäre ich doppelt soviel Mann wie ich es jetzt bin. Warum habe ich eine Glatze? Weil kein echter Barbar sich das Zeugs auf den Schädel schmieren würde, das Haare sogar auf einer Bowlingkugel wachsen läßt.«

White flüsterte Reith zu: »Der wahre Grund ist der, daß er allergisch gegen das Zeug ist, wie ich.«

Den Arm wie einen knorrigen Telegrafenmast schwenkend, schwallte Fodor: »Ich bin in meinem Herzen ein barbarischer Schwertkämpfer. Hauen! Stechen! Stoßen! Blut, das in Strömen durch den Rinnstein fließt! Köpfe, die durch den Dreck rollen! Wenn ich einen Film mit Köpfen drehen könnte, mit Blut, das wäre mein größter künstlerischer Triumph!«

»Du hast gut reden von Blut und rollenden Köpfen!« schnaubte White. »Du hast sie ja nicht gesehen, wie sie da in Mishé auf ihren Eisendornen steckten! Mir ist bei dem Anblick jedenfalls schlecht geworden!«

»Ach, zum Teufel!« dröhnte Fodor. »Dein Problem, Jack, ist, daß deine Vorfahren schon vor viel zu langer Zeit zivilisiert worden sind. Die Krankheit, die du Zivilisation nennst, hat uns Magyaren erst in den letzten tausend Jahren befallen; wir sind daher noch nicht so lange auf dem absteigenden Ast. Wir haben immer noch ein bißchen von dem alten, männlichen Barbarentum in uns.«

Alicia sagte: »Wenn die Qaathianer einen von ihren Blitzangriffen unternehmen sollten, während du deinen

Film drehst, wirst du sie nicht mehr so romantisch finden, das versichere ich dir.«

Reith fügte hinzu: »Sie führen möglicherweise tatsächlich etwas im Schilde. Sie halten seit Monaten ihre Grenzen geschlossen.«

Fodor schnaubte: »Ihr seid doch bloß verängstigte Dekadenzlinge, die Angst vor ihrem eigenen Schatten haben. Kommt, laßt uns jetzt spielen. Jack, stell den Tisch auf. Nancy, wo zum Teufel sind die Karten? Michelle, pack die Chips aus. Fergus, du scheinst mir noch ganz nüchtern zu sein; du bist der Bankhalter. Sauberes Draw, nichts Wildes. Pokern mit wild cards ist degeneriert.«

»Heute ist mein Glückstag«, murmelte White. »Hat mir der Astrologe jedenfalls gesagt.« Er hatte den funkelnden Blick eines Suchtspielers, der im Begriff ist, seiner Sucht zu frönen.

Reith nahm das Geld – terranische Banknoten und einen Stapel Silbermünzen von Sivird. Es folgte ein nervtötendes Gezanke um den Wechselkurs, bis Reith schließlich ein Machtwort sprach: »Verdammt noch mal, wenn ich der Bankhalter bin, dann lege ich auch den Wechselkurs fest!«

Alicia sagte: »Ich habe nicht viel Bargeld mitgebracht. Wieviel gebt ihr mir hierfür?«

Sie löste eine silberne, mit Amethysten und Felskristall besetzte Kette von ihrem Hals und legte sie auf den Tisch. Mit einem leisen Schreck erkannte Reith das Schmuckstück als ein Souvenir aus ihren lange vergangenen abenteuerlichen Zeiten in den Khaldoni-Ländern wieder.

»Was würdest du sagen, Sivird?« fragte Reith.

Der Krishnaner hob den Schmuck auf und musterte ihn mit prüfendem Blick. »Ich würde der Dame fünfhundert Karda dafür geben.«

Reith teilte die Chips aus.

»He!« bellte Fodor. »Da wir so viele schöne Frauen

hier haben, wie wär's, wenn wir Strip-Poker spielen würden? Dann hätten wir ein richtiges Spiel. Na, wie wär's?«

Michelle sagte mit französischem Akzent: »Isch finde das keine so gute Idee. An der Riviera vielleischt...«

»Auf keinen Fall!« sagte Nancy Boyce resolut. »Ich werde mich *nicht* vor all diesen Leuten ausziehen!«

»Es verstößt gegen meinen Glauben«, murmelte White.

»Okay, okay«, brummte Fodor. »Heb ab. Fergus, du gibst als erster. Nancy setzt.«

Fodor zog ein neues Spiel Karten aus der Packung, mischte sie und legte sie vor Reith hin; der sah, daß sie auf der Rückseite ein komplexes Muster trugen, in dessen Zentrum die Initialen F.A.G. standen.

»Sind das deine speziellen Karten, Attila?« fragte Reith.

»Klar; hab ich mir eigens anfertigen lassen.«

»Was bedeutet F.A.G.?«

»Fodor Attila Graf«, brummte Fodor. »Im Ungarischen steht der Nachname vorneweg, wie im Chinesischen.«

»Dann ist ›Graf‹ dein mittlerer Name?«

»Es ist mein Titel. Ich bin ein ungarischer Graf, beziehungsweise, ich wäre einer, wenn sie Adelstitel nicht schon vor langer Zeit abgeschafft hätten.« Er zuckte die Achseln. »Ihn zu benutzen, gibt mir ein gutes Gefühl; warum also nicht?«

»Ich sehe keinen Grund«, sagte Reith. »Ich werde dich den Großkhan von Tatarien nennen, wenn du möchtest.«

»Ah, die Tataren!« rief Fodor. »Die letzten *echten Männer!*«

»Laßt uns anfangen!« rief Reith laut dazwischen, um einen neuerlichen Vortrag über die Freuden des Barbarentums schon im Keim zu ersticken.

In den ersten paar Spielen setzten alle sehr zaghaft. Noch nicht vertraut mit ihren Mitspielern, tasteten sie sich erst einmal vorsichtig ab. Reith verlor eine geringe Summe dadurch, daß er – übervorsichtig – zu früh paßte;

doch schon beim nächsten Spiel gewann er einen Topf mit drei Königen und machte seinen Verlust mehr als wieder wett.

White verlor kleine Summen. Dann spielte er Hasard; Reith zwang ihn, Farbe zu bekennen, und White mußte weitere Chips kaufen. Fodor spielte in Großkotz-Manier: er gewann und verlor beträchtliche Summen, kam aber unter dem Strich etwa bei Null raus.

Ordway, inzwischen kräftig vollgetankt, beugte sich zwischen den Spielen immer wieder nach vorn, um auf Alicias Busen zu starren. Sein Spiel war sprunghaft und unberechenbar; seine Worte schroff.

Zu Reiths Überraschung begann Alicia beständig zu gewinnen. Ihr Gesicht war genau so ausdruckslos wie seinerzeit in dem Park in Rimbid, als er vergeblich versucht hatte, mit ihr über ihre gemeinsame Zukunft zu sprechen.

Sivird zu seiner Linken spielte gedankenversunken in einem Stil, der seinem eigenen sehr ähnelte. Er häufte schneller Chips an als Reith; aber dann schlug ihn Alicia ein paarmal hintereinander und ließ seinen Fundus fast wieder auf den Anfangseinsatz herunterschmelzen. Fodors Frauen, die links und rechts von dem Regisseur saßen, spielten ängstlich und paßten meist schon vorzeitig.

Ordway, der bereits den größten Teil seiner Chips verloren hatte, raffte sich auf und begann das Limit zu erhöhen. Alle stiegen aus, bis auf Sivird, der mithielt, bis Ordways Stapel weggeschmolzen war. Ordway forderte ihn auf, Farbe zu bekennen. Er selbst hatte ein Full House; Sivird hatte einen Flush.

Ordway starrte mindestens zehn Sekunden lang mit blinzelnden Augen auf die aufgedeckten Karten, als könne er seinen eigenen Augen nicht trauen. Fodor sagte: »Mach schon, Cyril! Schieb die Kohle rüber!«

Ordways stoppelbärtiges Gesicht lief dunkelrot an. »Ich laß mich doch von einem hergelaufenen Kanaken nicht bescheißen! Was glaubt dieser Arsch eigentlich, wer er ...«

Ordway sprang so heftig auf, daß sein Stuhl umfiel. Wie der Blitz war Fodor auf den Beinen und donnerte: »Du verdammtes besoffenes Arschloch!« Mit zwei schnellen Schritten kam er um Michelles Stuhl herum und packte Ordway beim Arm. Ordway schwang die Faust gegen Fodor, aber sein kurzer Arm quirlte lediglich die rauchgeschwängerte Luft auf.

»Raus!« brüllte der Regisseur und zerrte Ordway Richtung Tür. Er riß sie mit der freien Hand auf und schob den wild sich windenden Trunkenbold hindurch. Dann stemmte er seinen riesigen Fuß gegen Ordways Hintern und katapultierte den Production Manager quer durch den Flur, so daß er wie ein nasser Sack gegen die gegenüberliegende Wand klatschte.

Fodor knallte die Tür zu, schloß sie ab und kehrte an den Spieltisch zurück. »Tut mir leid, Leute«, knurrte er. »Der arme Cyril kann sich nun mal nicht beherrschen, wenn er einen in der Krone hat. Morgen kommt er wieder angekrochen und sagt, es täte ihm schrecklich leid. Wer ist dran mit Geben?«

Das Spiel ging weiter. Dann sagte Fodor, er hätte ein Bombenblatt und wolle aus der Hand spielen. Alicia nahm drei Karten auf und setzte das Limit; sie trieb ihn hoch. Er erhöhte seinerseits; sie zog nach. Und so ging es hin und her, bis Alicias Stapel fast und Fodors Stapel ganz heruntergeschmolzen war. An dem Punkt stieg Fodor aus.

Reith hoffte, einen Blick auf die Karten erhaschen zu können; aber Alicia und Fodor falteten beide die Hände und hielten die Bildseite der Karten vor den Blicken der anderen verdeckt. Fodor schob seinen Stapel zu Alicia hinüber.

»Du mußt mir eine Chance geben, gleichzuziehen!« sagte er.

»Fergus, ich bin pleite und hab kein Bargeld mehr.

Wenn ich ein echter Barbar wäre, würde ich jetzt einfach ein paar Köpfe abschlagen und mir die Chips zurückholen. Aber da ich das nicht bin, mach ich dir den Vorschlag, dir Nancy als Sicherheit für ein Darlehen zu geben, bis ich morgen zur Bank komme.«

»Häh? Was?« fragte Reith verdattert. »Dein Wort würde mir schon genügen …«

»Nein, nein, du tust, was ich sage. Vielleicht bin ich ja morgen schon tot, und was könntest du dir dann für mein Wort kaufen?«

»Und was«, fragte Reith, »soll ich bitte schön mit Nancy anfangen?«

»Gütiger Gott im Himmel! Das fragst du mich? Geh mit ihr ins Bett und rammle sie, bis es ihr zu den Ohren rauskommt – oder was dachtest du?«

Reith schaute von einem zum andern. »Meint der das wirklich?«

»Ja, der meint das wirklich so!« sagte Nancy. »Ich erleb das nicht zum ersten Mal.«

»Er muß verrückt sein«, sagte Reith.

»Ich – wir hatten heute Krach«, sagte Nancy, »und d-das ist seine Art, es mir h-heimzuzahlen.« Sie brach in Tränen aus, stand auf und ging zur Tür.

Michelle erhob sich ebenfalls, legte den Arm um Nancy und begleitete sie. Im Hinausgehen murmelte sie: *»Ma pauvre petite! Il est un sale bête, ce grand fripouille-là!«*

»Wir sind immer noch zu fünft«, sagte Fodor. »Jack, du gibst.«

»Ich glaub, ich hab genug«, sagte White.

Sivird sagte: »Entschuldigen Sie mich, meine Herren, aber ich muß das Geschäft morgen früh pünktlich aufmachen, damit ihr Kinoleute noch schnell eure letzten Besorgungen machen könnt.« Er stand auf, verbeugte sich und schob Reith seine Chips zum Einlösen hin.

Fodor seufzte. »Ich denke, das war's dann wohl für heute. Helft mir bitte noch, die Flaschen und die Gläser einzusammeln. Fergus, zahl die Leute aus.« Er raffte die Karten zusammen, steckte sie zurück in ihr Etui und überreichte sie Alicia. »Nimm du sie! Es sind deine Glückskarten, und sie werden dich immer an Attila Fodor erinnern.«

Als er Alicia zurück zu ihrem Zimmer geleitete, sagte Reith: »Hör mal, Warzenschwein! Erzähl mir: Welche Karten hattest du in deinem letzten Blatt?«

»Wenn du sie unbedingt hättest sehen wollen, dann hättest du ja kaufen können.«

»Ach, komm schon, hab dich nicht so! Wir sind doch alte Co-Konspiratoren.«

»Okay, meinetwegen«, sagte sie. »Ich hatte drei Buben.«

»Nicht viel für ein Spiel und einen Topf von der Größe. Hast du irgendeine Ahnung, was der Hunnenkönig hatte?«

»Ich bin sicher, daß er geblufft hat. Vielleicht König hoch oder so was.«

»Woher auf Krishna wußtest du das?«

»Weil ich seinen Stil genau studiert hatte. Sivird hätte die Cosmic-Laute nackt ausgezogen, weil sie mit krishnanischer Mimik und Körpersprache nicht vertraut sind. Aber ich knöpfte ihm seine Chips fast genauso schnell wieder ab, wie er sie gewonnen hatte, weil ich mich sowohl mit Krishnanern als auch mit Terranern bestens auskenne. Außerdem, du glaubst doch wohl nicht, daß ich dieses Kleid bloß angezogen hab, um hübsch auszusehen?«

»Ich hab mich natürlich gefragt, warum du den Fummel angezogen hast. Ich hatte gehofft, du hättest es meinetwegen getan, um dich für mich schön zu machen.«

Alicia lächelte. »Außerdem wußte ich, daß die Cosmic-Leute nicht an krishnanische Kleidungsstile gewöhnt waren und deshalb mehr Energie darauf verwenden würden, auf meine Rundungen zu starren, als sich auf ihre Karten zu konzentrieren. Bei Cyril und Jack klappte das nicht, weil Cyril zu betrunken war und Jack verklemmt ist. Aber bei Attila ist es hundertprozentig gelungen.«

Reith lachte leise in sich hinein. »Du Satansbraten! Das Kleid hat sich heute abend mehr als bezahlt gemacht. Wo hast du gelernt, so zu pokern wie ein alter Profi?«

»In Montecito, bei den Filmleuten. Nachdem ich ein Monatsgehalt verloren hatte, eignete ich mir die Tricks an. Übrigens, würdest du bitte die Karten, die Attila mir geschenkt hat, in deine Obhut nehmen? Ich mach mir eigentlich überhaupt nichts aus Kartenspielen.«

»Nach dem, was ich heute abend gesehen habe, könntest du damit glatt deinen Lebensunterhalt bestreiten.«

Alicia zuckte mit den Schultern. »Das wär kein Leben für mich. Ich bin bloß gekommen, weil Attila mir gesagt hat, daß du auch dabeisein würdest.«

»Dieser Sausack! Ich war nämlich auch bloß da, weil er mir das gleiche von dir sagte. Ich glaub, ich weiß, warum er diese verrückte Nummer mit seiner Mätresse abgezogen hat. Er hat sich ausgerechnet, daß wenn ich die ganze Nacht mit ihr beschäftigt wäre, er sich ungestört an dich heranmachen könnte.«

»Mein lieber Fergus! Bei einem Fodor mit freier Bahn wäre ich froh gewesen, wenn du dabeigewesen wärst, um notfalls störend einzuschreiten, das kannst du mir glauben.«

Sie erreichten Alicias Tür. Wohl wissend, daß dies wahrscheinlich für lange Zeit seine letzte Chance sein würde, seine unvollendeten Fragen zu stellen, legte Reith die Hände auf Alicias Schultern und wandte ihr das Gesicht zu. Sie auf Armeslänge vor sich haltend, holte er tief Luft und sagte: »Liebste Lish, wie würdest du es finden, wenn ich ...«

»Ah, da bist du ja!« Eine sonore Schauspielerstimme

hallte wohlklingend durch den Flur. Randal Fairweather, ebenso groß wie Reith, aber viel hübscher, nahte mit langen, federnden Schritten. »Alicia-Darling! Wenn ich gewußt hätte, daß du dieses Kleid tragen würdest, hätte ich Attilas Party glatt gesprengt!« Er wandte sich Reith zu. »Ich hörte, du fährst zurück nach Ruz, Fergus. Ist das wahr?«

»Ja«, knurrte Reith.

»Nun, dann paß gut auf deinen Arsch auf, alter Junge. Wir können es uns nicht leisten, dich zu verlieren. Sag mal, stimmt es wirklich, daß ihr beiden mal verheiratet wart?«

»Ja, das stimmt«, sagte Reith. Er wünschte sich in diesem Moment nichts sehnlicher, als daß irgendein magischer Zauber diesen Süßholzraspler auf der Stelle in einer Rauchwolke verschwinden ließ.

»Das erinnert mich an die Zeit«, plapperte Fairweather fröhlich weiter, »als ich mit Nadya O'Brien verheiratet war, die die Hauptrolle in *Schweiß und Wollust* gespielt hat. Wir blieben noch für Jahre nach unserer Trennung gute Freunde. Ich war damals bei den Abscheulichen Kreaturen ...«

»Du warst *wo?*« fiel ihm Reith ins Wort.

»Bei den Abscheulichen Kreaturen. Das war eine Tanzcombo; ich spielte das elektrische Banjo. Weißt du, Fergus, du hast der gesamten Männerwelt einen großen Gefallen damit getan, daß ihr euch getrennt habt. Eine so tolle Frau darf einfach nicht bloß einem Mann allein gehören.«

»Ich neige nicht zur Vielmännerei, Randal«, sagte Alicia, »wenn's du das damit andeuten willst.«

»Vielleicht probierst du's einfach mal, meine Elfenprinzessin«, sagte Fairweather. »Nimm zum Beispiel meine Kollegin, Gina Petrovsky ...«

Reith wurde klar, daß der Schleimbolzen darauf wartete, daß er, Reith, sich endlich auf den Heimweg zu seiner Ranch aufmachte, damit er freie Bahn bei Alicia hatte und sie ohne lästige Konkurrenz angraben konnte. Also hielt Reith stur die Stellung, konterte Anekdote mit Anekdote, setzte auf jeden Witz von Fairweather einen eigenen drauf, bis Alicia schließlich überdeutlich ein Gähnen unterdrückte und sagte: »Also, gute Nacht dann, Jungs!« Sie drückte ihre Tür fest ins Schloß, und Reith hörte, wie sie den Riegel vorschob.

»Hast du nicht Lust, mit zur Ranch rauszukommen, Randal?« fragte Reith. »Ich habe guten Kvad, und ich habe Platz genug, um dich unterzubringen.«

»Vielen Dank«, sagte Fairweather, »aber ich glaube, ich hau mich jetzt besser in die Falle. Wir müssen morgen früh mit den Aqebats aufstehen.«

Als Reith immer noch keine Anstalten machte, das Feld zu räumen, warf Fairweather einen Blick auf die verriegelte Tür und lachte. »Okay, ich komm mit! Wir würden ziemlich blöd aussehen, wenn wir die ganze Nacht hier vor der Tür stehen würden und jeder darauf wartet, daß der andere endlich abhaut. Ich geh schnell meine Sachen holen.«

Im Hof des Gästehauses herrschte ein lautstarkes Tohuwabohu, als die Cosmic-Leute in die Omnibusse stiegen. Einige kabbelten sich um bessere Plätze, andere machten sich Sorgen darüber, ob ihre Sachen auch nur ja richtig verstaut wurden und nichts vergessen worden war. Krishnanische Kutscher und Arbeiter riefen durcheinander; ungeduldige Ayas schüttelten ihre Hörner, scharrten mit den Hufen auf dem Pflaster und blökten. Valdez und Ordway brüllten mit den schwer bepackten Trägern herum.

Reith stand übelgelaunt dabei und überwachte das Treiben. Er ärgerte sich schwarz darüber, daß er schon wieder eine günstige Gelegenheit verpaßt hatte. Er riß sich aus seiner griesgrämigen Lethargie, als er Ordways Organ hörte, der unter dem Streß wieder in breitestes Cockney verfallen war.

»Nein, nein, du machst das alles falsch, du Pappnase! He, Strachan, kannst du diesem blöden Kanaken mal erklären, daß er den ganzen Krempel abladen und noch einmal von vorn anfangen soll?«

»Und sag ihm«, schrie Valdez, »wenn er eine Kamera fallen läßt, explodiert sie und reißt uns allesamt in Stücke!«

Dies war zwar maßlos übertrieben, aber völlig aus der Luft gegriffen war es nicht. Die Vorschriften des Interplanetarischen Rates waren zwar ein wenig gelockert worden seit den Zeiten, da es strikt verboten gewesen war, mechanische Geräte, die komplizierter waren als ein Abakus, aus Novorecife herauszuschaffen. Aber Kameras und andere technische Instrumente mußten mit einem Selbstzerstörungsmechanismus versehen werden, bevor sie das Gelände verlassen durften. Sollte nun irgendein wißbegieriger Krishnaner versuchen, ein solches Gerät auseinanderzunehmen, sei es, um die Geheimnisse terranischer Technologie zu ergründen oder sei es einfach bloß aus Neugier, würde das Gerät sich selbst in hunderte Einzelteile zerlegen, die kein Krishnaner je wieder würde zusammenbasteln können.

»Sachte, sachte«, kam Strachans tiefe Stimme. »Wenn du ihn ständig anbrüllst, verunsicherst du ihn so, daß er unter Garantie was fallen läßt.« Strachan sprach mit dem Mann auf gozashtandou, woraufhin dieser die Sachen wieder ablud und neu auflud.

Reith sah, daß Ordway sich von seinen Exzessen wieder so weit erholt hatte, daß außer einem Hörnchen auf der Stirn und geröteten Augen nichts mehr zu sehen war. Er mußte zugeben, daß der Londoner ein Händchen dafür hatte, Ordnung ins Chaos zu bringen.

Roqir stand schon recht hoch am grünlichen Himmel, als das letzte Stück Fracht sicher an Bord verstaut war und der letzte Fahrgast, der sich das Warten mit Herumspazieren vertrieben hatte, auf seinem Platz im Omnibus saß. Ordway schwang sich auf den vordersten Waggon und ließ den Blick über die Fahrgäste schweifen. Er rief: »Also wirklich, Alicia! Würdest du bitte um des lieben Herzjesuleins willen endlich einsteigen? Du wirst für solche Übungen in Zinjaban noch genügend Zeit haben!«

Mit ›solche Übungen‹ meinte er die Abschiedsumarmung zwischen Alicia und Reith. Als sie sich küßten, klatschten die Passagiere, die sich neugierig hinauslehnten, laut Beifall und riefen »Bravo!« und »Hurra!«. Als er und Alicia sich schließlich voneinander lösten, hörte Reith vereinzelte Kommentare aus dem allgemeinen Geplapper heraus.

»Sie ist seine Exfrau, mußt du wissen.«

»Mann, ich wünschte, meine Ex würde mich auch so behandeln!«

»Sie kann meine Ex sein, wann immer sie möchte!«

Ordway blies in seine Trillerpfeife. Die Kutscher ließen ihre Peitschen knallen, und die Waggons setzten sich ächzend und rumpelnd in Bewegung.

Als der letzte Waggon durch das Tor geschaukelt war, wandte sich Reith an Timásh, der die Zügel von drei Ayas hielt, von denen einer zwischen die Deichseln von Reiths Einspänner geschirrt war. Reith kletterte auf den Sitz und lenkte seinen Einspänner zum Tor hinaus, gefolgt von Timásh, der auf dem einen der Ayas ritt und den anderen am Zügel führte. Doch statt in die Uferstraße nach Qou einzubiegen, nahm er die Straße nach Norden Richtung Rosid.

VIII

DER DASHT VON RUZ

In Avord begrüßte ihn der Gastwirt Asteratun – der mit den ausgefransten Antennen – mit den Worten: »Seid mir gegrüßt, guter Meister Ries! Kommt Ihr wieder mit neuen Ertsuma?«

»Nein«, sagte Reith. »Nur mit meinem getreuen Timásh, und diesmal werde ich mir ein Zimmer mit ihm teilen.«

»Dann gebe ich Euch Nummer Sechs, wenn es Euch recht ist.«

Später, als Reith und Timásh in der Schankstube beim Falat saßen, setzte sich Asteratun, da er im Moment keine anderen Gäste hatte, zu ihnen. Reith fragte: »Wie stehen die Dinge in Ruz in diesen Tagen?«

»Recht gut. Den göttlichen Sternen sei Dank hat der Dasht jene törichte Verfügung, welche den Badehausbesitzern vorschrieb, ihre Institute in Abteilungen für Männer und Weiber zu spalten, wieder rückgängig gemacht.« Asteratun schaute Reith in die Augen. »Mein guter Herr, das letzte Mal, als wir uns begegneten, gabt Ihr mir das Versprechen, mir zu verraten, wer die Dame ist, die ich fälschlich für Eure Tochter hielt. Nun, und da wir alte Freunde und Geschäftspartner sind, bitte ich Euch, dies Versprechen einzulösen.«

»Sie ist dieselbe, die Ihr schon vor zwanzig Jahren kennenlerntet, und die damals mein Eheweib war.«

»Meister Ries, ich weiß, daß ihr mit euren terranischen Arzeneien länger lebt als wir Menschenwesen. Ihr seid in den letzten zwanzig Jahren tatsächlich kaum gealtert – weit weniger als ich in derselben Spanne.

Doch diese hübsche Maid scheint um keinen Deut älter als vor zwanzig Jahren. Warum ist das so?«

»Sie hat fast all diese Jahre mit Reisen durch das All verbracht; darum ist das so.«

Asteratun starrte hinunter auf den Tisch. »Ja, ich habe von jener Raum-Magie gehört, welche die Zeit für jenen verlangsamt, der daran teilhat, wie in der Mär von dem Wicht, der für einen Tag ins Elfenreich reist und bei seiner Rückkehr feststellen muß, daß ein Jahrhundert vergangen ist. Ein Terraner versuchte einst, mir diese Magie zu erklären, aber ich vermochte aus seinen Darlegungen nicht klug zu werden. Wie auch immer, Ihr sagtet, daß sie Euer Eheweib *war*. Heißt das, sie ist es nicht mehr?«

»Das ist richtig. Wir wurden geschieden, kurz nachdem Ihr sie kennenlerntet.«

»*Ohé!* Deshalb bestandet Ihr also darauf, alleine zu schlafen! Gleichwohl wart ihr unlängst gemeinsam hier und führtet euch wie alte Freunde auf, gleich als wäre nie auch nur ein harsches Wort zwischen euch gefallen. Wenn eines von uns Menschenwesen sich scheiden läßt, dann muß einer von beiden dem andren so übel mitgespielt haben, daß der andre nie wieder etwas mit dem Übeltäter zu tun haben will.«

»Keiner von uns hat dem andren Leides getan«, sagte Reith mit einem schiefen Lächeln. »Ich nehme an, jeder von uns trachtete danach zu regieren, und sie konnte den Wettstreit nicht ertragen.«

Der alte Krishnaner schüttelte sein allmählich ergrauendes blaugrünes Haar. »Ja, ihr Terraner nehmt eure Paarungen und Entzweiungen so leicht als wie die frivolen Ritter von Qarar, die sich paaren wie die Tiere des Waldes. Einer, ein gewisser Sir Khors, nächtigte unlängst hier. Er hatte seine neue Buhle dabei und brüstete sich damit, seiner vormaligen Mätresse ihretwegen den Laufpaß gegeben zu haben – wenn es nicht in Wahrheit sie war, die von *ihm* geflohen ist. Er riet mir, ich solle das gleiche mit meinem alten Eheweib tun. ›Jeder Mann‹, sprach er, ›braucht alle paar Jahre eine neue Buhlerin.‹

Darauf erwiderte ich: ›Mögen die Sterne mich davor behüten! Nachdem ich nun vierzig Jahre gebraucht habe, um zu lernen, mit einem einzigen Weibe auszukommen, und es an meine Grillen und Schnurren zu gewöhnen, glaubt Ihr, daß ich da das Verlangen hätte, noch einmal von vorn zu beginnen? Glaubt Ihr, ich bin mondsüchtig?‹«

»Eine Scheidung ist auch auf Terra eine strittige Angelegenheit«, sagte Reith düster, »auf die es keine letztgültige Antwort gibt. Doch kommt mich dies Thema gleich als wie ein Messer an, welches in meine Leber dringt; lasset uns also von anderen Dingen sprechen.«

Als Reith am nächsten Tag in Rosid ankam, begab er sich auf schnellstem Weg zum Palast. Er bat einen der Wächter am Tor, zu ermitteln, wann es dem Dasht gelegen sei, ihn zu empfangen. Der Wächter blaffte einem anderen Wächter drinnen einen Befehl zu; der verschwand daraufhin und kam kurze Zeit später mit der Bitte zurück, Meister Reith möge ihn begleiten. Während Reith ihm die Marmortreppe hinauf, durch das mächtige Bronzeportal und durch einen langen, von bunt bemalten Statuen und anderen Erzeugnissen krishnanischen Kunstschaffens gesäumten Gang folgte, fragte er sich verwundert, warum der Dasht ihm wohl diese unerwartete Ehre erweisen mochte.

Als er das Audienzzimmer betrat, fand er sich plötzlich von Männern mit gezückten Schwertern umringt. Reflexartig fuhr seine Hand zum Schwertgriff, doch dann wurde ihm bewußt, daß Widerstand sinnlos war.

Noch ehe er sein halb gezücktes Schwert in die Scheide zurückschieben konnte, warf ihm von hinten jemand ein Netz über den Kopf. Ein stämmiger Gozashtandu versetzte ihm einen heftigen Stoß; er stolperte über das Netz und fiel zu Boden. Der Stämmige und sein Gehilfe zogen das Netz zu, und Reith fand sich so fest eingesponnen wie eine terranische Fliege in einem Spinnennetz.

»Was soll das?« schrie er.

»Das wirst du gleich sehen«, sagte einer der Krishnaner. Mehrere Ruzuma schulterten das Bündel, das Reith enthielt, und trugen es drei Treppen hinunter, durch viele lange, dunkle Gänge und schließlich ins Verlies.

Sie legten Reith auf den Boden, befreiten ihn von dem Netz und nahmen ihm, während sie ihn an Armen und Beinen festhielten, um jeden Widerstand im Keim zu ersticken, alle metallenen Gegenstände ab: Schwert, Dolch, Taschenmesser, Münzgeld, Schlüssel, Kugelschreiber und Drehbleistift. Auch seine Brieftasche mit dem Brief vom Großmeister, in dem dieser ein Regiment von Ruzuma dazu einlud, an den Dreharbeiten in Mikardand teilzunehmen, nahmen sie ihm. Seine zornig vorgetragenen Forderungen nach einer Erklärung ignorierten sie.

Während zwei der Männer, die ihn festgenommen hatten, seine Arme festhielten, kam ein Krishnaner in einer Uniform von einem anderen Stils herein. Er trug eine massive Kette bei sich, an deren Enden zwei abschließbare Eisenringe, ein größerer und ein kleinerer, befestigt waren. Der Kerkermeister legte den größeren um Reiths Hals, paßte ihn an und schloß ihn ab. Den kleineren Ring befestigte er an einer Öse in der Wand.

»So!« sagte der Kerkermeister. »Ich hoffe doch, Ihr spürt kein Unbehagen, Meister Ries?«

»Ich würde mich behaglicher fühlen«, knurrte Reith, »wenn ich endlich wüßte, was das zu bedeuten hat!«

»Was das anbelangt, da müßt Ihr die Rückkehr des Dasht aus Lusht abwarten, wohin er sich begeben hat, die Vermählung von des Pandrs Tochter zu feiern.«

»Wann kommt er denn zurück?«

»Wir rechnen täglich mit seiner Rückkunft.«

Die Soldaten verließen die Zelle. Einer blieb draußen auf dem Gang und schaute durch die Stäbe.

Reith sagte zu seinem Wärter: »Wenn seine Hoheit mich zu sehen wünschte, bräuchte er mich bloß darum zu bitten. Ich weile hier in legitimen Geschäften, bezüglich derer er und meine Klienten eine schriftliche Vereinbarung haben. Wie heißt du, mein Freund?«

»Herg bad-Yeshram. Meine Familie dient dem Dasht seit vier Generationen als Kerkerwärter.«

»Da ihr doch wißt, wer ich bin, warum behandelt ihr mich da wie einen Schwerverbrecher? Warum kettet ihr mich an, als wäre ich der Riese Damghan, der sonst herumwüten und Menschen töten und verschlingen würde?«

Herg wackelte mit dem Kopf. »Den Grund kenne ich nicht. Aber der Dasht hat Order hinterlassen, Ihr seiet so streng zu inhaftieren, daß Ihr nicht die geringste Chance habt, zu entweichen. Es ist bekannt, daß Ihr ein schlüpfriger Kunde seid, der schon, obgleich gefesselt und in Ketten gelegt, aus manchem Verlies zu entfliehen vermochte. Nun gehe ich Euer Abendmahl holen.«

Es folgten zwei Tage sich schier endlos hinziehender Langeweile für Fergus Reith. Der Kerkermeister und sein Gehilfe behandelten ihn nicht unfreundlich, und sie kümmerten sich auch um seine Grundbedürfnisse. Wie Herg bad-Yeshram es erklärte: »Wir haben Geschichten von Euch gehört, Meister Ries, und wissen, daß Ihr unter den Terranern ein Mann von unbescholtenem Ruf seid. Ich bezweifle nicht, daß der Dasht, wenn er zurückkehrt, entdecken wird, daß er das Opfer eines Mißverständnisses geworden ist und sofort Eure Freilassung verfügen wird. Bis dahin jedoch müssen wir unsere Pflicht tun.«

Ein Wärter schob ständig Wache im Gang und behielt ihn im Auge. Reith fiel auf, daß seine gegenwärtige Zwangslage eine unmittelbare Folge seiner erfolgreichen Auftritte bei früheren Abenteuern war, denn diese

Triumphe hatten ihm den übertriebenen Ruf eines Tausendsassas bei den Krishnanern eingebracht.

Als er am zweiten Tag seine Taschen durchkramte, auf der Suche nach irgend etwas, womit er sich die Langeweile vertreiben konnte, stießen seine Finger auf einen flachen, rechteckigen Pappkarton. Es war das Kartenspiel, das Fodor Alicia geschenkt und das sie ihm zur Aufbewahrung gegeben hatte. *Ha!* dachte er. Er setzte sich auf seinen Hocker und begann auf dem Steinboden eine Patience zu legen.

Am dritten Tag, er war gerade in seine achtzehnte Partie dieses stumpfsinnigen, aber zum Zeittotschlagen gut geeigneten Spiels vertieft, hörte er plötzlich eine vertraute Stimme, die auf englisch, aber mit deutlichem krishnanischen Akzent schnarrte: »Mister Reith! Was tun Sie da?«

Reith blickte auf. Draußen vor seinem Verlies stand Gilan bad-Jám, der Dasht von Ruz, angetan mit einem versilberten Küraß, der mit Abbildungen von Fabelwesen besetzt war. Seine Oberlippe zierte ein nagelneuer, frisch aufgeklebter Schnauzbart, dessen mit Bartwichse versteifte Enden zu Stacheln hochgezwirbelt waren. Er war flankiert von zwei Gardisten.

»Seid gegrüßt, Eure Hoheit«, sagte Reith mit bemühter Gelassenheit. »Ich lege Patiencen.«

»Häh? Was ist das? Und warum stehen Sie in meiner Gegenwart nicht auf?«

»Um Ihre Fragen der Reihe nach zu beantworten, Hoheit: Patiencen legen ist ein Spiel, das man mit sich selbst spielt, mit kleinen Rechtecken aus steifem Papier, ›Karten‹ genannt. Man kann diese Karten auch für andere terranische Spiele benutzen. Und was Ihre zweite Frage betrifft: Ihre Männer haben mich mit einer Kette beladen, die bestimmt dreißig, wenn nicht sogar vierzig gozashtandische Pfund wiegt. Das macht das Aufstehen ein wenig schwierig.«

»Ja, ja, ich verstehe. Ich habe schon Terraner Karten

spielen sehen. Und jetzt wünsche ich, daß Sie mir ein paar Fragen beantworten.«

»Ich werde es versuchen, Hoheit«, erwiderte Reith.

»Welche Rolle haben Sie beim Verschwinden meiner Angetrauten, der Prinzessin Vázni bad-Dushta'en gespielt?«

»Ich habe dabei überhaupt keine Rolle gespielt, Hoheit. Ich habe zum ersten Mal davon gehört, als es bereits geschehen war.«

Nach einem Augenblick des Überlegens sagte der Dasht: »Ihr terranischer Kollege, Mister Strachan, ist mit uns nach Hershid gereist, aber nicht mit uns zurückgekommen. Er verschwand ungefähr zum gleichen Zeitpunkt aus unserem Gesichtskreis, zu dem wir auch die Prinzessin vermißten. Besteht da vielleicht ein Zusammenhang zwischen diesen beiden Ereignissen? Sind sie womöglich zusammen durchgebrannt?«

Reith zuckte mit den Achseln. »Soweit ich weiß, lebt Kenneth Strachan glücklich mit seiner terranischen Frau in Novo.«

»Wann und wie erfuhren Sie, daß die Prinzessin Vázni verschwunden ist?«

Reith dachte fieberhaft nach. Er durfte dem Dasht jetzt keine Lüge auftischen, die dieser leicht überprüfen konnte. »Ich hörte in Novo davon reden, Hoheit, daß die Prinzessin dort auf dem Wege zu ihrer in Suruskand lebenden Tochter Station gemacht hatte. Ich habe die Prinzessin nicht selbst gesehen.« Nach einer kurzen Pause fügte er hinzu: »Meine Informantin – eine ortsansässige Dame; wer es war, habe ich vergessen – sagte, die Tochter hätte der Prinzessin geschrieben; darin hätte sie sie gedrängt, zu ihr zu kommen, und ihr einen prachtvollen neuen Ehemann versprochen.«

»Verdammt und zugenäht!« schnaubte der Dasht. »Wenn sie noch weitere Männer heiratet, ist sie zu abgenutzt, um noch meine Gemahlin sein zu können. So, Reith! Antworten Sie wahrheitsgemäß!«

»Ja, Hoheit?«

»Welche Rolle haben Sie bei dem gefälschten Brief von Dour Eqrar gespielt, der uns zu einer sinnlosen Reise nach Hershid gelockt hat?«

»Davon weiß ich nichts, Eure Hoheit.« Reiths Herz pochte heftig. Er war wild entschlossen, Alicias Rolle bei dem Schwindel zu verbergen; dem Dasht war zuzutrauen, daß er ihr in seiner Rachsucht ein Killerkommando auf den Hals hetzte.

»Wirklich nicht?«

»Nicht das geringste, Eure Hoheit.«

»Können Sie sich vorstellen, warum mir jemand einen solch törichten, sinnlosen, geschmacklosen und peinlichen Streich spielen sollte?«

»Nun, Eure Hoheit; ich hätte da schon eine Theorie.«

»Ja? Sprechen Sie, Mann, sprechen Sie! Ich werde Sie nicht für die Überbringung unangenehmer Nachrichten bestrafen. *Ich* halte stets mein Wort!« Gilan klopfte sich so heftig gegen seinen Küraß, daß es klang, als bollere jemand an ein eisernes Portal.

»Mein Verdacht«, sagte Reith, »ist der, daß jener Brief gar keine Fälschung war.«

»Unmöglich!«

Reith zuckte die Achseln. »Wie Sie wünschen, Hoheit. Aber könnte es nicht sein, daß der Regent Tashian diese Bitte durch seinen Botschafter in Hershid übermitteln ließ und daß er, nachdem der Sekretär des Dour der Prinzessin geschrieben hatte, seine Meinung wieder geändert hat? Er könnte zu dem Entschluß gelangt sein, den Thron selbst an sich zu reißen oder einen seiner Söhne zu königlichem Rang zu befördern. Warum sollte er sich Gedanken darüber machen, ob er Eure Hoheit damit nicht kompromittiert?«

»Wenn unsere Länder aneinander grenzten«, zischte Gilan, »würde mein schärfstes Schwert ihn bald lehren, sich Gedanken zu machen!«

»Mir kommt da noch ein Gedanke, Hoheit.«

»Sprechen Sie!«

»Sollte ich recht verstanden haben, nimmt man, wenn eine Frau Ihrer Art zum zweiten Mal heiratet und empfängt, allgemein an, daß der zweite Ehemann lediglich die Saat des ersten aufzieht, die die ganze Zeit über bereits in ihr geschlummert hat. Das Ei, so glaubt man, stammt ebenso wahrscheinlich vom ersten Ehemann ab wie das zweite, selbst wenn der erste vielleicht schon seit Jahren tot ist.«

»Das ist die allgemeine Auffassung«, bestätigte der Dasht. »Aber wie ich hörte, betrachten die terranischen Wissenschaftler sie als bloßen Aberglauben.«

»Haben Eure Hoheit nicht schon häufiger erlebt, daß Terraner einander widersprechende Anschauungen propagieren?«

»O doch, das habe ich erlebt! So behauptet zum Beispiel der Reverend Trask, daß der Prophet seiner Sekte der Sohn seines Gottes gewesen sei, während der Reverend Muhammad Basri etwas ganz anderes sagt. Aber was hat das mit diesem Fall zu tun?«

»Ich will damit nur sagen, Hoheit, daß Sie nicht unbedingt jede terranische Doktrin für bare Münze nehmen müssen.«

»Hm«, sagte der Dasht. »Seltsam, einen Terraner eingestehen zu hören, daß die allwissenden Wesen von seinem Planeten nicht unfehlbar sind! Wollen Sie damit andeuten, daß an dem alten Glauben, der zweite Ehemann ziehe lediglich die Saat des ersten auf, am Ende vielleicht doch etwas dran sein könnte?«

»Es ist zumindest nicht ausgeschlossen, Eure Hoheit. Und wenn es so wäre, würde sich natürlich die Frage nach der Legitimität jedweder Erben stellen, die Sie mit der fraglichen Dame gezeugt haben.«

»Oho! Daran hatte ich gar nicht gedacht, Mister Reith! In Ruz ist mein Wort natürlich letztgültig. Was *ich* sage, ist Gesetz. Aber für den Fall, daß wir dazu berufen werden sollten, weitreichendere Verantwortung zu übernehmen... Sie meinen, jedes Ei, das sie legt, könnte womöglich von Ihnen oder von dem unglückseligen Aslehán gezeugt worden sein?«

»Von mir auf keinen Fall, Hoheit. Meine einstige Ehe mit der Lady Vázni würde nicht zählen, da wir Terraner mit Ihrem Volk unter keinen Umständen Nachkommen zeugen können. Aber sie war jahrelang mit Aslehán verheiratet, der, da bin ich sicher, seinen ehelichen Pflichten tadellos nachgekommen ist.«

»Das bezweifle ich nicht«, sagte der Dasht. »Sie war ein hübsches Ding.«

»Auf jeden Fall«, fuhr Reith fort, jedes seiner Worte sorgfältig wählend, »scheint mir, daß die Chance, daß sie jemals ein bedeutender Faktor in der Politik Durs wird, nur sehr gering ist.«

»Hmp!« grunzte der Dasht. »Wollen Sie damit andeuten, daß sie sich als Eheweib für mich möglicherweise mehr als Belastung denn als Stütze, mehr als Passivum denn als Aktivum erweisen könnte?«

»Ich würde mir nicht anmaßen, solch eine Sache als Faktum hinzustellen, Eure Hoheit. Ich sage lediglich, daß die Möglichkeit es verdient, in Erwägung gezogen zu werden.«

Gilan zupfte an seiner langen Nase. »Vielleicht, vielleicht. Ich werde darüber nachdenken und meine Ratgeber konsultieren.«

»Da wäre noch etwas, Eure Hoheit. Was ist mit den fünfhundert Kavalleristen, die Sie für das Lichtspiel versprochen haben?«

»Sie stehen bereit und können sofort abmarschieren, sobald sie wissen, wohin. Wo sollen sie zum Einsatz kommen?«

»Irgendwo im Westen Mikardands«, sagte Reith, bewußt unbestimmt bleibend. Je mehr Informationen er dem Dasht gab, desto weniger Trumpfkarten würden ihm bleiben, um seine Freilassung aus dem Kerker zu erreichen.

»Was ist mit unseren Burgen, die die Erdlinge mieten wollten?«

»Ich glaube, sie haben sich für eine Burg in Mikardand entschieden.«

»Uns all diese Unannehmlichkeiten für nichts und wieder nichts zu bereiten!« knurrte der Dasht mürrisch. »Nun denn; weniger Geld ist immer noch besser als gar keins! Ich werde meine Reiter also nach Westmikardand beordern. Aber wie sollen sie Einlaß in jenes Land erhalten? Ohne irgendeine Art von Übereinkunft würde es wie ein Angriff aussehen.«

»Das ist bereits arrangiert, Hoheit. Der Großmeister hat mir einen Brief für Sie mitgegeben, in dem er Ihren Männern die Einreise in die Republik gestattet. Soweit ich informiert bin, hat er dem befehlshabenden Offizier in Kolkh eine entsprechende Anweisung übermittelt. Ihre Soldaten haben mir diesen Brief genommen.«

Der Dasht stand mehrere Atemzüge lang schweigend da, Reith durch die Gitterstäbe fixierend. An den kleinen topasfarbenen Glanzlichtern, die das Licht der Lampe in den Augen des Krishnaners tanzen ließ, sowie an den zuckenden Antennen erkannte Reith, daß Gilans beweglicher, wenn auch sprunghafter Geist fieberhaft arbeitete.

»Ich muß erst diesen Brief lesen und darüber nachdenken, bevor ich weitere Schritte unternehme«, sagte der Dasht schließlich. »Ich werde keine Entscheidung fällen, ehe ich nicht meinen Rat konsultiert habe; ich folge stets einem vernünftigen Plan. Aber das geht nicht vor morgen.«

»Eure Hoheit«, sagte Reith, »haben Sie je erfahren, wer einen meiner Terraner auf jenen verrückten Aya gesetzt hat?«

»Wir erfuhren einiges. Diese Person erlangte Zugang zum Palast, gab sich als Lakai aus und überbrachte dem Stallmeister eine Botschaft, die angeblich von mir stammte. Dies getan, schlüpfte er aus dem Palast, ging zum Markt und begann Reden gegen euch Terraner zu halten. Als die Marktwächter ihn festnehmen wollten, tauchte er in der Menge unter.«

»War er einer von Schlegels Bande?«

»Offenbar nicht. Wir glauben, es handelt sich bei dieser Person um einen gewissen Nuchohr. Er war früher ein Gefolgsmann Schlegels, überwarf sich aber mit ihm und gründete seine eigene Partei, mit einem viel schärferen Programm. Während Schlegel lediglich jede kulturelle Verbindung zwischen Terranern und Menschenwesen unterbinden will, verfolgt Nuchohr das Ziel, alle Terraner von dieser Welt zu vertreiben. Dabei scheut er auch vor Mord nicht zurück.

Doch genug davon. Ich möchte, daß Sie mir ein paar dieser terranischen Spiele mit Karten beibringen. Ich sehe wachsende Beschäftigung mit fremden Wesen Ihrer Art voraus, und ich werde ihre sozialen Bräuche erlernen müssen, zur Selbstverteidigung.«

Reith lächelte. »Hier in der Zelle?«

»Ja, ja; aber Sie brauchen diese lästige Kette nicht dabei zu tragen.« Er rief in seiner Muttersprache: »Herg! Komm her und befreie den Gefangenen von dieser Fessel… Und nun hol einen Tisch und zwei ordentliche Stühle. Ich werde jetzt, mein guter Herg, in die Geheimnisse terranischer Zimmerspiele eingeweiht werden.«

Reith sagte auf gozashtandou: »Ich erinnere mich da an ein Spiel, welches ›Poker‹ geheißen wird. Um es erfolgreich spielen zu können, bedarf es mindestens dreier Mitspieler und einer Anzahl von Marken, ›Chips‹ genannt. Dies sind kleine Scheiben aus einem geläufigen Material, wie Münzen, jedoch von geringem Wert. Wenn Ihr ein paar hundert von Euren kleinsten Münzen holen lassen könntet…«

Der Dasht befahl einem seiner Gardisten: »Hol mir einen Sack Arzuma aus dem Schatzamt. Mein Siegelring hier soll dir als Vollmacht dienen; daß du ihn mir ja zusammen mit den Münzen zurückgibst! Herg, hol uns noch einen Stuhl! Du sollst mitspielen!«

»*Ich,* Herr?« fragte der Kerkerwärter erstaunt.

»Ja, du selbst. Bei terranischen Spielen gibt es keine Rangunterschiede.«

Als der Gardist mit einem Säckchen voller kleiner Bronzemünzen – den Pfennigen Gozashtands – zurückkam, fand er Reith, den Dasht und Herg um den Tisch herumsitzend vor, während Reith die Werte der einzelnen Kartenkombinationen erläuterte.

»Ich fürchte, ich bin arg verwirrt, Herr«, sagte Herg. »Ich kenne doch diese kleinen terranischen Symbole für Zahlen überhaupt nicht.«

»Du kannst doch zählen, oder?« bellte der Dasht. »Dann zähle diese Symbole, welche Meister Ries Herz, Schippen, Schellen und Kreuz nennt, wiewohl sie vollkommen anders aussehen denn alle Herzen, Schaufeln, Glocken oder Kreuze, die meine Augen je geschaut haben.«

»Ich gebe als erster, Eure Hoheit«, sagte Reith. »Bitte haltet Eure Karten hoch, so, damit kein anderer Spieler einen Blick darauf erhaschen kann ...«

Stunden später erhob sich der Dasht. »Meinen Dank, Mister Reith«, sagte er auf englisch. »Ich fürchte, ich war so vertieft in das Spiel, daß ich das Abendessen vergessen habe. Erlauben Sie, daß ich Ihr Kartenspiel mitnehme; ich habe eine Idee, wie ich den Abend gestalten könnte. Bis morgen dann!«

»Aber Eure Hoheit!« rief Reith. »Wollen Sie mich denn nicht hier rauslassen ...«

Ohne darauf einzugehen, stürmte der Dasht zur Tür hinaus, knallte sie zu und schritt von dannen. Obwohl Reith wußte, daß Gilan trotz seiner Exzentrizität hochintelligent war, hatte ihn doch das Tempo überrascht, mit dem der Edelmann das Spiel gemeistert hatte. Intelligenz und eine Spur Überspanntheit, dachte Reith, bilden eine gefährliche Mischung.

Später kam Herg in die Zelle, um die Reste von

Reiths Abendessen wegzuräumen. »Es ist gut, Meister Ries, daß wir nur um Arzuma gespielt haben und daß die auch noch vom Schatzamt beigestellt waren. Andernfalls hätte der Dasht mich zum Bettler gemacht.«

Reith lächelte. »Du hättest besser daran getan, ihn beizeiten aufzufordern, Farbe zu bekennen, um ihn zur Ehrlichkeit zu zwingen.«

»Das versuchte ich auch einmal, und ich merkte, wie ungehalten er darob war. Wir, seine Diener, müssen auf seine Launen achten. Es gefiel ihm gar nicht, als Ihr ihn auffordertet, ›Farbe zu bekennen‹, wie Ihr es nennt.«

Am darauffolgenden Nachmittag schloß Herg die Tür auf und verkündete: »Ihr seid frei, Meister Ries! Der Dasht hat angeordnet, Euch unverzüglich auf freien Fuß zu setzen. Ihr sollt, hat er gesagt, den ganzen Luxus genießen, den sein Palast zu bieten hat.«

Reith fand Timásh geduldig vor dem Palast harrend. Er hatte sich, als sein Herr nicht zurückgekommen war, kurzerhand im örtlichen Gasthof einquartiert. Reith zog in die Gästesuite des Dasht. Seinen Unmut über die Behandlung, die ihm widerfahren war, so gut er konnte verbergend, speiste er mit dem Dasht und dem wettergegerbten Sir Bobir, dem Befehlshaber des Reitertrupps, der nach Zinjaban geschickt werden sollte, zu Abend.

Sir Boban löcherte ihn mit Fragen zu der Rolle, die seine fünfhundert Ritter spielen sollten. »Denn schaut, Meister Ries: Wenn fünfhundert von unseren Mannen und fünfhundert Mikardanduma umhergaloppieren und so tun, als föchten sie eine Schlacht aus, dann wird gewißlich einer unter den Mikardanduma sein, der versuchen wird, die Schmach der Mikardanduma in der Schlacht von Meozid zu rächen, dergestalt daß er einem von unsren Kriegern den Schädel einschlägt. Worauf sich sogleich ein allgemeines Getümmel erhöbe, mit vielen Toten und Verwundeten. Und es käme womöglich zum Kriege, obgleich es keiner der beiden Regierungen danach gelüstet, schwebt doch über allen die dräuende qaathianische Gefahr.«

»Wir haben diese Gefahr bedacht«, sagte Reith, wie die anderen Gozashtandou sprechend. »Die Lichtspielleute werden jeden Kämpen mit einem hölzernen Schwert ausstatten, das mit Silberfarbe angestrichen ist. Auf diese Weise hoffen wir Verwundungen vermeiden zu können, von ein paar Prellungen vielleicht abgesehen.«

»Bobir!« sagte der Dasht, der sich zu dem Abendessen in einer neuen Uniform aus mit goldenen Biesen besetzter gebleichter Shaihanwolle präsentierte. »Du hast Order, uns heute abend hier aufzuwarten. Ich möchte dich das faszinierende Spiel lehren, welches Meister Reith mir beigebracht hat. Es wird in seiner terranischen Zunge ›Poker‹ geheißen. Gestern abend habe ich den Schatzkanzler und meinen Sekretär ›abgezogen‹, wie Meister Reith es in seiner terranischen Zunge nennt. Für heute abend habe ich den Kämmerer engagiert. Mit dir und dem Erdling werden wir zu viert sein. Und oh, ehe ich's vergesse!« Der Dasht zog eine kleine Pergamentrolle aus seinem Ärmel. »Auf die Knie mit Euch, Meister Reith! Sehet! Euer Freibrief mit der Ernennung zum Ritter!«

Der Dasht klatschte Reith die Pergamentrolle einmal quer übers Gesicht, dann sagte er: »Erhebet Euch, Sir Fergus!« Er umarmte Reith und küßte ihn auf beide Wangen. Reith blinzelte zu spät, um noch verhindern zu können, daß eine der Eberhauer-Schnauzbartspitzen des Feudalherrn ihm ins Auge piekste.

»Betrachtet die Ernennung zum Ritter als ein kleines Zeichen meiner Dankbarkeit dafür, daß Ihr mich mit diesem fesselnden Spiel vertraut gemacht habt«, sagte Gilan. »Es hat darüber hinaus auch militärischen Wert, sollten wir je gezwungen sein, unser schimmerndes Schwert zu ziehen. Finte, Bluff und Täuschung sind notwendige Bestandteile der Kriegskunst. Ich wußte auf den ersten Blick, daß Ihr einer wart, dessen Bekanntschaft mich erfreuen würde. Bei Qondyors eiserner Rahe, *ich* irre mich nie in meinem Urteil über Leute, ganz gleich, ob sie nun Terraner oder Menschen sind!«

»Ich danke Eurer Hoheit«, sagte Reith und wischte sich eine Träne aus dem malträtierten Auge. »Ach, übrigens, Hoheit, Ihr erwähntet den Reverend Trask. Wie floriert sein und seines Weibes Unternehmen?«

»Das weiß ich nicht«, blaffte der Dasht. »Sie wurden vor einem Zehn-Tag des Dashtats verwiesen, zusammen mit den anderen terranischen Missionaren – Christen, Buddhisten, der ganzen Sippschaft.«

»Warum?«

»Eine Horde von fanatischen Anhängern der Trasks überfiel meinen Chefastrologen, schlug den alten Burschen nieder und zerbrach seine Augengläser. Ich schere mich selbst wenig um Astrologie; aber ich kann nicht zulassen, daß meine Diener mißhandelt werden. So wie sie loyal zu mir stehen, so stehe ich loyal zu ihnen.«

»Die Trasks erzählten mir, sie seien der Gewaltlosigkeit verpflichtet«, sagte Reith.

»In der Tat. Sie sagten, sie verabscheuten den Übergriff ebenso sehr wie ich. Aber jede Bewegung dieser Art zieht aufsässige Geister an, die auch den fadenscheinigsten Vorwand beim Schopf ergreifen, um zu wüten und zu zerstören. Ich lasse solchen Tumult in *meinem* Reich nicht zu! Vor die Wahl zwischen der friedvollen Sicherheit meiner Untertanen und den Botschaften der Terraner aus der Geisterwelt gestellt, verzichte ich auf die Botschaften!«

Während er auf der langen Straße von Qou nach Mishé dahinschaukelte, neben sich Timásh, der auf einem Aya ritt und einen dritten am Zügel führte, versuchte Reith, sich über seine Gefühle für Alicia klarzuwerden. Ein Teil von ihm sagte: Vergiß die ganze Angelegenheit.

Wenn sie eine dauerhafte Beziehung mit dir haben wollte, dann hätte sie Sári nicht so gleichgültig hingenommen oder das Mädchen auf so nüchterne, wissenschaftliche Weise befragt.

Unterdessen vermißte der andere Teil von ihm Alicia mit einer Schmerzlichkeit, wie er sie noch ein paar Monde zuvor nicht für möglich gehalten hätte. Er mußte sich richtig zusammennehmen, um in seiner Vorfreude, sie wiederzusehen, die Tiere nicht überzubeanspruchen.

Da er in Mishé wohlbekannt war, hatte er keine Probleme am Stadttor; doch gleich dahinter fand er die Hauptstraße von einer wachsenden Menge blockiert. Er richtete sich in seinem Einspänner auf, so daß er über die Köpfe der Krishnaner hinwegschauen konnte.

Ein Abschnitt der Allee war von einem Kordon mikardandischer Ritter abgeriegelt. Mit waagerecht gehaltenen Piken drängten sie die neugierigen Gaffer zurück. Auf der geräumten Fläche dahinter konnte er auf Schienen laufende Kamerawagen sowie ein paar als Krishnaner verkleidete Schauspieler ausmachen, die sich zielbewußt umherbewegten.

Da er zu entfernt stand, um hören zu können, was sie sagten, sprang er von seinem Einspänner, übergab Timásh die Zügel und drängte sich durch die Menge nach vorn. Trotz seiner Entschuldigungen starrten ihn die Einheimischen, die er beiseite schob, mit giftigen Blicken an und brummelten etwas von unmanierlichen Barbaren, während er sich an ihnen vorbeizwängte. Als er sich bis zur vordersten Zuschauerreihe durchgearbeitet hatte, wurde er in seinem weiteren Vorwärtsdrang erst einmal von der Pike eines Soldaten gestoppt. »Laßt mich bitte durch«, sagte er zu dem Ritter. »Ich gehöre zu jenen terranischen Schauspielern und muß mit ihnen sprechen.«

»Jeder hat irgendeinen Vorwand, um durch die Absperrung zu kommen«, sagte der Soldat mit einem höhnischen Lächeln. »Der Befehl lautet, niemanden durchzulassen. Auch dich nicht, Fremdling!«

»Aber ich bin ihr offizieller Reiseleiter!« protestierte Reith. »Wenn du mir nicht glaubst, dann ruf doch einen von ihnen herüber!«

Strachans tiefes Organ dröhnte auf Mikardandou: »Ruhe da drüben! Wer auch immer da plappert, er hat die Tonaufnahme für diese Szene ruiniert, und jetzt müssen wir noch einmal von vorn anfangen!«

»Willst du jetzt wohl verschwinden?« schnarrte der Soldat. »Oder willst du lieber, daß ich dir mit meinem Speerschaft den Schädel einschlage?«

Mit einem Seufzer machte Reith kehrt und bahnte sich den Weg zurück zu seinem Einspänner. Über einen Umweg durch Nebenstraßen erreichte er das Konsulat, wo er Fallon an seinem Schreibtisch sitzend vorfand. Fallon sagte ihm: »Sie sind alle bis auf eine Ausnahme in Bosyárs Gasthof abgestiegen. Schatzkanzlerin Gashigi meinte, es käme nicht in Frage, daß sie mit dreißig Mann hoch in der Zitadelle schlafen würde.«

»Ich kann mir schon denken, wer die Ausnahme ist«, sagte Reith. »Dein britischer Landsmann.«

»Wer sonst. Die Schatzkanzlerin scheint ein Faible für ihn zu haben.«

»Oder für seine Fähigkeiten. Hast du ein Zimmer für mich reservieren lassen?«

»Ich habe dich mit Doktor. Dyckman zusammengelegt«, sagte Fallon.

»Du hast was?« Reith fuhr wie von der Tarantel gestochen von seinem Stuhl hoch. »Wessen Idee... ich meine... hat sie...«

»War nur ein Scherz«, sagte Fallon mit einem faunischen Grinsen. »Du hast ein Einzelzimmer mit einem schönen großen Bett, das auch für zwei Personen ausreicht. Du kannst es verwenden, wie du möchtest – solange du es nicht in einem Rausch der Leidenschaft zuschanden reitest.«

»Mein lieber Tony«, knurrte Reith, »deine Art Humor ist nicht unbedingt die meine.«

»Entschuldige; ich hatte nicht die Absicht, in eine offene Wunde zu pieksen.«

»Übrigens«, sagte Reith mit einem schiefen Lächeln, »kannst du mich ab sofort ›Sir Fergus‹ nennen, wenn du möchtest. Ich bin jetzt Ritter von Ruz.«

»Gratuliere«, sagte Fallon. »Aber du warst bereits ein Ritter von Dur. Soll ich dich jetzt mit Sir Fergus anreden? Und womit, wenn ich fragen darf, hast du dir diese hohe Ehre verdient?«

»Ich habe Seiner Großspurigkeit das Pokern beigebracht.«

»Bei Qondyors ehernen Eiern, das ist stark!« rief Fallon lachend. »Als jemand, der selbst schon einmal König war, nehme ich Titel wahrhaftig nicht ernst. Aber ich möchte Ordways Gesicht sehen, wenn er das erfährt. Er liebt Titel!«

»Mit Gilan zu pokern ist beileibe nicht bloß Spaß«, sagte Gilan. »Es geht dabei auch um Geld, um viel Geld sogar.«

»Erzähl!«

»Er beordert jeden Abend irgendeinen seiner armen kleinen Hofbeamten zum Pokern und schröpft ihn dann um sein Gehalt.«

»Ich weiß, daß dieser Verrückte ein cleverer Bursche ist, aber ist er denn ein so phänomenaler Spieler?«

»Das braucht er gar nicht zu sein. Wenn er blufft, traut sich keiner seiner Untertanen, ihn dazu zu zwingen, die Hosen runterzulassen; die haben alle Angst, den Unmut Seiner Großkotzigkeit herauszufordern. Und so sackt er sich denn einen Topf nach dem andern ein.«

Fallon lachte erneut. »Fergus, alter Fisch, der Dasht war dir diese Ehrung ganz gewiß schuldig. Aber gerechterweise hätte er dir eigentlich das halbe Dashtat und eine heiratsfähige Tochter mit drauflegen müssen!«

Reith saß in einer Ecke von Bosyárs Eingangshalle und buchstabierte sich mühselig durch die neueste Ausgabe der Mishé-*Post,* als die Drehcrew lachend und schnatternd hereingeschneit kam. Ein paar von ihnen begrüßten Reith; die anderen bemerkten ihn nicht. Er nahm sich fest vor: Wenn sie hereinkommt, keine extravaganten Begrüßungsgesten! Sie ist nichts weiter als eine gute alte Freundin! (Warum, fragte eine gemeine Stimme in seinem Hinterkopf, trägst du dann deinen besten Mikardando-Kilt und hast dein Schwert umgeschnallt?)

»Hallo, Fergus!« rief ihm Alicia aus dem Türrahmen entgegen. Ein Dutzend Augenpaare richteten sich auf sie, ganz offensichtlich in der Erwartung, Zeugen einer Wiederholung ihrer gefühlvollen Abschiedszeremonie in Novorecife zu werden. Der neugierigen Blicke bewußt, sagte Reith bloß: »Hallo Alicia!« und gab ihr die Hand.

»Wie bist du mit dem Dasht klargekommen?« fragte sie.

»Das ist eine lange Geschichte. Laß uns – also uns beide, meine ich – doch zusammen abendessen gehen. Bagháls Restaurant ist nur ein paar Straßen von hier entfernt, und das Essen dort ist gut.«

»Kann man da auch tanzen?«

»Manchmal. Und sie bieten oft eine recht gute Show – echte krishnanische Folklore statt schlechter Kopien terranischer Shows.«

»In Ordnung; ich geh mich nur schnell ein bißchen frisch machen.«

Alicia kam in einem schlichten, aber attraktiven terranischen Straßenkleid wieder. Während sie Arm in Arm zu der Taverne spazierten, plauderten sie über unverfängliche Themen. »Einer der Kameramänner hat heute vergessen, die Schutzkappe von seinem Objektiv abzunehmen; die Aufnahmen einer ganzen Stunde waren für die Katz …«

»Hat sich der alte Schleimbeutel inzwischen mal wieder an dich rangepirscht?«

»Cyril? Nein; der wohnt oben in der Zitadelle, wo ihm, vermut ich mal, Gashigi den Saft raussaugt. Aber dafür mußte ich mir Randal Fairweather mehr als nur einmal vom Leibe halten. Beim letzten Mal versuchte er's mit der Naturburschen-Taktik; da hab ich ihm eins mit meiner Handtasche drübergebraten, du weißt schon, die mit den Münzen. Aber ich muß sagen, er ist wirklich ein anständiger Kerl; als er wieder zu sich kam, war das erste, was er tat, sich bei mir zu entschuldigen ...«

»... und da hat Seine Großspurigkeit mich also in ein dunkles, dumpfes Verlies geworfen; aber Fodors Kartenspiel hat mich wieder rausgeholt ...«

»... ich mußte Ernesto Valdez neulich das Knie dahin rammen, wo's am meisten weh tut, als er im Badehaus seine Finger nicht bei sich behalten konnte. Die meisten von der Crew haben inzwischen die krishnanischen Badegepflogenheiten übernommen ...«

»... und da hab ich dem verrückten Autokraten also das Pokern beigebracht ...«

»... Randal heißt in Wirklichkeit Elmer Grotz, und er redet von nichts anderem als von den Filmen, in denen er mitgespielt hat. Aber so sind sie alle. Entweder prahlen sie mit vergangenen Triumphen, oder sie machen irgend jemanden für irgendwelche Fehler verantwortlich, oder sie tratschen darüber, wer mit wem vögelt ...«

»Ich hatte einen Straight und war mir hundertprozentig sicher, daß der Dasht blufft; aber ich hab mich nicht getraut, ihn aufzufordern, Farbe zu bekennen, weil ich schon soviel gewonnen hatte, wie ich es gerade noch für ungefährlich hielt ...«

»... dieser kleine Wichser Motilal machte gegenüber Bennett Ames – du weißt schon, Cassies dicker, dummer Mann – eine gemeine Bemerkung über die Liebhaber seiner Frau, und da hat Ames ihm was aufs Maul gehauen. Daraufhin schlug Attila Ames was auf das Maul ...«

»Erinnerst du dich noch an den Reverend Trask und seine Frau? Sie sind aus Ruz rausgekegelt worden. Ein paar von ihren Anhängern haben Gilans Lieblingsastrologen überfallen und zusammengeschlagen ...«

»Die Armen! Dabei haben sie es doch nur gut gemeint!«

»Krishna ist übersät mit den Gebeinen von Terranern, die es gut gemeint haben. Irgend jemand sollte den Trasks mal erzählen, wie es dem Reverend Jensen ergangen ist.«

»War das der, dessen Kopf in einer Kiste Salz in Novo eintraf? Wahrscheinlich wissen die Trasks das; und wahrscheinlich hätten sie gar nichts dagegen, als Märtyrer in die Geschichte einzugehen.«

»Jedenfalls kannst du, falls wir irgendwann noch mal nach Rosid kommen sollten, deine Reize zur Schau stellen, ohne Angst haben zu müssen, dafür blöd angemacht zu werden ...«

»Wenn Attila nicht arbeitet, klappert er die Waffenschmieden von Mishé ab. Er hat zu Hause in Montecito eine berühmte Schwertersammlung; da steckt er sein ganzes Geld rein ...«

Der Geschäftsführer von Bagháls Restaurant, der Reith kannte, gab ihnen einen Tisch für zwei am Rande der Tanzfläche. Ein Kellner in schwarz-weiß gestreiftem Kilt nahm ihre Bestellung auf. Alicia sagte: »Als ich Krishna verließ, fingen ein paar Gasthäuser gerade damit an, Kellner einzustellen, statt wie früher, wo die Gäste ihre Bestellung beim Koch abgeben und sich ihr Essen dann selbst abholen mußten. Hat sich das Bedienen am Tisch inzwischen durchgesetzt?«

»Es findet immer mehr Verbreitung; aber einige dieser Kellner sind noch immer ziemlich neu in dem Geschäft. Also krieg keinen Schreck, wenn dir einer von ihnen einen Teller Sodpá-Suppe über den Schoß kippt.«

»Zum Glück hab ich ja nicht mein bestes Kleid angezogen. Ich nehme an, dies ist ein Beispiel für die Unterwanderung der krishnanischen Kultur durch die terranische, die dein Intimfeind Schlegel so sehr beklagt.«

Reith zuckte mit den Achseln. »Er kann sie beklagen soviel er will, solange er sich nur nicht einmischt. He, siehst du auch, was ich sehe? Ich freß einen Besen, wenn das nicht Ordway ist, mit Gashigi und ein paar Einheimischen!« Just in dem Moment lachte der Production Manager mit trompetenartigem Wiehern, das an einen einsamen Esel erinnerte. »Hörst du das?« fragte Reith.

»Ich höre sie«, sagte Alicia. »Und ich sehe auch, daß Cyril wieder ganz schön voll ist. Da kommt die Band; wie wär's mit einem Tänzchen?«

»Ich hab in der letzten Zeit nicht viel Übung gehabt, außer, daß ich dann und wann im Rahmen meines Dienstes übergewichtige Touristinnen über das Parkett geschoben hab. Im Vergleich zu dir kamen sie mir vor wie walzertanzende Flußpferde.«

»Dann ist es höchste Zeit für eine Lektion«, sagte sie streng. Sie hielt einen Moment inne und horchte. »Ich glaube, sie spielen den indischen *Tandava*. Kennst du den? Da muß man solche gymnastischen Verrenkungen mit den Armen machen. Ich werd dir zeigen, wie's geht.«

Als sie an dem Tisch vorbeitanzten, an dem Ordway und Gashigi saßen, blieben sie stehen und wurden zwei Beamten aus der Schatzkanzlei der Ritter vorgestellt. Gashigi sagte: »Ich habe Cyril hierhärge-ba-racht, Färgoß, weil där ga-roße Sänger Sotaru bad-Khors heutä abend hier auf-ta-ritt.«

»Ist das nicht der Bursche, der sich immer mit seinen Konkurrenten duelliert?« fragte Reith.

»Davon habä ich gä-hört. Ist das nicht aufrägend? Wänn är hier einän Rivalän findät...«

Reith sagte: »Ich glaube, wir setzen uns besser wieder hin, Lish, ehe er noch mit uns Streit anfängt.«

Reith und Alicia waren fast fertig mit ihrem Abendessen, als Sotaru schließlich auf die Bühne trat. Zu den Klängen der Harfe eines der Begleitmusiker gab er drei klagend-wimmernde mikardandische Lieder zum besten.

Nach dem letzten verbeugte sich der Sänger, begleitet vom Applaus des Publikums (der nach alter Krishna-Art darin bestand, daß die Zuhörer mit ihren Fingergelenken knackten), und trat von der Bühne ab. In die Stille, die darauf folgte, dröhnte plötzlich zu Reiths Entsetzen Ordways Stentororgan. Mit einer, wie Reith neidlos anerkennen mußte, exzellenten, sonoren Singstimme sang er, dabei mit seinem Eßspieß den Takt klopfend:

»Der eine reit gern auf der Welle Kamm
Der andre lieber auf Rosses Rücken
Was ich jedoch am liebsten reit
Ist eine schöne, dralle Maid
Die richtig Spaß hat am Ficken!«

Zu einer anderen Zeit und an einem anderen Ort hätte Reith das ja vielleicht noch ganz lustig gefunden; hier und jetzt aber bekam er schwerste Bedenken. Im selben Moment sagte Alicia auch schon: »Au, au, da kommt der große Sotaru. Er sieht ziemlich wütend aus.«

»Dann gibt's jetzt wohl Ärger«, sagte Reith grimmig. Er beugte sich nach seinem Schwert, das unter seinem Stuhl lag, und begann an den Drähten zu nesteln, die es in der Scheide festhielten.

Der Sänger schritt zu Ordways Tisch, verbeugte sich steif und stellte sich vor. Doch anstatt Ordway anzugreifen, zog er sich einen leeren Stuhl heran, setzte sich und begann ein ernsthaftes Gespräch, bei dem Gashigi den Part der Dolmetscherin übernahm. Dann beobachtete Reith mit Erstaunen, wie Ordway und Sotaru sich anschauten, beide mit ausgestrecktem Zeigefinger den Takt auf der Tischplatte klopften und mit dem Mund Worte formten, die Reith wegen der Hintergrundgeräusche nicht verstehen konnte.

»Bei Bákhs Zehennägeln!« sagte Reith. »Ich glaube, Cyril bringt ihm dieses Lied bei!«

Nachdem er ein paarmal ›trocken‹ geübt hatte, stand Sotaru auf, verbeugte sich vor dem Publikum und begann Ordways Lied zu singen:

»Der a-heine ra-itt gern auf der Wa-hälle Ka-hamm …«

Alicia murmelte: »Der mikardandische Akzent ruiniert aber ziemlich das Versmaß. Soviel zu deiner authentischen krishanischen Folklore!«

Reith seufzte. »Manchmal sympathisiere ich fast mit Schlegel. Entschuldige mich mal für einen Augenblick.«

Als er zurückkam, fand er zu seiner Überraschung den Tisch leer und Alicias gewichtige Handtasche auf ihrem Stuhl liegend. Da er zuerst annahm, daß sie ebenfalls ausgetreten war, harrte er mehrere Minuten geduldig aus, ohne sich irgendwelche Gedanken zu machen. Als sie nach weiteren fünf Minuten immer noch nicht wiederkam, schob er sich an den Tanzpaaren vorbei zu Ordways Tisch.

»Cyril«, fragte er, »hast du zufällig Alicia rausgehen sehen?«

»Nun, ja, das hab ich, alter Junge«, sagte Ordway. »Gashigi machte mich drauf aufmerksam. Da kam so ein Typ rein und redete mit zwei Kerlen, die an dem Ecktisch da hinten saßen.« Er deutete zu dem Tisch. »Daraufhin gingen die drei einigermaßen eilig zu deinem Tisch und sprachen mit Alicia. Sie wirkten ziemlich aufgescheucht, so als wäre irgendwas Schlimmes passiert. Alicia stand auf und ging mit ihnen raus. Das ist alles.«

Reith wandte sich an Gashigi. »Ist Ihnen vielleicht außerdem noch irgend etwas aufgefallen, Lady Gashigi?«

»Nein, Fär-goß. Wir fandän das allä ein bißchän märkwürdig, aber ich sah keinän Ga-rund, mich einzumi …«

Noch ehe sie zu Ende gesprochen hatte, war Reith schon zur Tür hinaus. Die letzten Lichtstrahlen der Abenddämmerung verblaßten; die Mikardanduma gingen ihren abendlichen Geschäften nach. Draußen auf der Straße schien alles seinen normalen Gang zu gehen, aber von Alicia war nichts zu sehen. Reith marschierte den Block einmal auf und ab und spähte in alle Richtungen.

Schließlich ging er zu dem Ordnungshüter, der an der nächsten Kreuzung Dienst tat, und fragte ihn: »Habt Ihr vielleicht eine Terranerin aus Baghâls Restaurant herauskommen sehen?«

Der Soldat überlegte. »Ja, Herr, das habe ich, aber das ist noch nicht lange her. Sie kam begleitet von drei Menschenwesen heraus, und zu viert stiegen sie in eine geschlossene Kutsche und fuhren davon. Ich hätte das gar nicht bemerkt, hätte die Fremdländerin nicht leuchtend gelbes Haupthaar gehabt – ein Phänomen, von dem ich gehört habe, das ich aber noch nie zuvor mit eignen Augen geschaut hatte.«

»Was könnt Ihr mir über die drei sagen, die bei ihr waren?«

Der Soldat machte das Äquivalent eines terranischen Schulterzuckens. »Sie erschienen mir wie normale Bürger; und auch an ihrer Kutsche war nichts Auffälliges.«

Da weitere Fragen keine neuen Fakten zutage förderten, kehrte Reith ins Baghâls Restaurant zurück. Um wirklich auch die letzte Möglichkeit ausschließen zu können, bat er Lady Gashigi, auf der Damentoilette nachzusehen, ob sie vielleicht dort war. Wie nicht anders zu erwarten, brachte auch dies nichts ein.

»Wenn du mich fragst, Kumpel«, sagte Ordway, »die Sache stinkt!«

»Da sind wir einer Meinung«, sagte Reith.

»Ich werde alles tun, was ich kann, um dir zu helfen.«

»Danke.«

Als nächstes fragte Reith den Geschäftsführer, der sagte: »Sie benahmen sich und zahlten ihre Zeche; also schenkte ich ihnen wenig Beachtung. Hier ist der Kellner. Zalmánu! Erzähl Sir Fergus, was du von den Männern weißt, mit denen Doktor Dyckman ging.«

Der Kellner wackelte mit dem Kopf. »Nichts Außergewöhnliches, Herr. Sie trugen gemeine Kleidung – der eine grau, der andre braun, glaube ich. Doch ansonsten verzehrten sie ihr Mahl, zahlten ihre Zeche und gingen.«

Reith fragte: »War irgend etwas Auffälliges an ihrer Sprache oder an ihrem Gehabe, das Aufschluß über ihre Herkunft geben könnte?«

»Nein, Herr – doch halt! Wartet! Der kleine Bursche mit dem purpurroten Bart, der nach den andren hereinkam, der war, da bin ich ganz sicher, ein Khaldonier. Er hatte die langen Riecher, welche seiner Rasse eigen sind, und sprach mit dem harschen Khaldoni-Akzent.«

»Gut!« sagte Reith. »Hier ist etwas Münze für deine Mühe; und wo ist mein Mann mit der Rechnung?«

Nachdem er die Zeche bezahlt hatte, nahm Reith Alicias Handtasche. Zu Ordway und Gashigi sagte er: »Ich fahre zurück zu Bosyárs Gasthof; vielleicht erfahre ich da etwas.«

»Ga-laubst du, sie ist vielleicht entführt worden?« fragte Gashigi.

»Genau das glaube ich«, sagte Reith. »Sie hätte ihre Handtasche nicht liegenlassen, wenn sie nicht vorgehabt hätte, gleich wieder zurückzukommen. Sie könnten für alle Fälle schon einmal Ihre Regierung informieren. Gute Nacht!«

Zurück im Gasthof, klopfte Reith als allererstes an Alicias Tür. »Lish!«

Es kam keine Antwort, auch nicht, als er fester klopfte und lauter rief. Er kehrte zur Eingangshalle zurück und fragte den Wirt: »Habt Ihr Doktor Dyckman gesehen, die gelbhaarige Terranerin?«

»Nein, Herr; aber ein kleingewachsenes Menschenwesen, seinem Aussehen nach ein Khaldonier, kam herein und gab mir dies für Euch.« Er überreichte Reith ein zusammengefaltetes Blatt Papier. Reith faltete es hastig auf und las:

LIEBER FERGUS,

VERZEIH MIR, DASS ICH SO ÜBERSTÜRZT FORTGEGANGEN BIN, ABER EIN ABGESANDTER EINER MÄCHTIGEN KRISHNANISCHEN NATION HAT MIR EIN ANGEBOT GEMACHT, DAS ICH NICHT AUSSCHLAGEN KONNTE. ICH GEHE FORT, UM EINEN POSTEN VON GROSSEM GEWICHT ANZUTRETEN, AUF WELCHEM ICH DAS BESTMÖGLICHE FÜR DIESE WELT BEWIRKEN KANN. SOBALD ICH ETABLIERT BIN, WERDE ICH DICH ÜBER MEINEN AUFENTHALTSORT IN KENNTNIS SETZEN.

FALLS DU IMMER NOCH SENTIMENTALE GEFÜHLE FÜR MICH HEGST, VERGISS SIE. MIT UNS BEIDEN HÄTTE ES NIEMALS GEKLAPPT. UND FÜRCHTE NICHT UM DAS COSMIC-PROJECT; DU UND MISTER STRACHAN KÖNNT JEDE AUFGABE DURCHFÜHREN, DIE ANDRENFALLS MIR ZUGEFALLEN WÄRE. BESTE GRÜSSE.

ALICIA DYCKMAN,
PH. D.

IX

DER DOUR VON QIRIB

Die Botschaft traf Reith wie ein Schlag in die Magengrube. Was war passiert? Hatte er irgend etwas gesagt, das Alicia so gekränkt hatte, daß sie nicht nur ihn, sondern gleich auch noch ihren Job bei Cosmic Productions verlassen hatte? Das paßte überhaupt nicht zu der gewissenhaften Alicia Dyckman. Hatte sie die Nase voll von seiner anhaltenden Unentschlossenheit? Oder war es ganz einfach tatsächlich so, wie sie es in dem Brief geschrieben hatte, daß ihr eine einmalige Chance geboten worden war, die sie einfach nicht hatte ausschlagen können?

Reith las den Brief noch einmal. Er hatte Alicias Handschrift nie eingehend studiert; und an die Briefe, die sie ihm in der kurzen Zeit zwischen ihrem Kennenlernen und ihrer Hochzeit – immerhin zwanzig Jahre waren seither vergangen – geschrieben hatte, konnte er sich kaum noch erinnern. Die Schrift kam ihm zwar irgendwie vertraut vor, aber für einen genauen Vergleich fehlte ihm einfach die präzise Erinnerung.

Der gestelzte, förmliche Ton des Briefes indes klang so gar nicht nach ihr. Ganz gleich, wie wütend sie auch auf ihn sein mochte, sie würde wohl kaum Strachan, ihren und seinen alten Freund Ken, plötzlich ›Mister Strachan‹ nennen. Und ihren Doktortitel pflegte sie gewöhnlich auch nicht an ihre Unterschrift anzuhängen. Außerdem war das Englisch des Briefes, wie er bei nochmaligem Durchlesen feststellte, nicht ganz lupenrein.

Reith stand vor einem Rätsel. Der ›kleine Khaldonier‹, das klang ihm sehr nach seinem Sekretär Minyev, verkleidet mit einem roten Bart; aber wie konnte Minyev in diese Sache hineingeraten sein? Wenn Minyev Alicia so sehr als Idol verehrte, wieso sollte er da bei einer Entführung mitmachen?

Er suchte den Wirt auf. »Meister Bosyár, unsere Gefährtin Doktor Dyckman ist verschwunden. Ich habe den Verdacht, daß sie nicht freiwillig fortging.«

»Tatsächlich, Herr?« sagte der Tavernenbesitzer.

»Ich würde gern einmal ihr Zimmer ansehen. Ihr könnt mich ja mit Eurem Hauptschlüssel hineinlassen und mir dabei über die Schulter schauen, um sicherzustellen, daß ich ihre Besitzrechte respektiere.«

Bosyár schaute skeptisch drein. »Ich weiß nicht, Herr … Wer ist Mistress Dyckmans Herr? Für wen arbeitet sie?«

»Ah, Ihr wünscht die Billigung von Meister Stavrakos.« Reith nahm Bosyár mit zum Zimmer des Produzenten. Er fand Stavrakos in einem Sessel lümmelnd und Fodor auf dem Bett sitzend. Die zwei hatten sich gestritten, verstummten aber, als Reith mit der Neuigkeit von Alicias Verschwinden hereinkam.

Stavrakos schüttelte den Kopf. »Das ist schlecht. Aber ich denke, wir können es trotzdem schaffen, solange Sie und Strachan bei der Stange bleiben.«

Fodor sagte nichts, aber Reith glaubte den leisen Anflug eines Lächelns in seinem Gesicht zu erkennen. Fodor, so erinnerte er sich, war von Anfang an dagegen gewesen, Alicia einzustellen. Ohne ihr Hereinreden hatte der Regisseur jetzt völlig freie Hand und konnte einen so albernen Krishna-Film drehen, wie er wollte.

»Natürlich, gehen Sie und überprüfen Sie ihr Gepäck«, sagte Stavrakos. »Aber was haben Sie vor zu tun, falls Sie irgend etwas finden sollten.«

»Sollte ich irgendeinen Hinweis darauf finden, wo sie hingegangen ist – und ich habe da schon so einen Verdacht –, werde ich ihre Fährte aufnehmen.«

»He! Das können Sie nicht! Sie haben einen Vertrag

mit mir! Sie müssen bei der Crew bleiben, bis die Dreharbeiten abgeschlossen sind. Danach können Sie soviel Damen hinterherjagen, wie Sie wollen ...«

Reith konnte sich nur mit Mühe beherrschen. »Jetzt hören Sie mal! Ich bin eingestellt worden, um euch alle zu beschützen. Auch sie gehört zu eurer Crew, und sie schwebt in Gefahr. Sie und die anderen werden schon hier in Mishé klarkommen; schließlich ist ja auch noch Strachan da.«

»Aber in Ihrem Vertrag steht, daß Sie bei uns bleiben müssen!« brüllte Stavrakos. »Wenn Sie einen Privatdetektiv anheuern wollen ...«

»Reden Sie keinen Unsinn! Es gibt hier keine Privatdetektive ...«

»Kostis!« dröhnte Fodor dazwischen. »Nun zeig endlich Vernunft! Du weißt genau, daß ich nicht unglücklich wäre, wenn ich meinen Film zu Ende drehen könnte, ohne daß mir Alicia ständig reinquatscht; aber alle wissen ...«

»Verräter!« schrie Stavrakos. »Du hast in erster Linie mir gegenüber loyal zu sein, und was tust du? Fällst mir in den ...«

»Schnauze!« donnerte Fodor. »Alle wissen, daß die beiden einmal verheiratet waren und noch immer sehr aneinander hängen. Meine Barbarenehre sagt, wenn ein Mann nach seinem Weib jagen will, dann hat er verdammt noch mal das Recht dazu!«

Als sich die Stimmen der beiden Streithähne zu einem unverständlichen Gebrüll steigerten, erschienen Fairweather und Cassie Norris im Türrahmen und fragten: »Ist das wahr, daß Alicia gekidnappt worden ist?«

Die Nachricht von Alicias Entführung verbreitete sich wie durch Telepathie. Andere Köpfe tauchten im Flur hinter denen der Hauptdarsteller auf, bis sich der größte Teil der Crew entweder ins Zimmer von Stavrakos gedrängt hatte oder die Tür blockierte. Stavrakos sagte: »Wenn dieser Hurensohn der Schnalle hinterherjagt, bricht er seinen Vertrag, und ich zahl ihm nicht einen müden …«

»Ach, wirklich?« sagte Ordway. »Versuch's doch mal, dann wirst du dich aber umgucken! Dann schmeiß ich dir nämlich auch die Brocken hin! Das Mädchen ist mehr wert als hundert Schmierlappen von deiner Sorte! Wir treten in Streik!«

»Da kannst du aber einen drauf lassen!« kreischte Cassie Norris.

»Ich streik mit, Cyril«, sagte Jacob White.

»Ich auch!« rief Ernesto Valdez.

Als klar wurde, daß die gesamte Crew auf Reiths Seite war, brummte Stavrakos: »Okay, okay. Ihr seid eine Bande von lausigen Verrätern und sentimentalen Spinnern; aber ohne eine Crew kann ich keinen Film drehen. Also hauen Sie schon ab, Reith; retten Sie Ihren blonden Tornado und passen Sie auf, daß Sie nicht umgebracht werden. Wenn doch, kriegen Sie von mir nicht einen *Lefta!*«

Als Reith sich aus dem überfüllten Zimmer drängte, sagte Ordway: »Hör mal, Fergus! Ich möchte mitkommen und dir helfen!«

»Darüber reden wir später«, sagte Reith und hastete mit dem Wirt im Schlepptau zurück zu Alicias Zimmer.

In ihrem Zimmer fand Reith Alicias Kleider und Toilettensachen überall verstreut; aber sie war immer ziemlich unordentlich gewesen. Ihr lavendelfarbenes Obenohne-Kleid, das sie an Fodors Pokerabend angehabt hatte, hing zusammen mit anderen Kleidern, ihrer Armbrustpistole und einer Ledertasche voll Bolzen an den Kleiderhaken an der Wand. Es sah ganz so aus, als sei Alicia völlig überstürzt aufgebrochen, mit nichts bei sich als dem, was sie am Leibe getragen hatte.

Reith nahm die Pistole an sich und bat Bosyár, Alicias Sachen einzulagern, bis sie sie wieder abholen würde.

»Was zum Teufel!« rief Anthony Fallon, als Reith an seine Tür klopfte. »Ach, du bist's, Fergus. Was führt dich zu dieser nachtschlafenden Zeit zu mir?« Als Reith ihm berichtete, was geschehen war, sagte Fallon: »Oh! Das ist natürlich was anderes. Komm rein. Einen Drink?«

»Nein danke. Ich brauche Informationen, und du bist meine beste Adresse hier draußen am Arsch der Welt.«

Sie setzten sich in Fallons Wohnzimmer, Fallon in einem alten grünen Bademantel, Reith in seinem Krishnadress, der aus Kilt und Tunika bestand. Nachdem Reith ihm noch einmal alles ausführlich erzählt hatte, fragte Fallon: »Und was macht dich so sicher, daß der Brief eine Fälschung ist und sie nicht aus freien Stücken mitging?«

»Absolut sicher bin ich nicht, aber es ist leichter zu glauben, daß sie gekidnappt wurde, als daß sie ohne ihr Lieblingskleid abgehauen ist, ja sogar ohne Zahnbürste.« Reith hielt inne. »Tony, als wir letztens hier bei dir waren, hast du uns aus dem Lokalblatt vorgelesen. War da nicht auch eine Rubrik ›Neues aus dem Königshaus‹ oder so ähnlich?«

»Nun, ja«, sagte Fallon. »Es ist eine Klatschkolumne über die herrschenden Kreise in den lokalen Königtümern – obgleich ich zu behaupten wage, daß, wenn der Präsident von Suruskand mit der Frau des Hohenpriesters durchbrennen würde ...«

»Hast du diese Zeitungen katalogisiert?«

»Mein lieber Freund, natürlich hab ich das! Auf dem Laufenden zu bleiben, ist eine meiner wichtigsten Aufgaben. Entschuldige; ich hätte mir denken können, daß du es eilig hast.« Aus einem hohen Aktenschrank zog Fallon einen Packen der großen gefalteten Blätter der Mishé-*Post*. »Hier! Die aktuelle Ausgabe für den laufenden Zehn-Tag liegt zuoberst. Die Königshaus-Kolumne findest du auf der zweiten Seite.«

Reith blätterte die oberste Seite um, sah die Kolumne und überflog sie, ohne zu finden, was er suchte. In der

Ausgabe davor fand er eine Meldung, die frei übersetzt etwa so lauten würde:

HOFFNUNGSVOLLE MAMAS IN JAZMURIAN IN HELLER AUFREGUNG

WIE WIR SOEBEN ERFUHREN, HAT SEINE IMPOSANZ, DOUR VIZMAN VON QIRIB, DER BEGEHRTESTE JUNGGESELLE DES REICHES, DIE MÜTTER HEIRATSFÄHIGER MÄDCHEN MIT SEINEM GEPLANTEN AUFENTHALT IN IHRER GESCHÄFTIGEN STADT IN HELLE AUFREGUNG VERSETZT. WIE ES HEISST, WIRD ER IN KÜRZE DORT EINTREFFEN. ZWAR INFORMIEREN DIE ANGEHÖRIGEN DER HERRSCHERHÄUSER DIE ÖFFENTLICHKEIT NUR SELTEN ÜBER IHRE REISEPLÄNE, ABER AUS EINER DEM THRON NAHESTEHENDEN QUELLE ERFUHREN WIR, DASS EIN AUFENTHALT VON EINEM MOND ODER GAR MEHR IN BETRACHT GEZOGEN WIRD. OFFIZIELL HEISST ES, SEINE IMPOSANZ WÜNSCHT SICH EIN BILD ÜBER DEN STAND DER PRODUKTION UND DES HANDELS IN QIRIBS HANDELSMETROPOLE ZU MACHEN, UNBESCHADET SEINER OFT BEKUNDETEN VORLIEBE FÜR DAS LEBEN IN DER HAUPTSTADT. WIR FRAGEN UNS, OB JAZMURIAN NICHT VIELLEICHT EINE ATTRAKTION NICHT-KOMMERZIELLER ART ZU BIETEN HAT …

Reith schaute auf. »Hast du eine Landkarte von dem Gebiet zwischen hier und Jazmurian?«

Fallon nahm eine Karte aus einer Schublade seines Schreibtisches und gab sie ihm. Reith studierte sie eine Weile, dann sagte er: »Sie kann theoretisch in ein halbes Dutzend Länder verschleppt worden sein. Qirib scheint mir am wahrscheinlichsten, da Vizman sie per Brief nach Ghulindé eingeladen hat; sie schlug die Einladung unter irgendwelchen Vorwänden aus. Wenn du in Jazmurian wärst, aber zur mikardandischen Grenze reisen müßtest, um einen Gekidnappten in Empfang zu nehmen, was würdest du als Übergabeort wählen?«

Fallon beugte sich über die Karte und zeigte nach

kurzer Suche auf einen Punkt am Ufer der Sadabao-See. »Qa'la liegt an der Grenze – hier. Die Straßen von Mishé nach Qa'la sind zumindest passabel.«

»Aber Qa'la ist gut dreihundert Kilometer von Jazmurian entfernt«, wandte Reith ein. »Das würde eine Reise von mindestens sechs Tagen bedeuten, nur für eine Strecke.«

»Hier ist noch eine Möglichkeit«, sagte Fallon. »Eine kleine Stadt am Zigros namens Qantesr. Sie liegt, von Qirib aus gesehen, gleich hinter der Grenze, und ist nur etwas mehr als dreißig Kilometer von Jazmurian entfernt. Mit einem schnellen Aya kann man das auf der Uferstraße an einem Tag schaffen.«

»Ich kenne Qantesr«, sagte Reith. »Ich brech auf, solange es noch dunkel ist, bevor die Aqebats an zu krächzen fangen.«

»Meinst du nicht, es wäre besser, du wartest, bis ich Erkundigungen eingeholt habe, bevor du auf deinen feurigen Aya springst und wild drauflosgaloppierst?«

»Ich baue darauf, daß du Erkundigungen einholst, Alter, und daß du Castanhoso sagst, er solle das gleiche tun. In der Zwischenzeit mach ich mich auf aufs Land; falls irgendeine mysteriöse Reisegesellschaft durchgekommen sein sollte, werde ich – mit der Hilfe meiner einheimischen Freunde – eine gute Chance haben, ihre Fährte aufzunehmen, solange sie noch heiß ist. Sollte ich keine Spur von meinem Mädchen finden, bin ich innerhalb von einem Zehn-Tag wieder zurück. In der Zwischenzeit müßtest du die eine oder andere Antwort auf deine Fragen bekommen haben.«

»Wie gedenkst du, sie aus Vizmans Griff zu befreien, falls sie tatsächlich in seiner Hand ist? Du wirst dir ja wohl kaum im Alleingang einen Weg durch die halbe Armee von Qirib freihacken wollen, um deine Lady zu retten – immer vorausgesetzt, sie will überhaupt gerettet werden.«

»Ich glaube nicht, daß Vizman seine halbe Armee

mitbringen würde. Ich könnte mir denken, daß er sich klammheimlich aus Jazmurian stehlen wird, mit seiner Leibgarde den Zigros hinaufreitet, in der Nähe der Grenze kampiert und auf Alicia wartet. Sollte sich herausstellen, daß ich mit irgendeiner dieser Vermutungen falsch liege, komm ich hierher zurück und überlege mir meinen nächsten Schritt.«

»Wer wird dich begleiten?« fragte Fallon mit besorgtem Gesichtsausdruck.

»Nur mein getreuer Timásh. ›Der reist am schnellsten, der allein reist.‹«

Am späten Nachmittag des sechsten Tages nach ihrem Aufbruch von Mishé trafen Reith und Timásh in Qantesr ein. Beide ritten auf einem schweißnassen Aya; den dritten Aya, gesattelt und mit zwei kleinen Taschen mit persönlichen Sachen bepackt, führten sie im Schlepptau.

Reith hatte Qantesr nicht gerade in bester Erinnerung: Alicia hatte ihn hier vor langer Zeit bei einem Streit in einen 'avvalverseuchten Fluß gestoßen. Da die Stadt ja, wie er sich bewußt machte, nun wirklich nichts dafür konnte, glich er seine Abneigung durch besonders freundliches Verhalten gegenüber den Einwohnern beim Einholen von Erkundigungen aus.

Ja, sagten sie ihm, jeder wisse, daß der König von Balhib ein paar Hoda weiter westlich, auf der anderen Seite der Grenze, kampiere. Und jawohl, eine Kutsche mit verhangenen Fenstern sei ein paar Stunden zuvor in östlicher Richtung durch die Stadt gerollt, eskortiert von zwei bewaffneten Reitern. Sobald die Kutsche die Stadt hinter sich gelassen habe, sei der Kutscher dabei beobachtet worden, wie er die Ayas mit der Peitsche zu einem furiosen Galopp angetrieben habe. Reith lächelte grimmig; ganz offensichtlich hatte er mit seinem Tip, daß Vizman hinter der Entführung steckte, voll ins Schwarze getroffen!

Reith mietete ein Zimmer für sich und Timásh, dann spazierte er mit bemühter Lässigkeit die Straße hinunter Richtung Grenze. An der Grenzstation fand sich die übliche Anhäufung von Abstellschuppen und Lagerhäusern. Vor einem von ihnen lümmelten zwei gelangweilte Soldaten, die sich lustlos die Zeit mit irgendwelchen Glücksspielen vertrieben, während sie auf Durchreisende warteten.

Die Grenze war zu beiden Seiten mit einem Schlagbaum gesichert; und der Wald rückte so nah an den schmalen Pfad heran, daß ein Umgehen der Schlagbäume für Fahrzeuge oder Reiter sich nur sehr schwierig gestalten würde. Die beiden Schlagbäume waren in den jeweiligen Landesfarben gestreift; doch während der grün-purpurne Baum auf der qiribischen Seite intakt war, war der blau-orangene auf der mikardandischen Seite abgebrochen. Den zersplitterten Stumpf überprüfend, stellte Reith Mutmaßungen über den Grund der Beschädigung an.

Die zwei Grenzposten auf der mikardandischen Seite spielten Piza um kleine Einsätze. Nachdem er ihnen eine Weile dabei zugeschaut hatte, fragte Reith schüchtern, ob er wohl mitspielen dürfe. Nachdem er die Soldaten absichtlich ein paarmal hatte gewinnen lassen, verwickelte er sie in freundliches Geplauder.

»Ich hörte Gerüchte über eine geschlossene Kutsche, die jüngst durch das Dorf gerollt sein soll, um die Grenze zu gewinnen. Wißt ihr guten Männer irgend etwas darüber?«

Die Soldaten wechselten einen raschen Blick. Einer sagte: »Ich weiß nicht, ob wir darüber sprechen sollen …«

»Ach, er scheint mir für einen terranischen Fremdling ein ganz anständiger Kerl zu sein«, sagte der andere. »Besser, er erfährt die wahre Geschichte von uns, als daß ein Andrer ihm irgendeine phantastische Mär auftischt.«

»Nun, Herr, wir standen also hier und hielten Wacht, wie es unser Amt ist, als kurz vor Mittag diese zwei Galgenstricke angesprengt kamen. Der eine überreichte mir ein Pergament und rief, es sei eine Vollmacht, daß er und seine Gruppe die Grenze in Hast überqueren dürften; der Friede zwischen unseren beiden Nationen hinge davon ab, und wir sollten den Schlagbaum unverzüglich öffnen.

›Einen Augenblick, mein guter Herr‹, erwiderte ich darauf, während ich das Siegel erbrach und das Dokument entrollte. Nun, ich kann ein wenig lesen, aber diese Botschaft war voll von fremdartigen, langen Worten von der Art, wie die Rechtsgelehrten sie verwenden. Also rief ich Charvadir, er solle mir helfen, das Schriftstück zu entziffern. Während wir unsere Köpfe darüber zusammensteckten, kam plötzlich die Kutsche angerumpelt. Die Reiter schrien: ›Aus dem Weg, ihr plumpen Toren!‹ Wir sprangen wie geheißen zur Seite, und noch ehe wir blinzeln konnten, donnerten Kutsche und Reiter an uns vorüber, als säßen die Furien des Hishkak im Sattel. Ihre Reittiere durchbrachen den Schlagbaum, als wäre er ein trock'nes Reis. Jene Schelme dort drüben« – er zeigte auf die zwei Grenzwächter auf der anderen Seite – »hatten ihren Schlagbaum bereits geöffnet, so daß die Grenzverletzer ungehindert passieren konnten. Als wir protestierten, verlachten sie uns bloß.

Charvadir suchte sogleich den Bezirksritter auf, welcher uns des Versagens zieh, weil wir den Durchbruch der Kutsche nicht verhindert hätten – was stellt er sich vor? Hätten wir die in fliegendem Galopp an uns vorübersprengenden Ayas vielleicht bei den Hörnern pakken sollen? – und versprach, den Zwischenfall nach Mishé zu melden. Unterdessen fertigt uns der Zimmermann in Qantesr einen neuen Schlagbaum.«

Mit aufgesetzter Gleichgültigkeit verließ Reith den Grenzposten, schlenderte den Pfad zurück, bis er den

Blicken der Grenzwächter entschwunden war, und schlug sich dann durch den dichten Wald zurück zur Grenze, um die Absperrungsanlagen in Augenschein zu nehmen. Sie bestanden aus nichts weiter als einem simplen Lattenzaun, der stellenweise schon morsch und hier und da sogar ziemlich schief schien.

Zurück in Qantesr, suchte Reith den Zimmermann auf und mietete sich eine seiner Sägen. Als Roqir unterging, ritten er und Timásh zur Grenze; den dritten Aya nahmen sie mit. Bevor sie die Grenze erreichten, saßen sie ab und führten ihre Ayas durch den Wald zu dem Abschnitt des Zaunes, den Reith bereits untersucht hatte. Als Reith sich mit seiner Säge an die Arbeit machte, sagte Timásh: »Sir Fergus, die Ayas könnten diese kleine Barriere mit Leichtigkeit überspringen. Warum sägt Ihr eine Lücke in sie hinein?«

»Weil es sein könnte, daß wir in großer Hast zurückkehren, und ich möchte einen solchen Sprung nicht in der Finsternis wagen ... Komm!«

Sie führten ihre Ayas durch die neuentstandene Zaunlücke und nahmen Kurs auf Vizmans Lager. Nicht lange, und sie sahen durch die Bäume eine Lichtung, auf der ein Dutzend kleine Zelte sich um ein einzelnes, sehr großes drängten, wie Schweinchen um ihr Muttertier.

»Bleib hier stehen und binde die Ayas fest«, befahl Reith mit gedämpfter Stimme. Aus einem kleinen Sack nahm er eine Handvoll Ruß und rieb sich damit das Gesicht, die Ohren und den Hals ein, bis er in der Dämmerung aussah wie ein Enthaupteter. Danach rieb er seine Hände und Handgelenke ebenfalls ein und befahl Timásh, das Gleiche zu tun. Als sie beide fertig waren, sagte er: »Und jetzt binde die Ayas wieder los und halte sie bei den Zügeln. Wenn ich zurückkomme, werden wir keine Zeit haben, um erst umständlich Knoten zu lösen. Halte dein Schwert bereit und bedenke: Im Kampf ist ein guter Stoß soviel wert wie ein halbes Dutzend Streiche. Wo ist mein schwarzer Umhang?«

Während der nächsten halben Stunde – inzwischen hatte sich die Dunkelheit unter einer dicken Wolkendecke über das Land gelegt – erkundete Reith im Schutze von Büschen und Bäumen die Umgebung der Lichtung. Hell brannten die Lampen im Hauptzelt – zweifellos das Zelt des Dour –, während die Lichter in den kleinen Zelten nur schwach glommen. Die Tiere waren auf einer zweiten, angrenzenden Lichtung angebunden. Reith konnte ihr unruhiges Stampfen und Scharren hören und ihren durchdringenden Geruch wahrnehmen.

Im Schein eines verglimmenden Kochfeuers konnte Reith zwei Wachtposten ausmachen, die in einander entgegengesetzter Richtung durch das Lager patrouillierten. Er postierte sich in der Nähe der Stelle, wo die zwei sich begegneten, die Parole austauschten, salutierten und weitergingen. Sobald beide ihm den Rücken zugekehrt hatten, spannte und lud er Alicias Armbrustpistole und stahl sich in geduckter Haltung in das Lager. Er schlüpfte in eine der Lücken zwischen den kleinen Zelten und legte sich flach auf die Erde, praktisch unsichtbar in seinem schwarzen Umhang und mit seinen rußgeschwärzten Händen und Gesicht. Nachdem die Wachen erneut vorbeipatrouilliert waren, robbte er sich zu dem großen Zelt in der Mitte vor, das von dem Ring aus kleineren Zelten durch einen mehrere Meter breiten Streifen grasbewachsenen Terrains getrennt war.

Eine weitere Viertelstunde lang blieb er regungslos auf dem Boden liegen. Wie er es erwartet hatte, wurde dieser Bereich ebenfalls von einem Wachtposten patrouilliert, der das Hauptzelt umkreiste. Als er sich schließlich weiter zum Eingang des Zeltes vorrobbte, stellte er fest, daß dieser von zwei weiteren Posten bewacht wurde. Er kroch vorsichtig zurück, bis die Krümmung des Zeltes sie aus seinem Blickfeld verschwinden ließ.

Da er keine Vorstellung von der inneren Architektur des Zeltes hatte, wußte er natürlich auch nicht, in welchem Bereich Alicia zu finden sein würde. Also blieb er erst einmal weiter reglos liegen und überlegte.

Als ein schwaches, perlenfarbenes Schillern am wolkenverhangenen Himmel den Aufgang eines der Monde ankündigte, lag Reith noch immer still auf dem Boden und horchte und spähte. Da ihn dies nicht weiterbrachte, entschied er schließlich, daß er es riskieren mußte, ganz gleich, was ihn drinnen erwartete. Er prüfte die Schneide seines Messers mit dem Daumen. Nachdem die Prüfung zu seiner Zufriedenheit ausgefallen war, nahm er die Pistole, stand auf und machte einen Schritt auf das Zelt zu.

Ein unterdrückter Ausruf, der hinter der Krümmung des großen Zelts herüberklang, ließ ihn herumfahren. Als er auf Zehenspitzen zu der Quelle des Geräusches schlich, sah er den Wachtposten, der sich gerade über etwas beugte. Im schummrigen Licht des aufgehenden Mondes sah er etwas, das aussah wie eine riesige Larve, die gerade ausschlüpfte, indem sie unter dem Rand des Zeltes hervorkroch.

»Ha!« schnaubte der Wächter. »Das ist wohl wieder einer deiner hinterhältigen terranischen Tricks, wie?« Er bückte sich und zerrte eine nackte Frau unter dem Rand des Zeltes hervor, die ein Kleiderbündel umklammert hielt – eine Terranerin, deren blondes Haar selbst in dem dämmrigen Licht noch golden schimmerte.

Die Frau wehrte sich nach Leibeskräften, aber der Wachtposten hielt ihre Arme fest umklammert. Mit zwei, drei schnellen Schritten war Reith hinter dem Krishnaner; ehe der überhaupt merkte, wie ihm geschah, hatte Reith schon die Armbrustpistole auf seinen Nacken gerichtet und abgedrückt.

Der Bolzen bohrte sich mit einem häßlich schnappenden Geräusch in den Schädel des Soldaten, der lautlos zusammenbrach. Das einzige Geräusch, das zu hören war, war der dumpfe Aufprall seines Körpers auf dem Grasboden.

»Alicia?« flüsterte Reith.

»Wer ist da?« kam die Entgegnung.

»Ich bin's, Fergus!«

»Entschuldige; ich hab dich gar nicht erkannt, so schwarz, wie du bist...«

»Heb deine Sachen auf und komm.«

Reith huschte mit Alicia an der Hand über die freie Fläche in den schützenden Kreis aus kleinen Zelten. Dort blieb er stehen und flüsterte: »Du ziehst dir besser was an.«

Auf Händen und Knien krochen sie zum Rand des Zeltlagers und blieben still liegen, nur ganz flach atmend, bis beide Wachtposten sich von ihnen entfernten. Dann sprangen sie auf und rannten in den Wald.

»Ihr habt sie gerettet!« schrie Timásh. »Ich wußte, daß Ihr sie...«

»Wirst du wohl die Klappe halten, Blödmann!« zischte Reith. »So, und jetzt auf zur Grenze. Jeder von uns nimmt einen Aya und führt ihn am Zügel.«

Sie machten sich auf den Weg und tasteten sich zwischen den kaum erkennbaren Baumstämmen voran in Richtung Grenze. Sie näherten sich bereits der Zaunlücke, dem letzten Hindernis auf dem Weg in die Sicherheit, als sie, gedämpft durch die Entfernung und das Blattwerk der Bäume, einen rasch lauter werdenden Tumult von Vizmans Lager herüberdringen hörten. Reith hielt inne und horchte. »Was ist da los, Lish? Haben sie gerade den toten Wachtposten gefunden?«

»Es ist mehr als das.« Sie beugte sich dicht an sein Ohr und flüsterte: »Ich habe Vizman getötet.«

»Au weia! Wir steigen wohl besser auf. Warte, ich helf dir!«

Reith formte mit den Händen eine Räuberleiter. Alicia setzte den Fuß darauf und schwang sich in den Sattel des Ayas. Sie ritten in schnellem Schritt, den Kopf über die Hälse ihrer Ayas gebeugt. Trotzdem peitschten ihnen Zweige durchs Gesicht, und Dornen hinderten sie an schnellerem Vorwärtskommen. Doch schließlich erreichten sie die Zaunlücke und gewannen sicheres mikardandisches Territorium.

Eine halbe Stunde später bogen sie in den Hof des Gasthauses von Qantesr ein. Alicia, eingemummelt in Reiths schwarzen Umhang, den sie über ihr hastig übergeworfenes Kleid gezogen hatte, fragte: »Sollen wir wirklich hier bleiben, Fergus?«

»Nein; es ist zu nahe an der Grenze. Die Qiribuma werden wahrscheinlich im Kreis laufen; aber es ist kaum zu vermuten, daß sie über die Grenze kommen, um dich wieder einzufangen. Bist du sicher, daß Vizman tot ist?«

»Ganz sicher.« Sie warf einen Blick auf Timásh. »Ich erzähl dir später alles darüber. *Ton employé comprend l'anglais.*«

»Verstehe. Wir reiten weiter nach Ghushang, sobald ich die Rechnung bezahlt und unsere Sachen geholt habe.«

Wenig später kam Reith mit dem Gehilfen des Wirts zurück. Jeder von ihnen trug einen kleinen Seesack. Sobald Reith und Timásh ihre Säcke hinter ihren Sätteln festgeschnallt hatten, saßen sie auf und trabten hinaus in die Nacht.

Eine Krishnastunde später erreichten sie Ghushang. Reith hielt vor dem ersten Haus an, das durch das übliche Zeichen, den Tierschädel über dem Eingang, als Gasthof ausgewiesen war. Die Tür war verschlossen. Reith klopfte so lange, bis schließlich ein Guckloch aufging und ein krishnanisches Augenpaar, seitlich beschienen von einer Kerze oder Öllampe, herauslugte. Reith begann: »Wir sind Reisende ...«

Der Krishnaner kreischte: »Weichet von hinnen, Furien aus dem Hishkak! Hinfort mit euch! Im Namen Bákhs und Varzais und Qondyors und Hois und aller guten Götter und Göttinnen, hebet euch hinweg! Wir sind Leute von unbefleckter Tugend …«

»Dessen bin ich ganz sicher«, unterbrach Reith seinen Redeschwall, »aber wir sind keine Dämonen – bloß zwei Terraner und ein Menschenwesen, die auf ihrer Reise von der Nacht überrascht wurden …«

»Fort mit euch, ihr schwarzen Teufel! Verschwindet! Wenn ihr behauptet, Sterbliche zu sein, dann werden wir gleich sehen, ob eure rußige Haut den Bolzen einer Armbrust aufzuhalten vermag! Kavir, hole meine Armbrust, *byant-hao!*«

Reith entfernte sich eilig von der Tür. »Ich hatte ganz vergessen, daß wir immer noch unsere Kriegsbemalung drauf haben«, grummelte er. »Auf dem Hauptplatz ist eine öffentliche Ayatränke; da können wir uns waschen. Kommt!«

Sie fanden den Platz dunkel und verwaist bis auf die nur noch schwach kokelnde Glut von zwei an einer Häuserwand befestigten Kohlenpfannen. Reith war so erschöpft, daß er mehr von seinem Aya fiel als herunterstieg. Er kramte in seinem Seesack, bis er das eine saubere Unterhemd fand, das er noch besaß. Er tunkte es in die Ayatränke, und er und Timásh rubbelten sich so gut es ging die Asche von Händen und Gesicht.

Zwei Streifenpolizisten von der Nachtwache kamen mit geschulterter Hellebarde aus einer Seitenstraße gestapft. Als sie Reith und Timásh an der Tränke sahen, nahmen sie ihre Hellebarden von der Schulter und näherten sich schnell.

»Wer seid ihr?« fragte der größere der beiden. »Was habt ihr zu dieser späten Stunde hier draußen zu suchen?«

Reith antwortete: »Wir sind Reisende, die vom Einbruch der Nacht überrascht wurden. Ich bin Fergus Reith, der terranische Reiseleiter.«

»Fähr-giß Rieht«, wiederholte der kleinere Wachmann. »Das klingt ganz so wie der Name jenes *Ertsu,* der vor Jahren einen Aufruhr stiftete, als er den Klauen der verblichenen Hohenpriesterin in Jeshang entrann. Seid Ihr womöglich jener flinke fremdweltliche Flüchtling?«

»Genau der bin ich«, sagte Reith lächelnd. »Und ich habe hier eine Besucherin von meiner Heimatwelt. Meine Schützlinge und ich benötigen Obdach; sonst schlafen wir vor Müdigkeit und Erschöpfung noch auf euren Pflastersteinen ein. Wir wären euch höchst dankbar, wenn ihr uns eine saubere Unterkunft beschafftet und dem Wirte versichertet, daß wir harmlose Leute sind.«

»Es ist mir eine Ehre, Euch zu Diensten zu sein, Sir Fährgiß! Folgt mir!«

Als sie schließlich einen Gasthof mit einem bereitwilligen Wirt und zwei freien Kammern fanden, sagte Reith zu Alicia: »Es gibt ein Einzelzimmer und ein Doppelzimmer. Welches möchtest du?«

»Ich nehm das Einzelzimmer. Und, ach, ich würde mich sehr über ein paar saubere Klamotten freuen! Das Kleid ist hin.«

»Ich hab noch eine frische Unterhose; die kann ich dir geben. Morgen besorgen wir dir einen ordentlichen Reitanzug.«

Reith folgte Alicia in die kleinere Kammer und ließ sich ermattet auf die Bettkante sinken. Als sie sein abgehärmtes Gesicht im Schein der Lampe sah, rief sie: »Fergus! So fertig und erschöpft hab ich dich noch nie gesehen!«

»Nun ja, ich hab in den letzten Tagen nicht viel Zeit zum Schlafen gehabt. Ich war fast rund um die Uhr auf den Beinen. Aber ich werde trotzdem besser schlafen können, wenn du mir erzählst, was passiert ist.«

»Also, das hat jetzt wirklich noch Zeit! Leg dich endlich schlafen, um Himmels willen!«

»Nein, Lish. Vor ein paar Stunden war ich so alle, daß

ich fast im Sattel eingeschlafen wäre. Jetzt bin ich buchstäblich zu müde zum Einschlafen.«

»Aber du solltest dich wirklich hinlegen!«

»Lish, wenn du mir nicht sagst, was passiert ist, dann lieg ich die ganze Nacht hellwach und stell mir die schlimmsten Dinge vor, in den schillerndsten Farben. Du erzählst es mir also besser jetzt.«

»Bist du ganz sicher, daß du es wirklich hören willst? Es ist nämlich alles andere als eine lustige Geschichte.«

»Ich suche keine Unterhaltung; aber ich will wissen, was geschah.«

»Na schön.« Sie setzte sich zu ihm auf die Bettkante, blieb aber stumm, bis Reith den Brief hervorholte, der mit ihrem Namen unterzeichnet war. »Ach, übrigens, hast du das geschrieben?«

Alicia überflog den Brief. »Nein! Ich habe noch nie etwas geschrieben, was auch nur im entferntesten – ich hoffe doch, du glaubst nicht etwa, daß ich jemals... also wirklich...«

»Es kam mir schon komisch vor, aber ganz sicher konnte ich natürlich nicht sein. Ich glaube, das ist auf Minyevs Mist gewachsen.« Nach einem erneuten Schweigen fragte er: »Wie haben sie dich aus Baghâls Nachtclub rausgekriegt?«

»Einer der Krishnaner erzählte mir, es hätte einen Mordversuch gegeben; und das Opfer, ein Terraner, läge im Sterben. Aber niemand könne seine Sprache verstehen, deshalb würden sie nicht einmal herauskriegen, wer er überhaupt sei. Sie baten mich mitzukommen und zu dolmetschen, und sie versprachen, sie würden mich in ein paar Minuten wieder zurück in den Club bringen.

Ich hätte das natürlich mit dir abklären müssen oder zumindest Cyril und Gashigi Bescheid sagen müssen, wohin ich gehe; aber die beiden Krishnaner waren so aufgeregt, daß ich gleich mit ihnen rausgestürzt bin. So kann's einem ergehen, wenn man überrumpelt wird.«

»Ich weiß«, murmelte Reith. »Selbst kluge Leute sind gegen so was nicht gefeit.«

»Draußen auf der Straße wartete eine Kutsche. Kaum saß ich drin, da packte mich auch schon einer von den Kerlen und hielt mich fest; ein anderer schlang mir einen Streifen Stoff ums Gesicht, drehte mir die Arme um und legte mir eine Art Handschellen an.

Als die Kutsche offenes Terrain erreicht hatte, nahmen sie mir den Knebel ab, weigerten sich aber, mir auf meine Fragen zu antworten. Im Licht des Morgens erkannte ich in dem kleinen Burschen mit dem roten Bart zu meiner Linken Minyev wieder. Er wollte auch nicht mit mir reden.

Über die Reise gibt's nicht viel zu erzählen, außer daß ich mich nie an Rastpausen gewöhnen konnte, bei denen zwei Krishnaner permanent neben mir standen und aufpaßten, daß ich nicht abhaute.

Heute gegen Mittag – ich schätze, es ist inzwischen schon gestern – überquerten wir die Grenze zu Qirib, und ich wurde in Vizmans Zelt geschleift. Sie nahmen mir meine Fesseln ab, ich durfte mich waschen und bekam was zu essen. Wie hast du es bloß geschafft, uns so schnell einzuholen?«

»Timásh und ich sind halt geritten wie der Teufel. Aber erzähl weiter; ich möchte alles wissen.«

Nach einem weiteren Augenblick des Schweigens fuhr Alicia mit ihrer Geschichte fort. Man hatte sie in einen abgetrennten Teil des Zelts von der Größe eines mittleren Schlafzimmers gebracht, ausgestattet mit allem Luxus und aller Eleganz eines Palastgemaches. Es gab zwei bequeme Sessel, eine Frisierkommode, ein Waschbecken und einen Tisch, alle verziert mit Vizmans königlichem Wappen, einem Gott, der auf einem Seeungeheuer reitet. In einer Ecke befand sich ein großes Bett mit einer spitzenbesetzten Decke.

Auf dem Tisch stand ein dreidimensionales Farbfoto

von Alicia, dessen Rahmen aus vergoldetem Silber mit Rubinen, Smaragden und Saphiren besetzt war. An das Foto konnte Vizman nur über einen Fotografen in Novo gekommen sein, da die Fotografie auf Krishna noch in ihren schwarz-weißen Kinderschuhen steckte.

Nachdem ein Diener in grün-purpurfarbener Livree das Geschirr abgeräumt hatte, machte Alicia es sich auf dem Bett bequem, um ein Nickerchen zu halten. Aus dem Nickerchen wurde indes nach all den schweren Strapazen der Entführung und der Reise ein langer, tiefer Schlaf. Als sie erwachte, war es dunkel. Draußen stimmten die Nachtwesen Krishnas ihre Serenade aus Schnalz-, Zirp-, Triller- und Summgeräuschen an.

Die Tür des Zeltes öffnete sich plötzlich, und Minyev, jetzt wieder ohne seinen falschen roten Bart, kam herein und erkundigte sich unterwürfig auf mikardandou nach Alicias Befinden: »Ah, meine verehrte Dame! Ich hoffe, Ihr habt gut geschlafen?«

»Minyev, was zum Teufel soll dieser ganze Mummenschanz?«

»Das werden wir gleich erörtern. Wünscht Ihr einen frischen Imbiß?«

»Nein; das Abendessen, das ich bekommen habe, war ausreichend. Und jetzt beantworte mir meine Frage, verdammt noch mal!«

»Darf ich mich setzen, meine Dame?« fragte er und setzte sich, ohne eine Antwort abzuwarten. »Ich sagte immer, Ihr seid zur Königin geboren, und das meinte ich ernst. Ihr müßt die außergewöhnlichen Maßnahmen verzeihen, die zu treffen wir gezwungen waren, um Euch wahrhaftig zu einer Königin zu machen.«

»Minyev!« schrie Alicia. »Wie kommst du darauf, daß ich Königin werden will?«

»Alle Weiber, gleich ob terranischer oder menschlicher Art, streben darnach, Göttin oder Gemahlin eines Königs zu werden.«

»Da irrst du dich aber gewaltig, Minyev. Ich habe nie den Wunsch gehabt, Königin zu sein. Wenn ich unbedingt Königin hätte werden wollen, dann hätte ich schon vor langer Zeit den Heiratsantrag von König Ainkhist von Mutabwk annehmen können. Was ist übrigens aus ihm geworden?«

»Er wurde von unbekannter Hand gemordet.« Minyev machte das krishnanische Äquivalent eines Achselzuckens. »Aber zurück zum Thema: Wir sind zu dem Schlusse gekommen, daß wenn Ihr Dour Vizmans Königin werden würdet, dies sowohl Qirib als auch unserer Welt zum Nutzen gereichen würde. Wir bewundern Eure außergewöhnlichen Fähigkeiten und Talente und preisen Eure Anstrengungen, dem gemeinen Volk Glück und Wohlstand zu sichern.

König Vizman ist über den Verlust, den Ihr ihm einst mit Eurem Scheiden von dieser Welt und Eurer Rückkehr zum Planeten Terra bereitetet, nie hinweggekommen. Nie hat er in seiner verzehrenden Leidenschaft auch nur eine Sekunde geschwankt. Wenn Ihr ihm nur Freundlichkeit erweist, werdet Ihr seine vielen glänzenden Qualitäten erkennen und ihn lieben lernen, so wie er Euch liebt und sich nach Euch verzehrt.«

»Du bist vollkommen übergeschnappt!« rief Alicia. »Vielleicht reagieren die Frauen eurer Spezies so; aber maße dir doch nicht an, vorhersagen zu können, wie eine Terranerin fühlen würde, erst recht, nachdem sie mit brutaler Gewalt entführt worden ist! Wenn du mich wirklich so verehrst und bewunderst, wie du behauptest, dann mußt du mir helfen zu fliehen.«

Minyev schüttelte den Kopf. »Nein; unsere Entscheidung ist gefallen, und nichts, was Ihr sagt, vermag sie mehr umzustoßen. Ihr werdet Seine Imposanz heute nacht in jenem Bette dort empfangen; und Eure Hochzeit wird sofort nach Eurer Rückkehr nach Jazmurian gefeiert werden.«

Alicia schüttelte wütend den Kopf, so daß ihr goldenes Haar nur so flog. »Und wenn ich mich weigere mitzumachen?«

»Wenn Ihr störrisch bleibt, stehen Seiner Imposanz geheime Kammern in seinem Palast zur Verfügung, in welchen uneinsichtige Untertanen über ihre Fehler nachsinnen können. Und wenn er nicht ihre Freilassung verfügt, bleiben sie dort, von der Welt vergessen, gleich als hätten sie sich in Luft aufgelöst.«

»Du glaubst also, du tätest mir einen Gefallen, indem du mich lebenslänglich einsperrst?«

»Drückt es nicht so harsch aus, meine Dame«, sagte Minyev. »Uns liegen doch nur Eure letztlich besten Interessen – sowie die Qiribs – an der Leber.«

»Hütet Euch!« Alicia verfiel jetzt ebenfalls ins Mikardandou. »Meine terranischen Freunde werden mich rächen, und euren König Vizman wird das gleiche Schicksal ereilen wie weiland König Ainkhist.«

»Keine Angst, dagegen haben wir Vorkehrungen getroffen«, versetzte Minyev mit einer Selbstgefälligkeit, die Alicia mit grimmiger Verzweiflung erfüllte.

»Welches sind eure Pläne für heute nacht?«

»Seine Imposanz ist geneigt, Euch Vergnügen zu bereiten, trotz Eurer Hoffart; und er hat Erfahrung in derlei Dingen. Ihr wäret gut beraten, beugtet Ihr Euch seinem Willen in Liebreiz und Demut, auf daß er nicht seine Günstlinge herbeiruft, ihm hilfreich zur Hand zu gehen. Ich versich're Euch, er wird seinen Kopf durchsetzen. Doch laßt uns von andren Dingen sprechen. Für einen angehenden Diplomaten habe ich es in der Tat an Gastlichkeit gebrechen lassen.« Minyev ging zu einem Schrank und kam mit einer Flasche und zwei Pokalen zurück. Letztere füllte er mit viel feierlichem Brimborium; einen überreichte er Alicia. »Laßt uns trinken auf Euer künftiges Glück als die angebetete und edle Gemahlin Seiner Imposanz. Welch Glück, daß dieser köstliche terranische Brauch des Feierns diese Welt erreicht hat!«

Alicia nippte an ihrem Pokal. Der Kvad war stark und von hoher Qualität. Minyev stülpte seinen halben Pokal in einem Schluck, hustete und wischte sich den Mund ab.

»Übrigens«, sagte Minyev mit selbstgefälligem Lächeln, »solltet Ihr Euch mit dem Gedanken tragen, Dour Vizmans Kissen zu fliehen, um Euch in die schützenden Arme von Sir Fergus Ries zu werfen, dann darf ich Euch versichern, daß mein einstiger Brotherr Euch niemals freien wird.«

»Wie kommst du darauf?« fragte Alicia in scharfem Ton, wieder ins Englische verfallend.

»Ich war doch über viele Jahre hinweg sein Vertrauter, nicht wahr?«

»Das wirst du nie wieder sein, wenn er erfährt, wie sehr du sein Vertrauen verraten und mißbraucht hast!«

»Welche Einwände wird er haben? Ich habe ihm kein Leid angetan. Da er keine Heiratsabsichten bezüglich Eurer Person hegt, wird Euer Scheiden ihm wenig Kummer bereiten. Und da ich nicht möchte, daß Sir Fergus in eine peinliche Klemme gerät, habe ich meinen Vetter Yinkham gebeten, meinen Platz einzunehmen. Er dürfte bald in Novo eintreffen. Wie Ihr seht, teure Dame, denke ich an alles!«

»Okay, du bist ein verdammt cleveres Bürschchen, das ist wohl wahr. Aber was macht dich so sicher, daß Mister Reith mich niemals heiraten wird?«

»Teuerste Madame, auch wenn Ihr es vielleicht noch nicht bemerkt habt, aber der junge Alister ist strikt dagegen. Sir Fergus hat gelobt, nicht ohne seines Sohnes Billigung in den Ehestand zu treten.«

Minyev leerte einen zweiten Pokal Kvad. Alicia nippte lediglich hin und wieder an ihrem – und beobachtete den Khaldonier scharf. »Alister schien mich aber sehr zu mögen, die paar Male, die wir uns begegnet sind. Ich bin sicher, daß er seinem Vater niemals ein solches Gelöbnis abverlangen würde.«

»Ach, Lady Alicia, Ihr begreift des jungen Burschen wahre Gefühle nicht. Er mag Euch vielleicht als terranische Landsmännin bewundern, aber er ist rasend eifersüchtig auf Sir Fergus' Zuneigung und nicht bereit, sie mit einem andren zu teilen.«

»Ich glaube kein Wort von dem, was du sagst, Minyev. Warum hast du dich gegen deinen alten Brotherrn gewandt?«

»Hick!« machte der inzwischen leicht angesäuselte Diplomat in spe. »Meiner Gründe sind drei: Bewunderung für Eure überlegenen Qualitäten, Mitgefühl für unseren liebeskranken Dour und der Wunsch, zwei Seelen zusammenzubringen, die die Götter füreinander geschaffen haben.«

»Und außerdem hat er dir eine schöne Belohnung versprochen, nicht wahr? Komm schon, alter Freund, so ist es doch, oder etwa nicht?« Alicia lächelte entwaffnend.

»Nun, um die Wahrheit zu sagen, Dour Vizman hat mir versprochen, mein Universitätsstudium zu finanzieren, damit ich in den diplomatischen Dienst eintreten kann. Diplomaten sind die erste Abwehrstellung einer Nation gegen die Geißel des Krieges; und ich bin der Sache des Friedens ergeben.«

Alicia fuhr fort. »Und wer sind die anderen, wenn du von ›wir‹ sprichst? Wer hat mich entführt?«

»Kennt Ihr Enrique Schlegel?«

»Flüchtig. Sind deine Komplizen in seinem Verein aktiv?«

Minyev nahm erneut einen kräftigen Schluck und nickte.

»Und der Dour«, fuhr Alicia fort, »hat dem Verein als Gegenleistung für mich finanzielle Unterstützung zugesagt?«

»Wie klug Ihr seid, meine Dame! So ungern wir Euch gegen Euren Willen beschlagnahmen, Ihr müßt einsehen, daß wir doch nur dem übergeordneten, höheren

Gut dienen.« Minyev nahm einen tiefen Zug aus seinem mittlerweile dritten Pokal Kvad. »Wir Gemeinen haben selten Gelegenheit, ein so köstliches Getränk wie dieses zu kosten. Lady Alicia, Ihr werdet doch gewiß bereit sein, noch ein wenig mehr davon zu nehmen, um Eure süßen Lippen zu benetzen!«

Sie schüttelte den Kopf. »Du möchtest doch bestimmt nicht, daß ich zu betrunken bin, um dem Dour den Empfang zu bereiten, den er verdient hat, oder? Erzähl mir mehr.«

Minyev erhob seinen Pokal und schwenkte die goldene Flüssigkeit. »Wie ich erkenne, habt Ihr Euch entschieden, meinen Rat zu beherzigen. Eines Tages werdet Ihr mir dafür dankbar sein. Doch nun muß ich scheiden, bevor Seine Imposanz auf den Plan tritt, seine königlichen Rechte einzufordern.« Er stülpte den Rest seines Pokals und stellte das Trinkgefäß mit einem Ausdruck von Endgültigkeit im Gesicht auf den Tisch.

»Oh, geh noch nicht!« rief Alicia hastig. »Dazu ist es noch immer früh genug, wenn der Dour kommt. Erzähle mir etwas von deinem Leben und deinen Abenteuern.«

»Nun, ich habe ein Eheweib in einem Dorf nahe Sir Fergus' Ranch und einen jungen Sohn sowie ein Ei im Brutkasten. Der Knabe hat jedoch zu meinem Leidwesen nicht meine prachtvollen Riechorgane geerbt...« Minyev kraulte sich stolz die Federn seiner imposanten Antennen.

Zwei Pokale und mehrere weitschweifige Erinnerungen später sank Minyev schlaff in seinen Sessel zurück und schloß die Augen. Ein leises Schnarchen entwich seinem halb offenstehenden Mund.

Alicia sprang auf. Als selbst mehrere leichte Rippenstöße hintereinander den Khaldonier nicht aufzuwekken vermochten, packte sie ihn bei seinem Gürtel und schleifte ihn in eine Ecke des Zimmers. Dann zog sie seinen Dolch, eine ziemlich große Waffe mit einer nadelscharfen Spitze, aus seiner Scheide.

Als nächstes nahm sie die Decke vom Bett und warf sie über den tief schlummernden Minyev. Sie drapierte sie so, daß sie aussah, als wäre sie achtlos weggeworfen worden, wobei sie den Khaldonier aber vollständig verhüllte. Sie zögerte einen Moment, bevor sie den Plan weiterverfolgte, den sie gefaßt hatte, während sie sich Minyevs Storys angehört hatte. Sollte sie erst versuchen, Vizman sein Vorhaben auszureden, bevor sie zu äußersten Maßnahmen griff? Sie verwarf den Gedanken gleich wieder, wußte sie doch zuviel über die Methoden krishnanischer Monarchen. Wenn er rücksichtslos genug war, um sie mit Gewalt den ganzen weiten Weg von Mishé bis hierher schleppen zu lassen, dann würde er sich in diesem späten Stadium erst recht nicht mehr von seinem Vorhaben abbringen lassen, weder durch Appelle noch durch vernünftige Argumente.

Alicia versteckte den Dolch unter ihrem Kissen und legte ihn so, daß er sich mit dem Griff in Reichweite ihrer rechten Hand befand, wenn sie auf dem Rücken lag. Dann drehte sie die Lampe herunter, zog sich aus und legte sich aufs Bett. Nach endlosem, schier unerträglichem Warten vernahm sie schließlich draußen vor dem Zelt das Knirschen von Schritten. Dann hörte sie Vizmans Stimme rufen: »Minyev!«

»Er ist fort, aber ich bin hier«, rief Alicia, einen Ton von gespannter Erwartung in ihre Stimme legend.

Die Zelttür, die aus einer breiten, vertikalen Lasche bestand, wurde gehoben, und herein kam Dour Vizman, ein wenig schwerer und ein wenig langsamer als vor achtzehn Krishnajahren, aber ansonsten immer noch derselbe stämmige krishnanische Politiker mittleren Alters. Er trug die traditionelle Qiribo-Tracht, ein quadratisches Tuch, das über eine Schulter und unter dem anderen Arm hindurch geschlungen war. Als er Alicia erblickte, blieb er stehen und sog scharf den Atem ein.

»Alicia!« rief er. »So schön wie eh und je! Meine Teure, von diesem Augenblick habe ich fast zwanzig Jahre geträumt! Niemals hat die hell lodernde Flamme der Leidenschaft, mit welcher ich für dich entbrannt bin, auch nur eine Sekunde geflackert! Ich liebe dich, und du sollst auch mich lieben!«

Vizman streifte seine spärliche Kluft ab und kickte die Pantoffeln von seinen Füßen. »Ah, Geliebte, wie ich mich all die langen Jahre nach dir gesehnt, ja verzehrt habe!« Er ließ seine zitternde Hand über ihren Oberschenkel gleiten.

Mit wild klopfendem Herzen zwang Alicia ihre Lippen zu einem einladenden Lächeln. Vizman holte tief Luft und warf sich auf sie.

»Ah, Bákh!« murmelte er. »Welche Freude! Welches Glück!« Dann straffte sich sein Körper, seine Antennen zitterten, und in wilder Ekstase schloß er fest die Augen.

Vorsichtig schob Alicia die Hand unter das Kissen, packte den Knauf des Dolches und zog ihn unter dem Kissen hervor. Sie hob die Arme, legte sie um seinen massigen Oberkörper, bis sie das Heft des Dolches mit beiden Händen fassen konnte, und drehte die Spitze vorsichtig nach unten, bis sie auf seinen Rücken zeigte. Während Vizman heftig schnaufend auf ihr herumrammelte, zog Alicia die Waffe mit einem kräftigen Ruck zu sich herunter und stieß die Klinge in seinen Rücken.

Als der Dolch sich in seinen Körper bohrte, riß Vizman die Augen auf. Ungläubiges Staunen verzerrte seine groben Züge, bevor sie in der ausdruckslosen Stille des Todes erschlafften.

Eingeklemmt unter dem riesigen leblosen Körper des Krishnaners, fühlte Alicia plötzlich heftige Panik in sich aufsteigen. Sie unterdrückte den Impuls, laut aufzuschreien, und schaffte es schließlich mit einiger Mühe, den erkaltenden Körper des Monarchen von sich zu wälzen und sich zu befreien. Sie überlegte einen Moment, ob sie den Dolch herausziehen sollte, entschied sich dann aber, ihn im Rücken ihres Möchtegern-Begatters steckenzulassen. Mit der bluttriefenden Waffe in der Hand entdeckt zu werden, war ein zu hohes Risiko.

Ein Kreis aus blaugrünem Blut breitete sich langsam auf dem Laken aus, während Alicia mit zitternden Händen ihre Kleider und Schuhe zusammenraffte, die Lampe löschte und sich einen Weg nach draußen suchte.

Während sie sich mit katzenhafter Lautlosigkeit durch die Dunkelheit bewegte, beobachtete sie, daß drei der vier Wände schwach leuchteten. Das Licht kam aus den angrenzenden Abteilen des Zeltes. Sie schloß daraus, daß die vierte, dunkle Wand gleichzeitig die Außenwand des Zeltes sein mußte.

Durch vorsichtiges Tasten über den Boden am Rand des Zeltes fand sie heraus, daß der Spalt zwischen Boden und Unterkante der Zeltwand groß genug für eine einigermaßen schlanke und bewegliche Person war, sich hindurchzuzwängen. Sie legte sich flach auf den Boden, hob die Unterkante der Zeltwand einen Fingerbreit an und spähte nach draußen. Im ersten Moment sah sie nur samtene Dunkelheit, einzig unterbrochen von dem karmesinroten Glimmen eines vorüberhuschenden Leuchtarthropoden. Als sich ihre Augen an die Dunkelheit gewöhnt hatten, konnte sie die schwachen, schemenhaften Umrisse eines kleineren, mehrere Meter entfernten Zeltes ausmachen.

Sie lauschte eine Weile hinaus in die Nacht. Außer den Paarungslauten krishnanischer Arthropoden war nichts zu hören. Daraus schloß sie, daß keine Wachtposten in der Nähe waren. Okay, dachte sie, dann wollen wir mal. Ihre Kleider und Schuhe immer noch fest mit den Händen umklammernd, robbte sie sich auf den Ellenbogen vorwärts. Sie hatte sich zur Hälfte unter der Zeltwand hindurchgezwängt, als sie plötzlich eine rauhe Stimme im Qiribo-Dialekt schnarren hörte: »Bei Bákhs Eiern! Was haben wir denn da?«

Grobe Hände packten ihre Arme mit eisernem Griff und zerrten die wild zappelnde und keilende Alicia auf das plattgetretene Gras außerhalb des Zeltes.

»Ha!« schnaubte der Soldat. »Das ist wohl wieder einer deiner terranischen Tricks, wie? Die Götter mögen mich blenden, aber wenn ich nicht im Dienst wäre, würde ich dich in die Büsche zerren und es dir selbst besorgen!«

»Und dann tauchtest du auf«, schloß Alicia ihre Erzählung. »Du hast mich wieder einmal aus der Patsche befreit, in die ich durch meine eigene Dummheit geraten bin, obwohl ich es ganz bestimmt nicht verdient habe.«

»Unsinn!« sagte Reith, eine Herzlichkeit heuchelnd, die er nicht fühlte. »Du hast dich selbst gerettet. Ich kam zufällig gerade noch im letzten Augenblick vorbei; ich hatte mehr Glück als Verstand. Du bist eine Heldin, so wie diese Frau, die einen Eroberer verführte, um ihn zu töten – Judith, so hieß sie.«

Alicia schlug die Augen nieder und schüttelte den Kopf. »Wenn ich klug gewesen wäre, dann wäre ich gar nicht erst in diese Klemme hineingeraten; und wenn du nicht den Wachtposten getötet hättest, würden die Qiribuma sich jetzt darüber streiten, auf welche Art sie mich schön langsam zu Tode foltern sollen.«

»Sag mir ganz ehrlich, Lish«, fragte Reith, »hättest du Vizman je lieben lernen können?«

»Fergus! Manchmal machst du mich wirklich wütend! Ich und mir von einem mittelalterlichen Despoten vorschreiben lassen, was ich zu tun und zu lassen habe – kannst du dir das vorstellen? Du müßtest mich eigentlich besser kennen!« Sie hielt inne. »Trotzdem tut er mir irgendwie auch ein bißchen leid. Er scheint mich auf seine Weise wirklich geliebt zu haben.«

»Jetzt mach dir bloß keine Vorwürfe, Darling! Wenn ich dagewesen wäre, ich hätte den Kerl erwürgt, und zwar schön langsam, damit er auch was davon hat. Er kannte das Risiko, das er einging; er hat sein Glück einfach ein bißchen zu sehr herausgefordert. Der einzige, um den es mir leid tut, ist der Wachtposten, den ich erschossen habe; er war vielleicht ein ganz anständiger Kerl.«

»Minyev werden sie vermutlich vierteilen, nachdem sie ihn so vorgefunden haben, sturzbetrunken, und sein Dolch im Rücken des Königs.«

»Verschwende dein Mitleid nicht an diesen Jämmerling. Der mit seinem hochtrabenden Gewäsch vom Wohl des Königreiches! Das einzige, was den wirklich interessiert hat, war das Stipendium, das Vizman ihm angeboten hat. Laß uns froh sein, daß wir so glimpflich aus dieser Sache herausgekommen sind. Denken wir lieber ...«

»Fergus«, unterbrach sie ihn. »Ich kann nicht mehr darüber reden. Wonach ich mich jetzt wirklich sehne, das ist ein Bad. Ich fühle mich so ... so unrein.«

Reith seufzte. »Okay, wenn du ein Bad willst, dann sollst du eins kriegen. Ich werde den Wirt aus dem Bett zerren, damit er dir heißes Wasser macht. Das wird er gar nicht mögen, aber ein bißchen von Stavrakos' Gold wird ihn schon milde stimmen.«

X

JACOB WHITE

Einen halben Mond nach der Flucht von Vizmans Lager rollte Reiths Einspänner auf der Straße von Mishé nach Westen. Neben ihm saß Alicia, und Timásh folgte ihnen auf einem Aya, die beiden restlichen im Schlepptau.

Sie trabten durch die sanft gewellte Landschaft des westlichen Mikardand, wo aufgrund der geringeren Regenmenge der Wald immer mehr an Dichte verlor, bis er schließlich zu vereinzelten kleinen Buschgruppen und Galeriewäldchen entlang der Bachbetten ausdünnte. Dort wo keine Bäume standen, war der steinige Grund nur spärlich mit den krishnanischen Entsprechungen irdischer Gräser, Kräuter und Flechten bewachsen. Die hellen, knalligen Farben der östlicheren Vegetation verblaßten zu Pastelltönen. Landwirtschaft beschränkte sich auf die Gegenden, wo es Wasser gab; künstliche Bewässerung lag außerhalb der Möglichkeiten krishnanischer Technologie. Auf den weiten, nicht umzäunten Hochebenen zwischen den Bauernhöfen blickten hier und da Herden krishnanischer Pflanzenfresser, einige vierbeinig, andere sechsbeinig, alarmiert auf, wenn der Einspänner vorüberratterte; und wenn der Schreck zu groß war, stoben sie davon.

Das Verhältnis zwischen Reith und Alicia, das vor der Entführung die Tendenz gehabt hatte, wieder wärmer und enger zu werden, hatte sich zu höflicher Distanz abgekühlt. Seit Reith und Alicia sich zum ersten Mal begegnet waren, war jede Interaktion zwischen ihnen stets von hoher emotionaler Intensität gekennzeichnet gewesen, ganz gleich ob sie nun Liebe gemacht, sich gestritten oder sich einfach nur über abstrakte Themen unterhalten hatten. Auf der Fahrt zurück von Qantesr nach Mishé jedoch hatten sie nur wenig miteinander gesprochen, und wenn, dann war es ausschließlich um alltäglichen Kram gegangen.

Alicia schien sich in sich selbst zurückgezogen zu haben. Reith vermutete, daß sie versuchte, einander widerstrebende Gefühle auf die Reihe zu kriegen, und daß er, wenn er versuchen würde, sie aus ihrem Schnekkenhaus herauszuknibbeln, nur alte Wunden wieder aufreißen und sie noch unglücklicher machen würde, als sie es vermutlich ohnehin schon war. Also behandelte er sie mit behutsamem Respekt und achtete wachsam auf Signale, die ihm ankündigen würden, daß sie eine Wiederaufnahme ihrer alten Kameradschaft begrüße.

Nun, da sie sich Zinjaban näherten, begannen sie sich Stück für Stück wieder füreinander zu erwärmen. Reith sagte: »Stavrakos hat ein unheimliches Theater gemacht, als ich los wollte, dich zu suchen. Er hat tatsächlich von mir erwartet, daß ich bei der Crew bleiben würde, bis der Film fertiggedreht wäre. Und dann, meinte er, könnte ich, wenn ich Lust hätte, ja immer noch losziehen, dich zu suchen. Er drohte mir sogar damit, mir mein Honorar zu sperren, weil ich vertragsbrüchig wäre.«

»Typisch Stavrakos«, sagte Alicia. »Wie hast du's ihm beigebracht?«

»Ob du's glaubst oder nicht, aber der Rest der Truppe – sogar Fodor und Ordway – schlug sich auf meine Seite. Ordway wäre liebend gerne mitgekommen, wenn ich ihn gelassen hätte; aber er wäre nur eine Belastung gewesen. Jedenfalls drohte die Crew Kostis mit Streik, wenn er versuchen würde, mich daran zu hindern, dich zu suchen. Erst da gab er zähneknirschend nach.«

Ein Lächeln hellte ihre düstere Miene auf. »Schön zu

wissen, daß ihnen meine Rettung das wert war. Aber was mich wirklich überrascht, ist, daß Attila sich auf deine Seite geschlagen hat. Er war immer gegen mich und meine Einflußnahme.«

»Er hat sich irgendwas von wegen ›Barbarenehre‹ in den Bart gemurmelt; und Cyril liebt dich ja nun seit jeher. Was ist das bloß für eine geheimnisvolle Magie, die du an dir hast, die jeden in Bann schlägt?«

»Ha!« sagte sie. »Ich versuche nicht, jeden von mir zu faszinieren. Alles, was ich will, ist, meine Forschungen zu betreiben, meine Bücher zu schreiben und meinen Teil dazu beizutragen, daß die Sozialwissenschaften nach mir in besserem Zustand sind als zu meinen Lebzeiten. Hey, ist das nicht Zinjaban da hinten auf der Anhöhe?«

Auf der hiesigen Seite einer fernen Bergkette reckten zwei an Ölbohrtürme erinnernde Gerüste ihre unansehnlichen Köpfe in die Höhe. Ein paar Minuten später kamen Reihen von Zelten in Sicht. Die Türme waren, wie man jetzt erkennen konnte, aus hölzernen Balken und Streben gebaut und trugen ein verflochtenes Gewirr aus Treppen und Leitern, die zu einer Reihe von Plattformen führten.

Als die Ayas die lange Steigung hinaufschnauften, öffnete sich die Landschaft. Das Dorf Zinjaban lag ein Stück abseits der Zeltstadt auf der rechten Seite. Auf einer großen Brache zur Linken übten Kavallerieschwadronen klassische Kampfmanöver wie Schwenks, Sturmangriffe und Sammeln zum Angriff. Die niedrig stehende Sonne spiegelte sich rot funkelnd in ihren Rüstungen und Kettenhemden. Hinter den Zwillingstürmen fiel das Gelände zum Khoruz hin ab, der, ihren Blicken noch verborgen, hinter der Krümmung der Anhöhe lag. Noch weiter, jenseits des Tales, waren die Ausläufer und die Gipfel des Qe'bas zu erkennen.

Reith brachte den Einspänner am Rande der Zeltstadt zum Stehen. Er schwang sich herunter und hielt nach den Leuten von der Crew Ausschau. Ein wilder Jubelschrei ließ ihn herumfahren. »Hey, Fergus! Du hast es geschafft! Beim Backenbart des Herrn, du hast es tatsächlich geschafft!«

Anthony Fallon kam angerannt. »Alicia! Bákhseidank! Ihr habt's geschafft! Das muß ja eine tolle Geschichte sein. Wann ... wie ...«

»Ganz easy, Tony«, sagte Reith. »Sie hat Schlimmes erlebt. Es wär wahrscheinlich noch schlimmer gewesen, wenn Minyev sich nicht mit Vizman gestritten und ihn ermordet hätte.«

»*Was!*«

»Ja, du hast richtig gehört; er hat ihm ein Messer in den Rücken gestoßen. Alicia konnte das Durcheinander ausnutzen und fliehen, und ich kam gerade noch im richtigen Moment zu Hilfe.«

»Was ist mit Minyev passiert?«

»Ich vermute, etwas Langanhaltendes und Schmerzhaftes – mit siedendem Öl oder geschmolzenem Blei. Wir sind nicht dageblieben, um es herauszufinden. Aber jetzt erzähl mir, was du hier treibst! Als wir Mishé erreichten, war die Crew schon mit den Dreharbeiten dort fertig.«

»Ich bin mit Gashigi rausgekommen. Ich dachte mir, bei so einem gemischten Haufen aus Terranern und Krishnanern würde die WF jemanden gebrauchen können, der ein Auge drauf hat.«

»Gashigi ist auch hier?«

»Ja. Sie will aufpassen, daß die Republik keine unnötigen Kosten hat und ihre Einwohner nicht mißbraucht werden. Siehst du das Riesenungetüm dort drüben mit dem Goldschnickschnack? Das ist ihre Equipage.«

»Wo ist Strachan? Es ist sein Job, uns ein Quartier zu beschaffen.«

»Er ist drüben auf der anderen Seite des Flusses beim Drehteam, dolmetschen. Ich kann dir aber auch sagen, wo du untergebracht bist; er und ich haben den Plan zusammen ausgearbeitet. Du wohnst bei Oberst Bobir vom Gozashtando-Regiment.«

»Und Alicia?«

»Die legen wir zu Mary Hopkins, der Garderobenmeisterin. Das ist die streng dreinschauende alte Printe, die du schon kennengelernt hast.«

»Wer hat die Zimmer bei Manshu gekriegt?«

Fallon lächelte schiefmäulig. »Es geht halt nach Rang. Stavrakos und Gashigi haben Manshus zwei Zimmer.«

»Ganz für sich alleine?«

»Nun ja, es wurde stillschweigend vereinbart, daß Ordway die Schatzmeisterin mehr oder weniger jede Nacht aufsucht; die beiden scheinen eine heiße Affäre am Kochen zu haben. Es gibt hier schon einen Running Gag über die beiden: Wenn du das Gefühl hast, die Erde bebt, dann ist das kein Erdbeben, dann sind das bloß Cyril und Gashigi beim Bumsen.«

»Und Stavrakos?«

»Soweit ich weiß, schläft Kostis allein. Manche sagen, er ist schwul; aber ich glaube, er liebt bloß seine Geldsäcke.«

»Was ist das für ein großes Zelt da hinten?«

»Das ist das tragbare Studio, für die Innenaufnahmen. Kommt mit, ihr zwei; ich zeig euch eure Zelte und organisier für euren Mann einen Platz bei den Krishnanern.«

Reith brachte Alicia und ihr Gepäck zu Mary Hopkins und ging mit Fallon weiter zu Bobirs Zelt.

Eine Stunde später hatte Reith sich häuslich eingerichtet. Er hatte Bobir begrüßt, den Befehlshaber der Gozashtanduma, den er bereits kannte, und war einem Obersten namens Padras vorgestellt worden, der das Mikardando-Regiment befehligte.

Reith war gerade dabei, einen ersten Orientierungsrundgang durch das Gelände zu machen, als ein Hornsignal seine Aufmerksamkeit Richtung Westen lenkte.

Eine Kolonne Ayas, die sowohl terranische als auch mikardandische Reiter trugen, durchquerte den Fluß an der Furt. Das Wasser, das jetzt im Schatten der Berge dahinter lag, kräuselte sich um die Beine der hornbewehrten, sechsbeinigen Reittiere.

Reith erkannte unter den Reitern Fodor schon von weitem an seiner massigen Statur und dem Kahlkopf. Als die Gruppe den Fluß durchquert hatte, spornte Fodor seinen Aya zum Galopp an und sprengte an den Zelten vorbei, laut »Hi-yah! Hi-yah!« brüllend. Der Ungar, ein exzellenter Reiter, legte sich elegant in die Kurve und hielt in vollem Galopp auf den Parkplatz und Reiths Einspänner zu. Als es schon so aussah, als würde das Tier mitten in den Einspänner hineindonnern, riß Fodor seinen Aya zu einem mächtigen Sprung hoch und flog über das Gefährt hinweg, wobei die Hufe es nur um wenige Zentimeter verfehlten. Wenngleich Reith mit Erleichterung aufnahm, daß seine Kutsche heil geblieben war, war er doch ein wenig enttäuscht, daß Fodors Hals gleichermaßen unversehrt schien.

Der Regisseur galoppierte im Bogen zurück, brachte sein Reittier mit einem scharfen Ruck zum Stehen und sprang aus dem Sattel, »Willkommen!« brüllend. Er umarmte Reith ungestüm und küßte ihn auf beide Wangen.

»Wir haben heute ein paar erstklassige Aufnahmen gemacht!« blökte er. »Du mußt dir die Sturmangriffe ansehen! Aber jetzt erzähl schon, was zum Teufel hast du die ganze Zeit getrieben? Der verdammte Film ist schon zu zwei Dritteln im Kasten, inklusive der ganzen Burgszenen. Das einzige, was wir jetzt noch drehen müssen, ist die lange Jagd nach Burg Kandakh, und dann noch zum Schluß die große Schlacht mit deinen Gozashtandern. Die lange Jagd drehen wir morgen, so Gott will. Die Schlacht wird mehrere Tage in Anspruch nehmen, mit Proben und allem Drum und Dran. Hast du Alicia gefunden? Ist sie okay? Wo ...«

»Hier bin ich, Attila«, sagte Alicia, die aus ihrem Zelt trat, um prompt ihrerseits umarmt und stürmisch abgeküßt zu werden. »Dank Fergus bin ich noch am Leben und ganz heil.«

»Was ist passiert?« röhrte Fodor. »Ließe sich aus der Story ein Drehbuch machen?«

»Ich spar sie mir lieber für meinen nächsten Memoirenband auf«, versetzte Alicia.

Die Nachricht von Alicias Wiederkehr verbreitete sich wie ein Lauffeuer, und der Rest der Crew kam angerannt, um sie zu beglückwünschen, ihr die Hand zu schütteln, sie zu küssen und mit Fragen zu löchern. Sie dämpfte ihren Überschwang und rief: »Fergus!«

Als sie ihn neben sich hatte, sagte sie: »Ein kleiner Bijar hat mir ins Ohr geflüstert, du könntest eine kleine Stärkung gebrauchen, damit du wieder zu Kräften kommst. Ich habe eine Flasche in Marys Zelt versteckt.«

»Du Wunderweib! Na los, worauf warten wir noch?«

Reith und Alicia machten es sich im Zelt gemütlich, tranken Falat und plauderten entspannt. »Ach, übrigens«, sagte Alicia, »vielen Dank für die Geschichte, die du Tony erzählt hast; ich meine, die von Vizmans Tod.«

Reith nickte. »Das ist von jetzt an die offizielle Version. Es gibt niemanden, der sie dementieren könnte.«

»Wie bist du untergebracht?«

»Der Oberst ist ein guter alter Soldat, aber auch ein ziemlicher Langweiler. Falls – oh, hallo, Mary!«

Mary Hopkins war hereingekommen. Die Garderobenmeisterin lehnte den angebotenen Drink ab, lauschte aber gespannt Reiths Version von der Rettungsaktion. Dann rief sie: »Da ist der Gong zum Abendessen!«

Als sie sich in die Futterschlange vor dem Küchenzelt einreihten, sagte Mary Hopkins: »Bei schönem Wetter ist es ja ganz nett, dieses Essen im Picknickstil, aber wenn's regnet, ist es fürchterlich. Dann müssen wir unsere Teller zudecken und zu unseren Zelten zurückrennen.«

Als sie mit dem Abendessen, das an langen Tischen eingenommen wurde, fertig waren, nahm Alicia Reith mit in Manshus winzigen Gasthof, wo die Aufnahmen des Tages vorgeführt wurden. Die Schankstube war gerammelt voll; die Leute saßen auf dem Fußboden und versuchten, am Kopf ihres Vordermannes vorbei einen Blick auf die Leinwand zu erhaschen. Die Maske, fand Reith, hatte ausgezeichnete Arbeit geleistet; nur ein Experte würde die terranischen Schauspieler noch von echten Krishnanern unterscheiden können.

In einer Szene sollte Prinzessin Ayala, die von der drallen Cassie Norris gespielt wurde, auf dem Scheiterhaufen verbrannt werden. In letzter Sekunde jedoch kam Prinz Karam, dargestellt von Randal Fairweather – der einen kurzärmeligen, grob gestrickten Sweater trug, den man in Metalliclack getunkt hatte, damit es aussah wie ein Kettenpanzer, ohne freilich dessen Gewicht zu haben –, auf einem Aya herangaloppiert. Er durchschlug die Fesseln der Prinzessin mit einem mächtigen Hieb seines Schwertes, hob sie auf den Sattel und sprengte davon.

Cassies klagendes Organ, hoch und schrill, erhob sich über das Geplapper in der überfüllten Schankstube. »Ich dachte, ich wäre auch so schon dicht genug dran, um mir den Hintern anzusengen; aber Attila wollte das Ganze noch realistischer. Also zögerte er beim dritten Take die Rettung so lange hinaus, bis ich mir tatsächlich das Bein an dem verdammten Feuer angekokelt hab. Das Scheißding tut noch immer höllisch weh, trotz Doc Hamids Salbe!«

Fodor knurrte: »Du kannst dabei von Glück reden. Ich habe den Ehrgeiz, eines Tages noch einen Film zu drehen, in dem jemand *wirklich* auf dem Scheiterhaufen verbrannt wird.«

»Verdammter Sadist!« sagte Cassie.

»Natürlich!« dröhnte Fodor fröhlich. »Alle Barbaren sind tief in ihrem Herzen Sadisten!«

»Noch einen Take kannst du von der Szene ohnehin nicht mehr drehen«, warf Mary Hopkins ein. »Das war das letzte von diesen weißen Leibchen, die sie dabei tragen soll.«

»Dann lassen wir uns eben von den Einheimischen noch ein paar davon nähen und drehen die ganze Szene von vorn. So, wie sie ist, gefällt sie mir noch nicht. Wenn Randal sie aufhebt, sollen ihre Titten rausquellen. Dazu muß er sie ein Stück weiter unten pakken.«

Allgemeines Stöhnen erfüllte den abgedunkelten Raum. »Okay, okay«, sagte Fodor. »War nur'n Scherz. Morgen gehen wir auf die lange Jagd. Der Oberst auf Burg Kandákh sagt, wir können die ganze Nacht in seinem Fort bleiben. Nehmt also eure Zahnbürsten mit! Er läßt extra für uns seine Offiziere aus ihren Zimmern ausziehen. Ich schätze, er spekuliert darauf, sein Gesicht in die Kamera halten zu können und im Film zu erscheinen.«

Alicia und Reith saßen im Vorgebirge des Qe'bas auf ihren Ayas und schauten den Kameramännern dabei zu, wie sie sich die steinigen, spärlich mit blaugrauen, rosa- und malvefarbenen Gräsern bewachsenen Hänge hinaufmühten.

»Ein Vorteil beim Drehen auf Krishna«, sagte Alicia, »sind die langen Tage. Da es soviel Zeit erfordert, den ganzen Kram auf- und wieder abzubauen, gewinnen wir durch die zusätzlichen Tageslichtstunden noch einmal um die Hälfte mehr effektive Drehzeit als auf Terra.«

»Dafür gibt es aber auch eine Menge Nachteile, nehm ich an«, sagte Reith.

»Das kannst du laut sagen! Kein elektrischer Strom; also müssen wir diese Riesen-Superbatterien mitschleppen. Ah, ich sehe, Attila winkt mir. Ich muß für ihn dolmetschen. Paß auf, daß du nicht von irgendeiner Klippe fällst!«

Während er ihr hinterherschaute, erwuchs in ihm ernsthaft der Wunsch, sie endlich einmal lange genug allein für sich zu haben, um das Problem ihrer Zukunft mit ihr lösen zu können. Auch wenn ihre mehr als schwesterliche Zuneigung für ihn durch die Vizman-Episode weniger geworden sein mochte, loderten seine Gefühle für sie heller denn je. Er verspürte einen wachsenden Drang, die Sache endlich mit ihr zu klären. Aber in der Hektik der Dreharbeiten gab es kaum einmal fünf Minuten, in denen nicht einer oder beide von ihnen in irgendeine Arbeit für Cosmic Productions eingespannt waren.

Stundenlang schaute Reith von der Seitenlinie aus zu, wie die Jagdsequenz langsam Gestalt annahm. Die Handlung war zwar simpel, aber für die beteiligten Schauspieler bedeutete sie echte Knochenarbeit. Eine zu Tode verängstigte Prinzessin Ayala in der Beuge seines kräftigen Armes haltend, sprengte Prinz Karam die Straße nach Balhib hinauf, verfolgt von einem Dutzend Schurken, die von mikardandischen Komparsen dargestellt wurden.

Immer wieder hob Fodor seine Flüstertüte und brüllte: »Ton! Kameras! Action!« Worauf dann Prinz Karam, seine Hauptdarstellerin fest im Griff, an den Kameras vorbeigaloppierte. Und jedesmal, wenn Fodor »Schnitt!« brüllte, zügelte Karam seinen Aya zum Schrittempo herunter und lenkte ihn zum Ausgangspunkt zurück. Nachdem der Take drei oder vier Mal wiederholt worden war, durften Fairweather und Cassie eine Verschnaufpause einlegen, während der die krishnanischen Verfolger weiterhin immer wieder aufs neue dasselbe Stück Weges entlanggaloppieren mußten. Kurze Zeit später zog die gesamte Crew ein Stück weiter hinauf in die Berge und wiederholte das Ganze auf einer anderen

Strecke. Alicia erklärte Reith, daß eine solche Szene mit dem Terminus ›alternierendes Syntagma‹ bezeichnet wurde. Cassies dünnes Fähnchen wurde mit jeder Einstellung schäbiger.

So interessiert Reith auch war, je länger der Tag sich hinzog, desto mehr kam er zu dem Schluß, daß Filmen eine sehr mühselige und wegen der ständigen Wiederholungen oft langwierige Angelegenheit war. Er war beeindruckt, wieviel Zeit und Aufwand selbst für kleinste Details jede einzelne Einstellung erforderte. Für das Drehen einer Zehn-Sekunden-Szene konnte so unter Umständen eine halbe Stunde draufgehen. Solange konnte es dauern, bis die Kameras, die Tonmikros und die mit Silberfolie überzogenen Pappbögen, die zum Reflektieren des Lichts auf die Akteure verwendet wurden, in die richtige Position gebracht waren. Dabei mußte jeder, Alicia, White und Ordway eingeschlossen, zur Hand gehen.

Reith wurde unfreiwillig Zeuge einer Auseinandersetzung zwischen Cassie Norris und Attila Fodor. Sie kreischte: »Wenn ihr Saftsäcke nicht so verdammte Geizhälse wärt, hättet ihr Doubles für die langen Takes mitgebracht. Ich werde morgen dermaßen fix und foxi sein, daß ich nicht mal mehr für 'ne Million den Arsch hochkriegen kann!« Reith amüsierte der Kontrast zwischen Cassies keifendem Organ, ihrem vulgären Gossenjargon und der angenehmen, wohlklingenden Stimme und gewählten Ausdrucksweise, derer sie sich vor der Kamera bediente.

Ein krishnanischer Aya-Cowboy sprach mit Alicia, die übersetzte: »Attila, er sagt, wenn wir keine Verschnaufpause einlegen, reiten wir die Tiere zuschanden.«

»Na und? Dann besorgen wir uns eben neue Ayas!«

»Sei nicht blöd!« schaltete sich Randal Fairweather ein. »Willst du vielleicht, daß ich wieder zuerst auf einem Rotschimmel reite und dann plötzlich auf einem

Grauen, wie damals, als ich den Artagnan spielte, in *Schwerter und Musketen?* Von dem hab ich nie mehr was gehört.«

»Du halt die Klappe!« brüllte Fodor. »Wer ist hier der Boß, häh? Außerdem ist sowieso Zeit zum Mittagessen.«

Roqir war bereits hinter den Gipfeln verschwunden, als die beiden Flüchtenden endlich Burg Kandakh erreichten – vor ihren Verfolgern, versteht sich. Da das Licht nicht mehr hell genug war, um noch die letzten Takes der Szene zu drehen, machte Fodor widerstrebend Feierabend und begab sich mit der Crew und den Darstellern in die Festung. Die, die reiten konnten, waren von Zinjaban hergeritten; die, die es nicht konnten, hatte man in einem der Omnibusse herangekarrt.

Gleich hinter dem Tor hatten Sir Litáhns gepanzerte Reiter in Doppelreihe Aufstellung genommen, mit gezückten Schwertern. Als die Terraner sich näherten, hoben sie ihre Schwerter und schrien: »Hao na Ertsumak!«

Fodor rief über die Schulter nach hinten: »Bedeutet das, daß sie uns willkommen heißen, oder wollen sie uns in Stücke hacken?«

»Es ist ein Hochruf«, sagte Alicia. »Geh ruhig weiter, sie tun dir schon nichts.«

»Der Bursche will eine kleine Rolle haben«, knurrte Fodor. »Wir geben ihm einen Mini-Auftritt.« Er ging vor und schüttelte Sir Lithán den Daumen. Dann ging er hinein. Die anderen folgten ihm.

In einem Raum, den man wohl als eine Art Offiziersklub bezeichnen konnte, fand sich eine frisch gewaschene Filmcrew auf ein paar Drinks zusammen. Reith, Alicia und Fallon waren ganz damit beschäftigt, den Small Talk zwischen Erdbewohnern und Krishnanern zu übersetzen. Ordway kam zu Reith geschlendert. Sein rundes Gesicht war entwaffnend freundlich, ja geradezu ehrfurchtsvoll. »Also ehrlich, Sir Fergus!« rief er. »Alle Achtung! Tony hat mir gerade von deinem neuen Titel erzählt. Ist das nicht großartig?«

»Ich hoffe, ich lasse es mir nicht zu Kopf steigen.«

»Ach wo, du bestimmt nicht!« sagte Ordway, Reiths feine Ironie überhaupt nicht wahrnehmend. »Wir wissen doch alle, daß du ein Mann mit tadellosem Charakter bist. Darf ich dir die Hand geben? Es wäre mir eine große Ehre, dir einen Drink zu spendieren.«

Reith mußte über Ordways Titelfimmel lächeln. Er ließ sich von ihm einen Kvad aufdrängen, dann noch einen.

Lady Gashigi erschien und krähte: »Ah, meinä zwei Lieb-a-lings Ärdmänner! Ah, wie ich a-liebä die Tärraner! Hol mir einän Da-rink, Cyril, bittä!«

Reith wurde erneut zu seiner Ernennung zum Ritter beglückwünscht und bekam weitere Drinks aufgedrängt. Er hätte sich gern mit Alicia unterhalten; aber die war von Offizieren umringt und schien sich gut zu amüsieren.

Als nächstes gratulierte ihm Sir Litáhn, auch er mit einem randvollen Pokal Kvad bewaffnet. Als schließlich das Trompetensignal zum Essen erscholl, fühlte Reith sich schon ziemlich angesäuselt. Er gab sich entschlossen einen Ruck und machte sich zu Alicia auf, um sie in die Messe zu begleiten und sie neben sich zu plazieren. Doch ein Offizier hielt ihn auf, um mit ihm über terranische Militärgeschichte zu diskutieren. Als er sich von diesem endlich losgeeist hatte, sah er, daß Randal Fairweather sich bereits durch den Ring von krishnanischen Bewunderern gedrängt und Alicia beim Arm gefaßt hatte. Der großgewachsene Schauspieler eskortierte sie jetzt galant in die Messe.

Als Reith den langen Tisch erreichte, waren schon alle Plätze in der Nähe von Alicia besetzt. Er mußte mit einem vorlieb nehmen, der ein gutes Stück abseits von der Terranergruppe lag, zu der Bennett Ames, der *assistant grip*, seine Frau Cassie Norris, Randal Fairweather und Jacob White gehörten. Alicia saß zwischen Fairweather und White; vis-à-vis von ihnen saßen mehrere krishnanische Offiziere unterschiedlicher Dienstgrade.

Cassie Norris, die ein Netzkleid mit nichts darunter trug, versuchte fortwährend, Randal Fairweathers Aufmerksamkeit auf sich zu lenken. (Sie mußte das Kleid per Boten vorausgeschickt haben, dachte Reith; die meisten Terraner trugen immer noch die Klamotten, die sie den ganzen Tag über angehabt hatten.) Aber der Schauspieler hatte keine Augen für ihre spektakulär zur Schau gestellten Reize, sondern widmete sich voll und ganz Alicia und erzählte ihr ausführlich von den Abenteuern, die er bei den Dreharbeiten zu *Sir Francis Drake* erlebt hatte. Zu Cassies anderer Seite saß Bennett Ames und zog einen Flunsch. Jacob White probierte mit vor Konzentration ganz zerknautschtem Gesicht sein rudimentäres Mikardandou an einem krishnanischen Nachbarn aus. Auf Reiths Seite des Tisches deklamierte ein wohlabgefüllter Cyril Ordway, während er ein Stück Shaihanbraten an einem Eßspieß schwenkte: »Wenn ich eins an diesem verdammten Planeten mag, dann ist es, daß es jede Menge Rindfleisch gibt, garantiert BSE-frei, auch wenn die Kuh sechs Beine hatte. Zu Hause kostet ein garantiert BSE-freies Steak von der Größe deines Daumens soviel wie das Bruttosozialprodukt eines Kleinstaats ...«

Reith aß kaum etwas. Bei der anschließenden Vorführung der Tagesproduktion schlief er in dem abgedunkelten Zimmer ein. Er wurde erst wach, als Fallon ihn mit dem Ellenbogen knuffte.

»Zieh deine Socken hoch, alter Knabe!« flüsterte der Konsul. »Du schnarchst.«

Reith blickte schlaftrunken auf. Ein Offizier ging herum und zündete Kerzen an, die in verspiegelten Wandhaltern steckten. Plötzlich fühlte Reith Fodors behaarte Pranke auf seinem Arm.

»Fergus!« knurrte Fodor. »Ich schmeiß gleich noch

'ne Party – ganz exklusiv, in kleinem Kreis. Du und die kleine Alicia, ihr seid auch eingeladen!«

Als Reith wieder soweit klar war, daß er sich an irgend etwas erinnern konnte, saß er auf einem Diwan in einem großen Raum, in dem sich außer ihm noch weitere sieben Personen befanden. Er sah sich um und fragte sich, ob der Kommandant Fodor wohl sein Privatquartier zur Verfügung gestellt hatte, denn das Zimmer war verschwenderisch ausgestattet, mit Fellteppichen auf dem blitzblanken Fußboden und Gemälden mit Jagdszenen an den Wänden. Zwei offene Türen führten in angrenzende Schlafzimmer.

Reith verfluchte sich im Stillen dafür, daß er, der er gewöhnlich so überaus selbstbeherrscht war, es soweit hatte kommen lassen, sich zu betrinken – etwas, das ihm in seinem ganzen Leben höchstens ein Dutzend Mal passiert war. Als er es schließlich mit einiger Anstrengung schaffte, wieder einigermaßen geradeaus zu gucken, sah er, daß die anderen Männer außer seinem Gastgeber Anthony Fallon und Jacob White waren. Die Frauen waren Alicia, Gashigi und Fodors zwei Frauen. Reith wandte sich Michelle zu.

»Wie sind Sie hierhergekommen, Mrs. Fodor? Ich habe sie während der Dreharbeiten gar nicht gesehen.«

»*La Madame* Gashigi hat uns in ihrer Kutsche mitgenommen«, sagte Michelle mit einem charmanten Lächeln.

»Äs war Zeit«, sagte Gashigi, »daß ich diesän Pa-last einmal für dän Gouv – dän Guv –, für dän Ga-roßmeistär bäsuchtä. Dahär a-dachtä ich mir, daß äs nätt wäre, wänn ich die Fa-rauän zu ihrän Männern ba-ringe.«

»Noch 'ne Runde!« brüllte Fodor dem krishnanischen Kellner zu. »Und jetzt wollen wir singen! Ich fang an!«

Fodor hatte bestimmt das Doppelte von dem verputzt, was Reith getrunken hatte, aber der Alkohol schien den Regisseur nur noch selbstbewußter und prahlerischer zu machen. Er grölte Lieder in fünf Sprachen und versuchte die anderen zu übertönen. Reith, der ein eher mittelmäßiger Sänger war, sang ein paar Liedchen auf französisch und deutsch mit, aber bei Ungarisch mußte er passen.

»Und jetzt tanzen wir!« schrie Fodor. Er holte von irgendwo her eine Geige hervor und kickte einen der Läufer mit solchem Schwung weg, daß er in einer Ecke des Raumes landete. »Was für Tänze spielst du, Attila?« fragte Alicia und stand auf.

»Ich spiel alles, was du willst! Was möchtest du? Walzer? Foxtrot? Khopak? Zulu?«

»Wie wär's mit 'nem Tango?«

»Gern; ich kenne hundert!«

»Das wär echt göttlich! Fergus tanzt hervorragend Tango.« Sie wirbelte herum, faßte Reith beim Handgelenk und zog. »Komm, Fergus! Denen zeigen wir's!«

»Ich bin völlig aus der Übung«, murmelte er. »Außerdem fürchte ich, daß ich mehr getrunken habe, als mir gut tut.«

»Ach, komm schon, stell dich nicht so an! Du wirst das schon hinkriegen!«

Er stand mit wackligen Beinen auf und folgte ihr auf die Tanzfläche. Fodor spielte zuerst Jacob Gades *Jalousie* und ließ darauf einen von Carlos Gardels Tangos folgen. Reith vermochte nicht zu sagen, ob es an seinen guten Reflexen lag oder ob Alicia einfach eine so gute Tänzerin war, daß sie selbst dem ungeschicktesten Partner folgen konnte. Jedenfalls schaffte er den *Corte* und das argentinische Kreuz ohne jemanden anzurempeln, die Balance zu verlieren oder Alicia auf die Zehen zu treten.

Aus dem Augenwinkel bekam er mit, daß Fallon mit Nancy tanzte. Und er sah, wie Gashigi und Michelle versuchten, Jacob White auf die Beine zu zerren, ungeachtet seiner Einwände, er habe nie tanzen gelernt.

Als Fodor zu spielen aufhörte, ließ Reith sich zurück auf seinen Diwan plumpsen. Sofort drängte ihm Fodor einen neuen Drink auf. Da ihm von der Anstrengung ganz heiß geworden war, hatte er den größten Teil davon bereits runtergekippt, als ihm sein prekärer Zustand bewußt wurde. Er stellte den Pokal ab und starrte mit glasigen Augen auf die anderen. Schweißperlen traten ihm auf die Stirn, und er versuchte angestrengt, sich im Griff zu behalten.

»Jetzt zeig ich euch mal einen Tanz!« dröhnte Fodor. »Wer kann Geige spielen?«

»Ich hab's als Kind mal gelernt«, sagte White und starrte schüchtern auf seine Hände. »Ich versuch's mal.«

»Kennst du irgendeinen Zigeunertanz? Genau so was will ich euch nämlich jetzt mal vorführen!«

»So ein Zufall! Ich mußte nämlich einen ständig üben, Tag für Tag. Also, ich fang mal an!«

White stimmte die *Tzigane* an, einen Zigeunertanz des Komponisten Milescu aus dem einundzwanzigsten Jahrhundert. Fodor tanzte solo, wie ein Derwisch stampfend und im Kreis herum wirbelnd. Als White das Stück beendete, hieb Fodor ihm so heftig mit seiner Pranke auf den Rücken, daß der arme Kerl fast in die Knie ging. Dann legte er die Violine weg, stülpte einen Drink und donnerte: »So, und jetzt wird gezockt!«

Fodor holte ein neues Kartenspiel mit den Initialen ›F.A.G.‹ auf der Rückseite hervor und sagte: »Da wir keinen Tisch haben, setzen wir uns einfach im Kreis auf den Boden. Los!«

Er raffte ein paar Kissen vom Sofa zusammen und breitete sie auf dem Boden aus. »Jack, du sitzt da! Fergus, du da! Tony, du da! Die Mädels setzen sich dazwischen.«

»Wo ist Cyril?« fragte White.

»Er ist voll und schläft irgendwo seinen Rausch aus«, brüllte Fodor. »Für ihn spielt Tony mit, obwohl der verdammte Kerl nicht trinkt!«

»So, und jetzt, meine lieben Freunde, veranstalten wir eine Orgie. Eine richtige Orgie. Ihr wißt, was das ist? Ich wette, nicht einer von euch hat je an einer teilgenommen. Deshalb werdet ihr euch für den Rest eures Lebens an diese Nacht erinnern. Wenn einer diese Art Vergnügen nicht mag, dann sollte er sich besser jetzt verkrümeln, bevor es zu spät ist! Okay?«

»Als erstes spielen wir Strip-Poker, so wie ich es neulich in Novo gesagt habe. Hat irgendwer was dagegen?«

Reith schaute sich um; er erwartete, daß Fodors Frauen sich – wie schon neulich – wieder sperren würden. Doch nur Nancy quengelte schüchtern: »Also, ich weiß nicht ...« Fodor ignorierte sie einfach. White murmelte irgend etwas wie, es verstoße gegen seine Religion. Fallon grinste voller Vorfreude. Alicia schwieg; sie hatte ihr Pokerface aufgesetzt.

»Kennt jeder die Regeln?« fragte Fodor. »Du auch, Gashigi?«

»Ich habä äs nur einmal gä-scha-pielt«, erwiderte die Schatzkanzlerin. »Ich glaubä, ich kännä die Rägeln.«

»Prima; vielleicht ziehen wir dich als erste aus. Der Wetteinsatz ist jeweils ein Kleidungsstück, verkörpert durch einen Chip. Ist das Kleidungsstück einmal ausgezogen, bleibt es ausgezogen. Straightes Draw-Poker, keine Wildcards. Hier, Fergus, heb ab!«

Fallon meldete sich zu Wort. »Aber wo liegt die Pointe, Attila? Bloße Nacktheit bedeutet auf dieser Welt nichts, erst recht nicht, nachdem wir schon alle zusammen im Fluß gebadet haben. Jeder weiß, wie die anderen nackt aussehen.«

»Ich weiß, aber ich bin ja auch noch nicht fertig. Um der ganzen Sache eine Prise Pfeffer beizumengen, habe ich eine neue Regel hinzugefügt. Wenn einer von euch einen Spieler vom anderen Geschlecht auszieht, scheiden sie aus und vögeln miteinander, und zwar gleich hier an Ort und Stelle!«

Die anderen Spieler tauschten verdutzte Blicke aus; die Mienen schwankten je nach Person zwischen Besorgnis und Vorfreude. White, der um sich blickte wie ein verängstigtes Tier, das in der Falle saß, murmelte: »Wo?«

»Egal wo – irgendwo halt, auf dem Teppich, auf dem Sofa oder im Schlafzimmer nebenan.«

White preßte atemlos hervor: »Also, im Angesicht des Herrn Israels würde ich ja vielleicht noch Unzucht treiben, aber ich will verdammt sein, wenn ich es vor den Augen von euch verkommenen Subjekten tue!«

»Attila, also wirklich ...«, begann Alicia, aber Fodor schnitt ihr mit einem unwirschen Grunzen das Wort ab. »Also komm, ausgerechnet du! Du bist die gewiefteste Pokerspielerin von allen hier, also kannst du jeden Mann ausziehen, den du willst. Außerdem gibt es nichts Besseres als eine Orgie, um das Interesse anzuregen. Das wird dich aufwecken! Okay, dann mal los jetzt! Ich gebe. Nancy, du fängst an.«

Reith hatte das Gefühl, daß irgendwas schrecklich schieflief; daß er hätte einschreiten oder Einwände erheben müssen. Was, wenn eine von diesen Gestalten Alicia die Hosen auszog? Was würde er dann machen? Warum weigerte sie sich nicht mitzuspielen, oder besser noch, warum stand sie nicht entrüstet auf und stolzierte aus dem Zimmer?

Wenn ich doch bloß die Kraft aufbringen könnte, aufzustehen, sie bei der Hand zu nehmen und mit ihr rauszugehen, dachte er ... Aber womöglich würde sie sich weigern oder gar einen Tobsuchtsanfall kriegen, wie sie es vor zwanzig Jahren getan hätte. Irgend jemand sollte jetzt irgend etwas unternehmen, dachte er. Aber irgendwie waren alle von einer seltsamen Lethargie befallen. Die Kombination aus Alkohol, Erschöpfung und Fodors ehrfurchteinflößender physischer Präsenz hatte anscheinend alle zu hilflosen, schicksalsergebenen Lämmern gemacht.

Reith öffnete den Mund, um Einwand zu erheben; aber unter dem unheilverkündenden Blick von Fodors stahlblauen, von buschigen Brauen überwölbten Augen erstarben ihm die Worte in der Kehle. Als Fodor jedoch die Karten austeilte, bemerkte Reith plötzlich, daß Alicia aufgestanden war. Mit der Geschmeidigkeit eines Aals hatte sie sich aus dem Lotossitz ohne erkennbare Anstrengung in voller Größe zu einer khaki-gekleideten Göttin aufgerichtet, die sich ihren sterblichen Anbetern offenbarte. Sie machte einen Schritt in Richtung Tür.

»He!« rief Fodor und erhob sich ebenfalls. »Wo willst du hin?«

»Raus«, sagte sie. »Tut mir leid, aber dein Spiel ist mir eine Nummer zu hart. Gib Cassie meinen Platz, wenn du möchtest.«

Fodor baute sich vor Alicia auf. »Nein, du gehst nicht!«

»Wie bitte? Hab ich richtig gehört? Ich geh, wohin ich will!«

Sie versuchte, an Fodor vorbeizukommen, aber der Regisseur breitete seine Orang-Utan-Arme aus, um ihr den Weg zu versperren. »Wenn du nicht mitspielen willst, hättest du das früher sagen müssen. Jetzt ist es dazu zu spät. Ich hab mir nämlich fest vorgenommen, *dich* zu gewinnen! Ich werde dir heimzahlen, daß du versucht hast, mir vorzuschreiben, wie ich meinen Film drehen soll!«

»Geh mir aus dem Weg!« zischte Alicia mit zusammengepreßten Zähnen; gleichzeitig versuchte sie, mit einem schnellen Sidestep an ihm vorbeizuhuschen.

Fodors langer Arm schnellte heraus wie ein Tentakel und packte Alicia beim Handgelenk – so fest, daß sie vor Schmerz leise aufschrie. Fodor brüllte: »Einen Teufel wirst du – *au!*«

Reith sah, wie einer von Alicias Stiefeln sich vom Boden löste, und dann hörte er das solide *Wumm!* eines

Tritts. Die Karten in Fodors linker Hand segelten in hohem Bogen durch die Luft.

»*Ördög! Teufelin!*« kreischte Fodor und nahm Alicia in einen Würgegriff.

Bis zu diesem Moment hatte Reith, immer noch im Griff des Alkoholtranes, verwirrt zugesehen, als sei er Zuschauer in einem Theaterstück. Doch nun, urplötzlich, brandete eine Woge von Wut in ihm hoch und riß ihn förmlich vom Sofa und auf die Füße. Er plante seine nächsten Handlungen nicht bewußt; es war, als hätte eine Macht außerhalb von ihm die Kontrolle über seinen Körper übernommen.

Bevor er begriff, was er tat, machte er zwei, drei Schritte vorwärts, packte Fodor bei seiner Jacke und zerrte ihn zu sich herum. Alicia wand sich aus dem Würgegriff des Regisseurs, und Reith rammte seine Faust in Fodors Bauch. Als der Ungar sich mit vor Verblüffung weit aufgerissenen Augen vornüber krümmte, landete Reith zwei wuchtige Fausthiebe an seiner Kinnlade. Fodor torkelte zurück; Reith setzte nach und deckte ihn mit einem wahren Hagel von Fausthieben ein, bis er zu Boden ging und mit zuckenden Gliedern dalag wie ein verwundetes Insekt.

»Komm, Lish«, sagte Reith. Wortlos ergriff sie seine ausgestreckte Hand. Sie verließen das Zimmer und gingen den Flur entlang zu dem Zimmer, das Alicia zugeteilt worden war.

Dort angekommen, sprach Alicia zum ersten Mal. »Fergus, deine Knöchel bluten ja! Warte, ich hol schnell mein Verbandszeug und verarzte dich!«

»Ich muß diesen Scheißkerl härter geschlagen haben, als mir bewußt war.«

»Ich wußte gar nicht, daß du soviel Dampf in den Fäusten hast.«

»Hab ich gar nicht, Darling. Als junger Bursche hab ich verdammt oft was auf die Nase gekriegt. Ich schätze, der Anblick dieses Banditen, wie er dich da im

Schwitzkasten hatte und dir die Luft abdrückte, hat mich so wild gemacht, daß ich plötzlich doppelt soviel Kraft hatte wie sonst. Außerdem war er ziemlich blau; sonst hätte er wahrscheinlich Hackfleisch aus mir gemacht.«

»Immer noch derselbe gute alte Fergus; du bist einfach zu bescheiden!«

»Nicht bescheiden – realistisch.«

»Doch, manchmal bist du einfach zu bescheiden. Warum hast du das getan?«

»Warum ich das getan habe? Das fragst ausgerechnet du mich? Erstens, weil du offensichtlich nicht mitspielen wolltest. Und welcher Mann schaut tatenlos zu, wenn die Frau, die er ...«

Die Tür flog auf, und im Rahmen stand Attila Fodor mit einem krishnanischen Schwert in der Hand. »Ha!« brüllte er und schritt zielstrebig auf Reith zu, ein gemeines, schlitzäugiges Grinsen im Gesicht.

»Attila! Bitte!« schrie Alicia und stellte sich mit einem Sprung zwischen ihn und Reith. »Ich geb dir, was du willst, aber laß Fergus in Frieden ...«

»Aus dem Weg, Alicia!« knurrte Fodor. »Ihr wollt ficken? Okay. Aber danach bring ich den Kerl um. Niemand schlägt Attila Fodor zusammen und kommt mit dem Leben davon!«

Reith schaute hektisch umher, aber sein Schwert lag in dem Zimmer, das er sich mit Ordway teilte. Die einzige ›Waffe‹, die er sehen konnte, war ein leichter Stuhl. Den schnappte er sich. Als Fodor in Fechtstellung ging, fragte sich Reith, ob er mit dem Ding einen Ausfall würde parieren können.

Alicia riß die Bettdecke vom Bett, wirbelte herum und warf das schwere Tuch über Fodors Kopf und Schultern. Der Regisseur stieß einen Fluch auf ungarisch aus und versuchte, die Decke abzuschütteln. Während seinem Kontrahenten noch die Sicht von der Bettspreite verdeckt war, holte Reith mit dem Stuhl aus und hieb ihn Fodor mit solcher Wucht über den Kopf, daß die beiden Vorderbeine abbrachen.

Der Hieb brachte Fodor ins Taumeln. Just in dem Moment, als es ihm gelang, sich von der Bettspreite zu befreien, fällte Reith ihn mit einer gekonnten Fußball-Grätsche. Beide Männer gingen zu Boden. Fodor wälzte sich auf den Rücken und versuchte, das Schwert ins Spiel zu bringen, während er mit der freien Hand nach Reiths Gesicht grapschte.

Reith griff in seiner Verzweiflung nach Fodors Schwertarm. Er bekam einen Finger zu fassen und bog ihn mit aller Kraft zurück. Seine Muskeln zitterten vor Anstrengung. Er hörte und spürte ein häßliches Knakken, und Fodor schrie auf. Unterdessen umkreiste Alicia das ringende Paar mit gespannter Armbrustpistole.

Mit letzter Anstrengung gelang es Reith schließlich, Fodor das Schwert aus der Hand zu winden. Mit voller Kraft hieb er den Knauf auf Fodors Schädel, einmal, zweimal, dreimal. Nach dem dritten Schlag erschlaffte der Regisseur und blieb reglos liegen.

Als Reith den Blick wieder hob, sah er, daß sich eine Schar gebannt starrender Zuschauer im Türrahmen drängte, unter ihnen White, der den Arm um Gashigi gelegt hatte – und beide nackt. Whites schmales Gesicht trug einen unglücklichen Ausdruck. Reith machte unter den Gaffern Hamid Mas'udi, den Arzt der Drehcrew, ausfindig und rief: »Heh, Doc! Wenn Sie sich bitte um diesen Clown kümmern würden. Flicken Sie ihn wieder zusammen und sagen Sie ihm, beim nächsten Mal laß ich ihn nicht so glimpflich davonkommen.«

»Sind Sie okay, Mister Reith?« fragte der Arzt.

»Nichts, was man nicht mit ein bißchen Waschen und Verbinden wieder wegkriegen würde.« Reith rappelte sich auf. Mas'udi und Fallon wuchteten Fodor hoch und schleiften ihn hinaus, jeder mit einem von seinen Armen um den Hals. Die anderen zerstreuten sich wieder. Reith schloß die Tür, schob den Riegel vor und sagte: »Blöd von mir, daß ich daran nicht eher gedacht habe.«

»Komm, Fergus, setz dich hin und laß mich dich verarzten!« befahl Alicia. Sie legte ihre Armbrustpistole wieder weg und ging zum Waschbecken. »Dein Gesicht ist ganz voll Blut.«

»Das Schwein hat versucht, mir ein Auge auszukratzen; daher die Kratzer.«

Nach einer Viertelstunde Waschen, Desinfizieren und Verpflastern war Reith zwar leicht ramponiert, aber im Großen und Ganzen wieder funktionstüchtig. »Danke, Lish-Darling«, sagte er mit einem Lächeln, das etwas schief geriet. »Du hast mir mal wieder das Leben gerettet – zum x-ten Mal. Der hätte Schaschlik aus mir gemacht.«

Sie nahm seinen verpflasterten Kopf in die Hände und küßte ihn sanft. »Und du hast mich auch mal wieder vor Schlimmerem bewahrt. Als ihr zwei euch da auf dem Boden rumgewälzt habt, hätte ich ihn getötet, wenn ich nur eine Sekunde freie Schußbahn gehabt hätte. Aber was wolltest du mir eigentlich in dem Moment sagen, als dieser schreckliche Kerl reinplatzte?«

Reith stand auf und ging ein paar Schritte auf und ab. »Laß mich nachdenken... Ach ja, jetzt fällt's mir wieder ein. Ich wollte sagen, welcher richtige Mann würde tatenlos zuschauen, wenn die Frau, die er liebt, gewaltsam angepackt wird?«

»Fergus! Willst du damit sagen, daß... daß...«

Reith holte tief Atem. »Natürlich wollte ich das damit sagen. Ich liebe dich!«

Alicias Lächeln war wie die Sonne, die durch eine bleigraue Wolkendecke bricht. Doch dann machte sie plötzlich eine ernste Miene und fragte: »Sind Ihre Absichten auch wirklich ehrlich, mein Herr?«

»Ich bin auch nur einer von diesen zurückgebliebenen Plattwürmern! Alicia, möchtest du meine Frau werden?«

»Fergus!« Sie flog ihm in die Arme. »Ich hab mich schon die ganze Zeit gefragt, wann du mir endlich diese Frage stellen würdest. Ich war jedenfalls felsenfest entschlossen, dich nicht noch mal zu fragen.«

»Also, was denn nun: willst du oder willst du nicht?«

»Was denn? Dich fragen?«

»Sei nicht so albern! Mich heiraten natürlich!«

»Du willst also – doch halt: Was würde Alister dazu sagen? Minyev erzählte, der Junge wär absolut dagegen.«

»Minyev hat gelogen.« Reith zog den Brief von seinem Sohn hervor. »Hier, überzeug dich selbst. Alister ist hundertprozentig dafür.«

Alicia überflog den Zettel und lächelte. »Na, da bin ich ja erleichtert! Wenn ich eins wirklich nicht will, dann ist es die Rolle der bösen Stiefmutter zu übernehmen.«

»Wieso hast du Minyev eigentlich Glauben geschenkt, ohne mich vorher zu fragen?«

»Ich ... ich dachte, du wärst bloß höflich zu mir und es wäre besser, wenn ich mir die Sache ein für allemal abschminken würde.«

»Wie in aller Welt bist du bloß auf die Idee gekommen?«

»Ach, da gab's verschiedene Gründe, zum Beispiel, zu sehen, wie sehr Sári dich anbetet.«

Reith grinste. »Und ich hatte schon gedacht, du hättest kein Interesse mehr an mir, weil dir meine Affäre mit Sári so gleichgültig zu sein schien.«

»Ich war eifersüchtig wie der Hishkak!« sagte Alicia mit einem Aufflackern ihres alten Feuers, »aber ich wollte es mir ums Verrecken nicht anmerken lassen.«

»Gut; kommen wir also zum Grundsätzlichen zurück. Möchtest du mich heiraten?«

»Und ob ich das möchte! Je eher desto besser; nicht, daß du dich im letzten Moment doch noch mal vom Haken windest! Auf der Fahrt zurück nach Krishna hab ich mir immer wieder gesagt: Wenn du Fergus siehst, sei freundlich, aber geschäftsmäßig. Träume nicht von einer romantischen Versöhnung, denn höchstwahrscheinlich wird er nicht mehr zu haben sein. Als ich feststellte, daß du frei warst und mich immer noch zu mögen schienst, fiel es mir verdammt schwer, mich an meine guten Vorsätze zu erinnern.«

»Also, ich kann nur sagen, spätestens als wir Zinjaban erreichten, war ich wieder in dich verliebt – oder genauer gesagt, immer noch, nach all den vielen Jahren.«

»Ich habe nie aufgehört, dich zu lieben«, sagte Alicia leise. »Als ich damals in Katai-Jhogorai das Scheidungsurteil von einem Boten überbracht bekam, da wußte ich, daß ich den schlimmsten Fehler meines Lebens begangen hatte. Aber ich wußte nie, wie ich ihn wieder ungeschehen machen konnte. Ich habe mehrfach Signale ausgesandt, aber du schienst nie sonderlich scharf darauf, sie wahrzunehmen und aufzugreifen.«

»Oh, ich hab die Botschaft wohl verstanden! Ich wollte bloß sicher gehen, daß auch Wasser im Pool ist, bevor ich reinspringe.« Er drückte sie. »Vergessen wir das alles. In Zinjaban damals war ich kurz davor, dich zu fragen, ob ich nicht bei dir übernachten könnte. Und wenn nicht genau in dem Moment Ordway seine feiste Visage zur Tür rausgesteckt und mich so dreckig und wissend angegrinst hätte, dann hätt ich's getan.«

Als Alicia darauf schweigend ihren goldgelockten Kopf an seine Schulter legte, fragte sich Reith, ob ihre neue Sanftheit wohl von Dauer sein würde oder ob irgendwann ihr jähzorniges Temperament wieder aus ihr herausbrechen würde. Nun, der Würfel war gefallen; er würde halt sein Glück versuchen müssen, so wie Liebende es seit jeher getan hatten.

Reith unterdrückte ein Gähnen. Weder fragte er sie, ob er die Nacht bei ihr verbringen könne, noch lud sie ihn dazu ein. Sie begannen sich einfach auszuziehen, ohne die geringste Hektik, wie ein altes Ehepaar. Sie zog ihr Hemd aus, kehrte ihm den Rücken zu und sagte: »Hilfst du mir mal, den Verschluß von meinem BH aufzumachen? Ich hab immer Schwierigkeiten bei dem hier.«

Reith gehorchte. »Lish, hast du zufällig noch eine Zahnbürste für mich übrig? Ich hab keine Lust, jetzt noch mal rauszugehen und mir meine zu holen.«

Später, nach einem langen, leidenschaftlichen Liebesakt, lagen sie glücklich und ermattet in tiefer Entspannung nebeneinander. Alicia beugte sich zur Seite, drehte die Nachttischlampe herunter und seufzte tief. »Ich möchte ja nicht, daß dir das jetzt zu sehr zu Kopf steigt, Darling, aber von einer Nacht wie dieser hab ich geträumt, seit wir uns damals an der Juruá Lebewohl gesagt haben.«

»Ich habe auch oft daran gedacht«, sagte er schläfrig. »Wir hätten gleich in der ersten Nacht auf der Ranch anfangen sollen. Die glauben ohnehin alle, wir wären schon die ganze Zeit wieder zusammen.«

Zu Reiths Überraschung setzte sich Alicia plötzlich im Bett auf. »Ach ja! Fast hätt ich's vergessen.« Sie schlüpfte aus dem Bett, ging zu ihrer Handtasche, kramte einen Moment darin herum und zog ihr Notizbuch hervor. Zwischen den Seiten fand sie ein loses Blatt Papier, das sie ihm mit einem geheimnisvollen Lächeln überreichte. Reith schaute es verdutzt an, dann wurde ihm klar, daß es die fehlende Seite mit den Widmungen aus *Piraten, Priester, Potentaten* war. Er las: »Meiner großen, einzigen Liebe, Fergus MacDonald Reith.«

Alicia sagte: »Fast hätte ich geschrieben: ›Meinem einstigen und zukünftigen Ehemann.‹«

»Und warum hast du's nicht getan? Dann hätte ich gar nicht anders gekonnt, als dich wieder zu heiraten, schon allein, um deine Ehrlichkeit unter Beweis zu stellen.«

»Und wenn du schon tot gewesen wärst, als ich ankam, oder glücklich verheiratet? Dann hätt ich aber ganz schön blöd dagestanden!«

»Och, nicht unbedingt. Wenn ich tot gewesen wäre, dann könntest du ja behaupten, wir hätten vorgehabt, uns im Himmel wiederzutreffen.«

»Und wenn Elizabeth klug genug gewesen wäre, bei dir zu bleiben? Ich hätte niemals einer anderen Frau den Mann ausgespannt, selbst wenn du dich hättest ausspannen lassen wollen – und du bist für solche Spielchen viel zu aufrichtig und edelmütig.«

»Vergiß Elizabeth, Liebes. Du hast fair und ehrlich gewonnen. Komm wieder ins Bett, und ich beweis es dir!« Lachend zog er sie wieder zu sich herunter.

»Du meinst – noch mal, nach allem, was du durchgemacht hast?«

»Aber klar! Wenn ich erst einmal in Fahrt bin, kann ich gar nicht genug kriegen, das weißt du doch!«

»Lieber Himmel, das ist wirklich ein Teil von dir, der nicht ein Stück gealtert ist!«

Im Morgengrauen öffnete ein unrasierter Reith die Tür von Alicias Schlafzimmer einen Spaltbreit, spähte kurz hinaus in den Flur und stiefelte dann in seiner Reitkleidung nach draußen. Er war noch nicht ganz zur Tür hinaus, als Jacob White aus einer anderen Tür trat, stehenblieb und sagte: »Ach, Mist! Jetzt hab ich schon wieder verloren!«

»Was hast du verloren, Jack?« fragte Reith.

Nach einem Augenblick des Herumdrucksens antwortete White: »Fallon hat eine Gemeinschaftswette organisiert, wie lange ihr zwei …« – er deutete mit einem Nicken auf Alicias Tür – »… wohl brauchen würdet, um wieder … nun … zusammenzukommen. Wir haben die Sache mit Spannung verfolgt, und ich schätze, Cyril gewinnt. Hör zu, Kostis will dich beim Frühstück sprechen!«

»Weswegen?«

»Wegen Attila. Es ist dringend.«

»Wie geht's Attila?«

»Er liegt im Bett mit einer schweren Gehirnerschütterung und einem gebrochenen Finger. Doc Hamid sagt, er muß ihn mindestens drei Tage da behalten. Sie mußten seine Kleider verstecken, um ihn daran zu hindern, dich zu jagen, Fergus.«

Als sie den Flur entlang zur Messe gingen, fragte Reith: »Was ist gestern nacht noch passiert, nachdem Alicia und ich gegangen waren?«

»Wir haben Attila auf einen Stuhl gehievt, und Fallon hat versucht, das Spiel wieder in Gang zu bringen. Ich nehme an, er hatte sich ausgerechnet, daß er als einziger, der nüchtern war, absahnen würde; aber keinem war mehr nach Kartenspielen zumute. Wir genehmigten uns noch eine Runde Drinks, und dann fragte Gashigi mich, ob sie mich in einem der Schlafzimmer einmal unter vier Augen sprechen könnte. Als wir allein waren, erklärte sie mir, ich müsse für Cyril einspringen. Großer Gott!«

»Und? Wie war's?«

»Ich konnte einfach nicht. Mann, war die enttäuscht!«

»Hm«, sagte Reith. »Wo lag das Problem?«

White überlegte einen Augenblick. »Ich glaube, man könnte es mental nennen – vielleicht sollte ich auch sagen, moralisch. Weißt du, ich habe noch nie mit einer anderen Frau Verkehr gehabt als mit meiner Ehefrau – meiner Ex-Ehefrau, sollte ich besser sagen.«

»Wieso ›Ex‹?«

»Wegen meiner Spielsucht.«

»Das kann man heutzutage heilen«, sagte Reith. »Meine Alicia hatte auf Terra auch eines von diesen Persönlichkeits-Liftings. Es scheint zu funktionieren.«

»Ich weiß«, sagte White. »Sie hat mir davon erzählt. Aber ich wollte nicht geheilt werden! Das Spielen ist die einzige Freude, die einzige Leidenschaft, die ich im Leben habe.«

»Meinen Bedarf an Glücksspiel finde ich mit dem Herumkutschieren von terranischen Touristen durch halbzivilisierte Länder mehr als erfüllt«, sagte Reith.

White überging die Bemerkung. »Alicia hätte noch ein bißchen weiter argumentiert, aber als ich zu ihr sagte: ›Doktor Dyckman, hören Sie auf, mich vollzuquatschen!‹, hat sie die Klappe gehalten.«

Nachdenklich sagte Reith: »Die Moritzsche Therapie muß wahre Wunder bei Alicia gewirkt haben. In früheren Zeiten hätte sie dich so lange gepiesackt, bis du dich entweder einer Therapie unterzogen oder außer Landes geflüchtet wärst.«

»Ich bin einfach nicht dafür geschaffen, in der Gegend herumzuvögeln«, sagte White mit einem Anflug von Pathos. »Mein Vater ist ein konservativer Rabbiner, und ich hatte eine ganz strenge Erziehung. Ob Gashigi nun ein Mensch ist oder nicht, es ist so oder so eine Sünde. Wenn sie ein Mensch ist – so eine Art Superschickse –, ist es Unzucht. Wenn sie kein Mensch ist – nun, in Exodus heißt es, daß ›wer mit einem Tier schläft, soll mit dem Tode bestraft werden‹. Ich denke, es tut mir nicht leid, daß ich versagt habe, aber es nagt doch hart am Ego.«

»Was hat sich sonst noch abgespielt – ich meine, im Wohnzimmer?«

»Ich weiß nicht; als ich es schließlich mit Gashigi aufgab, waren die anderen gegangen. Ich nehme an, Attila hat sich, als er wieder zu sich kam, das Ersatzschwert vom General ausgeliehen und sich auf die Suche nach dir gemacht. Was habt ihr beiden vor, du und Alicia?«

Reith lächelte. »Lish und ich beabsichtigen, es ganz offiziell zu machen, das ist alles.«

»Du meinst …«

»Genau. Wir sind sozusagen verlobt.«

»Ich gratuliere! Wenn zwei solche Powertypen wie

ihr sich zusammentun, kann euch höchstens noch Mord aufhalten!«

Als Reith und White in die Messe kamen, fanden sie Stavrakos an einem der langen Tische vor einem Teller Bijar-Rührei sitzend. Er murmelte mit vollem Mund einen Gruß.

»Wie sind Sie hierhergekommen, Boss?« fragte Reith, wobei er sich im Geist das Bild ausmalte, wie der rundliche Stavrakos gefährlich hin und her schwankend auf einem Aya ritt.

»Ich hab einen der Omnibusse genommen«, grunzte Stavrakos. »Ich hab von eurer Prügelei gehört – oh, hallo, Alicia! Setz dich und iß was. Fodor hat geschworen, Sie umzubringen, Fergus. Er will Sie zu einem Duell herausfordern. Wenn Sie nicht mit dem Schwert gegen ihn antreten wollen, will er sie in Stücke hacken, sobald Sie ihm über den Weg laufen.«

Das schlaftrunkene Lächeln, mit dem Alicia in der Messe erschienen war, verschwand schlagartig aus ihrem Gesicht. Sie beugte sich mit angezogenen Schultern vor.

»Und was soll ich Ihrer Meinung nach nun tun?« fragte Reith.

»Wir möchten, daß Sie für eine Weile verschwinden«, sagte der Produzent.

»Sie meinen, ich soll Reißaus nehmen? Ich habe keine Angst vor diesem Sauhund! Ich werde ihn ...«

»Fergus!« sagte Alicia. »Sei doch vernünftig! Wir können doch diesen Freund von dir hinter den Bergen besuchen.«

Wütend erwiderte Reith: »Ich laß mich doch von diesem Riesenarschloch nicht einfach wegjagen ...«

Alicia legte die Hand auf seinen Arm. »Bitte! Wer hält mir immer Vorträge von wegen, man sollte nicht aus falsch verstandenem Stolz unnötige Risiken eingehen?«

»Aber verdammt noch mal, ich ...«

»Halten Sie die Klappe, Reith!« herrschte Stavrakos ihn an. »Und jetzt hören Sie mir mal zu! Erstens, wenn Sie gegen ihn kämpfen, wird er sie wahrscheinlich töten. Er war mal ungarischer Meister im Säbelfechten. Wenn Sie draufgehen würden, täte mir das zwar leid, aber ich könnte es verkraften. Aber wenn *Sie* ihn durch irgendeinen Glückstreffer töten würden, wäre unsere Produktion im Eimer. Millionen würden den Bach runtergehen, Millionen von *meinem Geld!* Also nehmen Sie Ihren Buggy und fahren rüber zu dieser Ranch und bleiben dort, bis wir Ihnen Bescheid sagen, daß Sie zurückkommen sollen.«

Als Reith den Mund öffnete, um zu protestieren, bellte Stavrakos: »Das ist ein Befehl! Und wenn Sie nicht glauben, daß ich die Befugnis habe, Sie wegzuschicken, dann lesen Sie sich einmal Ihren Vertrag durch! Wenn Sie sich querstellen, werden Sie vertragsbrüchig und bekommen von mir nicht eine einzige von diesen kleinen krishnanischen Kupfermünzen – wie heißen die doch gleich noch?«

»Arzu. Okay, ich mach Ihnen einen Vorschlag. Sie schulden mir die erste Hälfte meines vertraglich festgelegten Honorars, seit Sie hier eingetroffen sind, aber Sie haben mich mit Ausreden abgespeist. Zahlen Sie mir das, was Sie mir schuldig sind, und ich fahre mit Alicia zu dieser Ranch ...«

»Hey! Die brauchen wir dringend hier, zum Dolmetschen!«

»Ich stelle Ihnen an ihrer Stelle meinen Tourassistenten zur Verfügung – leihweise, versteht sich. Timáshs Englisch ist ziemlich gut, und außerdem haben Sie ja noch Strachan und Fallon. Alicia ist meine Verlobte, und wo ich hingehe, geht auch sie hin.«

»Oh«, sagte Stavrakos und kratzte sich.

»Wenn Sie nicht zahlen«, fuhr Reith fort, »werde ich alles tun, was ich kann, um Fodor zu töten, und dann können Sie sich Ihren Film von der Backe putzen!«

Stavrakos starrte vor sich hin und kaute auf seiner Unterlippe. Dann verzog er das Gesicht zu einem säuerlichen Lächeln. »Also so was nenn ich einen Mann mit Vernunft! Schnaps und Sex und Titel – alles schön und gut, aber das wirkliche *arithmos enas,* das, was für Sie an erster Stelle steht, ist Geld.« Er zückte seine Brieftasche. »Akzeptieren Sie einen Wechsel auf die Bank von Novorecife?«

»Okay.« Reith zuckte mit den Achseln und wandte sich White zu. »Tu mir einen Gefallen, Jack. Such Timásh und sag ihm, er soll den Einspänner und die Tiere klar machen.«

Den Wechsel in der Tasche, ging Reith zurück auf sein Zimmer, um zu packen. Als er eintrat, setzte sich Ordway gerade im Bett auf und reckte sich. »Hey, Sir Fergus! Wo geht's denn hin?«

Reith erklärte es ihm. »Dank Kostis entschwinden wir in eine Art Vor-Flitterwochen.«

»Ihr habt also wirklich vor …«

»Ja. Sobald wir die Möglichkeit dazu haben – aah, guten Morgen, Tony!«

Fallon erschien in der Tür. »Alicia hat mir erzählt, ihr zwei wollt eine kleine Reise machen«, sagte er.

»Stimmt. Könntest du uns in deiner Eigenschaft als terranischer Konsul trauen? Ich meine, jetzt gleich?«

»Wow, was für eine Frage! Laß mich überlegen. Nein; legal wäre die Trauung nur dann, wenn sie im Konsulat in Mishé vollzogen würde, mit allen erforderlichen Dokumenten.«

»Dann muß die Hochzeit halt bis nach den Flitterwochen warten!«

»Aber, aber! Wenn du sie als eine Schwester betrachtest, so wie du es behauptet hast, wäre das dann nicht – nun ja – Inzest?«

Reith lächelte. Mit katzbuckelnder Ehrerbietigkeit in der Stimme sagte Ordway: »Ich könnte nicht sagen, daß es mir nicht einen Stich versetzen würde, Sir Fergus. Aber wenn ich die Schnalle schon verlieren muß, dann könnte ich sie an keinen Besseren verlieren. Natürlich bringt eine so toll aussehende Frau auch einen großen Nachteil mit sich.«

»Und zwar welchen?«

»Es wird immer irgendwelche Männer geben, die um sie herumscharwenzeln. Wenn sie dir je wieder den Laufpaß gibt, wird sie sofort jede Menge Kerle zur Auswahl haben.«

Reith lachte leise in sich hinein. »Das Risiko muß ich halt auf mich nehmen. Also dann tschüs, ihr zwei!«

Reith schulterte seinen Seesack, las Alicia und ihr Gepäck auf und lenkte wenig später seinen Einspänner den Serpentinenpfad hinauf, der sich durch die Berge schlängelte, wie immer den Reserveaya im Schlepptau. Alicia kuschelte sich an ihn und genoß den Blick auf die zerklüfteten Berggipfel, die aus dem Morgendunst auftauchten. Schließlich brach sie das Schweigen.

»Weißt du eigentlich, was dieser Geistesgestörte machen wollte?«

»Welcher Geistesgestörte?«

»Na, Attila Fodor natürlich. Er glaubte, er würde eine realistischere Schlacht bekommen, wenn er die Mikardanduma mit richtigen Waffen kämpfen ließe, während die Gozashtanduma mit hölzernen Waffen antreten sollten. Dann wäre jede Menge echtes Blut geflossen, und überall hätten abgeschlagene Köpfe herumgelegen. Und bis die Überlebenden von Gilans Truppe nach Ruz zurückgekommen wären, um sich zu beschweren, wären er und seine Crew über alle Berge gewesen, sprich, auf dem Rückflug nach Terra und somit außer Gefahr. Was dann aus dir und den anderen Krishnandern geworden wäre, war ihm egal.«

»Deshalb also war unsere Geißel Gottes so erpicht darauf, daß das künstliche Krishnanerblut nur ja die richtige Farbe hatte! Es konnte ja schlecht angehen, daß

Lord Whozis Blut rot war, wenn er die Gurgel durchgeschnitten kriegt, und daß die armen Ritter aus Ruz dann plötzlich grünes Blut auf dem Schlachtfeld verlieren würden. Was hat ihn davon abgebracht?«

»Eine von Attilas Frauen fand die Idee schrecklich und erzählte mir im Vertrauen davon. Daraufhin trommelte ich sofort Ken und Jack und Tony zusammen und schickte sie zu Kostis zum Protestieren. Cyril hab ich auch versucht, zum Mitkommen zu bewegen, aber er wollte nur helfen, wenn er dafür was kriegen würde. Du kannst dir schon denken, was er haben wollte.«

Reith ballte die rechte Hand zur Faust und betrachtete seine Knöchel. »Eines nicht allzu fernen Tages ...«

Alicia lächelte ihn liebevoll an und fuhr fort. »Zum Glück gelang es uns vieren, Kostis rumzukriegen. Er hatte tatsächlich vorgehabt, Attila gewähren zu lassen, aber wir konnten ihn überzeugen, daß ihn das auf lange Sicht ein Vermögen kosten würde. Die Story würde irgendwann zur Erde durchdringen, und dann hätte er eine Strafe in Millionenhöhe zahlen müssen und seine Firma würde pleitegehen. Und das würde bedeuten: keine Sci-Fi-Filme mehr für ihn!«

»Darling«, sagte Reith, legte den Arm um Alicia und drückte sie, »mit einem Superweib wie dir verheiratet zu sein, wird ein phantastischeres Abenteuer werden als alles, was sich Kostis' Drehbuchschreiber je ausdenken könnten!«

XI

PERCY MJIPA

Einige Tage später kehrten Fergus Reith und Alicia Dyckman von einem ausgiebigen morgendlichen Ausritt zurück und banden ihre Tiere an einem Pfosten neben Yekars Ayatränke fest. Als sie singend die Stufen zur Veranda des Ranchhauses hinaufstiegen, wurden sie von der Frau ihres Gastgebers empfangen. »Sei gegrüßt, Meist'rin Bashti!« rief Reith ihr gutgelaunt entgegen. »Wo ist Yekar?«

Sie erwiderte: »Er ist über die Berge nach Zinjaban geritten, um dort Vorräte zu kaufen. Ihr zwei seid sehr erhitzt!«

»Wir waren mit euren Hirten draußen, streunende Shaihane einfangen«, sagte Reith.

»Und«, fügte Alicia eifrig hinzu, »Fergus hat gezeigt, daß er mit dem Lasso so gut wie jeder andere umgehen kann. Eure Kuhjungen mochten ihren eigenen Augen nicht trauen. Einer sagte: ›Es ist ein unmöglich Ding, daß ein *Ertsu* solch Geschick besitzt!‹«

»Und nun«, sagte Bashti lächelnd, »kleben eure schweißdurchtränkten Kleider an euren Leibern, wie Borke an einem Baum haftet. Ich wette, euch gelüstet nach einem Bade – und später nach einem üppigen Mahl.«

»Du verstehst es sehr gut, die Gedanken von Terranern zu lesen«, sagte Alicia. »Aber du mußt uns bei der Zubereitung des Mahls mithelfen lassen ...«

»Nein; ich dulde es nicht, daß meine Gäste in meiner Küche arbeiten. Wenn ihr mit dem Bade fertig seid, wird der gedeckte Tisch schon auf euch warten. Und ... beinahe hätte ich's vergessen. Während ihr draußen wart, kam euer Gehilfe Timásh mit einer Botschaft für Meister Ries. Hier ist die Epistel!«

Reith öffnete den Brief und las ihn laut vor:

LIEBER FERGUS,

ICH HABE BERICHTE ERHALTEN ÜBER DIE ENTFÜHRUNG VON DOKTOR DYCKMAN, IHRER FLUCHT MIT DEINER HILFE UND DEN TOD VON KÖNIG VIZMAN DURCH DIE HAND DEINES EHEMALIGEN SEKRETÄRS – ZUMINDEST IST DAS DIE OFFIZIELLE VERSION. ICH HÄTTE VIEL DAFÜR GEGEBEN, WENN ICH FRISCHE FINGERABDRÜCKE VON DEM MESSERGRIFF HÄTTE NEHMEN KÖNNEN. BEVOR ER STARB, LIEFERTE MINYEV EINE VERSION DER GESCHICHTE, DIE VON DER OFFIZIELLEN ABWEICHT. ABER ES BESTEHT NUN KEINE MÖGLICHKEIT MEHR, DIE SACHE ABSCHLIESSEND ZU KLÄREN.

EINEM ANDEREN BERICHT ZUFOLGE IST SCHLEGEL KEINESWEGS BEREIT, SICH MIT DEM SCHEITERN SEINER ENTFÜHRUNGSPLÄNE ABZUFINDEN UND ES ALS WIRKEN UNERGRÜNDLICHER SCHICKSALSMÄCHTE HINZUNEHMEN. DU HAST, WIE ER MEHRFACH GEÄUSSERT HABEN SOLL, IHN NICHT ZUM LETZTEN MAL GESEHEN.

MIT DEN BESTEN GRÜSSEN
HERCULEU CASTANHOSO SOUZA

»Was sollen wir tun – wegen Schlegel?« fragte Alicia mit einem Stirnrunzeln.

Reith zuckte mit den Achseln. »Bevor wir nach Novo zurückkehren, können wir ohnehin nicht viel unternehmen. Das einzige, was wir tun können, ist, Augen und Ohren offenzuhalten, unsere Waffen stets in Griffweite aufzubewahren und nicht alleine loszureiten.«

Nach dem Mittagessen zogen sich Reith und Alicia zum wohlverdienten Mittagsschlaf ins Gästezimmer zurück. Alicia murmelte schläfrig: »Bis jetzt war's einfach himmlisch. Wenn das nur so weitergehen könnte …«

»Uns würde irgendwann kribbelig werden«, sagte Reith. »Eigentlich sollten wir jetzt schon auf dem Rückweg nach Zinjaban sein. Ich schätze, daß sie inzwischen so weit sind, die große Schlachtszene in Angriff nehmen zu können.«

Alicia strich mit der Fingerspitze über Reiths Mund. »Sei nicht so ungeduldig, Darling. Das letzte Mal, als Timásh rüberkam, sagte er, der Stand der Dinge sei unverändert.«

»Du hast recht. Für die nächsten paar Tage können wir keine neuen Nachrichten erwarten, es sei denn, Fodor nimmt sich einige Tage frei und kommt uns suchen.«

»Was ich ihm übrigens glatt zutrauen würde«, sagte Alicia. »Anstelle von Ideen hat dieser Mann Obsessionen. Nachdem du ihn zweimal k.o. geschlagen hast, wird er bestimmt nicht in der Stimmung sein, dir Bonbons zu schenken.«

»Genießen wir also die Zeit hier, solange wir können.« Reith lächelte verschmitzt und öffnete die Arme.

Just in diesem Moment klopfte es an der Tür, und Bashtis Stimme rief: »Meister Fergus!«

»Ja?«

»Ein fremder *Ertsu* ist soeben gekommen und hat nach Yekar verlangt. Als ich ihm sagte, daß mein Mann fort ist, ihr aber hier seid, begehrte er euch zu sehen. Bitte kommt schnell! Er ist ein furchterregendes Wesen, so schwarz als wie ein Dämon aus den Tiefen des Hishkak!«

Reith seufzte, als sie sich aus dem Bett schwangen und nach ihren Kleidern langten. »Klingt nach Percy Mjipa.«

Percy Mjipa, ein gebürtiger Botswaner, der in Oxford studiert hatte und jetzt terranischer Konsul in Zanid war, maß fast zwei Meter. Er hatte eine schlanke, sportliche Figur und Muskeln aus Eisen. Seine Haut war schwarz wie Ebenholz, und seinen Kopf zierte ein kurzgeschorener Schopf aus fein gekräuseltem Haar. Als Fergus und Alicia ihm aus der Haustür entgegentraten, dröhnte Mjipa in seinem makellosen Oxford-Englisch: »Hallo, alter Knabe! Was zum Teufel treibst du denn hier? Und auch noch mit Alicia!«

»Meine Verlobte und ich«, sagte Reith mit einem verlegenen Grinsen, »machen zur Zeit Urlaub von unseren Jobs bei Cosmic Productions drüben in Zinjaban.«

Mjipa machte Glotzaugen. »Das ist zuviel, um es alles auf einmal zu verpacken. Hört zu, ihr zwei Hübschen, ich bin entzückt undsoweiter undsofort; aber wir haben keine Zeit für Nettigkeiten und Smalltalk. Ich bin den ganzen weiten Weg von Zanid hierher galoppiert, um die Leute in der Gegend zu informieren, daß Kamoran Ghuur und seine qaathianischen Horden auf dem Marsch hierher sind. Ihr könnt damit rechnen, daß die Nomaden spätestens übermorgen in die Provinz Zinjaban einfallen.« Für Bashti, die kein Englisch verstand, wiederholte Mjipa den letzten Satz auf mikardandou.

Bashti stieß vor Schreck einen kleinen Schrei aus, doch gewann sie rasch wieder ein gewisses Maß an Fassung. »Ich muß es den Hirten sagen, damit sie sofort damit beginnen können, unser Vieh in die Hügel zu treiben. Wenn Yekar zurückkommt, werden er und ich und unser Ei ihnen folgen. Wir kennen ein abgeschiedenes Tal. O weh! Gewiß werden sie unser schönes kleines Haus brandschatzen!«

Sie rannte zu den Ställen. Mjipa sagte: »Ich habe davon vor drei Tagen durch meine Verbindungsleute erfahren. Seit zwei Tagen sitz ich jetzt im Sattel; nicht mal zum Essen bin ich abgestiegen.«

»Wo ist Vicky?« fragte Alicia.

»Victoria hab ich vor einem Zehn-Tag mit der Kutsche nach Novo geschickt. Wenn meine Informationen stimmen, werden die Qaathianer den Khoruz bei Zinjaban überqueren; aber sie könnten ihre Pläne auch ändern. Ich bin also als erstes hierhergekommen, um meine Freunde zu warnen. Als nächstes werde ich Litáhn in Port Kandakh informieren. Was ist mit dieser Filmcrew, die da angeblich gerade im Qe'bas dreht?«

Reith erläuterte ihm das Projekt von Cosmic Productions. Mjipa sagte: »Gut, daß ich hergekommen bin; dann kann ich sie auch warnen. Nein, halt. Wenn ich nach Zinjaban reite, um euren Filmfuzzys die Lage der Dinge zu schildern, dann werden sie mich herumreichen wie einen verdammten Medizinball, und ich verliere mehrere Stunden kostbarer Zeit. Wenn ich Litáhn warne und dann auf direktem Wege nach Novo weiterreite, könntet ihr dann nicht eure kalifornischen Spinner informieren?«

Reith lächelte. »Es ist ein Vorurteil, alle Kalifornier als Spinner zu bezeichnen; ich kannte mal einen, der ganz vernünftig war. Aber ich werd tun, was ich kann.«

»Fergus!« rief Alicia. »Wie sollen wir sie warnen, wenn, sobald wir auftauchen, Fodor rauskommt und dich umbringt?«

»Ich werde halt mein Schwert griffbereit haben. Außerdem wird er *dir* ja sowieso nichts tun.«

»Ich könnte es nicht ertragen, dich noch einmal zu verlieren ...« Alicia biß sich auf die Lippen und blinzelte in dem nicht gänzlich erfolgreichen Bemühen, ihre Tränen zurückzuhalten.

»Ich weiß, Darling«, sagte Reith zärtlich. »Aber manchmal muß man halt ein Risiko eingehen.«

»Prima!« sagte Mjipa. »Dann hab ich noch genügend Zeit, um auch die Festung in Kolkh zu benachrichtigen.«

»Wie kommt's, Percy?« fragte Reith. »Ich dachte immer, ihr Konsuln würdet stets strikte Neutralität bewahren.«

»Wenn es um Konflikte zwischen zivilisierten krishnanischen Nationen geht, tun wir das auch; aber diese

Barbaren sind ein gemeinsamer Feind der Menschheit – also der krishnanischen zumindest. Ghuur schert sich einen feuchten Kehricht um diplomatische Immunität; wie ich erfuhr, hatte er sogar vor, mich umbringen zu lassen. Er wollte sicherstellen, daß ich die Nachricht von seinen Invasionsplänen nicht verbreite, so wie dieser Amerikaner, der die ganze Nacht durchritt und brüllte: ›Die Briten kommen!‹ Wie hieß der noch gleich? Buffalo Bill?«

»Nein. Paul Revere«, sagte Reith.

»Wie auch immer«, fuhr Mjipa fort, »es ist jedenfalls meine Pflicht, die Terraner zu warnen, die sich im Einmarschgebiet des Invasionsheeres aufhalten. Wenn ich dabei zufällig auch noch den Mikardanduma helfe, sich gegen die Gefahr zu wappnen, dann will ich verdammt sein, wenn ich das als einen Verstoß gegen das Neutralitätsgebot empfinde. Ihr müßtet einmal sehen, was diese edlen Wilden in Balhib angerichtet haben. Ganze Pyramiden von abgeschlagenen Köpfen haben sie auf dem Marktplatz aufgeschichtet! Nicht daß ich all diese Eingeborenen nun besonders in mein Herz geschlossen hätte; aber Ghuur von Uriiq betrachtet alle zivilisierten Völker als Ungeziefer, das es auszutilgen gilt. Also dann, ich mach mich auf die Socken. Cheerio!«

Mjipa sprang mit einem eleganten Satz die Stufen zur Veranda hinunter, rannte zu seinen Ayas, band sie los und sprengte davon, einen Reserveaya im Schlepptau.

»Ach, Mann, so ein Mist auch!« sagte Alicia, als sie dem langen schwarzen Terraner hinterherwinkte. »Es waren so herrliche Vor-Flitterwochen; damit ist es jetzt Essig.«

»Tja, so ist das halt im Leben. Alle schönen Dinge gehen einmal zu Ende – auch für Mister und Mrs. Reith ... Komm, laß uns packen.«

Alicia fuhr den Einspänner und Reith ritt auf dem Reserveaya, als sie sich Burg Kandakh näherten. Reith sah von ferne ein Funkeln, als sich das Sonnenlicht in einer Rüstung spiegelte, und gleich darauf erspähte er eine Gruppe von Krishnanern. Sie arbeiteten auf dem Weg, der an dieser Stelle durch einen Engpaß unterhalb der Festung führte.

Als sie näher kamen, sah er, daß die Krishnaner Soldaten von der Garnison stammten. Ein schwitzender Arbeitstrupp, nackt bis auf den Lendenschurz, war dabei, eine Steinmauer quer über den Hohlweg aufzuschichten. Ein Trupp Soldaten in Rüstung hielt derweil Wacht gegen einen eventuellen Überraschungsangriff. Reith saß ab, ging zu den Soldaten und begrüßte den kommandierenden Offizier.

»*Ohé*, Sir Chomaku!«

»Was wünscht Ihr, Sir Fergus?«

»Ich bitte Euch, ein paar von Euren Steinen beiseite zu räumen, damit Doktor Dyckman und ich passieren können.«

»Jawohl!« Der Ritter bellte einen Befehl. »Euer schwarzer terranischer Landsmann hat uns vor den Qaathianern gewarnt.«

Reith fragte: »Hat Sir Litáhn vor, die Invasoren hier aufzuhalten?«

»Für eine Weile, denn auf immer und ewig könnten wir ein solches Bollwerk schwerlich halten. Sie werden zu Aya anstürmen. Wenn genug von ihnen von unseren Geschossen zu Boden gestreckt sind, werden sie sich zurückziehen, absitzen und zu Fuß attackieren, indem sie die Wände des Hohlwegs erklimmen. Dann werden wir uns in der Burg verschanzen.

Wenn sie uns belagern, wird es ihre Invasion hemmen, wir können für einen Mond ausharren, und dabei gewinnen wir Zeit, um Ersatz herbeizuschaffen. Wenn sie versuchen, vorbeizurennen, werden wir eine große Zahl von ihnen mit Katapulten und Armbrüsten diesem Hohlweg entlang niederstrecken. Es ist das beste, was wir mit dem, was wir haben, tun können.«

Reith bedankte sich bei dem Offizier und half mit, den Einspänner an dem Hindernis vorbeizuschieben. Er stieg wieder auf seinen Aya, und sie setzten ihre Fahrt fort. Der Weg schlängelte sich jetzt in weit schwingenden Serpentinen bergab, die östliche Flanke des Gebirges hinunter. Als die Straße immer abschüssiger wurde, fragte Reith: »Lish, brauchst du Hilfe an der Bremse?«

»Nein, ich krieg das schon hin«, murmelte sie mit zusammengepreßten Lippen, während sie die Zügel in der einen Hand hielt und mit der anderen mit aller Kraft gegen den Bremshebel drückte.

Als das Gefälle nachließ und sie wieder in ebeneres Gelände kamen, trieben sie ihre Ayas zu einem leichten Galopp an. An der Furt durch den Khoruz sagte Reith: »Es ist besser, wenn wir die Plätze tauschen, Darling. Es gehört eine gewisse Übung dazu, den Wagen durch das Wasser zu steuern.«

Reith hatte Alicia zwar ein paar Stunden Fahrunterricht gegeben, aber so ganz sicher war sie noch nicht an den Zügeln eines Gespanns. Sie stieg auf den Reserveaya, und Reith lenkte den Einspänner in den breiten, seichten Fluß. Er redete beruhigend auf den beunruhigt tänzelnden Aya ein, kitzelte ihn aber sofort mit seiner Peitsche, wenn er Anstalten machte zu bocken oder kehrtzumachen.

Der Wagen neigte sich jedesmal gefährlich auf die Seite, wenn eines der Räder über einen Stein fuhr und Wasser um die Beine des Ayas und die bis zur Nabe in die trübe Brühe eingetauchten Räder gurgelte. Doch schließlich erreichten sie unversehrt das Zinjabaner Ufer. Jenseits der sanften Anhöhe der Uferböschung erblickten sie die skelettartigen Umrisse von Fodors zwei Kameratürmen.

Als sie den Kamm der Anhöhe erreichten, sah Reith eine dichte Menschentraube, die sich scheinbar ziellos um den Fuß eines der Türme bewegte. Mittendrin entdeckte er Fodor und seinen mächtigen Aya. Der Regisseur stritt sich gerade mit zwei krishnanischen Rittern, während Timásh dolmetschte. Als Reith näher kam, sah er, daß es sich bei den Rittern um Sir Bobir, den Befehlshaber der Gozashtanduma, und Sir Padras, den Kommandeur des mikardandischen Kontingents, handelte.

Als die Neuankömmlinge sich der Menge näherten, wandten sich ihnen erwartungsvolle Gesichter zu. Von starker innerer Spannung erfüllt, legte Reith die Hand auf den Knauf seines Schwerts. Alicia beugte sich aus dem Sattel zu ihm herüber und sagte: »Bitte, Fergus, bleib hier stehen und warte! Ich denke, ich weiß schon, wie ich den schrecklichen Hunnen anfassen muß.«

Alicia spornte ihren Aya an und trabte zu Fodor. Einen Augenblick später konnte Reith sehen, wie die beiden sich ein Stück von der Menge entfernten und mit ernster Miene miteinander redeten. Schließlich wendeten sie ihre Reittiere und kamen auf Reith zugetrabt, der mit einem unbehaglichen Gefühl im Magen im Einspänner wartete. Kurz vor Reith hob Fodor die rechte Hand, um seine friedlichen Absichten zu demonstrieren. Reith sah, daß der Finger, den er dem Ungarn umgeknickt hatte, noch immer geschient und verbunden war.

»Hey, Fergus!« röhrte Fodor und grinste Reith breit durch seinen Schnauzbart an. »Gut, daß du zurückgekommen bist! Die Schlachtaufnehmen fangen morgen an, und wir brauchen jeden Dolmetscher, den wir kriegen können. Alicia hat mir erzählt, was wirklich passiert ist. Ich glaube, ich muß mich bei euch beiden entschuldigen. Wenn ich gewußt hätte, daß ihr im Begriff wart, wieder zu heiraten, dann hätte ich gesagt: ›Nix mit Spielen! Raus! Nehmt mein Bett und gebt Stoff, daß die Federn krachen!‹ Ich habe schließlich das Ehrgefühl eines echten Barbaren!« Er hieb sich mit der Faust gegen die Brust.

»Ich muß mich auch entschuldigen«, zeigte Reith sich versöhnlich. »Wir hätten es dir sagen müssen, aber wir hatten unsere Verlobung mit zuviel Kvad gefeiert, um noch klar denken zu können.«

»Das heißt, nichts für ungut? Gut!« Fodor streckte die linke Hand aus. »Ich muß dir die hier geben, bis die andere verheilt ist. Was ist schon eine kleine Prügelei unter Freunden?«

»Du wirst bald eine richtige Prügelei erleben«, sagte Reith. »Ich muß mit dir und Kostis sprechen – jetzt sofort. Es ist eine militärische Invasion im Gange, und wir befinden uns genau in ihrer Bahn.«

»Eine richtige Schlacht? Wunderbar! *Csodálotos!* Gegen wen kämpfen wir?«

»Gegen die Nomaden von Qaath. Ihr Kamoran – auf der Erde würden wir ihn wohl Großkhan nennen – hat beschlossen, Mikardand seinem Imperium einzuverleiben.«

»Geht ihr euer Zeug wegbringen. Ich hol den Boß; wir treffen uns gleich im Gasthof.«

Als Reith Alicia half, ihre Sachen in das Zelt zu bringen, das sie mit Mary Hopkins teilte, sagte er leise: »Du kleine Lügnerin! Du hast geflunkert, um meinen Hals zu retten.«

»Das dürfte man wohl kaum als eine richtige Verdrehung der Wahrheit bezeichnen können«, sagte Alicia selbstzufrieden. »Höchstens als eine kleine Verschiebung in der Abfolge der Ereignisse. Ich habe deinen Heiratsantrag lediglich um ein paar Stunden vorverlegt. Jeder Psychologe wird dir bestätigen, daß das menschliche Gedächtnis einem mitunter einen Streich spielt. Wie auch immer, wenn es zu einem Kampf gekommen wäre, bin ich sicher, daß du ihn besiegt hättest.«

Reith grinste. »Mit Schmeicheln bist du noch immer durchgekommen. Da wir heute nacht getrennt schlafen, möcht ich von dir jetzt einen schönen, dicken ...«

»Oh, Entschuldigung!« sagte Mary Hopkins, die in diesem Augenblick ins Zelt kam. »Ich komme später noch mal wieder.«

»Nein, nein, Mary!« sagte Alicia, die lachen mußte, als sie das verlegene Gesicht der Älteren sah. »Es ist alles in Ordnung. Wir sind ordnungsgemäß verlobt, mußt du wissen.«

»So richtig? Mit Blumen und Brautjungfern und allem Zipp und Zapp?«

»Ich weiß nicht, ob wir so weit gehen werden«, mischte sich Reith ein. »Aber wir stellen uns schon eine richtige Hochzeitsfeier vor. Doch jetzt müssen wir zum Gasthof, mit Kostis und Fodor sprechen. Komm, Alicia!«

Stavrakos schluckte einen Bissen von seinem Sandwich herunter und runzelte die Stirn. »Das klingt ganz so, Fergus, als wäre das einzige, was wir – die Drehcrew – in dieser Situation machen können, die Beine in die Hand zu nehmen und zuzusehen, daß wir auf dem schnellsten Wege zurück nach Novorecife kommen.«

»Nein, nein!« protestierte Fodor und hieb mit der Faust auf den Tisch. »Sind wir Feiglinge oder Trottel? Wenn es zu einer Schlacht kommt, können wir die ganze Sache von den Türmen aus filmen. Mann, überleg doch mal! Wenn wir das Drehbuch ein kleines bißchen umschreiben, können wir das ganze Material mit in den Film reinpacken!«

»Du bist völlig verrückt, Attila!« sagte Stavrakos und wandte sich wieder Reith zu. »Wie viele von diesen Nomaden sind auf dem Marsch?«

Reith zuckte die Achseln. »Wenigstens ein paar tausend.«

»Und wir haben bloß tausend Ritter und gepanzerte Reiter – immer vorausgesetzt, wir können die beiden Kontingente überhaupt zur Zusammenarbeit bewegen. Hinzu kämen ein paar hundert aus der Garnison in

Kandakh. Unter diesen Umständen wäre Widerstand zu leisten die bescheuertste Idee seit den Zeiten des alten Hollywood – vor dem Erdbeben. Wir müssen sehen, daß wir so schnell wie möglich hier wegkommen.«

»Ich fürchte, diese Möglichkeit haben wir nicht mehr«, sagte Reith. »Diese Qaathianer reiten wie die Teufel; jeder von ihnen hat einen Ersatzaya bei sich. Wenn Sie jetzt sofort mit Ihrem Troß aufbrächen und die Nomaden morgen einträfen, würden sie Sie auf dem Weg erwischen.«

»Erzählt mir was über Qaath«, sagte Fodor, die Gefahr ignorierend, »damit ich mir eine Vorstellung von der krishnanischen Geschichte machen kann.«

»Qaath ist ein großes Steppenland westlich von Jo'ol und Balhib«, erklärte Alicia. »Kulturell gesehen sind die Leute, die dort leben, mit den Mongolen und Tataren der Erde vergleichbar.«

»Echte Männer also!« dröhnte Fodor begeistert.

»Alles ganz prima«, sagte Reith, »solange bis einer von ihnen auf die Idee kommt, seinen Harnisch mit deinem Skalp zu schmücken. Gewöhnlich sind sie in einander sich bekriegende Stämme zersplittert, die sich fröhlich gegenseitig abschlachten. Aber immer mal wieder gelingt es einem tüchtigen Führer, sie zu einer einzigen Kampfmaschine zusammenzuschweißen. Dann zieht er los und guckt, welche seiner Nachbarn er am leichtesten ausplündern und niedermetzeln kann. Ghuur von Uriiq, der Kamoran von Qaath, ist ein solcher Führer.«

»Da die Varasto-Nationen viel zu sehr damit beschäftigt waren, sich untereinander zu beharken, um sich gegen die Bedrohung von außen zusammenzuschließen, hat Ghuur sie eine nach der anderen überfallen und geschluckt. Und jetzt hat er sein Auge auf Mikardand geworfen, das stärker ist als seine früheren Eroberungen. Er kommt allmählich in die Jahre und will wohl – nehm ich an – noch einmal, solange er dazu in der Lage ist, einen großen Eroberungsfeldzug führen.«

»Irgendeine Idee, wie diese Qaathianer vorgehen?« fragte Fodor jetzt schon viel nüchterner. Seine Euphorie bei dem Gedanken an eine richtige Schlacht war grimmiger Berechnung gewichen.

»Ja, die hab ich«, sagte Reith. »Als erstes werden sie mehrere tausend leichte Ayas vorschicken. Wenn sie nicht auf großen Widerstand stoßen, werden sie weiterreiten und mordend und sengend bis nach Mishé durchmarschieren. Wenn sie auf starke Gegenwehr stoßen, werden sie sich bis zu den nachrückenden Truppen zurückfallen lassen. Diese Hauptstreitmacht wird sich nur langsam vorwärtsbewegen, weil die Fußsoldaten aus den Tributstaaten nicht mehr als fünfundzwanzig oder dreißig Kilometer pro Tag schaffen.«

»Das heißt also, wenn wir – ich meine, unsere krishnanischen Komparsen – diesen Voraustrupp abschmettern, könnte die gesamte Invasion zum Stillstand kommen?«

Reith zuckte mit den Schultern. »Ich kenne Ghuurs genaue Absichten nicht; aber zumindest würde es Mikardand einen Zeitgewinn verschaffen.«

»Ich glaube, wir wären verrückt, wenn wir nicht abhauen würden ...«, begann Stavrakos, aber Fodor schnitt ihm mit einem barschen Grunzen das Wort ab.

»Schnappt ihr zwei euch die beiden Obersten!« wandte er sich an Reith und Alicia. »Mir ist egal, was Kostis sagt. Ich werde diese Schlacht in meinen Film einbauen!«

»Du bist gefeuert!« schrie Stavrakos.

»Das glaubst auch nur du! Lies dir den Vertrag durch! Was die künstlerischen Details des Films anbelangt, gilt ausschließlich das, was ich sage; und ich sage, die Schlacht ist Bestandteil des Filmes! Los, sucht die Obersten!«

»Lies lieber du den Vertrag!« brüllte Stavrakos. »Klausel dreiundzwanzig besagt, daß ich das letzte Wort bei allen Ausgaben habe ...«

Die beiden Streithähne und ihr Gekeife sich selbst überlassend, verließen Reith und Alicia den Gasthof und machten sich auf die Suche nach den beiden Kommandeuren. Während Alicia das gozashtandische Lager absuchte, fand Reith die beiden Krishnaner entspannt auf einer Bank zwischen den mikardandischen Zelten sitzend und sich friedlich eine Flasche Falat teilend. Als er ihnen aber von der drohenden Invasion berichtete, sprangen sie auf.

»Die Lichtspielleute diskutieren gerade, was zu tun ist«, sagte Reith. »Würdet ihr mich bitte zu ihnen begleiten, auf daß wir uns einen Plan ausdenken können?«

Bobir, der Ältere der beiden, flüsterte Padras etwas ins Ohr, worauf der Mikardandu sich im Laufschritt entfernte. Bobir sagte: »Er wird gleich wieder zurückkommen, Sir Fergus.«

Als Reith und Bobir in den Gasthof kamen, lagen sich die beiden Filmschaffenden noch immer in den Haaren. Aus Fodors mürrischem Gesichtsausdruck schloß Reith, daß der Produzent die besseren Karten hatte.

»Fergus!« empfing Stavrakos die beiden Neuankömmlinge. »Ich habe Ungarns Rache hier …« – er schwenkte seine feiste Patschhand in Fodors Richtung – »davon überzeugt, daß wir verrückt wären, wenn wir hierbleiben würden. Außerdem wird die gesamte Crew ohnehin sofort Fersengeld geben, wenn sie erst erfährt, wer da im Anmarsch ist. Sobald wir unseren Kram zusammengepackt haben, machen wir uns auf die Socken, und wenn es mitten in der Nacht ist.«

»Was sagt er?« fragte Bobir.

Reith übersetzte. Bobir schüttelte den Kopf. »*Iyá!* So denkt *er* vielleicht. Sagt ihm bitte, daß Sir Padras und ich uns aller Ayas bemächtigt haben, werden wir doch jedes Reittier benötigen, um uns dem Feind entgegenzustellen. Darüber hinaus werden alle zum Kriegsdienst tauglichen Terraner männlichen Geschlechtes *in situ* sofort zwangsweise in die Armee Mikardands eingezogen, und jeder Versuch, sich der Aushebung durch Flucht zu entziehen, wird mit sofortiger Hinrichtung geahndet.

Den terranischen Weibern steht es frei zu gehen. Ich kann ihnen jedoch versprechen, daß, sollten sie zu Fuß von hier aufbrechen und die Qaathianer die Schlacht gewinnen, sie von den Nomaden auf dem Wege ergriffen, geschändet und getötet werden.«

Wieder übersetzte Reith. Stavrakos wurde blaß, während Fodor auf seinem Schnauzbart kaute. Sir Padras trat ein. »Die Wachen sind jetzt an den Ayagehegen und rings um das Lager postiert, Sir Bobir.«

»Schauen Sie doch«, barmte Stavrakos, »ich bin keinesfalls für den Kriegsdienst tauglich. Ich bin ein alter Mann. Ich bin übergewichtig, und ich bin noch nie in meinem Leben auf einem Aya geritten, noch habe ich jemals ein Schwert in der Hand gehalten.«

»Dann werdet Ihr es lernen«, sagte Bobir freundlich, nachdem Reith übersetzt hatte. »Sir Fergus, versammelt alle männlichen Terraner an jenen hölzernen Türmen, die Meister Fodor erbaut hat. Padras und ich werden sie lehren, wie man reitet und ficht. Ihr selbst seid erfahren im Reiten wie im Schwertkampf; desgleichen die Meister Fodor, Strachan, Fallon und jener Mime, welcher Meister Fär-wedder geheißen wird. Ihr vier sollt als Ausbilder fungieren. Keine Widerrede, Meister Stav – wie immer Euer Name lautet! Die rechtmäßige Order eines Ritters von Qarar in Zweifel zu ziehen ist ein Grund zur Hinrichtung.«

Als Reith durch die Zelte der Terraner ging und der Cosmic-Mannschaft berichtete, was los war, löste er einen Chor von Ausrufen des Entsetzens, der Wut und der Entrüstung aus. Alles schrie wild durcheinander: »Ich hau hier ab, Wachtposten oder nicht!« »Das ist nicht fair!« »Ich verklag die!« »Das werd ich der Schauspielergewerkschaft melden!« »Das ist alles Ihre Schuld, Fergus Reith!« »Wenn ich das meinem Agenten erzähle, dann können Sie sich auf was gefaßt machen!« »Ich werde mich an den terranischen Konsul wenden!«

»Das wird nicht viel nützen«, erwiderte Reith auf letzteren Einwand. »Tony Fallon ist ebenfalls eingezogen worden. Er wird einer von euren Ausbildern sein.«

»Pah!« rief Cassie Norris. »Nicht ein Mann mit Mumm bei der ganzen Bagage! Fergus, wenn du einen Brustpanzer auftreiben kannst, in den meine Titten reinpassen, dann werd ich mit dem Schwert in der Hand da rausgehen und es diesen Memmen zeigen!«

»Danke, Cassie«, sagte Reith lächelnd. »Du bist der beste Mann in dem ganzen Haufen. Alle anderen folgen mir jetzt bitte!«

Die tief am Himmel stehende Sonne Roqir schaute zu, wie Darsteller, Kameraleute und andere Mitglieder der Filmcrew unter Murren, Fluchen und Ächzen lernten, wie man auf einen Aya stieg, wie man das Tier mit Hilfe der Zügel und der Fersen lenkte und wie man es ordnungsgemäß anband. Alicia fungierte als Dolmetscherin, Reith als Mädchen für alles.

Nach einer kurzen Essenspause wurden die frischgebackenen Rekruten in fünf Gruppen aufgeteilt und den jeweiligen Ausbildern zugeordnet, um die Grundlagen des Schwertkampfes zu lernen. Reith ließ die fünf, die ihm zugewiesen worden waren, in Reihe antreten und teilte die mit Silberbronze angestrichenen Holzschwerter aus, die für die Schlachtszenen vorgesehen gewesen waren. Stavrakos kam in Fodors Gruppe, und Reith beobachtete, daß der Regisseur ein geradezu sadistisches Vergnügen daran hatte, seinen Boß unter dem Vorwand, ihm die Techniken des Säbelfechtens beizubringen, grün und blau zu schlagen.

»Als erstes«, sagte Reith zu seinen Schülern, »werden wir die übliche Grundposition für den Kampf ohne Schild einüben. Stellt euch so hin, daß eure Füße eine Linie mit denen eures Gegners bilden, und dann schiebt den rechten Fuß ein Stück nach vorn...«

Als er seine Schutzbefohlenen gedrillt hatte bis zur Erschöpfung, schickte er sie ins Bett. Ordway, der auf dem Wege zu seinem Zelt an Reith vorbeigewankt kam, murmelte: »Bei Gott, Sir Fergus, die Lady G. wird heute nacht wohl ohne mich auskommen müssen. Ich bin so kaputt, ich würde ums Verrecken keinen mehr hochkriegen, und wenn Helena von Troja, Kleopatra und die Königin von Saba zu dritt in meinem Bett lägen!«

Das Stöhnen der Drehcrew vom Abend zuvor war nichts im Vergleich mit dem Geklage und Gejammere, das sich am Morgen darauf erhob. »O Gott, Fergus, ich kann kaum noch kriechen!« »Mir tun sämtliche Knochen im Leib weh!« »Ich fühl mich, als hätte mich jemand durch den Wolf gedreht!« »Ich hab so einen Muskelkater, ich glaub, wenn ich mich bücke, brech ich durch!«

»Verdammt, warum kann man uns keine zivileren Jobs geben, in der Schreibstube oder als Sanitäter? Wir sind doch keine Krieger!«

»Der Muskelkater verschwindet mit dem Üben ganz von selbst«, erwiderte Reith ungerührt. »Los, auf geht's!«

Obwohl klar war, daß die terranischen Rekruten Monate der Übung brauchen würden, um passable Reiter und Schwertkämpfer zu werden, entschieden Bobir und Padras, ihnen im Schnelldurchgang zumindest die Grundlagen des Kavalleriegefechts nahezubringen. Auf dem Feld, das für die Filmschlachtszenen ausgewählt worden war, versuchten zwei Dutzend Terraner ihre Ayas in Formation zu manövrieren. Das einzige, was dabei herauskam, war, daß sie heillos miteinander karambolierten, worauf ihre Ayas mit ihnen durchgingen und in alle Himmelsrichtungen davonstoben. Während einer Ruhepause bemerkte Reith, daß sich eine kleine Traube aus Frauen und Kameraleuten um Attila Fodor geschart hatte. Als er sich dorthin begab, um zu erkunden, was es damit auf sich hatte, rief ihm Fodor frohlockend entgegen: »Habe ich nicht gesagt, wir werden diese Schlacht auf Zelluloid bannen?«

»Was machst du da?« fragte Reith.

»Ich bringe den Mädels bei, wie man mit einer Kamera umgeht. Wenn die Qaathianer kommen, werden die Frauen mit den Kameras auf die Türme steigen und die Action von oben filmen.«

»Wenn die Qaathianer gewinnen«, hielt Reith entgegen, »werden deine Mädels da oben in der Falle sitzen. Die Nomaden werden entweder zu ihnen hinaufklettern und sie runterholen oder die Türme in Brand setzen.«

»Sicher; aber was sollen sie sonst tun? Wenn sie zu Fuß weglaufen, werden die Nomaden sie einfangen, und das Resultat wird das gleiche sein. Und wenn nun schon einmal die Chance besteht, daß wir gewinnen, können wir genausogut versuchen, davon zu profitieren. Das Script schreibe ich später um.«

Reith schaute sich suchend um. »Wo ist Gashigi?«

»Ach, die hat sich letzte Nacht in ihrer Kutsche davongemacht. Sie meinte, die Pflicht würde sie nach Mishé zurückrufen. Die Obersten haben sie und ihren Fahrer ziehen lassen, aber ihre Leibwächter haben sie hierbehalten, als Soldaten. Der größte Teil der Schlachtenbummler hat sich ebenfalls heimlich aus dem Staub gemacht.«

»Ich dachte, die Obersten hätten Wachen rings um das Lager postiert.«

Fodor lächelte und spreizte die Hände. »Stell dir vor, du wärst einer von diesen Soldaten, Fergus, und in der Nacht kommt deine Frau zu dir und flüstert dir leise ins Ohr: ›Laß mich durch, Liebling, damit ich nicht getötet werde, falls die Nomaden durchbrechen! Wenn wir überleben, sehen wir uns daheim wieder.‹ Würdest du ihr dann den Rücken kehren?«

»Hm«, sagte Reith nachdenklich. »Wer hat Gashigis Zimmer im Gasthof gekriegt?«

»Ich natürlich, mit meinen zwei Mädels.«

»Dann steht dein Zelt also leer. Gäbe es irgendeinen Grund, warum ... eh ...«

Fodor versetzte Reith einen seiner knochenbrechenden Klapse auf den Rücken. »Mach schon und zieh mit ihr ein! Ihr zwei seid doch ohnehin schon so gut wie verheiratet, da macht das auch nichts mehr aus.«

Reith ließ seine Abteilung in einer Reihe antreten und Dehnübungen zur Vorbereitung des Ausfallschritts machen, als ein gozashtandischer Soldat herangaloppiert kam, sich aus dem Sattel seines Ayas schwang und Oberst Bobir zu sprechen verlangte.

»Da drüben!« wies ihm Reith die Richtung. Der Soldat rannte sofort dorthin, seinen Aya am Zügel mit sich führend.

Reith wies die Männer an, bequem zu stehen, und folgte dem Soldaten, den er in ernster Unterredung mit beiden Obersten vorfand.

»Ach, Sir Fergus!« rief Bobir. »Dieser Soldat ist einer der Kundschafter, die wir ausgesandt haben, das Anrücken des Feindes zu beobachten. Der Feind kommt nicht über den Qe'ba-Pfad, sondern naht in weitausholender Schwenkbewegung um das Südende der Bergkette herum. Nun hastet er am jenseitigen Ufer des Khoruz-Flusses entlang und nähert sich der Furt.«

»Wie nahe ist er schon?«

»Mit seinen eignen Augen hat Soldat Arum sie anrücken sehen – nicht die veritablen Qaathianer selbst, sondern nur die riesige Staubwolke, die sie aufwirbeln. Uns bleibt vielleicht noch eine Stunde, bis sie hier sind.«

»Wie sehen Eure Pläne aus, Sir Bobir?«

»Nun, sie in der Mitte des Flusses zu empfangen und schwer aufs Haupt zu schlagen!«

»Schaut, Sir Bobir, sie werden wenigstens doppelt so viele sein wie wir. Sollten wir daher nicht einen Teil ihrer Streitmacht zunächst unbehelligt den Fluß überqueren lassen und sie erst dann attackieren? Auf diese Weise werden wir an der Stätte des Aufeinanderpralls in der Überzahl sein.«

Padras fragte: »Wie aber sollen wir unsere Absichten vor den Angreifern verbergen?«

»Wenn wir uns hier formieren, unterhalb der Türme, werden sie uns beim Überqueren des Stroms infolge der Wölbung des Geländes nicht sehen. Jemand auf den Türmen kann uns dann ein Zeichen geben, sobald die ersten tausend das diesseitige Ufer erreicht haben, und dann können wir von der Anhöhe auf sie hinunterstoßen. Sie sind nur leicht gewappnet, mit wenig oder gar keinem Panzer, und ihre Reittiere sind klein.«

»Ein kluger Plan für einen *Ertsu*-Zivilisten«, sagte Bobir. »Aber wir sind alterprobte, erfahrene Recken, und zudem gebürtig von dieser Welt. Es liegt mir gewiß fern, Euren guten Willen geringzuschätzen, aber es ist unsere Pflicht und Schuldigkeit ...«

»Haltet einen Augenblick inne, Bobir«, unterbrach ihn Padras. »Kommt beiseite, auf daß wir unter uns reden können.«

Reith und der Kundschafter traten ungeduldig von einem Bein aufs andere, während die beiden Offiziere leise miteinander konferierten. Als sie schließlich zurückkamen, sagte Bobir: »Wir haben uns'ren eignen Plan ersonnen, Sir Fergus. Gewiß, er weist hier und da gewisse Ähnlichkeiten mit dem Euren auf, aber schließlich und endlich ist er doch ganz und gar uns'rer. Wir werden unsere Mannen zwischen diesen Türmen massieren. Sobald wir dann das Signal erhalten ...«

Der Plan, den Oberst Bobir darlegte, war eine getreue Kopie von Reiths Plan, aber Reith hielt es für das Klügste, dies nicht zu erwähnen.

»Wer soll das Zeichen geben?« fragte Padras. »Mir mißfällt der Gedanke, auch nur einen einz'gen Kämpen hierfür zu vergeuden.«

Reith sagte: »Lasset die Hauptdarstellerin der Terraner, Meist'rin Norris, diese Aufgabe übernehmen. Sie besitzt mehr Schneid als jeder der Männer. Übrigens, der Kommandant in Kandakh erwartet einen Angriff über die Berge. Seine Männer werden gen Westen über ihren Wall starren, wo sie doch eigentlich nach Osten galoppieren sollten, zum Fluß hin, um den Qaathianern in den Rücken zu fallen. Wir sollten ihm eine Nachricht senden.«

»Das würde bedeuten, daß wir einen weiteren Krieger abstellen müßten«, sagte Bobir unsicher. »Wir dürfen unsere bescheidenen Kräfte nicht noch mehr verzetteln …«

»Ich kann Euch eine vorzügliche Reiterin liefern«, sagte Reith. »Gebt ihr Euren schnellsten Aya, und sie wird jeden Eurer Soldaten schlagen, da sie leichter ist als diese.« Er blickte zu den Türmen hinauf. Er entdeckte rasch Alicias leuchtenden Blondschopf und schrie: »Hey, Lish! A-*lish*-a!« Als er ihre Aufmerksamkeit gewonnen hatte, bedeutete er ihr, sie solle zu ihm kommen.

Bobir und Padras stritten sich darüber, welches der beste Aya für die Aufgabe sei. Reith hörte: »… und Ihr prahlt doch immer mit jenem Eurer Tiere, welches ›Donner‹ geheißen wird. Es ist an der Zeit, daß wir Euer Geprahle einmal einer Prüfung unterziehen!«

»Aber sie wird das Tier zuschanden reiten, wird es bergauf anspornen …«

»Sie ist eine erfahrene Reiterin«, warf Reith ein. »Und schlimmstenfalls wird das Tier, so sie es denn zuschanden reitet, für eine gute Sache zuschanden geritten.«

Unter dem Schall von Hörnern, dem Geblöke von Ayas und dem Geklirre und Geklapper der Rüstungen schwang sich Alicia in Donners Sattel. Sie trabte zum Fluß, tastete sich behutsam ihren Weg durch die Strömung und spornte, sobald sie das Ufer erreicht hatte, ihr Reittier zu einem leichten Galopp an. Wenige Augenblicke später war sie hinter einer Biegung verschwunden. Reith atmete erleichtert durch. Wenigstens sie würde überleben.

»Sir Fergus«, sagte Bobir, »so wertvoll Eure Terraner ja in and'ren Dingen sein mögen, als unausgebildete Krieger wären sie im Kampfe nicht mehr wert denn eine Herde Unhas. Es wäre daher wohl das beste, wenn wir sie nicht in die Streitmacht eingliederten. Ich hoffe doch, sie werden nicht gekränkt sein?«

Da er wußte, wie wenig es seine terranischen Landsleute danach drängte, an der Schlacht teilzunehmen, verkniff sich Reith ein Schmunzeln. »Ich werde es ihnen erklären, und ich bin sicher, sie werden es einsehen.«

»Unser Plan ist«, fuhr Bobir fort, »sie in Reserve zu halten. Falls die Qaathianer – was die göttlichen Sterne verhindern mögen – unsere Linien durchbrechen, werden wir die Terraner gegen sie werfen.«

Fodor, dessen riesiger Oberkörper in einem Kettenhemd steckte, das so eng war, daß es sich an einer Seite nicht richtig zuschnüren ließ, hatte sich selbst zum Befehlshaber des terranischen Kontingents ernannt, und keiner hatte die Wahl angefochten. Reith, Fairweather und Fallon bestimmte er zu seinen Offizieren. »Als gebürtiger Barbar«, dröhnte er, »müßte ich eigentlich auf der anderen Seite kämpfen. Aber ich werde den Rittern von Qarar gute Söldnerdienste leisten, so wie der Barbar Stilicho es einst bei den Römern tat.«

Die krishnanischen Einheiten hatten zu wenig Waffen übrig, um alle Terraner auszurüsten. Attila Fodor machte dieses Manko wett, indem er die Souvenirschwerter austeilte, die er in Mishé gekauft hatte, bis schließlich alle Männer bewaffnet waren. Etwa die Hälfte der Terraner erhielt Kettenhemden; ein paar ergatterten krishnanische Helme.

Die tapfereren unter den Frauen harrten auf den Türmen neben ihren Kameras. Die weniger tapferen versteckten sich mit Proviant und Wasser im Gesträuch; ein paar hatten sich mit Messern aus dem Küchenzelt bewaffnet. Cassie Norris stand, behelmt mit einem Kochtopf, auf der obersten Plattform von einem der an den Seiten offenen Türme, in der Hand die Signalflagge. Sie rief so laut, daß man sie unten hören konnte: »Wenn diese Kanaken den Turm anzünden, machen sie aus mir eine zweite Johanna von Orleans, wie ich sie vor zwei Jahren gespielt habe. Wenn ich schon abkratzen muß, dann wenigstens mit Stil!«

Das lange Warten begann. Während Roqir langsam den türkisfarbenen Himmel herunterwanderte, legte sich Stille über die Szenerie, unterbrochen nur vom Flügelschlag fliegender Arthropoden, dem verstohlenen Gemurmel der Verteidiger und den knappen, geblafften Kommandos, mit denen die Offiziere ihre Leute hin und wieder zur Ruhe gemahnten.

Schließlich, nach scheinbar endlos quälendem Warten, sah Reith die Flagge – ein weißes Bettlaken an der Spitze eines Speeres – seitwärts aus dem Turm herausschwenken und waagerecht hin und her schwingen, das vereinbarte Signal, das bedeutete: »Feind in Sicht!«

Sir Bobir brüllte: »Aufsitzen!« Das Klirren von Waffen und das Knirschen und Klappern von Harnischen zerbrach schlagartig die Stille. Stavrakos mußte von zwei Leuten seiner Abteilung in den Sattel gewuchtet werden.

Reith gab das Kommando an seine Leute weiter und blaffte sie in die richtige Haltung. »Matthews, du hast die Zügel verdreht!« »Saito, die Knie an die Flanken pressen!«

Eine Viertelstunde später schwenkte Cassie die Flagge im Kreis: das Zeichen, daß die Qaathianer den Fluß durchquerten.

Ein vertikaler Schwenk beendete schließlich das nervenzerfetzende Warten. Die Obersten brüllten Kommandos, und die lange Doppelreihe Kavallerie setzte sich in Bewegung, erst langsam, dann immer schneller vorrückend.

Fodor reckte das Schwert mit der Linken in die Höhe. Er richtete sich in den Steigbügeln auf, verdrehte den Hals, um zu den Frauen an den Kameras hinaufschauen zu können, und brüllte: »Ton ab! Kameras! Action!« Dann dröhnte er, an seine Abteilung gewandt: »Abteilung – Trabt an!«

Reith und die anderen terranischen Offiziere versuchten, ihre Männer in Reihe zu halten; aber für Reith war der Vormarsch der mißratenste und unsoldatischste, den er je gesehen hatte. Die Ayas dachten gar nicht daran, den ungeschickten Kommandos ihrer Reiter zu gehorchen. Bei dem Versuch, ihre Reihe zu begradigen, kollidierten mehrere Reiter miteinander. Ein Krieger, der seinem nachdrängenden Nebenmann nicht schnell genug ausweichen konnte, kriegte das Horn von dessen Aya ins Bein gestoßen. Zwei der Tiere begannen miteinander zu rangeln. Als einer der frischgebackenen Schwertkämpen den Aya seines Nachbarn aus Versehen mit seinem Schwert piekste, warf das erschrockene Tier seinen Reiter ab. Der rappelte sich auf und humpelte dem Viech hinterher, das immer gerade mit solchem Abstand vor ihm hertrottete, daß er nicht an die Zügel herankam.

Schließlich trabten die Terraner hinter der krishnanischen Streitmacht in ständig sich verschiebender Zickzackreihe über die schützende Wölbung. Nun, da es den langen Hang zum Fluß hinunterging, fielen die krishnanischen Soldaten in Galopp. Die Lanzen zum Angriff gesenkt, sprengte die vordere Reihe, dicht gefolgt von der mit gezückten Schwertern dahinjagenden zweiten, auf die Qaathianer zu, die gerade den Fluß durchquert hatten. Als die Nomaden die Streitmacht herannahen sahen, stockten sie urplötzlich in ihrer Vorwärtsbewegung und versuchten hastig, sich in Formation zu bringen. Das Ganze sah aus wie eine dunkle brodelnde Masse, die gegen eine unsichtbare Barriere schwappte. Ihre Kameraden, die sich noch im Wasser befanden, drängten von hinten nach, während eine große Gruppe weiterhin auf der anderen Seite des Flusses stand und darauf wartete, daß sie durch die Furt nachrücken konnte.

Die Ritter fuhren mit Donnergeklirr mitten in den Feind hinein. Reith konnte nichts sehen außer den gepanzerten Rücken der Ritter, die gleich darauf von einer gewaltigen, immer dichter werdenden Staubwolke umhüllt wurden. Schlachtrufe, Todesschreie und Hurrarufe vermengten sich mit dem metallischen Klirren der Schwerter, die auf Schilde und Harnische trafen.

Stück für Stück wurden die Nomaden zurückgedrängt. Die Ritter formierten ihre Schlachtreihe zu einem sichelförmigen Halbkreis und trieben die Qaathianer zum Flußufer zurück, um sie dort festzunageln.

Eine kleine Gruppe von ihnen brach durch die Linien und sprengte in grimmiger Verzweiflung den Hang hinauf. Als sie näher kamen, konnte Reith ihre Fellmützen und bauschigen Kleider aus Shaihanwolle erkennen, und er sah die kurzen Krummschwerter aufblitzen, die sie in ihren schmutzigen, olivbraunen Fäusten hielten. Sie scharten sich um einen Qaathianer, dessen turmhoch aufragende Gestalt gekrönt wurde von einem hohen, mit vergoldetem Zierrat bedeckten Helm.

»Vorwärts!« schrie Fodor. »Der Oberst sagt, wir sollen diese Kerle töten! Zum Angriff, Männer!«

Ein Schwarm von Pfeilen, in steilem Winkel abgeschossen von den Qaathianern an der Furt, begann auf die Terraner herabzuregnen. Für Fodor gab es jetzt kein Halten mehr. Er spornte seinen Aya an und stob in wildem Galopp den heranbrausenden Nomaden entgegen. Ein paar von der Drehcrew versuchten Schritt mit ihm zu halten; der weniger heldenhafte Rest hatte es nicht ganz so eilig damit, als erster mit dem Feind zusammenzuprallen. Zwei wendeten sogar ihre Tiere und galoppierten wieder zurück den Hang hinauf.

Während er einen markerschütternden magyarischen Schlachtruf trompetete, setzte sich Fodor immer weiter von seinen terranischen Mitstreitern ab, bis er schließlich dem Feind allein entgegenstürmte. In vollem Galopp hielt er geradewegs auf den Anführer mit dem vergoldeten Helm zu. Im nächsten Augenblick gab es ein gewaltiges Klirren, wie von einem Amboß, als Stahl auf Stahl krachte, und der goldene Helm verschwand. Sofort umringten die Kameraden des Gefallenen den Magyaren und drangen hauend und stechend auf ihn ein.

Sekunden später bekam Reith es mit seinem ersten Qaathianer zu tun. Mit erhobenem Schwert kam der Bursche direkt auf ihn zugesprengt. Reith gab seinem Aya die Sporen, hielt genau auf den Qaathianer zu, und als die Tiere sich begegneten, stieß er seine Klinge auf Armeslänge heraus. Er fühlte, wie die Spitze sich durch Stoff und Fleisch bohrte. Der Streich, den der Qaathianer gegen Reiths Kopf geführt hatte, ging ins Leere, und der Angreifer fiel tödlich verwundet aus dem Sattel.

Und schon hatte Reith den nächsten Nomaden vor sich. Da sein Aya an Schwung verloren hatte, konnte er diesmal sein Schwert nicht als Lanze benutzen. Er parierte zwei wilde Streiche, fand eine Lücke, und stieß mit aller Kraft zu. Er spürte, wie die Spitze in Weiches drang, bevor er die Klinge zurückreißen mußte, um einen furiosen Rückhandstreich abzuwehren. Reith blockte den Hieb ab – und sein Schwert brach ein paar Zentimeter über dem Griff ab. Bevor er reagieren konnte, sauste ein zweiter Hieb auf seinen Kopf nieder, biß sich durch den Helm und in seinen Schädel. Er sah Sterne, fühlte noch, wie der Boden ihm entgegengerast kam und ihn rammte, und dann wurde es dunkel um ihn herum.

Reith erwachte mit pochenden Kopfschmerzen, und als er nach seinem Kopf tastete, fühlte er einen dicken Verband. Er lag auf einer Koje in einem großen Zelt zwischen anderen Verwundeten. Bei einigen von ihnen waren die Verbände von blaugrünem krishnanischen Blut durchtränkt. Ein Krishnaner, in dem Reith den mikardandischen Heeresfeldscher wiedererkannte, sprach zu ihm; seine Stimme schien von ganz weit her zu kommen.

»Wie fühlt Ihr Euch, Sir Fergus?«

»Nicht so gut wie gestern noch. Wer hat obsiegt?«

»Wir, mein guter Mann. Hätten wir das nicht, wäret Ihr jetzt tot. Der Fall des Kamoran ...«

»Heißt das, wir haben den alten Barbaren getötet?«

»Jawohl; es war der Terraner, Meister Fodor, der ihn niederstreckte.«

»Und Fodor? Was ist mit ihm?«

»Auch er hauchte leider sein Leben aus. Aber er nahm ein ganzes Bündel Barbaren mit sich in den Hishkak. Das, im Verein mit dem Angriff der Garnison von Kandakh in den Rücken der Nomaden, brach ihren Kampfgeist. Viele wurden niedergehauen, und der Rest stob von dannen, gleich Herbstlaub vor dem Sturmwind. Dank unsrer Rüstungen verloren wir lediglich zwei Recken neben Eurem Meister Fodor.«

Reith seufzte. »Der arme Fodor! Er hat immer von der Herrlichkeit der barbarischen Schlacht geschwärmt. Daß er einmal selbst in einer fallen würde, damit hat er bestimmt nicht gerechnet; aber vielleicht ist er glücklich gestorben. Gibt es noch andere Verwundete unter den Terranern?«

»Meister Ames hat sich die Schulter ausgekugelt, als er von seinem Reittier fiel, und Meister Strachan erlitt eine schwere Beinverletzung. Euer terranischer Wundarzt, dieser Doktor Mas'udi, hat ihn in sein eig'nes Zelt verlegt.«

»Was für ein Tag ist heute?«

»Es ist der Abend der Schlacht, um die dreizehnte

Stunde. Entschuldigt mich bitte, ich gehe jetzt Euren terranischen Doktor holen. Ich wage es nicht, Euch zu behandeln, unterscheiden sich Eure inneren Organe doch gar zu sehr von unsren.«

Gleich darauf kam er mit Mas'udi zurück. »Fergus«, sagte der Arzt, »ich möchte, daß Sie noch einen Tag strikte Bettruhe einhalten; Sie haben wahrscheinlich eine Gehirnerschütterung. Ich hab Sie mit neun Stichen nähen müssen.«

Reith betastete durch den Verband vorsichtig seinen Kopf. Dann setzte er sich entschlossen auf. »Nein, Doc, ich fühle mich ganz gut. Wenn mir mulmig wird, komm ich wieder zurück. Aber jetzt möchte ich zu meiner … meiner …«

»Ihrer Freundin – Ihrer Verlobten, Doktor Dyckman. Sie hat die ganze Zeit, seit wir Sie hier reingebracht haben, an Ihrem Bett gesessen und gewartet, daß Sie aufwachen. Schließlich hab ich ihr gesagt, sie solle rausgehen und draußen bleiben; sie braucht selbst ein bißchen Ruhe.«

»Okay, wo sind meine Sachen?«

Mas'udi versuchte es ihm auszureden, aber Reith war fest entschlossen, trotz seines brummenden Schädels. Er zog sich hastig an und verließ das Lazarettzelt. Es war Nacht, aber das Lager war hell erleuchtet; überall brannten Kochfeuer und Fackeln, und zwei der drei krishnanischen Monde standen am Himmel.

Eine lautstarke Auseinandersetzung erregte seine Aufmerksamkeit. Er drängte sich durch die rasch anwachsende Menge von Schaulustigen und sah Anthony Fallon in hitziger Diskussion mit den beiden Obersten. Ein paar Meter daneben erblickte er zwei kniende Männer: Stavrakos und einen anderen Terraner, den Chefbeleuchter Olson. Beide waren bis zur Hüfte entblößt, und man hatte ihnen die Hände auf den Rücken gebunden. Über ihnen stand ein krishnanischer Soldat, auf ein großes Breitschwert gelehnt.

Reith rannte los, ungeachtet der stechenden Schmerzen, die das Laufen durch seinen Schädel jagte. »Halt! Was soll das?« schrie er.

»Fergus, gut, daß du kommst!« rief Fallon ihm entgegen. »Unsere Obersten hier wollen ein paar Leuten den Kopf abschlagen: den Burschen, die weggaloppiert sind, als es brenzlig wurde. Ich kann es ihnen nicht einmal übelnehmen – Feigheit vor dem Feind –, aber wir können nicht zulassen, daß so was mit unseren Mit-Erdlingen gemacht wird, wenn wir es irgend verhindern können.«

»Gäben die Obersten sich mit einer Geldstrafe zufrieden? Fodor hat jede Menge Kohle.«

»Nein. Sie sagen, es würde die Disziplin ruinieren, wenn sich jeder einfach von seiner Strafe freikaufen könnte.«

»Ich habe eine Idee«, sagte Reith. Er ging zu den Obersten und sprach ganz leise mit ihnen. Die beiden Offiziere zogen sich daraufhin für einen Augenblick zurück und palaverten. Schließlich kamen sie wieder, nickten und lächelten. Reith ging langsam zu den Angeklagten, eine ernste Miene zur Schau tragend; er hatte nicht die Absicht, sie allzu leicht davonkommen zu lassen.

»Bitte, Fergus!« rief Stavrakos, seine Stimme glich einem angstvollen Quieken. »Holen Sie mich hier raus! Ich tu alles für Sie, was Sie wollen! Kommen Sie nach Montecito, und ich verschaff Ihnen Geld, Weiber und Koks bis zum Abwinken – was und soviel Sie wollen!«

»Vielleicht schaff ich es, Sie hier rauszukriegen – unter einer Bedingung«, erwiderte Reith.

»Alles, was Sie wollen! Welche Bedingung?«

»Die Obersten lassen Sie und Olson – zumindest vorerst – unter der Bedingung frei, daß Sie beiden tragende Rollen in dem Film geben. Motilal kann das Drehbuch heute nacht entsprechend umschreiben. Sie können ja ein paar Takes mit den beiden runterkurbeln und die Dialoge später auf der Erde einfügen. Okay?«

»Ja, ja, das ist wunderbar!« japste Stavrakos. »Die sollen nur endlich diese verdammten Stricke durchschneiden! Sagen Sie, wieviel muß ich Ihnen zahlen, ich meine, Ihnen persönlich?«

»Was?« rief Reith in ungläubigem Staunen.

»Ich sagte, wieviel muß ich Ihnen persönlich geben, dafür daß Sie mich rausholen?«

»Bei allen Göttern Krishnas!« sagte Reith. »Haben Sie geglaubt, ich würde Ihnen Geld abknöpfen, als Preis für Ihr wertloses Leben?«

»Nun … eh … ja … also, das täte ich an Ihrer Stelle.«

»Sie gewinnsüchtiges, korruptes Arschloch! Halten Sie mich tatsächlich für die gleiche Sorte von Ratte, die Sie sind?« Er wandte sich an den Henker. »Löst ihre Fesseln.«

Stavrakos erhob sich mit einem Grunzen und rieb sich die schmerzenden Handgelenke. Er schüttelte verständnislos den Kopf. »Nun … eh … ich hatte Sie immer für einen praktischen Menschen gehalten.«

»Zwischen Ihnen und mir liegen Welten«, sagte Reith verächtlich. Er wandte sich ab und machte sich auf den Weg zu Fodors früherem Zelt, in das er und Alicia ihre Sachen geschafft hatten. Doch als er sich dem Zelt näherte, bot sich ihm ein einzigartiges Bild.

Cyril Ordway kam, nur mit einem Khakihemd und Pantoffeln bekleidet, aus dem Zelt gestoben, verfolgt von einer barfüßigen Alicia Dyckman, die Reithosen und ein Hemd anhatte und ein Schwert schwang. Da sie leichtfüßiger war als der massige Ordway, hatte sie ihn bereits nach wenigen Metern eingeholt und mit einem gekonnten Beinsteller zu Fall gebracht. Ehe er sich aufrappeln konnte, stand Alicia schon über ihm wie eine Rachegöttin.

»Du bleibst schön liegen!« schrie sie in ihrem hellen Sopran. »Oder ich schlag dir deinen verdammten Kopf ab!«

Mit der Schwertspitze lupfte sie das Hemd von Ordways Schoß und entblößte seinen fetten Hintern. Dann schwang sie das Schwert mit beiden Händen und ließ es mit der flachen Seite auf seine Hinterbacken klatschen.

Ordway ächzte. Hoch ging das Schwert und landete wieder mit einem lauten Klatschen. Beim dritten Hieb stieß Ordway einen kleinen Schrei aus. Beim sechsten begann er zu winseln: »Alicia! Das tut weh! Bitte! Ich werd dich auch nie wieder belästigen!«

Alicia fuhr ungerührt mit ihrer Bastonade fort, bis Ordways Hintern voller blutiger Striemen war und rot wie ein Lampion im Schein der Fackeln leuchtete. »So, und jetzt steh auf und mach, daß du fortkommst!« befahl sie.

Ordway krabbelte ein paar Meter auf Händen und Knien, dann rappelte er sich auf und hoppelte zu seinem Zelt.

»Darling!« sagte Reith mit bewunderndem Lächeln. »Meine tapfere Walküre!«

Alicia nahm ihn in den Arm und drückte ihn. Dann gingen sie zusammen in ihr neues Quartier. Dort angekommen, setzte Reith sich, stützte das Kinn auf den Handballen und fragte: »Was zum Teufel hat diese zweibeinige Küchenschabe denn jetzt wieder angestellt?«

»Als Doc Hamid mich von deinem Bett wegscheuchte, bin ich hierher zurückgegangen, um mich ein bißchen aufs Ohr zu hauen«, erklärte sie. »Ich war ganz kaputt nach dem halsbrecherischen Ritt zur Festung. Ich hatte gerade meine Stiefel ausgezogen, da kam Ordway rein. Er trug dieses Schwert, das ihm die Krishnaner für die Schlacht geliehen hatten. Wahrscheinlich glaubte er, er sähe damit wie ein Held aus; obwohl, nach dem, was ich gehört hab, waren Ken, Randal, Tony, Attila und du die einzigen, die tatsächlich mit den Angreifern die Klinge gekreuzt haben.

Randal hat einen von den Leibwächtern des Kamorans getötet, und Tony sagt, er hätte einen anderen mit einem Hieb niedergestreckt, aber er kann nicht sagen, wieviel Schaden er in dem ganzen Gewühl letztendlich angerichtet hat. Nachdem Attila den Kamoran aufgespießt hatte, war der einzige Gedanke seiner Leute, ihn aus der Gefahrenzone zu schaffen, da sie nicht wußten, ob er tot oder nur verwundet war.

Nun, Cyril hat sich jedenfalls hingesetzt und mich vollgesülzt. Ich wäre seine Traumfrau, und hätte er mich doch bloß früher kennengelernt – du kennst ja seine Tour. Er bestand darauf, mich ›Lady Alicia‹ zu nennen; du kennst ja seinen Titelfimmel. Irgendwann schnallte er dann plötzlich sein Schwert ab und fing an, mir langsam auf die Pelle zu rücken. Er sagte, er wüßte wohl, daß ich dir gehören würde; aber er würde mich auch lieben, und bald müßten wir Abschied voneinander nehmen und würden uns nie mehr wiedersehen, und ich könnte ihn zum glücklichsten Mann auf der Welt machen, und es wäre doch wirklich nur ein ganz kleines Abschiedsgeschenk, um was er da bäte, und es wäre ja schließlich nicht so, daß ich noch Jungfrau wäre, und er würde es mir so besorgen, wie es mir noch keiner besorgt hätte, und so weiter und so fort. Und die ganze Zeit über versuchte er dauernd an mir rumzugrabschen, und ich mußte ständig seine Hände wegdrücken.

Und dann tat er etwas Unglaubliches. Er zog einfach seine Hose aus, und darunter hatte er nichts an. Er dachte vermutlich, der Anblick seiner… eh… Männlichkeit würde meine Leidenschaft so entfachen, daß ich mich aufs Bett werfen und schreien würde: ›Nimm mich! Ich gehöre dir!‹ Wie du gesehen hast, hat sein Plan nicht ganz funktioniert.«

Reith hatte einen Lachkrampf bekommen und zuckte hilflos und mit Tränen in den Augen auf dem Bett vor und zurück. Als er schließlich wieder zu Atem kam, sagte er: »Ich … ich sollte den Kerl eigentlich windelweich prügeln. Aber die Vorstellung, daß er jetzt tagelang im Stehen essen muß und alle ihn aufziehen und mit dummen Bemerkungen nerven, ist Rache genug. Und in einer Hinsicht hat das Ganze ja auch etwas Gutes.«

»Wie meinst du das?« fragte Alicia und sah ihn argwöhnisch an.

»Seit du wieder zurück auf Krishna bist, habe ich die ganze Zeit die Befürchtung gehabt, daß die Moritz-Therapie, außer daß sie dich von deinen Tobsuchtsanfällen geheilt hat, dir womöglich auch deinen ganzen Mumm geraubt hat. Jetzt sehe ich, daß meine Befürchtungen grundlos waren!«

XII
ENRIQUE SCHLEGEL

Ein Monat war seit der Vertreibung der Nomadenhorde vergangen. Reith hatte eine Totenfeier für die gefallenen krishnanischen Soldaten und den tollkühnen Fodor improvisiert, der so gestorben war wie der todesmutige Barbar, der er immer so gern hatte sein wollen. Pflichtschuldig hatte Reith sowohl der Ehefrau des verstorbenen Regisseurs kondoliert als auch seiner Mätresse, obwohl er bei beiden ambivalente Gefühle gespürt hatte.

Reith sandte Timásh via Kolkh nach Novorecife, mit dem Auftrag, dort die aufgelaufene Post abzuholen und mit Zerré zurückzukommen. Er glaubte, daß ein zusätzlicher Bediensteter, der ihm loyal ergeben war, auf der Heimreise von Nutzen sein würde.

Während Alicia und einige Frauen aus der Drehcrew dem krishnanischen Heeresfeldscher bei der Versorgung der Verwundeten zur Hand gingen, vollendete eine bedrückte Filmproduktionsgesellschaft unter der pedantischen Regie von Hari Motilal die abschließenden Aufnahmen. Das Drehbuch war so umgeschrieben worden, daß die Schlachtszenen so groß wie möglich herausgestellt werden konnten; und krishnanische Ritter und gepanzerte Reiter, einige von ihnen in der Kleidung gefallener Qaathianer, spielten die eine oder andere Szene aus dem Kampf noch einmal nach. Die Krishnaner murrten über den Gestank, der dem verdreckten und verschwitzten Wollzeug entströmte, und über die schweißtreibende Hitze, die sich in der sengenden Sonne unter den dicken Fellkappen aufstaute.

Ernüchtert durch echten Kampf und Tod und darauf

erpicht, möglichst schnell fertig zu werden und endlich abzureisen, vollendete die Drehcrew zügig ihre Arbeit. Als sich an einem Tag der Himmel zuzog und heftiger Regen einsetzte, verbrachten die Akteure und die Crew die Zeit im Studiozelt mit dem Abdrehen der Blue-Screen-Takes und der Vertonung. Um den Nachmittag totzuschlagen, wanderte Reith durch den Wald von Stativen mit Scheinwerfern und Reflektoren und bahnte sich seinen Weg über ein Gewirr von Kabelsträngen und -rollen. Er hörte, wie Olson, der Chefbeleuchter, zu Motilal sagte: »Akku Nummer drei geht langsam der Saft aus. Wenn er seinen Geist aufgibt – und vergiß nicht, Nummer vier ist ja schon platt –, sind wir aufgeschmissen.«

»Für diese Aufnahme tun's zur Not auch ein paar Glühbirnen«, erwiderte Motilal. »Es ist eine Nachtszene.« Er wandte sich Fairweather zu. »Randal, geh noch mal zurück bis ›Wie habe ich nur jemals an dir zweifeln können?‹ und sprich die ganze Sequenz noch mal neu. Versuch, britischer zu klingen! Das amerikanische Publikum findet das aristokratischer, halt so, wie ein Prinz klingen sollte. Sprich einfach so wie ich.«

»Du meinst, mit einem Hindu-Akzent?« fragte Fairweather mit demonstrativer Arglosigkeit.

Motilal knallte wütend sein Script auf den Boden. »Nein, verdammt noch mal! Ich spreche perfektes Oxford-Englisch! Ich meine ... ach, soll dich doch der Teufel holen!« Vor Wut bebend, rang der kleine Mann um Beherrschung. »Mein guter *Mister* Pair-Fairweather, wären Sie wohl so freundlich und würden diese Szene noch einmal sprechen, beginnend mit ›Wie habe ich nur jemals ...‹!«

Nachdem er eine Stunde zugeschaut hatte, kehrte Reith in das Zelt zurück, das er jetzt mit Alicia teilte, und vergrub seine Nase in einer Grammatik der Sprache von Katai-Jhogorai.

Auf der Kuppe des langen Hanges, der hinunter zum

Fluß ging, im Dorf Zinjaban, gingen die Menschen ihren Alltagsgeschäften nach. Wann immer sie sich ein wenig Zeit von ihrer Arbeit stehlen konnten, fanden sie sich mit ihren Kindern bei den Zelten ein, um den seltsamen Fremden mit staunenden Augen bei der Arbeit an ihrem Lichtspiel zuzuschauen. Einige von ihnen boten den Filmleuten schüchtern Eßwaren an, als Dank dafür, daß sie geholfen hatten, ihnen die Nomadenhorde vom Hals zu halten.

Zu gegebener Zeit kehrte Timásh mit Zerré und einem jungen Khaldonier, der sich als Minyevs Vetter Yinkham vorstellte, aus Novorecife zurück. Der Khaldonier sagte, er habe erfahren, daß Minyev seine Stelle bei Reith aufgegeben und ihn, Yinkham, als Nachfolger für den Job empfohlen habe.

»Mein Gott, was für eine Unverfrorenheit!« sagte Reith kopfschüttelnd auf englisch zu Alicia.

»Wir sollten versuchen herauszufinden, was er über die Vizman-Geschichte weiß«, sagte Alicia. »Vielleicht hat er ja überhaupt nichts damit zu tun.«

»Vielleicht«, sagte Reith grimmig. »Aber er wird schuften müssen wie ein Berserker, um mich davon zu überzeugen. Besser, du fragst ihn; dein Khaldonisch ist besser als meines.«

Alicia begann mit der Befragung. Yinkham gab sein Geburtsdatum und seinen Geburtsort an und bekräftigte noch einmal, daß er ein Vetter von Minyev sei. Dann fragte er. »Madame, seid Ihr nicht die Doktor Dyckman, von welcher ich meinen Vetter habe sprechen hören?«

»Ja, die bin ich. Was hatte er über mich zu sagen?«

»Oh, er sprach immer in Tönen des höchsten Lobes von Euch. Er sagte, Ihr solltet die Königin eines krishnanischen Reiches werden; wenn es je in seiner Macht stehen sollte, würde er alles daran setzen, dafür zu sorgen, daß dies Ereignis wahr werde.«

Ein einstündiges rigoroses Verhör überzeugte Reith

davon, daß Yinkham wirklich nichts von Alicias Entführung wußte – eine Schlußfolgerung, die Alicia teilte. Es zeigte sich freilich auch, daß der Khaldonier gewisse Grenzen hatte. Er war noch nicht ganz erwachsen, und wie Minyev war er von eher mickriger Statur und somit nicht gerade sonderlich belastbar. Außerdem verfügte er über nur sehr rudimentäre Mikardandou-Kenntnisse, und von den terranischen Sprachen sprach er nicht eine.

»Er hat noch einen weiten Weg vor sich«, sagte Reith. »Ich weiß nicht, ob es sich für mich lohnt, zu versuchen, ihm alles beizubringen, was er können muß, oder ob es nicht vielleicht doch besser wäre, ich suchte mir irgendeinen vielversprechenden einheimischen Burschen.«

»Willst du ihn wieder zurückschicken?«

»Wenn wir zu Hause auf der Ranch wären, würde ich das wahrscheinlich tun. Ich werde ihn aber jetzt noch nicht sofort feuern, sondern abwarten, wie schnell er lernt und welchen Eifer er bei der Erledigung der Alltagsarbeit an den Tag legt.«

Endlich waren auch die letzten Aufnahmen im Kasten. Die krishnanischen Kavallerieregimenter brachen ihre Zelte ab und packten ihre Sachen. Und eines schönen Tages schließlich, während eine strahlende Nachmittagssonne auf den munter dahinplätschernden Wassern des Khoruz tanzte, setzten sich die zwei langen Kolonnen gepanzerter Ayareiter in Bewegung und wanden sich silbernen Schlangen gleich auf staubigem Pfad der Heimat entgegen, die Ruzuma nach Norden, Richtung Kolkh, die Mikardanduma nach Osten, auf Mishé zu. Ihre Standarten wehten träge in der sanften Nachmittagsbrise.

Für den Rückweg nach Novorecife hatte Reith sich vorgenommen, das Cosmic-Team erst nach Kolkh zu führen und von dort aus am Pichidé entlang über Rimbid zum Raumhafen weiterzufahren. Aber Motilal, der frischgebackene Neu-Regisseur, bestand darauf, daß sie über Mishé zurückreisten. Er hatte sich in den Kopf gesetzt, noch ein paar Straßen- und Tempelszenen nachzudrehen, die Fodor aus dem Originaldrehbuch herausgestrichen hatte.

Reith hätte gegen diese Änderung des Plans nichts einzuwenden gehabt, wenn er Alicia hätte bei sich haben können; aber das erwies sich als nicht machbar. Da es an der Straße nach Mishé nur wenige Gasthäuser gab, die überdies zu klein waren, um größere Reisegruppen aufzunehmen, war die Cosmic-Crew gezwungen, sich in zwei gleich große Gruppen aufzuteilen, die im Abstand von einem Tag reisten. Auf diese Weise würde die erste Hälfte einen bestimmten Gasthof erreichen, ihn voll belegen und am nächsten Morgen wieder abreisen. Am Abend würde dann das zweite Kontingent eintreffen und die nunmehr wieder geräumten Quartiere übernehmen. Timásh würde der ersten Gruppe vorausreiten, um die entsprechenden Reservierungen vorzunehmen, und Zerré würde gewissermaßen als Besenwagen fungieren und etwaige Nachzügler und vergessene Gepäckstücke aufsammeln. Jede der beiden Gruppen brauchte einen kompetenten Reiseleiter, und da Strachans Verletzung noch nicht richtig verheilt war und Fallon schon einige Tage zuvor abgereist war, mußten Reith und Alicia je eine Hälfte der Crew übernehmen.

Am Tag vor dem Aufbruch des ersten Kontingents – Timásh und Minyevs junger Cousin Yinkham, das ›Vorauskommando‹, hatten sich bereits auf den Weg gemacht – rief Reith das gesamte Cosmic-Personal zu einer Besprechung am Messezelt zusammen. Cyril Ordway glänzte durch Abwesenheit. Er hatte den Spott, der nach seiner öffentlichen Züchtigung durch Alicia über ihn ausgeschüttet worden war, nicht mehr ertragen und hatte das Lager bereits verlassen, ungeachtet der Drohung von Stavrakos, ihn wegen Arbeitsverweigerung fristlos zu entlassen. Nachdem er die bittere Erfahrung hatte machen müssen, daß es erheblich leichter ist, Hohn und Spott auszuteilen als selbst einzustecken, hatte er einen einheimischen Farmer angeheuert, ihn in einem leichten Karren nach Novorecife zu kutschieren.

»Wer will mit mir in der ersten Gruppe mitfahren?« fragte Reith.

»Ich fahr bei Ihnen mit«, sagte Kostis Stavrakos.

»Ich auch«, sagte Hari Motilal.

»Ich auch!« schloß sich Cassie Norris an.

Als sechzehn sich gemeldet hatten, sagte Reith: »So, das ist genug. Der Rest von euch bricht dann in zwei Tagen mit Alicia auf.«

Am nächsten Morgen wurden unter dem üblichen hektischen Gewusel und Durcheinander zwei Omnibusse und ein Waggon beladen. Stavrakos bestand darauf, daß die Behälter mit dem belichteten Filmmaterial und die teureren Kameras in den ersten Wagen kamen, wo er sie im Auge behalten konnte. Doktor Mas'udi half dem humpelnden Strachan an Bord des zweiten Omnibusses und setzte sich neben ihn.

Als Reith gerade seinen Fuß in den Steigbügel von Fodors riesigem Aya Jengis stellte, kam Cassie Norris aufgeregt zu ihm gerannt. »Fergus! Ich möchte lieber doch mit der zweiten Gruppe fahren.«

»Warum? Die Quartiere sind zu knapp, um jetzt noch weitere Umstellungen vorzunehmen.«

»Deshalb!« sagte sie und zeigte anklagend mit dem Finger.

Reith sah, daß Fairweather und Valdez nahe bei Alicia standen und erregt miteinander debattierten, und er begriff, daß beide die zweite Gruppe gewählt hatten, weil sie sich eine Chance erhofften, zwischendurch vielleicht mal für einen Augenblick mit Alicia allein zu sein.

Reith grinste. »Du möchtest nicht, daß Randal sich an Alicia ranmacht, hm?«

»Nein! Eher kratz ich ihr die Augen aus ...«

»Beruhige dich! Mir gefällt dieses Szenario auch nicht. Ich will sehen, was ich tun kann.«

Reith schlenderte hinüber zu den beiden Streithähnen, seinen Aya am Zügel mit sich führend. Als er näher kam, verstummten die beiden Männer.

»Lish!« sagte er und winkte sie zu sich.

Sie gingen zusammen ein Stück spazieren, die beiden Verehrer mit sich und ihrem ungelösten Problem allein lassend. Sobald sie außer Hörweite waren, fragte Reith: »Worüber streiten sich die beiden?«

»Beide wollen mit mir in dem Einspänner fahren«, antwortete Alicia. »Ich hab ihnen zwar mehrmals gesagt, daß ich mir meinen Beifahrer selbst aussuche, aber das hat sie nicht davon abgehalten, sich weiter zu zanken.«

»Wie wär's, wenn wir sagen, du hättest noch nicht genügend Praxis im Wagenlenken, und einfach die Plätze tauschen? Du reitest auf Jengis an der Spitze der ersten Gruppe, und ich fahr auf dem Einspänner mit der zweiten? Ich kann mir nicht vorstellen, daß diese geilen Böcke sich darum streiten werden, wer von ihnen bei mir mitfahren darf!«

»Und wenn sie dann plötzlich doch mit der ersten Gruppe mitfahren wollen?«

»Zu spät! Wir haben bereits soviel Leute in der ersten, daß die Kapazität der kleineren Gasthöfe voll ausgeschöpft ist. Weißt du was? Wir machen es einfach, ohne es vorher anzukündigen. Du steigst jetzt einfach auf Jengis und reitest los! Bis die beiden Kerls das geschnallt haben, bist du schon über alle Berge.«

Reith verschränkte die Hände zu einem Steigbügel. Alicia stellte den Fuß darauf, stieß sich ab und schwang sich in den Sattel. Lächelnd beugte sie sich zu ihm herab. »Gib mir einen Abschiedskuß, Furchtloser ... Also, bis dann! Wir sehen uns in Mishé!«

Sie trabte an die Spitze der Kolonne, hob den Arm

und rief: »Auf geht's!« Die Kutscher ließen ihre Peitschen knallen, und die Fahrzeuge setzten sich mit einem Ruck in Bewegung.

Grinsend schlenderte Reith zurück zu Fairweather und Valdez, die ihn mit offenem Mund anstarrten. »Wir haben uns im letzten Moment noch zu einer kleinen Veränderung entschlossen. Ich hörte, ihr beiden Jungs seid ganz heiß darauf, in dem Einspänner mitzufahren. Ihr könnt ja eine Münze werfen, wer neben mir sitzen darf – oder wollt ihr euch einfach abwechseln?«

»Du – du – *animalejo baboso!*« spotzte Valdez, stocksauer.

Reith lachte. »*No quisiera ser cabrón!* Wir sehen uns dann alle Mann morgen hier wieder, um die gleiche Uhrzeit.«

Als Reith vier Tage später in Gasthof in Vasabád seinen Leuten ihre Zimmer zuteilte, kam der Wirt zu ihm und fragte: »Seid Ihr nicht Sir Fergus Ries? Der, welcher jene Horde von Strolchen im Tempel des Bákh tötete? Mich dünkte, ich hätte ein vertrautes Antlitz erspäht, obzwar viele oft behaupten, daß alle Terraner gleich aussehen.«

»Ich bin in der Tat der, den Ihr erkannt zu haben glaubt«, sagte Reith. »Ist irgend etwas nicht in Ordnung? Euer Richter hat mich von jedweder Missetat entlastet.«

»Nein, Herr, seid darüber unbesorgt! Bitte verharret hier; ich komme unverzüglich zurück.«

Der Krishnaner verschwand im Laufschritt, einen verdutzten Reith zurücklassend, der sich fragte, ob der Wirt womöglich vorhatte, den Pöbel gegen ihn aufzuwiegeln. Gleich darauf hörte er einen vielstimmigen Ruf von der Straße heraufschallen: »*Ohé,* Sir Fergus! Kommet heraus!«

Reith holte tief Luft, zwang sich zu einer Miene des Selbstvertrauens und trat zur Vordertür hinaus.

Ein Schwarm von Einwohnern hatte sich vor dem

Eingang der Taverne versammelt. Und mit jedem Augenblick strömten weitere herbei.

In der vordersten Reihe erkannte Reith den Richter, seinen Freund, den Bákh-Priester, sowie den Bürgermeister. »Nun, meine Herren, warum dieser Auflauf?« fragte Reith, seine Angst so gut er konnte verbergend. Inzwischen hatten auch die Mitglieder der Drehcrew den Aufmarsch mitbekommen und damit begonnen, die Schankstube hinter Reith zu bevölkern.

Der Bürgermeister plusterte sich sichtlich auf, als er vortrat. »Sir Fergus«, begann er gravitätisch, »wir haben unser Tagwerk ruhen lassen und uns hier versammelt, um dem Retter unserer schönen Heimat die ihm gebeuende Huldigung zu erweisen. Und ob Ihr schon ein Fremdling aus einer fernen, phantastischen Welt seid, kennen wir Euch doch als ein wahres menschliches Wesen in der Tiefe Eurer Leber …«

Der Bürgermeister salbaderte schwungvoll in diesem Stil weiter, bis Reith, eine Atempause des Honoratioren nutzend, hastig einwarf: »Verzeiht, Euer Ehren, aber ich verstehe nicht ganz. Wieso glaubt Ihr, ich hätte Euer Land gerettet?«

»Ah, mein guter Herr! Als Eure terranischen Landsmänner von der Lichtspielkompagnie gestern nacht hier durchzogen, erzählte uns einer, der uns're Zunge sprach, wie Ihr den Plan zur Niederringung der an Zahl vielfach überleg'nen Barbarenreiter von Qaath ersannt, tapfer fochtet und im Kampfe eine schwere Verwundung erlittet.«

Er muß Ken Strachan meinen, dachte Reith.

Der Bürgermeister fuhr fort: »Also ersuchten wir diesen *Ertsu,* uns zu verraten, wie wir Eurer geschätzten Person die ihr gebührende Ehre erweisen könnten, wenn Ihr in unsere prächtige Stadt kämet, was, wie uns dieser Meister Satrakhan ankündigte, schon bald geschehen würde. Dergestalt um Rat befragt, ließ sich Meister Satrakhan dazu herab, uns zu versichern, daß in seiner Welt, welche ja die nämliche ist wie die Eurige, eine Stadt beizeiten einem, dem sie so zu schmeicheln wünsche, einen Schlüssel für das Tor derselben überreiche. Da unsere Stadttore nun aber mittelst hölzerner Balken gesichert werden, gebricht es uns an einem solchen Schlüssel; doch Meister Satrakhan erklärte, jeder große Schlüssel vermöge in diesem Fall als Symbol zu dienen. Und so hat denn Meister Hangra, unser geschätzter Hufschmied, die ganze Nacht hindurch gerackert und einen Schlüssel für Euch gefertigt.«

Der Bürgermeister hob die Hand. Ein stämmiger Krishnaner trat vor, befrachtet mit einem gewaltigen Trumm von einem Schlüssel. Der Schaft hatte die Dicke eines Baseballschlägers, und der Bart war etwa so groß wie ein Kuchentablett.

»Sir Fergus Ries«, sprach der Bürgermeister, »ich habe die unbeschreibliche Ehre und das unaussprechliche Vergnügen, Eurer unübertrefflich wertvollen Erlauchtheit dieses winzige und bescheidene Artefakt zum Zeichen unserer unauslöschlichen Wertschätzung überreichen zu dürfen!«

Der Schmied drückte Reith das Schlüsselungetüm in die Hand. Das unerwartete Gewicht von mehr als zwanzig Kilo brachte ihn fast aus dem Gleichgewicht. Er geriet leicht ins Schwanken, ließ das Ding um ein Haar fallen, und fing sich wieder, während der Bürgermeister und die anderen Vasabáduma ihn erwartungsvoll anstarrten.

Unter Aufbietung einiger Muskelkraft ließ er ein Ende des Monstrums vorsichtig auf den Boden sinken. Da er nur zu gut um das Faible der Krishnaner für schwülstige Rhetorik wußte, hub er zu seiner selbstverfaßten Allzweckrede an, die er schon zu vielen förmlichen Anlässen auf Krishna geschwungen hatte.

»Liebe Freunde! Ich bin zu euch gekommen aus einer Ferne, welche so ungeheuer ist, daß der Geist gewöhnlicher Sterblicher, wie wir es sind, ihr Ausmaß nicht wirklich zu erfassen vermag; und doch habe ich hier, unter Wesen von gänzlich and'rer innerer Gestalt, Achtung, Wertschätzung, Freundschaft und Liebe gefunden. Fürwahr, ich habe gelernt, eure Welt als meine wahre geistige Heimat zu betrachten...«

Nachdem er eine Viertelstunde in diesem Stil daherschwadroniert hatte, gingen ihm die Klischees aus, und er schloß seinen Sermon mit den Worten: »Gestern nacht, als die erste Gruppe hier weilte, erblicktet ihr in ihrer Mitte meine Verlobte, Doktor Alicia Dyckman. Ihrem tollkühnen Ritt auf Ayasrücken ist es zu verdanken, daß rechtzeitig Verstärkung herangeführt werden konnte, weshalb ihr Anteil am Sieg um keinen Deut minder bedeutsam war denn der meine. Da wir uns bald vermählen werden, wird ein Schlüssel für uns beide genügen.«

Reith hielt inne, um den Krishanern Gelegenheit zum Lachen zu geben. »Auf jeden Fall sagen meine Geliebte und ich euch von ganzer Leber Dank!«

Die Krishnaner jubelten, knackten mit den Fingerknöcheln und hoben Reith auf ihre Schultern, um ihn in einem spontanen Triumphzug durch die Straßen zu tragen.

Roqir war untergegangen, und eine Traube von Städtern eskortierte Reith zurück zu seinem Gasthof, als wildes Hufgetrappel in das fröhliche Fest hineinbrach. Ein schweißbedeckter Aya bog um eine Ecke und kam torkelnd zum Stehen. Der Reiter war zu Reiths Verblüffung Jacob White, der schwankend und grau vor Erschöpfung in seinem Sattel hing.

»Jack! Was zum Teufel ist passiert?« rief Reith und rannte zu dem völlig erschöpften Location Manager. White bekam einen Fuß aus dem Steigbügel, doch statt wie üblich abzusitzen, kippte er wie ein nasser Sack von seinem Reittier und knallte auf das Pflaster. Reith sprang zu ihm und half ihm auf. Zum Glück hatte er sich bei dem Sturz nichts gebrochen. Er japste: »Sie haben Alicia und Cassie gekidnappt!«

»*Nein!* Nicht schon wieder!« Reiths Magen knotete sich vor Schreck zusammen, aber bis auf ein leichtes Zusammenpressen der Lippen ließ er sich nichts anmerken. Er verabschiedete seine Eskorte mit einem kurzangebundenen »Gute Nacht« und wandte sich wieder White zu. »Wen meinst du mit ›sie‹?«

»Diese Kulturbewahrungsleute. Schlegel.«

Reith faßte den erschöpften White unter und schleppte ihn in die Gaststube des Wirtshauses. Dort bestellte er dem armen Kerl erst einmal einen Humpen Kvad. Er selbst trank nichts, da er einen klaren Kopf behalten wollte. Leise fragte er: »Was wollen die verfluchten Kerle? Lösegeld?«

White schluckte die Flüssigkeit herunter und hustete. »Nein, nein, kein Lösegeld«, sagte er fast im Flüsterton. »Jedenfalls keins der üblichen Art. Kein Geld.«

»Was denn? Komm schon, reiß dich zusammen!«

»Bitte! Ich versuch's ja!« White holte tief Luft. »Schlegel verlangt die Herausgabe der gesamten Filmausrüstung. Er will alles haben, bis hin zur letzten Kamera – alles: jeden Reflektor, jeden Meter Film, jede Dose Entwickler.«

»Was in aller Welt will er damit? Er hat doch nicht etwa vor, ins Filmgeschäft einzusteigen, oder?«

»Nein. Er will *Schwerter unter drei Monden* zerstören – total.« White nahm noch einen kräftigen Schluck Kvad.

»Paß besser auf«, warnte ihn Reith. »Du bist kein austrainierter Schluckspecht wie Cyril. Warum will Schlegel unsere Ausrüstung zerstören?«

»Er sagt, der Film würde die krishnanische Kultur in ein schiefes Licht rücken. Er würde die Verachtung der Terraner für die Krishnaner noch verstärken. Er will die Kameras und die gesamte technische Ausrüstung zerstören, um sicherzustellen, daß wir den Film nicht noch einmal von vorn drehen, solange wir auf diesem Planeten sind.«

»Er mag ja sogar recht haben, wenn er sagt, daß

Krishna in dem Film nicht gerade gut wegkommt; aber das ist nicht mein Problem. Ich habe mich vertraglich verpflichtet, euch und euer Eigentum zu beschützen, was auch immer ihr tut. Wo werden die Mädchen festgehalten?«

»Irgendwo in dem großen Wald östlich von Gishing.«

»Das ist der Durchab-Wald. Sag, wie hat Schlegel sie erwischt?«

»Das wissen wir nicht. Ich hörte, wie Cassie Alicia um Rat fragte, wie sie es anstellen solle, Bennett und Randal glücklich und bei Laune zu halten, wenn sie mit beiden schliefe. Ich schätze, die beiden wollten einen kleinen Spaziergang die Straße hinunter machen, weil dieser kleine Gasthof so überfüllt ist, daß du kein privates Wort sprechen kannst, ohne daß es jemand mitbekommt. Als es dunkel wurde und sie noch immer nicht zurück waren, beschlossen Doc Hamid und ich, sie zu suchen. Genau in dem Moment kam ein Pfeil, um dessen Schaft eine Botschaft gewickelt war, aus dem Wald gepfiffen und bohrte sich in die Eingangstür des Gasthofs. Hier ist die Botschaft!«

White gab Reith ein kleines, aus einer Kladde herausgerissenes Blatt aus einheimischem Papier. Reith las:

AN DAS OBERHAUPT DER FILMGESELLSCHAFT. ICH HALTE IHRE FRAUEN AN EINEM ORT VERSTECKT, WO SIE SIE NICHT FINDEN WERDEN. SIE BEKOMMEN SIE UNVERSEHRT ZURÜCK, SOBALD SIE MIR DIE GESAMTE FOTOGRAFISCHE AUSRÜSTUNG AUSGEHÄNDIGT HABEN. ICH WERDE SIE IHRER WOHLVERDIENTEN VERNICHTUNG ZUFÜHREN UND SO EIN VERBRECHEN WIDER DIE KRISHNANISCHE KULTUR VERHINDERN. WICKELN SIE IHRE ANTWORT UM DIESEN PFEIL UND STELLEN SIE IHN AUFRECHT AUF DIE STRASSE. JEDER VERSUCH, DIE FRAUEN ZU RETTEN ODER KRISHNANISCHE BEHÖRDEN ZU INFORMIEREN, WIRD DEN SOFORTIGEN TOD DER FRAUEN NACH SICH ZIEHEN.

SCHLEGEL

»Warum hat Stavrakos dich als Überbringer der Nachricht ausgewählt?«

White zuckte mit den Schultern. »Wir haben versucht, einen der Kutscher zu bewegen, es zu tun. Strachan hat gedolmetscht. Aber sie wollten sich nicht in eine Auseinandersetzung zwischen Erdbewohnern hineinziehen lassen. Abgesehen davon hat Strachan sowieso keinem von ihnen zugetraut, daß er die Botschaft ordnungsgemäß abliefern würde. Ich bin zwar kein besonders guter Reiter, aber ich habe mittlerweile doch mehr Erfahrung als alle anderen, Strachan ausgenommen, und der ist noch nicht wieder fit. Was hast du jetzt vor?«

»Ich muß nachdenken«, murmelte Reith. »Wie hat Stavrakos reagiert?«

»Er hat gesagt, eher würde er die ganze Crew abschlachten lassen, als daß er Schlegel den Film rausrückt.«

»Das hätte ich mir denken können. Aber bei Schlegel würde ich mich auch nicht darauf verlassen, daß er seinen Teil der Abmachung einhält.«

»Sag mal, Fergus, was hatte es eigentlich mit dieser Krishnanermeute auf sich, die dich zum Hotel getragen hat, als ich vorhin ankam?«

»Sie haben mir zu Ehren ein Bankett im Rathaus veranstaltet. So, jetzt muß ich aber erst mal meine Gruppe zusammentrommeln und ihr berichten, was passiert ist. Du kannst mir helfen, sie zusammenzuholen.«

Die Nachricht löste Bestürzung und lautstarken Protest aus. Reith studierte seine vierzehn Terraner. Als der erste Aufruhr sich gelegt hatte, winkte er Fairweather und Valdez zu sich. Er ging mit ihnen hinaus auf die Straße und sagte: »Würdet ihr zwei euch zutrauen, einen Befreiungsversuch zu unternehmen? Wir können alle dabei draufgehen; aber ihr zwei seid die einzigen hier, die aussehen, als ob sie bereit wären zu kämpfen, um Alicia und Cassie zu retten.«

Fairweather grinste. »Teufel, ja! Ich habe in meinen Filmen schon so viele Jungfern aus höchster Not gerettet, daß ich es gern auch einmal in der Realität probieren würde!«

»Und du, Ernesto? Was ist mit dir?« fragte Reith.

»Ich werde ein guter Soldat sein. Es würde mir natürlich zusätzlichen Mut verleihen, wenn ich mir vorstellen könnte, daß die Dame mir ihren Dank hinterher in … in angemessener Weise zum Ausdruck bringen würde.«

Reiths Miene verfinsterte sich. »Verdammt noch mal, wenn du glaubst, du könntest hinterher als Belohnung meine Verlobte vögeln …«

»Nein, nein, Fergus; das war bloß Spaß. Du verstehst den Humor der Latinos nicht. Ich werde tapfer sein wie ein Löwe.«

»Okay. Ich möchte, daß ihr zwei früh zu Bett geht und vor dem Morgengrauen aufsteht. Wir werden uns ein paar Armbrüste besorgen müssen, selbst wenn wir den Waffenschmied dafür aus dem Bett scheuchen müssen. Damit eins klar ist: Ich bin euer Anführer; was immer ich sage, gilt. Abgemacht?«

Die beiden Männer nickten.

Als Roqir das Farmland um Vasabád in fleischfarbenes Licht zu tauchen begann, stand Reith am Rande eines frisch gepflügten Feldes und unterwies seine Gefährten in der Handhabung der krishnanischen Armbrust.

»Hey!« sagte Fairweather. »Dieses Ding hat ja ein Visier. Keine der Armbrüste in meinen Ritterfilmen hatte so was!«

Reith erklärte es ihm. »Ein Terraner namens Hasselborg hat es vor etwa dreißig Jahren eingeführt. Er überstand ein Duell nur deshalb heil, weil er eine Zielvorrichtung hatte. Es gab ein Riesentheater, weil er damit die Technologieblockade durchbrach, aber seitdem haben alle Armbrüste ein Visier.«

»Um die Waffe zu spannen, müßt ihr das Mündungsende auf den Boden setzen und den dicken Zeh durch den Steigbügel stecken. Als nächstes faßt ihr den Spannhebel mit der rechten Hand ...«

Reith hatte auch White angeboten, bei dem Unternehmen mitzumachen, aber der Location Manager hatte gebeten, auf ihn zu verzichten; er sei noch zu erschöpft von seinem Parforceritt. Als Reith ihn ermattet und blaß in seinem Bett liegen sah, mußte er einräumen, daß man von ihm wirklich im Augenblick nicht mehr erwarten konnte. Reith hatte auch die drei krishnanischen Reiter gefragt, die für die Reserveayas verantwortlich waren. Aber wie schon die Kutscher in Gishing hatten auch sie es abgelehnt, sich in Händel zwischen Terranern einzumischen.

Eine Stunde später waren die drei Retter bereits auf dem Weg nach Gishing. Fairweather und Valdez ritten auf Ayas aus dem ›Fuhrpark‹ von Cosmic Productions, und Reith fuhr in seinem Einspänner. Neben Reith waren ein halbes Dutzend neu erworbene Armbrüste verstaut, zusammen mit mehreren Schwertern, die von der Schlacht von Zinjaban übriggeblieben waren.

Fairweather und Valdez wären am liebsten die ganze Strecke galoppiert; aber Reith bestand darauf, daß er vorneweg fuhr und das Tempo bestimmte. Er wechselte immer wieder die Gangart: mal ließ er die Tiere eine Weile im Schritt gehen, dann fiel er in Trab, dann wieder in kurzen Galopp, um das Tempo kurz darauf wieder zum Schritt zu drosseln. Seine Gefährten murrten ein ums andere Mal, er verschwende damit bloß Zeit.

»Verdammt!« platzte ihm schließlich der Kragen. »Ich reite und fahre diese Viecher jetzt schon seit mehr als zwanzig Jahren, und ich weiß, was sie können und was nicht. Glaubt mir, ich bin mindestens genauso ungeduldig wie ihr, endlich nach Gishing zu kommen!«

Sie kamen am späten Nachmittag an und gingen zu dem kleinen Gasthof am Rande des unbefestigten Dorfes. Vor dem Gasthof stand der Wagen, der die erste Gruppe begleitet hatte. Die Ausrüstung lag noch immer unter ihrer Persenning; aber Olson, der Chefbeleuchter, und zwei andere Angestellte von Cosmic Productions waren dabei, Heu darüber zu schichten. Das Handgepäck der Gruppe stand sauber aufgereiht auf dem Boden neben dem Fahrzeug.

Die restlichen Mitglieder der Crew kamen aufgeregt aus dem Gasthof gestürzt und bestürmten die Neuankömmlinge. »Hey, Reith, was wollen Sie jetzt unternehmen?« »Wie wollen Sie uns aus dieser Klemme wieder rauskriegen?« »Hätten Sie die Entführung nicht voraussehen können? Sie kennen diese Welt doch angeblich so gut!« »Wenn uns auch nur das Geringste zustößt, werden wir Sie verklagen!«

»Was soll das da geben, wenn es fertig ist?« fragte Reith Olson, auf das Heu deutend.

»Fragen Sie doch Kostis«, schnauzte Olson zurück. »Wir führen lediglich seine Anweisungen durch.« Olson verhielt sich Reith gegenüber unausstehlich, seit der ihn vor dem Enthaupten bewahrt hatte. Er gehörte zu der Sorte Mensch, die es einem nicht verzeihen kann, wenn man ihnen einen Gefallen getan hat.

Reith fand Stavrakos in seinem Zimmer beim Zeitunglesen. Als Reith seine Frage wiederholte, erklärte ihm Stavrakos: »Ich will bloß dafür gewappnet sein, daß wir überstürzt aufbrechen müssen. Wir legen Heu auf die Persenning, und obendrauf das Gepäck, damit wir, wenn wir angehalten werden, sagen können, die technische Ausrüstung sei bei der zweiten Gruppe und das da bloß Gepäck. Ich hoffe doch, daß sie sich bei Nacht im Dunkeln nicht die Mühe machen werden, unter die Persenning zu schauen.«

»Wollen Sie damit sagen, Sie haben vor, sich vom Acker zu machen und die Mädels ihrem Schicksal zu überlassen? Also, Sie sind doch wohl nicht ...«

»Kommen Sie, Fergus, jetzt werden Sie nicht gleich wütend! Ich würde das nicht machen, wenn ich es nicht wirklich müßte. Aber denken Sie doch einmal praktisch! Ken Strachan hat mir gesagt, dieser Schlegel würde nichts lieber tun, als Sie umzubringen. Das Schlimmste daran ist, dieser Typ ist ein Idealist, der glaubt, er würde einer guten Sache dienen. Das sind die Schlimmsten von allen Verrückten; man kann sie nicht bestechen.«

Reith knurrte: »Dieser Kerl ist ein Schwindler und Hochstapler, der seinen eigenen Schwachsinn glaubt.«

Stavrakos fuhr fort: »Ken meint, selbst wenn wir ihm den Film und das ganze Zeug übergeben, haben wir noch lange keine Garantie, daß Schlegel die Frauen auch wirklich freiläßt. Wahrscheinlich sind beide von seinen Leuten vergewaltigt worden, und es kann gut sein, daß er sie umbringt, um sicher zu sein, daß sie nicht eines Tages vor Gericht gegen ihn aussagen.«

Reith zuckte zusammen.

»Aber sehen Sie doch auch einmal das Gute daran«, fuhr Stavrakos fort. »Es täte mir echt leid, wenn Sie Ihre Verlobte verlieren würden; und Cassie ist als Filmstar ein echter Topseller. Aber stellen Sie sich nur mal vor, wenn sie umgebracht würde, was das für einen Run auf die Kinokassen auslösen würde! Millionen würden in die Kinos strömen, um Cassie Norris' letzten Film zu sehen, und darunter jede Menge, die sonst nie auf die Idee gekommen wären, sich so einen Film anzuschauen.«

Nur mit eiserner Disziplin seine Fassung bewahrend, sagte Reith trocken: »Mangel an Geschäftssinn hat Ihnen bestimmt noch keiner vorgeworfen. Was haben Sie von Schlegel gehört, seit Jack gestern losgeritten ist?«

»Oh, es sind noch ein paar von diesen verdammten Pfeilen hin und her geflogen. Ich schickte ihm die

Nachricht, wenn er die Mädels freilassen würde, würde ich ihm mein Zeug übergeben. Natürlich würde ich die Dosen mit dem entwickelten Film vorher verstecken; ich würde sie mit Klebeband unter den Wagen befestigen oder sonst irgendwas. Aber er hat das abgelehnt. Er will, daß wir nach Mishé weiterfahren, bis seine Leute uns anhalten. Dann sollen wir uns in Reihe und Glied aufstellen und uns ausziehen, und er durchsucht unsere Kleidung und unser Gepäck. Und erst, wenn er die Nachricht erhält, daß wir auf dem Rückweg zur Erde sind, läßt er die Frauen frei. Das wiederum habe ich abgelehnt.«

»Gut«, sagte Reith. »Halten Sie ihn noch ein bißchen hin und feilschen Sie weiter wie auf einem orientalischen Basar. Ich schau unterdessen, was ich machen kann.«

»Was haben Sie vor, Fergus? Eine Rettungsaktion?«

»Vielleicht. Was dagegen?«

»Okay! Entweder Sie gewinnen, und die Damen sind wieder frei und Schlegel ist tot; oder er gewinnt, und Sie und die Mädchen sind tot. Ob so rum oder so, es gibt nichts, was den Rest von uns davon abhalten könnte, das Weite zu suchen. Aber wie wollen Sie sie finden? Wir wissen ja nicht einmal, wo in diesem verdammten Wald sie sich versteckt haben; und Bluthunde haben wir auch keine.«

Reith musterte Stavrakos aus zu schmalen Schlitzen verengten Augen. »Sie mögen es vielleicht nicht wissen, Kostis, aber ich glaube, Sie haben unser Problem gelöst.«

Reith suchte den Krishnaner auf, der für die Reserveayas zuständig war. Für ein fürstliches Trinkgeld erklärte er sich bereit, zwei der Tiere zu nehmen, so daß er sie abwechselnd reiten konnte, um die ganze Nacht durchzureiten. Auf diese Weise würde er Mishé am Mittag des darauffolgenden Tages erreichen. Dort würde er Anthony Fallon, dem terranischen Konsul, einen

Brief von Reith übergeben, in dem dieser ihn von der neuerlichen Entführung in Kenntnis setzte.

Fallon hatte Zinjaban vor der Cosmic-Crew verlassen; und Timásh und Yinkham hatten die Anweisung, sich, sobald sie in Mishé eintrafen, mit ihm in Verbindung zu setzen. Reith bat Fallon in dem Brief, beide unverzüglich nach Gishing zu schicken.

Der Bote galoppierte in die Nacht hinaus, Reiths kostbare Botschaft im Handschuh. Als Reith in den Gasthof zurückkam, scharten sich die Cosmic-Leute erneut um ihn und bestürmten ihn mit Fragen: »He, Furchtloser, was nun?« »Willst du eine Rettungsaktion starten?« »Wann können wir uns endlich auf den Heimweg machen?«

Bennett Ames knurrte: »Hör zu, Fergus, wenn du vorhast, diesen Bastarden den Arsch aufzureißen, dann möchte ich gern mit dabei sein. Schließlich ist Cassie immer noch meine Frau.«

»Gut!« sagte Reith. »Noch irgendwelche Freiwilligen?«

Keiner machte den Mund auf. Als Reith sie der Reihe nach musterte, war er nicht unglücklich darüber. Von den Männern waren mit Ausnahme von Ames alle entweder zu mickrig oder zu fett oder zu alt oder zu jammerlappig. Reith blockte alle weiteren Fragen mit einem Achselzucken ab und sagte: »Entschuldigt mich, Leute, aber ich bin seit dem Morgengrauen auf den Beinen, und ich bin halb verhungert. Wir sehen uns dann morgen früh!«

Im Schein der untergehenden Sonne brachte er seinen Freiwilligen auf dem Grundstück hinter dem Gasthof in einem Schnellkurs das Schwertfechten und das Armbrustschießen bei. Für die erstere Übung benutzte er die Holzschwerter, die für die Schlachtszene von *Schwerter unter drei Monden* gedacht gewesen waren. Als Kopfschutz mußten die bruchsicheren Schutzbrillen herhalten, die er sich von den Mitgliedern der Crew auslieh.

Als nächstes verdingte er einen einheimischen Jäger als Söldner; er versprach dem Krishnaner mehr Geld, als der normalerweise in einem ganzen Jahr verdiente, weil er sich im Wald von Durchab nach eigenem Bekunden bestens auskannte.

Ames nörgelte: »Wozu diese ganze Überei, Fergus? Vielleicht töten sie unsere Mädchen genau in diesem Moment!«

»Vielleicht. Aber wenn wir wie eine Herde Shaihane durch den Wald von Durchab brechen, hören sie uns und legen uns entweder einen Hinterhalt oder verduften. Also warte ich auf meinen Bluthund.«

»Deinen *was?*«

»Ich bekomme einen Bluthund aus Mishé, der uns helfen wird, Schlegels Bande aufzustöbern. So, und jetzt die ganze Parade noch mal von vorne!«

Zerré traf am späten Nachmittag ein. In der Nacht wurde Reith von der Ankunft Timáshs und Yinkhams geweckt. Er schickte sie sofort ins Bett, scheuchte sie aber zusammen mit den Freiwilligen noch vor dem Morgengrauen wieder aus den Federn. Er hetzte sie durch ein hastiges Frühstück, und als der Himmel sich über dem Morgendunst aufzuhellen begann, waren Reith und sein kleiner Trupp schon unterwegs auf der Straße nach Mishé.

»Warum müssen wir unbedingt zu dieser unchristlichen Zeit aufbrechen?« jammerte Valdez. »Vormittags ist mit mir nichts anzufangen!«

»Wie wär's, wenn du noch lauter brüllen würdest!« zischte Reith. »Schlegel hat überall im Wald seine Leute, die uns beobachten. Wenn wir bei Tageslicht aufbrechen, sehen die uns ganz sicher.«

»Wo gehen wir hin?«

»Wir verlassen gleich die Hauptstraße. Shedan kennt die Nebenstraßen und Schleichpfade.«

Ames fragte: »Wo ist denn nun dieser Bluthund, den du kriegen solltest?«

»Das ist Yinkham hier. Siehst du seine überlangen Antennen? Er ist Khaldonier; das bedeutet, er hat einen feineren Geruchssinn als Krishnaner anderer Rassen. Wenn der Wind aus der richtigen Richtung kam, konnte mein früherer Sekretär nicht nur Besucher bereits auf einen halben Kilometer Entfernung riechen, sondern sogar sagen, welcher Spezies sie angehörten.« An Yinkham gewandt, fragte er auf Mikardandou: »Riechst du schon irgend etwas?«

»Nur, daß Menschen und Tiere hier entlang gekommen sind. Terraner vermag ich außer denen, welche bei Euch sind, keine zu wittern.«

Sie gingen schweigend weiter. Der Morgendunst löste sich allmählich auf. Reith entfaltete eine Landkarte und beriet sich leise mit Shedan, gestrichelte Linien auf der Karte mit dem Finger entlang fahrend.

»Hier entlang«, sagte Reith schließlich und marschierte geradewegs in die dichte Wand aus Buschwerk, die den Weg säumte. Sobald sie sich erst durch das Gebüsch und Unterholz gekämpft hatten, fanden sie sich auf einem verlassenen Nebenpfad wieder, der bereits hart von der üppig wuchernden Vegetation bedrängt wurde. Das heller werdende Tageslicht brachte die leuchtenden Farben der Baumstämme zum Vorschein: azurblau, rubinrot, smaragdgrün und golden; aber natürlich auch das Häufchen der acht Eindringlinge.

Eine Morgenbrise ließ das Laub rascheln. Die Gruppe stapfte weiter, immer wieder von einem versteckten Pfad auf einen anderen überwechselnd. Die Sonne stand bereits hoch am Himmel, als Yinkham schließlich eine Hand hob und flüsterte: »Ich rieche windaufwärts Menschenwesen, durchmengt mit einem leichten Hauch von Terranern.«

»Wie viele sind es?« fragte Reith.

»Das kann ich auf diese Entfernung nicht sagen. Ich glaube, es sind mehrere.«

Reith holte die Karte hervor und ermittelte mit Shedans Hilfe ihren derzeitigen Standort. Er zog einen Pfeil durch diesen Punkt, der die Windrichtung anzeigte. Nach einer kurzen Unterredung mit Shedan ging er weiter. Eine weitere Stunde verging, und Yinkham sagte: »Der Wind hat sich gedreht, Herr. Jetzt rieche ich sie dort!« Er zeigte mit dem Finger.

Wieder markierte Reith die Stelle auf der Landkarte. Mit gedämpfter Stimme erklärte er: »Ihr Lager ist wahrscheinlich in der Nähe des Punktes, an dem sich diese Linien kreuzen – auf keinen Fall mehr als ein paar hundert Meter davon weg.«

»Wie weit noch?« fragte Fairweather.

»Grob geschätzt noch eine halbe Stunde.«

Sie marschierten weiter, im Zickzackkurs auf alten, überwucherten Pfaden ihrem Ziel immer näher kommend. Hin und wieder mahnte Reith sie mit einem leisen »Psst!« zu möglichst geräuschlosem Gehen.

»Was zum Teufel soll ich denn tun, wenn überall diese verdammten Büsche und Sträucher sind?« schimpfte Ames, als ein trockener Zweig unter seiner Sohle zerbrach, mit einem Knall so laut wie ein Pistolenschuß.

»Versuch es einfach so zu machen wie Shedan.« Reith deutete mit einem Nicken zu dem Jäger, der lautlos vor ihnen durch das Gestrüpp glitt.

Einige Zeit verging. Yinkham hob erneut eine Hand. »Ich rieche sie jetzt ganz stark. Ich glaube, sie sind dort drüben, zu weit entfernt, als daß man sie schon sehen könnte. Bei ihnen sind Terraner.«

Reith schnallte seine Armbrust ab und zog den Spannhebel von seinem Gürtel. »Laden!« befahl er im Flüsterton.

Gleich darauf pirschten sich sieben der Retter, über ihre gespannten Armbrüste geduckt, an ihr Ziel heran, Shedan vorneweg, Reith dicht hinter ihm. Yinkham, der zu zierlich war, um eine ausgewachsene Armbrust sinnvoll nutzen zu können, trug statt dessen Alicias kleine Armbrustpistole, die Reith in ihrem Zimmer im Gasthof gefunden hatte.

Plötzlich ging mit lautem Schnappen eine Armbrust los, und ein Bolzen pfiff haarscharf an Reiths Ohr vorbei. Er wirbelte herum und zischte wütend: »Wer will mich da umbringen?«

»Es … es tut mir schrecklich leid«, murmelte Bennett Ames mit einem vorwurfsvollen Blick auf seine unbotmäßige Armbrust. »Ich wußte nicht, daß die Dinger schon losgehen, wenn man den Abzug nur scharf anguckt.«

Als Ames seine Waffe neu geladen hatte, schlichen die acht weiter, bis Shedan erneut die Hand hob. Reith flüsterte: »Verteilt euch und legt euch flach auf den Bauch. Sucht euch sorgfältig euer Ziel aus und legt an, aber feuert erst, wenn ich das Kommando gebe.« Er fragte Shedan: »Du weißt, auf welchen du schießen sollst?«

»Ja. Auf den Burschen an der Tür, sobald das Gefecht beginnt.«

Reith vermutete, daß Schlegel einen von seiner Bande drinnen postieren würde, um die Gefangenen zu bewachen und sie, wenn nötig, zu töten. Deshalb hatte er den Jäger als den besten Armbrustschützen unter ihnen gebeten, mit seinem Schuß zu warten, bis ein Präservationist in der Tür der Hütte erscheinen würde, und diesen dann mit einem gezielten Schuß außer Gefecht zu setzen. Er baute einfach darauf, daß – Befehl hin, Befehl her – der betreffende Krishnaner vor die Tür kommen würde, um nachzusehen, was der Tumult draußen zu bedeuten hatte.

Als sie sich auf den Ellenbogen vorwärts robbten, ihre gespannten Armbrüste vor sich her schiebend, rückte das Lager der Wächter voll in ihr Blickfeld. In der Mitte einer kleinen Lichtung sahen sie eine baufällige Hütte mit halb eingefallenem Dach. Ungefähr ein Dutzend Personen, einige davon bewaffnet, hockten oder standen um ein kleines Feuer und aßen. Der hünenhafte Schlegel, ihr Anführer, stand mit dem Gesicht zu den sich langsam heranpirschenden Rettern.

Einen vielbeinigen Arthropoden ignorierend, der ihm ins Hemd gekrabbelt war, kroch Reith noch ein paar Meter weiter. Als er einen ungehinderten Blick durch die üppigen, vielfarbigen Pflanzen auf die Hütte hatte, hob er langsam seine Armbrust in Schußposition, zielte auf Schlegels Bauch und rief leise, aber klar verständlich: »Schießt!«

Sechs Armbrüste gingen mit einem lauten, scharfen Schnappen los, so als hätte jemand alle Saiten eines Musikinstruments mit einem einzigen Schnitt durchtrennt. Die Bolzen surrten durch die Luft und fanden mit einem dumpfen, häßlichen Klatschen ihr Ziel. Reith fühlte eine heiße Woge schadenfroher Wildheit in sich hochschießen, als Schlegel rückwärts taumelte; doch wich seine Mordlust augenblicklich tiefer Bestürzung, als der Mann sich den Bolzen mit einem wütenden Brüllen aus dem Bauch herausriß und fortschleuderte. Dann schoß Shedan.

»Auf sie mit Gebrüll!« schrie Reith. Er ließ seine Armbrust fallen und rannte auf die Lichtung zu, im Laufen sein Schwert zückend. Wie von fern hörte er die trampelnden Schritte und Stimmen seiner Männer; sie gingen fast unter in den Schmerzensschreien der Kidnapper.

Obwohl seine ganze Aufmerksamkeit auf Schlegel gerichtet war, bekam er doch aus dem Augenwinkel mit, wie einer der Kidnapper sich schreiend am Boden wälzte, ein anderer stumm und gekrümmt in seinem Blut lag und ein dritter sich zur Flucht wandte. Als Reith die Lichtung erreichte, hielt Schlegel bereits sein Schwert in der Hand. Reith machte aus vollem Lauf eine Ausfallgrätsche, das Schwert waagerecht wie eine Lanze führend; aber Schlegel parierte den Stoß. Und hätte Reith nicht seinerseits geistesgegenwärtig die

Klinge hochgerissen, hätte ihm der Sektenführer mit einem blitzschnellen Rückhandstreich den Kopf abgeschlagen.

Während die beiden verbissen miteinander fochten, hörte Reith mit halbem Ohr den Kampfeslärm um ihn herum. Irgend jemand schrie, als eine Klinge ihr Ziel fand. Schlegel preßte jetzt seine Linke, statt sie zur besseren Wahrung des Gleichgewichts beim Fechten vom Körper wegzuhalten, auf die Wunde an seinem Bauch. Blut quoll zwischen seinen Fingern hervor, aber die Verletzung schien ihn in seiner Schnelligkeit kaum zu beeinträchtigen. Die Gürtelschnalle und das Kettenhemd, das er unter seinem Hemd trug, hatten Reiths Armbrustbolzen viel von seiner Durchschlagskraft genommen.

Reith, der inzwischen schweißnaß war, machte erneut einen Ausfallschritt und wurde abermals pariert. Schlegel startete unmittelbar aus der Rückwärtsbewegung heraus zu einem wütenden Gegenangriff, wobei er seine Klinge in einem kleinen Kreis herumwirbelte, um Reiths Schwert zur Seite zu schlagen. Reith als der behendere der beiden wich geschickt zur Seite aus, so daß Schlegel an ihm vorüber und ins Leere stürmte. Gleichzeitig stieß Reith nach dem Schwertarm des Kulturbewahrers; seine Klinge bohrte sich durch den Bizeps und trat an der anderen Seite wieder heraus.

Schlegel riß mit einem Ruck seinen Arm los, durch die Drehbewegung die Wunde noch vergrößernd. Während er sich zu Reith umwandte, um ihn mit trotzig loderndem Blick anzustarren, glitt ihm das Schwert aus den kraftlosen Fingern. Als Reiths Gefährten sich dem Paar näherten, lagen alle Krishnaner von Schlegels Bande entweder am Boden oder waren längst auf der Flucht.

Reith setzte die Spitze seines Schwertes auf Schlegels Kehle, direkt über der Kante des Kettenhemdes. Schlegel sank auf ein Knie, die linke Hand gegen die Wunde an seinem Unterleib gepreßt. Angst zerfurchte seine Stirn.

»Gnade!« rief Schlegel. »Ich bin hilflos, verwundet und entwaffnet. Sie können einen Menschen in meiner Lage nicht töten; es wäre ehrlos und schändlich!«

»Randal«, befahl Reith, »schau nach, ob die Mädchen in der Hütte sind.«

Fairweather packte das Fußgelenk des Krishnaners, der tot vor der Tür der Hütte lag, und schleifte ihn ein Stück zur Seite. Er trat in die Hütte und kam kurz darauf wieder heraus, begleitet von Cassie und Alicia, die sich beide die von ihren Fesseln schmerzenden Handgelenke rieben.

»Bist du verletzt, Lish?« rief Reith.

»Nichts Ernstes, Darling.«

»Und du, Cassie? Hat dieser *Zeft* eine von euch beiden mißhandelt? Abgesehen davon, daß man Kidnappen wohl kaum als freundliche Behandlung bezeichnen kann.«

»Nein«, sagte Alicia. »Bis auf das Fesseln.«

»Bist du sicher? Er hat dir ganz bestimmt nichts getan?«

»Nein, Fergus; aber er hat uns ein paar interessante Erfahrungen für den Fall versprochen, daß er das Filmmaterial nicht bekäme.«

»Was soll ich mit ihm machen?«

»Töte ihn!« sagte Alicia, stets die erbarmungslose Realistin. »Du weißt doch noch, was geschah, als du Warren Foltz hast laufen lassen.«

»Gnade!« heulte Schlegel. »Ich habe Ihre Frauen weder verletzt noch ihnen Demütigungen zugefügt! Ich habe allein für das Gemeinwohl von Krishna gehandelt – für die Bewahrung seiner kollektiven Seele –, für die Integrität seiner Kultur!«

»Ich werde Gnade walten lassen«, sagte Reith grimmig. Als ein leises Lächeln über Schlegels Gesicht huschte, fügte er hinzu: »Ich meine damit, ich werde Sie nicht foltern, obwohl Sie meine Frau angefaßt haben.«

Mit diesen Worten stieß Reith sein Schwert in Schlegels Hals, bis die Spitze auf die Halswirbel stieß. Er drehte die Klinge herum und zog sie wieder heraus. Mit einem Röcheln sank Schlegel erst in eine sitzende Stellung, um dann wie ein mächtiger Baum langsam vornüber zu kippen. Ein letztes Zucken ging durch seinen Körper, dann lag er regungslos da; Blut rann ihm aus Mund und Hals.

Nachdem Reith sich überzeugt hatte, daß sein Widersacher tot war, wischte er seine Klinge sauber und seufzte. Weder so erbarmungslos noch so realistisch wie Alicia, tat er sich nie leicht damit, einem Menschen das Leben zu nehmen. Er ließ seinen Blick über die Stätte des Kampfes schweifen.

Außer Schlegel lagen noch fünf weitere von seiner Bande tot auf der Erde. Valdez saß auf dem Boden, hielt sich den verwundeten Arm und ließ mit gepreßter Stimme einen Schwall spanischer Obszönitäten vom Stapel. Dann entdeckte Reith Yinkham, der alle viere von sich gestreckt am Boden lag. Ein Schwert stak bis zum Heft in seinem Bauch, so daß die Spitze aus seinem Rücken herausragte. »Was ist hier passiert?«

Fairweather erklärte es ihm. »Der kleine Krishnaner, dein neuer Sekretär, ist zu diesem Kerl hier gerannt, der dich gerade von hinten aufspießen wollte. Mit dem kleinen Pistolending schoß er ihm aus einem Meter Entfernung in den Rücken. Bevor der Krishnaner zusammenbrach, schaffte er es noch, herumzuwirbeln und Yinkham das Schwert in den Bauch zu stoßen. Und nun sind sie beide tot.«

»Verdammt«, murmelte Reith. »Der kleine Kerl hätte vielleicht einen erstklassigen Sekretär abgegeben, wenn er nicht den Helden hätte spielen wollen. Er war ein besserer Mann als viele Terraner. Mädels, würdet ihr bitte Ernesto verbinden, bevor er verblutet?«

In ihrem Zimmer im Gasthof zog Alicia ihr Hemd aus und untersuchte ihren wohlgeformten Oberkörper im

Spiegel. »Ein paar blaue Flecken«, sagte sie, »aber nichts im Vergleich zu der Abreibung, die sie mir auf dem Tempeldach verpaßt haben. Es war blöd von mir, mit Cassie spazieren zu gehen, ohne daß du da warst und auf mich aufpassen konntest. Und tausend Dank!« Sie faßte Reith bei den Schultern und gab ihm einen langen, saftigen Kuß.

»Dank wofür?« fragte Reith, als er wieder zu Atem gekommen war. »Für die Rettung? Aber ...«

»Nicht in erster Linie. Der Kuß war dafür, daß du mich deine Frau genannt hast, obwohl ich es noch gar nicht bin.«

»Oh. Um den verstorbenen Attila Fodor zu zitieren: wir sind doch ohnehin schon so gut wie verheiratet, da macht das auch nichts mehr aus.« Er hielt inne.

»Fergus!« rief Alicia. »Du siehst plötzlich ganz blaß aus! Bist du sicher, daß du nicht verwundet bist?«

Reith ließ sich schwer auf das Bett plumpsen. »Ich bin okay. Es ist nur – nun ja, ich bin halt kein Berserker. Wenn ich töten muß, um nicht selbst getötet zu werden, dann töte ich. In dem Augenblick selbst macht es mir nichts aus. Aber danach, mit einer gewissen zeitlichen Verzögerung, tritt eine heftige Reaktion bei mir ein, die sich unter anderem so auswirkt, daß ich weiche Knie kriege.«

Alicia setzte sich neben ihn und legte den Arm um seine Schultern. Nach einer Weile des Schweigens sagte Reith: »Weißt du, Lish, es spricht eine Menge für die Bewahrung der krishnanischen Kultur. Zu schade, daß die Bewegung in die Hände eines Spinners wie Schlegel geraten ist.«

»Er hat es letztlich nur gut gemeint – auf seine Weise halt«, sagte Alicia.

»Sicher – wie die Trasks. Hundertprozentige Schurken sind genauso selten wie hundertprozentige Helden. Aber du hast doch gesehen, wie gleichförmig und öde Terra geworden ist – ob in der Kunst, in den Sitten und Bräuchen oder wo auch sonst immer –, und ich sehe, wie der gleiche Prozeß auch hier beginnt.«

»Aber Darling«, sagte Alicia, »wenn zwei Kulturen aufeinandertreffen, kommt es immer zu einer Art Angleichung.«

»Wie meinst du das?«

»Sie entlehnen gewisse Dinge voneinander. Wenn die eine weiter fortgeschritten ist, nimmt die andere halt entsprechend mehr. Als die Europäer die tropischen Gebiete Terras eroberten, begannen die Eingeborenen die Europäer nachzuahmen – zum Beispiel die Kleidung –, aber nicht aus rationalen Erwägungen heraus, sondern weil die Europäer die Macht und das Prestige hatten. Wenn die terranische Kultur auf die krishnanische trifft, passiert das Gleiche. Und wenn wir als Amerikaner des zweiundzwanzigsten Jahrhunderts an die Freiheit des Individuums glauben, warum sollten die Krishnaner dann nicht das gleiche Recht haben, die terranische Kultur zu kopieren?«

Reith gähnte. »Zu kompliziert für mein schlichtes Gemüt. Liebstes Warzenschwein, können wir bitte jetzt ins Bett gehen? Ich bin fix und fertig.«

XIII
RAM KESHAVACHANDRA

Der Rest der Reise brachte Reith keine schlimmeren Fährnisse als das, von Alicia durch so ziemlich sämtliche Geschäfte von Mishé geschleift zu werden, während die Cosmic-Crew die Straßenszenen drehte, die Motilal gefordert hatte. Als die Crew wieder im Gästehaus in Novorecife war und auf die Ankunft des Raumschiffes Ceará wartete, suchten Reith und Alicia Stavrakos auf, um ihn zu fragen, ob – und wenn ja, wofür – er sie noch brauchte.

Der Produzent machte eine wegwischende Handbewegung. »Wir brauchen euch nicht. Bleibt in der Nähe, damit wir euch schnell finden, wenn noch irgendwas sein sollte.«

»Ich hätte dann gerne mein restliches Geld, das mir noch zusteht«, sagte Reith.

Und Alicia fügte hinzu: »Und was ist mit meinem Gehalt für die letzten zwei Wochen?«

»Ach, verdammt, jetzt nervt mich nicht!« brüllte Stavrakos. »Ich werd noch bekloppt zwischen launischen Diven, einem griesgrämigem neuen Regisseur, eurem pingeligen Oberbullen Castanhoso und einem Berg von Papierkram. Und jetzt kommt ihr mir auch noch mit eurem Scheiß! Ich schreib euch eure Schecks aus, sobald ich die Zeit dazu hab. Warum fahrt ihr nicht auf eure Ranch und macht eure zweiten Flitterwochen?«

Reith brachte Alicias Sachen zur Ranch. Das Schlüsselungetüm, das er in Vasabád verliehen bekommen hatte, nahm er ebenfalls mit. Der nächste Morgen sah Reith und seinen Hauswart vor der Wand über Reiths Hauptkamin stehen, jeder ein Ende des Schlüssels hochhaltend, während Alicia aus ein paar Metern Entfernung mit kritischem Blick Anweisungen gab: »Ein bißchen mehr nach links ... Nein, von mir aus gesehen! ... Halt, jetzt ist es zu hoch. Zwei Zentimeter tiefer ... Fergus, dein Ende ist höher als das von Khudmet ... Jetzt ist es tiefer ...«

»Meine Arme werden langsam lahm«, knurrte Reith.

»Gleich haben wir's.« Schließlich kam sie nach vorn und machte mit einem Bleistift Kreuzchen an die Wand. »Wenn wir das nächste Mal nach Novo reinfahren, kannst du ja beim Schmied zwei Haken bestellen, und Khudmet kann die Löcher dafür in die Wand bohren.«

Reith besuchte die Siedlung mehr oder weniger täglich. Er versuchte mehrmals, Stavrakos zu erwischen, aber der Produzent war immer gerade in einer Besprechung. Wenn Reith anderen Mitgliedern der Crew begegnete, lächelten sie unsicher, so als wäre er jemand, den sie wohl mal irgendwann kennengelernt hatten, aber von dem sie nicht mehr genau wußten, wo sie ihn hinstecken sollten.

Nach mehr als zwanzig Jahren auf Krishna war Reith längst eine viel zu wichtige Person geworden, um am Ende einer Tour noch um Trinkgelder buhlen zu müssen. Gleichwohl war er es gewohnt, daß seine Touristen ihren Dank dadurch zum Ausdruck brachten, daß sie zusammenwarfen und ihm ein Geschenk kauften oder ihm zu Ehren eine Party organisierten. Was jedoch die Cosmic-Leute anbelangte, schien er geradezu Luft für sie geworden zu sein. Er selbst nahm diese Gleichgültigkeit mit philosophischem Gleichmut hin, aber Alicia regte sich fürchterlich darüber auf.

»Nach all dem, was du für sie getan hast!« schäumte sie wütend. »Das sind die größten Narzisten, die die Welt je gesehen hat! Ich wär nie und nimmer nach dem ersten Monat bei ihnen geblieben, wenn ich durch den Job nicht die Chance gekriegt hätte, nach Krishna zurückzufliegen und dich wiederzusehen.«

Reith lächelte. »Zerbrich dir nicht weiter den Kopf über sie. Schließlich hab ich doch dich! Ich würde dich ums Verrecken nicht mehr hergeben – und wenn sie mir ganz Cosmic Productions anbieten würden, samt allem Vermögen, allen Rechten und allem Drum und Dran, einschließlich Cassie und Fodors zwei Frauen.«

Als sie am nächsten Morgen zusammen im Einspänner nach Novorecife fuhren, sagte Reith: »Wenn dieser Mistkerl heute wieder nicht zu sprechen ist, fang ich allmählich an zu glauben, daß er vorhat, den Abflug zu machen, ohne uns zu zahlen, was er uns schuldet. Solltest du jemals in einen Fluß springen müssen, um einen Ertrinkenden zu retten, dann gib bloß nicht Kostis solange deine Brieftasche zum Festhalten.«

Als sie den Blick hoben, sahen sie die silbrigglänzende Spitze der *Ceará* hinter der sandfarbenen Mauer der Siedlung aufragen. Alicia runzelte die Stirn. »Da hat die Crew ja wirklich unwahrscheinliches Glück gehabt, daß sie schon einen Zehn-Tag nach ihrer Rückkehr nach Novo ein startklares Schiff findet. Was macht Kostis eigentlich mit den Leuten, für die kein Platz auf dem Schiff frei ist?«

»Was er macht?« fragte Reith. »Nichts. Kostis Stavrakos und Hari Motilal haben sich zwei Kojen gekrallt, und der Rest der Crew durfte sich um die restlichen freien Plätze balgen. Cassie hat einen gekriegt; es geht das Gerücht, daß sie dem Hafenkapitän gewisse ... eh ... Anreize geboten hat. Die, die zurückbleiben, werden halt warten müssen, bis das nächste Schiff kommt. Unterdessen werden Stavrakos und sein neuer Regisseur schon wieder zurück auf der Erde sein, den Film schneiden und die Spezialeffekte hinzufügen.«

Reith und Alicia beeilten sich, sobald sie ihren Aya untergestellt hatten, zum Zoll- und Sicherheitsgebäude zu kommen. Dort herrschte hektisches Getriebe: Leute hasteten in der Gegend herum, standen Schlange, kramten Papiere durch, durchsuchten Gepäck und waren mit all den vielfältigen Vorbereitungen für einen Interstellarflug zugange.

Reith und Alicia hielten nach vertrauten Gesichtern Ausschau und entdeckten Michelle Fodor, die es sich mit einem Buch in einem Clubsessel bequem gemacht hatte.

Alicia begrüßte sie mit freudigem Hallo. »Na, Michelle? Bist du einer von den Pechvögeln, die keinen Platz gekriegt haben und auf das nächste Schiff warten müssen?«

Michelle lächelte. »Nein, isch 'abe im Gegenteil Glück ge'abt. Isch 'abe misch entschlossen, auf Krishna zu bleiben. Monsieur Castanhoso sagt, er wird meinen Antrag auf Aufent'altsgenehmigung bearbeiten, sobald das Schiff gestartet ist.«

»Meine Güte! Warum?«

Michelle zuckte mit den Achseln. »Jetzt, da Attila tot ist, 'abe isch keinen Mann mehr. Also schaue isch misch um. Wie isch se'e, gibt es 'ier viel mehr Männer als Frauen. Mansche davon wären froh, wenn sie eine Frau abkriegen würden, die weiß, wie man einen Mann glücklisch macht. Isch 'abe mir schon einen ausgesucht, aber natürlich isch sage es ihm nicht. Isch hoffe nur, er erweist sisch als ein etwas konventionellerer Mann als Fodor, der sehr *difficile* war. Nancy und isch waren Freundinnen, *en quelque façon;* aber das *Arrangement* sorgte schon für mansche *Complication.*«

Das nenne ich praktisch denken, dachte Reith. »Na denn, viel Glück, Michelle! Hast du zufällig Kostis irgendwo gesehen?«

»Nein; 'eute noch nicht.«

Reith und Alicia wanderten herum und hielten, während sie sich von den anderen von der Crew verabschiedeten, nach dem Produzenten Ausschau. Nachdem eine halbe Krishnastunde vergangen und von Stavrakos noch immer nichts zu sehen war, sagte Reith:

»Lish, wie wär's, wenn ich hierbleibe und du noch einmal zurück zum Gästehaus fährst und an Stavrakos' Tür klopfst? Der kann ja wohl keine Tarnkappe tragen!«

»Okay«, sagte Alicia und verschwand in der Menge.

Reith wartete. Das erste Glockensignal, das die Passagiere an Bord rief, ertönte. Sofort gab es eine Stampede zum Abfertigungs-Gate, wo der Stellvertretende Sicherheitsoffizier Joao Matos die Papiere kontrollierte. »Meine Herrschaften!« rief er. »Stellen Sie sich bitte an! *Em fila de pessoas! Nao empurrao!* Bitte nicht drängeln! Sie da, stellen Sie sich bitte sofort wieder hinten an, oder Sie kommen heute nicht an Bord!«

Der dreiste Drängler, dem diese Drohung galt, war Cyril Ordway, der wieder zum Ende der Schlange zurückschlich, mit hochgeschlagenem Mantelkragen und vorgestülpter Unterlippe. Seit seiner Ankunft in Novorecife hatte er jegliches Erscheinen in der Öffentlichkeit vermieden. Er und Reith ignorierten sich.

Reith verabschiedete sich mit einem herzlichen Händedruck von Randal Fairweather, der ihm ebenso freundlich auf die Schulter haute und sagte: »Du Glückspilz! Mein Seelenklempner hat mich eindringlich davor gewarnt, eine meiner Exfrauen wieder zu heiraten; er meint, alte Beziehungen wieder aufzuwärmen, würde nicht gelingen. Falls er recht behalten sollte und du und Alicia euch wieder trennt, sag mir sofort Bescheid, und ich komm gleich mit dem nächsten Schiff!«

»Abgemacht«, sagte Reith, der den Schauspieler gegen seinen Willen irgendwie liebgewonnen hatte. »Aber halt in der Zwischenzeit nicht die Luft an!«

Reith fand sich herzhaft umarmt und heiß geküßt von Cassie Norris, die ihre Zunge einsetzte wie ein Ameisenbär, der ein Termitennest leerlutscht. Verzückt flüsterte sie: »Wenn ich länger hier bleiben würde, mein Junge, dann würd ich's dir zeigen, daß dir Hören und Sehen vergingen!«

Als nächstes schüttelte er die linke Hand von Ernesto Valdez, der den rechten Arm noch immer in der Schlinge trug. Die letzten Passagiere passierten die Kontrolle, als Stavrakos und Motilal angehastet kamen, ihre Papiere in der Hand schwenkend. Reith hielt Stavrakos am Arm fest. »Hey! Wo haben Sie die ganze Zeit gesteckt?«

»Kleine Auseinandersetzung wegen der Raumhafengebühren«, sagte der Produzent, »im Büro des Oberbullen. Bye, Fergus ...«

»Halt! Sie schulden mir noch die Hälfte meines Honorars. Ich hab die ganze Zeit versucht, Sie zu erwischen ...«

»Keine Angst, alter Freund. Ich habe auf dem Weg hierher einen Wechsel auf Ihr Konto bei der Bank hinterlegt. Ich bin kein Nassauer; Sie kriegen Ihr Geld ganz bestimmt.«

Obwohl die Worte des Produzenten ehrlich klangen, machte Reith auf dem Absatz kehrt und ging schnellen Schritts aus dem Gebäude. Draußen verfiel er sofort in Laufschritt.

In der Bank war eine lange Schlange vor dem Kassenschalter, und Reith fiel ein, daß Zahltag war. Er stellte sich hinten an und trat nervös von einem Bein aufs andere, während die Kunden mit nervenzerfetzender Seelenruhe ihre Geschäfte tätigten. Für eine Weile hielten ihn seine natürlichen Hemmungen davon ab, sich nach vorn zu drängen. Er hatte sich gerade dazu durchgerungen, seine Vorderleute zu fragen, ob sie ihn wegen einer dringenden Notsituation ausnahmsweise vorlassen würden, als ein vertrautes, schmallippiges Gesicht in der Tür hinter dem Kassierer erschien.

Reith schrie laut: »Hey, Pierce!«

Die Stimme von Pierce Angioletti, dem Chefrevisor, erwiderte: »Was ist, Fergus?«

»Was Dringendes! Könntest du mal nachschauen, ob Stavrakos heute morgen einen Wechsel oder einen Scheck auf meinem Konto deponiert hat?«

»Okay«, sagte Angioletti. »Komm rum!«

Der Chefrevisor setzte Reith in sein Büro und ging weg. Kurze Zeit später kam er zurück. »Nein, nichts, weder ein Scheck noch ein Wechsel. Er hat gestern das gesamte Barguthaben abgehoben, das er bei uns hatte, und seitdem hat keine Kontobewegung mehr stattgefunden.«

Reith sprang auf. »Dieser verdammte Hurensohn hat mich gelinkt! Wenn sie noch nicht gestartet sind ...« Er stürmte zur Tür hinaus.

Just in dem Moment, als Reith in das Zoll- und Sicherheitsgebäude gehastet kam, begann die Warnsirene zu heulen. Er sprintete zum Abfertigungs-Gate, fand es aber bereits geschlossen. Kein Beamter war zu sehen.

Wieder heulte die Sirene, und der Boden erbebte von dem vertrauten Triebwerksdröhnen eines startenden Schiffes. Eine Stimme hinter Reith sagte: »Fergus! Wir haben überall nach dir gesucht.«

Es war Herculeu Castanhoso. Als er wieder zu Atem gekommen war, erzählte Reith, wie Stavrakos ihn hereingelegt hatte.

»Ich habe mir schon so was gedacht«, sagte der Sicherheitsbeamte. »Er und dieser kleine Inder, der Regisseur, und dieser White waren in meinem Büro, um eine Streitfrage zu klären. Sie wollten die Viagens um die Raumhafengebühren für ihre Ausrüstung prellen.

Als sie hinausgingen, hörte ich einen Streit zwischen Stavrakos und dem Amerikaner mit. Senhor White sagte gerade: ›Aber es ist *falsch!* Erst recht nachdem er dir das Leben gerettet hat ...‹ Und Stavrakos sagte: ›Vergiß es, Jack! Er ist vertragsbrüchig geworden, als er abgehauen ist, um nach seiner Freundin zu suchen. Wenn er sein Geld will, kann er ja auf die Erde kommen und mich verklagen.‹ Ich hatte den dumpfen Verdacht, daß sie dich meinen könnten. Also schickte ich Joao los, um nach dir zu suchen, aber ohne Erfolg.«

»Ich hab auf der Bank in der Schlange gestanden«,

knurrte Reith und ballte frustriert die Hände zu Fäusten. »Wo ist White hingegangen? Ich hab ihn nicht an Bord gehen sehen.«

»Er ist einer von denen, die hierbleiben und auf das nächste Schiff warten müssen.«

Reith grunzte. »Der Typ ist ein geborener Verlierer. Der *Fraco* hätte mir ja auch einen Wink geben können – aber das wäre wohl zuviel verlangt. Ach, verdammt, sollen sie doch alle zum Hishkak fahren!« Reiths Stimme schwoll zu einem Schreien an, und er hieb wütend mit der Faust auf den Tisch. Er griff sich einen leichten Stuhl und hob ihn hoch, so als wolle er ihn quer durch den leeren Wartesaal schleudern.

»Tu Senhor White ja nichts an, wenn du ihn triffst!« sagte Castanhoso in scharfem Ton. »Ich warne dich, Fergus!«

Reith bezähmte seine Wut und stellte den Stuhl wieder hin. »Keine Sorge. Er ist zwar kein Held, aber er hat wenigstens versucht, Stavrakos umzustimmen.«

»Er trägt sich übrigens mit dem Gedanken ...«

»Darling!« rief Alicia und kam zu ihm gerannt. »Wo hast du gesteckt? Ich konnte Kostis nicht finden ...«

Reith erzählte ihr, was passiert war. Castanhoso fügte hinzu: »Senhor White trägt sich, wie ich gerade erzählen wollte, mit dem Gedanken, hierzubleiben und ein Krishnander zu werden.«

»Er könnte es sogar schaffen«, sagte Alicia. »Er hat sich viel besser angepaßt als Sexy Cyril.«

»Mein Freund«, sagte Castanhoso zu Reith, »du siehst aus, als könntest du einen Drink gebrauchen. Ich selbst trinke ja, wie du weißt, nicht im Dienst. Aber ich habe stets eine Flasche für besondere Notfälle im Schrank versteckt.«

Reith schüttelte den Kopf. »Danke, ich möchte jetzt nichts trinken; aber ich würde mich gerne für einen Moment irgendwo in Ruhe hinsetzen.«

In Castanhosos Büro sah Reith Alicia betrübt an.

Sein Zorn hatte einer Stimmung düsterer Mutlosigkeit Platz gemacht. »Lish, bist du dir sicher, daß du einen kläglichen Versager wie mich heiraten willst? Du brauchst es nicht, falls du deine Meinung geändert hast.«

»Sei nicht albern, Furchtloser! Mit dem Geld, das sie dir gezahlt haben, sind wir nach krishnanischen Maßstäben reich. Abgesehen davon würde ich dich auch wollen, wenn du völlig pleite wärst. Und du bist *kein* Versager!«

»Doch, das bin ich allerdings; nicht mehr als ein Käfer auf einem Stück Holz auf dem Meer des Lebens. Ein Verlierer, wie Jack White. Ganz zu schweigen davon, daß ich müde, fad, schal und nutzlos bin.«

Sie schüttelte ihn liebevoll. »Jetzt hör aber auf, du lieber Idiot! Jeder kann mal eine Pechsträhne haben – sogar der furchtlose Fergus!«

»Sie hat recht«, sagte Castanhoso. »Wenn ich eine Viertelstunde eher Bescheid gewußt hätte, hätte ich ihre Ausrüstung mit Beschlag belegen können, bis er gezahlt hätte. Aber so ...« Er zuckte mit den Schultern. »Solche Dinge passieren nun einmal. Ich sehe nicht, was du anders hättest machen können, wenn du nicht gerade diese außersensorische Wahrnehmungsfähigkeit gehabt hättest, von der jetzt alle reden. Ich nehme kaum an, daß du nach Terra fliegen und ihn auf Herausgabe deines Honorars verklagen willst?«

»Großer Bákh, nein!« sagte Reith. »Wenn ich die verklagen würde, würden sie mich mit ihren Staranwälten am ausgestreckten Arm verhungern lassen. Ich habe mit meinem Leben Besseres vor, will ich doch hoffen.« Seine Augen verengten sich und er schlug die Fäuste aufeinander. »Aber wenn Stavrakos jemals hierher zurückkommen sollte ...«

Castanhoso bog einen erneuten Zornesausbruch ab, indem er einfach das Thema wechselte. »Wann wird denn diese Hochzeit sein, von der wir gehört haben?«

»In vier Tagen. Ich wollte ja eigentlich heiraten, sobald wir in Mishé angekommen wären …«

»Aber«, sagte Alicia, »ich hielt es nur für fair, daß Fergus' Freunde eine Chance bekommen, ihm alles Gute zu wünschen.«

»Ach, *as mulheres!*« sagte Castanhoso. »Die Frauen hoffen immer, je größer die Hochzeitsfeier, desto fester wird der Knoten. Vielleicht funktioniert es ja so. Jedenfalls werde ich dabei sein!«

Reith hatte gehofft, sich ohne viel Aufhebens von Anthony Fallon in dessen Konsulat trauen lassen zu können. Er hatte sich das fein ausgemalt: die Papiere unterschreiben, die vorgeschriebenen Floskeln hören und sprechen, und dann nichts wie weg. Ein großes Ereignis aus der Sache zu machen, dachte er, wäre eher peinlich bei jemandem, der schon dreimal verheiratet gewesen war. Aber wie so oft in der Vergangenheit hatte Alicia ihren Willen durchgesetzt; obwohl sie es heute, wie Reith bemerkte, mit subtiler Suggestion tat, und nicht mehr, wie früher, indem sie mit dem Kopf durch die Wand ging.

Am verabredeten Tag standen Reith und Alicia in ihren besten Kleidern in einem zum Bersten gefüllten Gerichtssaal. Der Richter, ein kleiner, zierlicher Mann mit einem Kranz weißer Locken um den spiegelblanken braunen Schädel, strahlte auf die Hochzeitsgäste hinunter. Alister Reith war der Trauungsbeistand seines Vaters, und Masako Ishimoto war Alicias Brautjungfer. Als Blumenkind hatten sie die jüngste Tochter von Li Guoching, dem Nachrichtenoffizier, eingekleidet; doch anstelle terranischer Blumen trug das kleine Mädchen einen Strauß bunter einheimischer Gräser.

Nachdem alle Fragen beantwortet waren und eine abschließende Verkündung sie wieder zu Mann und Frau erklärt hatte, hob Keshavachandra die Hände und intonierte feierlich: »*Isvâr bhagvân tumhâre sâdh haim!*«

Als die Zeremonie vorbei war, erhoben sich die Zuschauer und defilierten an den Frisch-Wiedervermählten vorüber, um ihnen zu gratulieren. Castanhoso rief: »*Parabens!*«

Masanobu Ishimoto murmelte: »*Omedeto gozaimas'!*«

Juanita Strachan sagte: »*Felicitaciones!*«

Percy Mjipa dröhnte: »*A re itumêleng!*«

Der neue Comandante, Jules Planquette, beugte sich über die Hand der Braut. »*Je vous en fais mes compliments!*«

Prinz Ferrian von Sotaspé rief: »*Hao na zanshihoraka!*«

Und Juana Rincón und Michelle Fodor brachen in Tränen aus. Hände wurden geschüttelt, Rücken wurden geklopft, Wangen wurden geküßt. Meilung Guan ließ die Hochzeitsgesellschaft zum Fototermin antreten. Keiner war so taktlos, die vorausgegangenen Intimitäten des Paares zu erwähnen, innerhalb und außerhalb des Ehebundes. Schließlich bat Reith mit erhobener Hand um die Aufmerksamkeit der Anwesenden und sagte: »Alicia und ich sind dankbar für eure Freundschaft; und nun laden wir euch zu einer kleinen Party in die Nova Iorque ein!«

Als sie vom Gerichtsgebäude zur Cocktail Lounge gingen, sah sich eine aufgekratzte Alicia umringt von einer Traube von Frauen, die über Häuser, Möbel und Kleider schnatterten. Strachan und Castanhoso trugen ihre Instrumente, einen Dudelsack und eine Flöte, um die Musik zum Tanzen beizusteuern. Reith wurde von Ram Keshavachandra begleitet. Der Richter fragte: »Haben Sie vor, eine Hochzeitsreise zu machen?«

»Nein«, sagte Reith. »Wir fahren zurück auf die Ranch und helfen beim Ausheben eines Swimmingpools. Und dann setzen wir uns davor, legen die Beine hoch und genießen das einfache Leben, bis meine nächste Touristengruppe eintrifft.«

»Übrigens, Ram«, fuhr Reith fort. »Hindi ist eine der Sprachen, die ich noch nicht kenne. Was war das für ein

Spruch, den Sie am Schluß der Zeremonie so eindrucksvoll intoniert haben? Ein Hindu-Segensspruch?«

»Nun ja … nicht ganz. Ich habe bloß gesagt: ›Diesmal mehr Glück!‹«

Ein Krishnajahr später saßen vier Freunde unter dem Baum, der neben einem hübschen Swimmingpool stand. Es waren Fergus Reith, eine hochschwangere Alicia Dyckman Reith, Percy Mjipa, seines Zeichens frischgebackener terranischer Konsul in Majbur, und seine schwergewichtige Frau Victoria, fast so groß und genauso schwarz wie er. Mjipa sagte gerade: »… das Büro in Majbur ist auf den Hund gekommen, seit ibn-Ayub sich hat umbringen lassen. Er *wollte unbedingt* versuchen, mit Einheimischen aller Klassen auf einer vertraulichen Basis zu verkehren. Manche Krishnaner sind feine Leute; aber man tut wirklich besser daran, wenn man ihnen gegenüber eine gewisse Distanz wahrt. Sonst …« Mjipa zog einen Finger quer über seine Kehle.

Victoria wechselte hastig das Thema, als Reiths neuer krishnanischer Sekretär mit einem Tablett voller Erfrischungen erschien. »Und wo ist dein Sohn? Ich hab ihn noch gar nicht gesehen.«

»Alister leitet eine Tour – ganz alleine. Seine Kunden sind drei reiche mexikanische Witwen.«

Mjipa sagte: »Man würde gar nicht glauben, daß eine so kleine Gruppe sich überhaupt rentiert.«

»Tut sie auch nicht; aber der Junge mußte ja irgendwo mal anfangen. Auf diesem Planeten als Reiseleiter zu arbeiten, erfordert besondere Fähigkeiten und Improvisationstalente, die sich nur durch Erfahrung entwickeln können.«

Alicia fügte hinzu: »Ihr hättet einmal sehen sollen, wie Fergus den Jungen für diese Tour trainiert hat! Er, Juanita Strachan und ich haben uns vor Alister hingesetzt und alle drei empört Beschwerden und Forderungen auf spanisch gekreischt. Und dann haben wir den

Jungen danach bewertet, wie geschickt er auf jede einzelne reagiert hat.«

Reith sagte: »Tatsächlich scheinen Alisters drei Witwen nette alte Damen zu sein, die ihm keine Schwierigkeiten machen werden. Die meisten Touristen sind ziemlich umgänglich, und mit ein bißchen Glück werden Alister und Timásh alle meine Touristengruppen in den nächsten paar Monaten leiten können, während ich zu Hause bleibe, um bei dem freudigen Ereignis mitzuhelfen.«

»Lish, meine Liebe«, sagte Mjipa, »ich meine mich erinnern zu können, daß du damals in Zhamanak gesagt hast, du wärst mit deiner Karriere verheiratet und wolltest nicht, daß ein Mann oder Kinder Löcher in deinen Arbeitsplan klopfen würden.«

Alicia, die mit der selbstgefälligen Zufriedenheit strahlte, die werdenden Müttern eigen ist, reckte das Kinn mit einem Anflug ihrer alten Arroganz vor. »Glaubt ja nicht, daß ich meine Forschungstätigkeit aufgegeben habe, bloß weil ich Ehefrau und Mutter bin! Ich habe gerade erst das Manuskript meines neuesten Buches abgeschickt, und ich werde sofort wieder voll in meinen Beruf einsteigen, sobald die Kinder etwas größer sind.«

»Was ist das für ein Buch?« fragte Victoria Mjipa.

»Es ist ein Buch über das Ehesystem in der Republik Katai-Jhogorai, wo von allen Ehefrauen und Ehemännern erwartet wird, daß sie sich einen Liebhaber beziehungsweise eine Liebhaberin nehmen und keine Eifersucht zeigen. Als nächstes kommen dann Tony Fallons Memoiren, bei denen ich als Ghostwriter fungiere.«

»Daß du ihn ja nicht reinwäschst!« sagte Mjipa.

»Ganz bestimmt nicht! Er weiß, daß ich das Buch nur schreibe, wenn er seine gesamte schurkische Vergangenheit auf den Tisch legt.«

Reith sagte: »Da wir gerade von Vergangenheit sprechen; Lish und ich haben ein verzwicktes Problem.«

»Und zwar welches?« fragten die Mjipas wie aus einem Mund.

»Es werden bald fünfundzwanzig Erdenjahre her sein, seit wir zum ersten Mal geheiratet haben. Meint ihr, wir sollten unsere Silberhochzeit im nächsten Jahr feiern? Oder sollten wir die Jahre, in denen wir geschieden waren, als Auszeit rechnen und unsere Silberhochzeit – oh, das wär dann ja erst in ungefähr dreiundzwanzig Jahren! Oder sollen wir nach dem krishnanischen Kalender gehen – fünfundzwanzig Krishnajahre von Beginn an, mit oder ohne Auszeit?«

»Das ist aber noch nicht alles«, sagte Alicia lachend. »Fergus als typisch ichbezogener Macho betrachtet die Dinge nur aus *seiner* Warte. Für mich haben wir, bedingt durch meine Hin-und-her-Reiserei, zum ersten Mal vor ungefähr viereinhalb Erdenjahren geheiratet.«

»Großer Bákh!« rief Mjipa. »Ich sehe mindestens acht verschiedene mögliche Daten für eure Silberhochzeit! Warum nicht alle acht feiern? Denkt doch nur an all die Geschenke, die ihr abstauben könntet!«

»Das ist eine gute Idee«, sagte Reith mit einem Grinsen. »Wenn wir alle möglichen Jahrestage rechnen würden – Kristall, Porzellan und so weiter – und für jeden acht Daten nähmen, könnten wir von jetzt an fast jeden Monat irgendein Ehejubiläum begehen.«

»Ich bin überrascht, daß dir solche Dinge wichtig sind, Fergus«, sagte Victoria Mjipa, »wo so wenige Amerikaner heutzutage noch ihr zehntes Ehejahr mit demselben Partner erleben.«

Percy Mjipa zündete seine Pfeife an. »Das Problem von euch Amerikanern ist, ihr meint, eure Unabhängigkeitserklärung würde euch Glück versprechen. Das tut sie natürlich nicht; lediglich das Streben danach. Wenn sich also der rosarote Nebel lichtet und euer Partner die übliche Quote von Fehlern und Schwächen zeigt, fühlt ihr euch geprellt. Und der Durchschnittsamerikaner läßt dann seinen Partner fallen, sucht sich einen neuen und fängt die gleiche Scharade von vorn an – immer wieder aufs neue. Ach, zum Teufel, jetzt führ ich mich schon wieder wie ein verdammter Moralist auf. Außerdem hab ich meine Pfeife ausgehen lassen.«

»Was ist so schlimm an Moralisten?« fragte Alicia. »Wir brauchen sie, um ein Gegengewicht zu den Hedonisten zu haben.«

»Hm!« sagte Mjipa. »Da sagst du was!« Er wandte sich den anderen zu. »Wenn wir erst unser College in Novorecife in Betrieb genommen haben, geben Lish und ich vielleicht einen Kurs in Kulturrelativismus.«

»Das würde mir gefallen!« sagte Alicia. Neugierig fragte sie: »Meinst du, ich könnte eine Vollprofessur bekommen?«

»Noch besser«, sagte Mjipa. »Der Ausschuß möchte, daß du die Soziologieabteilung leitest, sobald deine Mutterpflichten das zulassen, versteht sich.« Er schaute auf seine Uhr, ein krishnanisches Fabrikat, dick wie ein Daumen und groß wie eine Untertasse, mit nur einem Zeiger und einem Ticken so laut wie ein Metronom. »Wir müssen los. Vielen Dank für den wunderbaren Nachmittag.«

Victoria bedankte sich ebenfalls, und ihr Mann half ihr auf den Wagen. Er gab dem Aya einen leichten Stupser mit seiner Peitsche, und das kleine Fahrzeug rollte Reiths Auffahrt hinunter.

Sobald sie außer Hörweite waren, sagte Victoria Mjipa: »Alicia hat sich verändert, und ich glaube, es liegt nicht nur an der Schwangerschaft.«

»Sicher hat sie sich verändert«, sagte Mjipa. »Mußte sie ja auch, wenn sie nicht wollte, daß diese ganze aufwendige Psychotherapie sich womöglich als Schwindel entpuppen sollte.«

»Irgendwie fand ich sie liebenswerter als früher, aber weniger interessant. Sie ist noch immer alles andere als langweilig, aber sie hat doch, finde ich, einiges von dem Feuer verloren, das die Leute früher so an ihr fasziniert hat, vor dem sie aber auch manchmal ein bißchen Angst hatten.«

Mjipa blies einen Rauchkringel. »Das stimmt, meine Liebe. Alicias altes Feuer entfachte die Romanze des Jahrhunderts unter Fergus und verbrannte sie dann zu Asche. Wenn sie dadurch, daß sie dieses vulkanische Temperament aufgegeben hat, jetzt in liebevoller Zahmheit mit ihrem Mann zusammenleben kann, dann würde ich sagen, hat sie einen guten Tausch gemacht. Und das ist so ziemlich das beste, was man vom Leben erwarten kann.«

Anne McCaffrey

Der Drachenreiter (von Pern) -Zyklus

06/5540

Eine Auswahl:

Moreta – Die Drachenherrin von Pern
Band 7
06/4196

Nerilkas Abenteuer
Band 8
06/4548

Drachendämmerung
Band 9
06/4666

Die Renegaten von Pern
Band 10
06/5007

Die Weyr von Pern
Band 11
06/5135

Die Delphine von Pern
Band 12
06/5540

Heyne-Taschenbücher

HEYNE BÜCHER

MAGIC
Die Zusammenkunft

Die Buchreihe zum erfolgreichsten Fantasy-Kartenspiel der Welt!

06/6605

William M. Forstchen
Die Arena
Band 1
06/6601

Clayton Emery
Flüsterwald
Band 2
06/6602

Clayton Emery
Zerschlagene Ketten
Band 3
06/6603

Clayton Emery
Die letzte Opferung
Band 4
06/6604

Teri McLaren
Das verwunschene Land
Band 5
06/6605

Kathy Ice (Hrsg.)
Der Gobelin
Band 6
06/6606

Mark Summer
Der magische Verschwender
Band 7
06/6607

Hanovi Braddock
Die Asche der Sonne
Band 8
06/6608

Heyne-Taschenbücher

HEYNE
BÜCHER

Das Schwarze Auge

Die Romane zum gleichnamigen Fantasy-Rollenspiel – Aventurien noch unmittelbarer und plastischer erleben.

06/6022

Eine Auswahl:

Ina Kramer
Im Farindelwald
06/6016

Ina Kramer
Die Suche
06/6017

Ulrich Kiesow
Die Gabe der Amazonen
06/6018

Hans Joachim Alpers
Flucht aus Ghurenia
06/6019

Karl-Heinz Witzko
Spuren im Schnee
06/6020

Lena Falkenhagen
Schlange und Schwert
06/6021

Christian Jentzsch
Der Spieler
06/6022

Hans Joachim Alpers
Das letzte Duell
06/6023

Bernhard Hennen
Das Gesicht am Fenster
06/6024

Ina Kramer (Hrsg.)
Steppenwind
06/6025

Heyne-Taschenbücher

HEYNE BÜCHER

Das Rad der Zeit

Robert Jordans großartiger Fantasy-Zyklus!

06/5521

Eine Auswahl:

Die Heimkehr
8. Roman
06/5033

Der Sturm bricht los
9. Roman
06/5034

Zwielicht
10. Roman
06/5035

Scheinangriff
11. Roman
06/5036

Der Drache schlägt zurück
12. Roman
06/5037

Die Fühler des Chaos
13. Roman
06/5521

Stadt des Verderbens
14. Roman
06/5522

Die Amyrlin
15. Roman
06/5523

Heyne-Taschenbücher